JILL LAURIMORE

Frühstück in der Provence

Buch

Alice vergoldet gerade hingebungsvoll die Zimmerdecke in ihrem neuen, vornehmen Haus, als ihr Ehemann ihr in dürren Worten eröffnet, dass er sich von ihr trennen will. Er zieht die Scheidung in Windeseile durch – und Alice fühlt sich unvermittelt als Fremde im eigenen Land. Die zwei erwachsenen Kinder brauchen sie nicht mehr, und ihr Selbstwertgefühl dümpelt auf dem Nullpunkt. Völlig durcheinander reist sie erst mal in die Provence und an die Cote d'Azur, die dank heiterem Sonnenschein und blauem Meer ihre Lebensgeister wieder weckt. Kurz entschlossen kauft sie sich in dem winzigen Ort Vieilleville ein Apartment in der malerischen »Maison Puce«. Aber schnell lernt Alice die wahre Bedeutung von »Maison Puce« – dem Flohhotel – kennen. Denn es gibt einen Grund, warum kein anständiger Franzose sich je in der »Maison Puce« zeigen würde: Das Haus ist nicht nur baufällig, es hat auch eine unrühmliche Geschichte als örtliches Bordell hinter sich. Alices Träume von eisgekühltem Rosewein auf dem Balkon im Duft der Passionsblumen zerstieben im Wind. Und anstelle eines distinguierten Franzosen mit grau melierten Schläfen hat sie nun ganz andere Nachbarn – lauter verrückte Engländerinnen. Aber es kommt noch schlimmer, denn niemand freut sich so sehr über das Domizil im Süden wie die eigene Verwandtschaft. Doch wenn einen die Realität auf so bittere Weise einholt, bleibt einem wohl nur noch eins – Alice krempelt die Ärmel hoch und mischt die Karten für Liebe, Leidenschaft und Leben einfach neu ...

Autorin

Jill Laurimore, in New York geboren, zog in jungen Jahren nach England. Nach ihrem Studium arbeitete sie beim Fernsehen, bevor sie zusammen mit ihrem Ehemann, dem Schauspieler Jon Laurimore, eine Galerie für zeitgenössische Kunst in Suffolk führte. Dort leben sie noch immer. *Frühstück in der Provence* ist ihr zweiter Roman.

Von Jill Laurimore ist bereits erschienen:

Trautes Heim. Roman (35139)

JILL LAURIMORE

Frühstück in der Provence

Roman

Aus dem Englischen
von Manuela Thurner

BLANVALET

Die Originalausgabe erschien 2001 unter dem Titel
»The Bloody English Women of the Maison Puce«
bei Michael Joseph, The Penguin Group, London.

Umwelthinweis:
Alle bedruckten Materialien dieses Taschenbuches
sind chlorfrei und umweltschonend.

Blanvalet Taschenbücher erscheinen im Goldmann Verlag,
einem Unternehmen der Verlagsgruppe Random House GmbH.

Deutsche Erstveröffentlichung April 2002

Umschlaggestaltung: Design Team München
Umschlagfoto: Superbild/Reso
Satz: DTP Service Apel, Hannover
Druck: Elsnerdruck, Berlin
Verlagsnummer: 35530
Redaktion: Petra Zimmermann
Lektorat: Maria Dürig
Herstellung: Katarina Storz/HN
Made in Germany
ISBN 3-442-35530-3
www.blanvalet-verlag.de

1 3 5 7 9 10 8 6 4 2

Für meine Mutter Louise
in Liebe

Danksagung

Für ihre Mischung aus Weisheit, Geduld, Feingefühl und Humor gilt mein ausdrücklicher Dank folgenden Menschen: meinen Lektorinnen Louise Moore und Harriet Evans sowie dem Rest des hervorragenden Teams bei Michael Joseph und Penguin; meiner Agentin Annabel Hardman bei PFD; Jon, Sophie und Dido Laurimore; William Hamlyn und Huw Llewellyn für ihr schnelles Schalten; der verstorbenen Victoria Davidson – in frohem Andenken an eine geliebte, weise Freundin; und meiner Mutter Louise, der dieses Buch gewidmet ist.

1

May Day

»Alice! *A-lies*!«

Mit diesem Ruf biegt Josette Lamartine leichtfüßig tänzelnd um die Ecke. (Ein von ihr sorgfältig gehegtes und gepflegtes Auftreten: welch jugendlicher, federnder Schritt, obwohl sie schon jenseits der Sechzig ist!) Sie bleibt stehen, blickt nach oben, tippt ungeduldig mit dem Fuß auf das Kopfsteinpflaster: goldene Sandaletten, rot lackierte Nägel – was für ein Rist! – welch schlanke Fesseln! – würden einer Siebzehnjährigen zur Ehre gereichen. Böse starrt sie hinauf zu den Fensterläden. Sie *weiß*, dass sie zu Hause ist.

»A-LIES!« Und dann noch einmal verzweifelt: »Alies BARNES! Komm! Wir fahren nach Juan-les-Pins – mit Taxi. Wir werden ge'en in Boom-Boom. Wir werden 'aben COCKTAIL!«

Nicht ein Laut von oben. Die Fensterläden bleiben geschlossen, aber der Lichtrand ist verdächtig. Josette geht ein paar Schritte zurück, verrenkt ihren Hals und späht hinauf in den ersten Stock, um zu sehen, ob sich hinter den abblätternden, grauen Fensterläden irgendetwas bewegt. Aber nichts; nur dieser Lichtrand – und Stille, eine Oase der Ruhe, während im Hintergrund das Brummen des Verkehrs und das Schlagen der Wellen gegen die Felsen unterhalb der Promenade zu hören sind.

Sie versucht es ein letztes Mal. »Alies! Wir werden 'aben Cocktail – 'ARVEY WALLBANGER! Wir werden 'aben SCHPASS!«

Irgendwo bellt ein Hund, unten auf dem Platz hupt ein Auto, aber die Fensterläden bleiben geschlossen. Josette zuckt mit den Achseln. Diese Frauen – diese englischen Frauen – so rätselhaft. Da denkt man, man hätte eine Verabredung – eine nette kleine Verabredung, nichts Kompliziertes. Aber nein, sie scheinen es nicht zu kapieren. Es ist wirklich nicht einfach mit ihnen. Wo sie sich doch die Kosten für das Taxi hätten teilen können. Einen Augenblick lang überlegt sie, ob sie jetzt nicht doch lieber den Bus nehmen soll. Dann sieht sie bedauernd auf die goldenen Lederriemchen an ihren Füßen und die hohen dünnen Absätze und seufzt. Oh, là là – zu fein, zu vornehm für den Bus. Sie wird es sich wohl irgendwie leisten müssen, und so tänzelt sie die Straße hinunter, um ein Taxi anzuhalten.

Also, was geht hier vor sich? Treten wir zurück und sehen uns dieses hohe, alte, in einer schmalen Gasse eingezwängte Haus an. Lassen wir unseren Blick über die weinlaubberankte Fassade hinauf zu dem Fenster schweifen, zu dem auch Josette hinaufgestarrt hat. Wo zum Teufel ist denn dann diese Alice Barnes?

Vielleicht ist sie ausgegangen und hat das Licht angelassen, um potenzielle Einbrecher abzuschrecken – eine durchaus vernünftige Erklärung, denn die Côte d'Azur ist bekannt dafür, ein wahres Diebesnest zu sein. Oder um sich selbst willkommen zu heißen, wenn sie spät nachts allein in ihre Wohnung zurückkehrt. Aber nein: Josette weiß, dass sie da ist, und ihr Instinkt trügt nicht. Falls man sich mit unlauterer Absicht im eigenen Badezimmer herumtreiben kann, dann ist es das, was Alice gerade tut. Sie klebt (wie sie hofft, nur bildlich gesprochen) an dem geschlossenen Toilettendeckel fest, nachdem sie unten herum reichlich Enthaarungscreme aufgetragen hat, und hält, aus Angst, ihren Schamlippen permanenten Schaden zuzufügen, die Beine so weit gespreizt, wie es ihr winziges Badezimmer zulässt.

Sie kommt sich natürlich lächerlich vor. Wie dumm von ihr! Sie muss irgendetwas falsch verstanden haben. Es muss ihr wohl wieder einmal in einer dieser Unterhaltungen auf Franglais ein entscheidendes Wort entgangen sein – oder aber sie hatte in diesem Fall Josettes Vorschlag, zu den In-Kneipen von Juan-les-Pins zu fahren, mental mit einem *»peut-être«* versehen. Sie war wirklich der Meinung gewesen, dass es nur eine Idee, kein konkreter Plan gewesen war, andernfalls hätte sie sich natürlich nicht gerade jetzt diesem Enthaarungsritual unterzogen, dessentwegen sie sich kaum bewegen geschweige denn zum Fenster gehen und eine Erklärung abliefern kann. Aber welche Erklärung kann man schon abliefern, während das Mittel da unten herum gefährlich zu brodeln und zu schäumen beginnt? Nicht einreiben, warnt der Beipackzettel (als ob das jemand tun würde). Verlassen Sie sich, was die vorgeschriebene Zeit angeht, nicht auf Ihr Gefühl. Sehen Sie auf die Uhr. Oje, erwischt! Sie hat natürlich eine Uhr, aber die liegt auf der anderen Seite des Zimmers – nicht des Badezimmers, das ist nur 1,20 Meter breit – sondern des *einzigen* anderen Zimmers ihrer Wohnung, des kleinen Studios, das sie nun ihr Zuhause nennt. Ihre Uhr liegt also dort auf der anderen Seite des Fensters, unter dem Josette Lamartine steht und lauthals ihren Namen ruft. Also kann sie sie, selbst wenn sie gehen könnte, nicht holen, und es beschleicht sie das dumpfe Gefühl, dass die Creme lange genug eingewirkt hat – sogar bei einer Frau mit Schamhaaren wie Stahlwolle. Na ja, das ist vielleicht etwas übertrieben, aber mal im Ernst: Soll sie sich zusätzlich zu allem, was sie durchgemacht hat, in der glatten, glänzenden Welt des neuen Millenniums auch noch mit Schamhaaren, die praktisch bis zu den Knien reichen, herumschlagen? Wo bleibt da die Gerechtigkeit?

Und jetzt klingelt auch noch das Telefon. Typisch. Klingelt und klingelt und klingelt, hartnäckig wie Zahnschmerzen. Sie gedenkt, nicht ranzugehen – zumindest für eine Weile. Aber die Weile dauert viel zu lange. Wer auch immer es ist, der- oder diejenige gibt nicht auf. Nach sechs weiteren Klingelzeichen ist sie in Gedanken bei den Kindern – Visionen von Un- und Todesfällen und anderen grauenvollen Ereignissen huschen vor ihrem geistigen Auge vorüber. *Wo warst du? Wir haben andauernd angerufen.* Schlechtes Gewissen gegenüber der Familie greift bei ihr letzten Endes immer. Sie kann das Telefon einfach nicht länger ignorieren, also hievt sie sich mit einer gewaltigen Kraftanstrengung vom Toilettensitz, wobei sie sich beide Knie an den Wandfliesen anschlägt, und bewegt sich dann, die Beine so weit gespreizt wie möglich, in einer Art Krebsgang hinüber zum Telefon, wobei sie sich, so tief es geht, unter das Fenster duckt für den Fall, dass Josette noch immer unten auf der Lauer liegt. Just in dem Moment, in dem sie den Hörer abnimmt, kommt ihr der Gedanke, dass es wahrscheinlich Josette ist, die aus dem Telefonhäuschen in der Rue d'Alphonse Daudet anruft, um sie in flagranti zu ertappen.

Also ist sie erleichtert, als sie nur den Wählton hört. Wer immer es war, hat aufgegeben. Sie fragt sich, ob France Telecom eine Nummer hat, mit der man den letzten Anrufer identifizieren kann, so wie die 1471 zu Hause (und ertappt sich nun ihrerseits in flagranti, denn sollte nicht das jetzt ihr Zuhause sein?). Wieder etwas, was es herauszufinden gilt, noch eine der zaghaften Nachforschungen, die sie in ihrem verhaltenen Französisch anstellen muss. (*Excusez-moi, Monsieur, mais pourriez-vous m'indiquer ...?* Wie oft hat sie das schon die letzten Monate gesagt, während sie ihr Wörterbuch festumklammert hielt!)

Sie will gerade zurück zum Badezimmer watscheln, als es wieder klingelt. Zögernd hebt sie ab.

»*Allô?*« (In diesem Stadium muss man es wenigstens auf Französisch versuchen, ein BBC-englisches »Hallo?« ist einfach nicht mehr angebracht.)

»Mama?« Es ist Gavin; er hört sich verwirrt an. »Bist du das?«

»Ja – hallo, Liebes.«

»Oh, du bist doch da. Ich hatte schon aufgegeben. Dachte nur, ich würd's noch einmal probieren für den Fall, dass ich mich beim ersten Mal verwählt habe.«

»Nein, ich bin da. Entschuldige, ich konnte nicht ans Telefon kommen. Ich bin gerade beschäftigt.«

Da kichert er. So eine Frechheit!

»Hab was zu erledigen«, fügt sie mit fester Stimme hinzu.

»Hört sich an, als ob es dir gut geht.« Er kichert erneut.

»Ja.« Aber ihr Ja hört sich sogar für ihre Ohren nicht sehr überzeugend an.

»Dann geht's dir also gut?« Er scheint es wirklich wissen zu wollen.

»Nun ja ... alles in Ordnung. Abgesehen von einigen Höhen und Tiefen natürlich.« Sie ertappt sich dabei, angesichts seiner Nachfrage gerührt zu sein.

»Tut mir Leid, dass ich nicht da war, als du in London warst. In der Arbeit geht es momentan drunter und drüber – ich hab einfach keine ruhige Minute.«

»Natürlich.«

»Hast du dich schon eingewöhnt?«

»So lala – das dauert.« Und *wie* das dauert. Was für eine Untertreibung! Sie wüsste gar nicht, wo sie anfangen sollte, falls er es genauer wissen will.

»Gut. Das ist toll.« Jetzt wünscht sie sich direkt, dass er nachhakt – wenigstens ein bisschen, damit sie ihm von den andauernden, nicht enden wollenden Schikanen erzählen kann: von der Verwaltung und der Bürokratie, dem Schlangestehen oben in der *mairie*, der *taxe foncière* – nicht zu verwechseln mit der *taxe d'habitation* – diesem ganzen komplizierten französischen Kleinkram, mit dem sie bisher allein zurechtgekommen ist.

»Hast du dich schon eingerichtet?«

»Du meinst Möbel?«

»Und so.«

»Mehr oder weniger. Es ist wirklich ziemlich gemütlich.« Aber irgendwo von da unten – von da unten herum – dringt eine Stimme zu ihr herauf. Eine Art Brennen, die warnende Stimme der Enthaarungscreme. Unter keinen Umständen länger als zehn Minuten einziehen lassen, und es sind jetzt schon wie viele Minuten? Wie lange ist es her, dass sie sich im Bad versteckt hat und Josette Lamartine nach ihr rief? »Liebes, ich muss dich zurückrufen. Es ist gerade etwas dazwischengekommen.« Aber in Wirklichkeit ist etwas heruntergekommen, etwas Glitschiges, das gerade ihre Oberschenkel hinabgleitet.

»Aber ich muss los, ich habe ein Meeting. Ich wollte nur sichergehen, dass du dich gut einlebst …«

Wie rührend von ihm, denkt sie erneut.

»… weil«, fährt er fort, »ich dich fragen wollte, ob ich bei dir übernachten könnte. Es ist noch nicht sicher, aber es kann sein, dass ich eventuell nach Cannes kommen muss.«

»Wie bitte?«

»Cannes – das Filmfestival – mit meinem neuen Projekt.«

»Welchem Projekt?«

»Und es wäre wirklich eine unheimlich große Hilfe. Das geht doch, oder?«

»Nun – natürlich bist du herzlich willkommen, Liebes, aber …« (das ›Aber‹ nicht, weil es nicht stimmt, sondern weil eine Mutter das einfach sagen *muss*) »… aber du hast wahrscheinlich keine Vorstellung, wie klein meine Wohnung ist.«

»Ja, das hast du gesagt.«

»Aber du hast vielleicht nicht ganz verstanden …«

»Ich brauche nur ein Bett für eine Nacht – vielleicht auch für zwei oder drei.«

»Ich weiß, Liebes, aber das ist es ja gerade. Was ich sagen will ist, dass ich kein Bett habe, nur mein eigenes.«

»Ich rede vom Fußboden – und einer Matratze. Das reicht mir.«

»Aber ich habe keine Matratze.«

»Mama, hör auf, alles so wörtlich zu nehmen, ja? Du hast einen Fußboden, richtig?«

»Ja. Ja, ich habe einen Fußboden.«

»Na siehst du. Ich bleche für die Luftmatratze – falls es nötig ist, vielleicht komme ich ja auch gar nicht.«

»Ich bin aber gar nicht so nah. Nach Cannes fährt man mindestens vierzig Minuten – länger, wenn viel Verkehr ist.«

»Nun, das ist viel näher als London, und es wäre *wirklich* hilfreich, falls hier die Kacke am Dampfen ist.«

Was? Das hört Alice gar nicht gern. (Welche Kacke? Wessen?)

Aber sie sagt: »In Ordnung«, und fügt dann lahm hinzu: »Wäre es nicht besser, du würdest dir direkt in Cannes ein Hotelzimmer nehmen?«

»Ja, Mama, allerdings, aber ich bin momentan etwas knapp bei Kasse.«

Worauf sie nichts entgegnet und sich wieder einmal wundert, warum sie so viel Geld für seine Ausbildung ausgegeben haben.

»Also geht es in Ordnung? Danke, Mama, du bist ein Schatz.«

Ein Schatz mit einer roten, wunden Schamgegend.

Nachdem sie die Creme unter der Dusche abgewaschen

hat, tupft sie die Haut vorsichtig mit einem Handtuch trocken und inspiziert dann das Resultat. Es gibt nur eine Möglichkeit, das zu tun, da der längliche Spiegel an die Innenseite der Badezimmertür geschraubt ist und sich diese folglich nur nach außen öffnen lässt, weil ansonsten der Spiegel gegen den Waschbeckenrand knallen würde. Ergo kann sie sich nicht hinter geschlossener Tür im Badezimmer betrachten, denn dort ist zwischen besagter Spiegeltür und besagtem Waschbecken kaum Platz genug für ihren nicht gerade ausladenden Hintern. Jeder, der etwas kräftiger gebaut war, würde sich von vornherein geschlagen geben müssen und sich entweder in einem Fünfundvierziggradwinkel zur Kloschüssel waschen oder die Tür auflassen und den Verlust seiner Privatsphäre in Kauf nehmen müssen. Um sich ganz sehen zu können, muss Alice also die Tür weit aufmachen und sich in der Mitte des Zimmers mit dem Rücken gegen das Bett (das *einzige* Bett, Gavin) lehnen.

Ein erbärmlicher Anblick. Eine Kreatur, an der alles hängt und schwabbelt, mit Anzeichen jener humanoiden Zebrastreifen an den Stellen, an denen sie, obwohl sie fast gänzlich bekleidet gewesen war, die ersten Sonnenstrahlen der Saison abbekommen hat. Wie machen das bloß die Franzosen? Diese permanente, leicht rötlich schimmernde Bräune, die nahtlos bis unter die Achseln und zwischen die Zehen hineinreicht? Sogar jetzt, da die Badesaison gerade mal angefangen hat, schlüpfen sie am Strand – das Meer ist ihnen noch zu kalt (die sollten mal im Juli in Aldeburgh schwimmen gehen!) – aus ihren Klamotten und entblößen dabei einen gleichmäßigen, rehbraunen Teint, der so gar nicht zu vergleichen ist mit der rosafarbenen Lachsforellenschattierung, die Alice jetzt aus dem Spiegel entgegenleuchtet – ganz zu schweigen von der soeben erworbenen v-förmigen Partie, die sich in der Farbe eines geräucherten Lachses gegen ihre weiße Haut abhebt. Das ist wahrlich zu viel der Ironie, denn der einzige Grund für ihre Schamhaarentfernung war, sich für den Strand vorzeigbarer zu machen – und stattdessen trägt sie jetzt dieses demütigende Kainsmal zur Schau!

So hatte sie sich das nicht vorgestellt letzten August, als sie, noch ganz unter dem Schock des vorläufigen Scheidungsurteils, Vieilleville entdeckte – und darin ihr Paradies zu erkennen glaubte.

2

Alice allein

Also, wie kommt Alice in diese winzige Einzimmerwohnung nach Vieilleville, wo sie jetzt ihren abgewrackten Körper begutachtet?

Spulen wir zurück zu letztem August, und hier ist sie wieder: Sie sitzt in Bristol am Küchentisch ihrer So-lala-Freundin Deirdre und vergießt Tränen über das vorläufige Scheidungsurteil, das gerade mit der Vormittagspost gekommen ist.

»Was du brauchst, ist Urlaub«, sagt Deirdre, der die Selbstgefälligkeit angesichts ihrer fünfundzwanzig Ehejahre deutlich anzumerken ist. Aber war Alice nicht ebenso selbstgefällig gar *neun*undzwanzig Jahre lang auf ihrem ehelichen Nestei gehockt – fest und unbeweglich wie ein riesiger Fels? Was, mit Ausnahme des Todes, hätte sie jetzt noch auseinander bringen können? Der Tod und, wie sich herausstellte, Hillary Aldyce.

Hillary Aldyce – niemals »Hill« oder »Hillie«, sondern Hillary – Philips Praxisschwester, natürlich keine Patientin, das hätte in seiner Streichung aus dem Ärzteregister resultieren können, aber trotz alledem schlimm genug. Philip der Unbefleckte, Philip, der selbst ernannte Top-Gynäkologe und -Geburtshelfer südwestlich des M4-Korridors, hatte, wie sich herausstellte, die ganze Zeit eigentlich Ms Aldyce im Auge gehabt, wenn er sich über die Körper der ehrbaren Damen aus dem West Country beugte. Letzteren war das natürlich nicht aufgefallen – wie sollte es auch, wo sie doch vor lauter Scham ihren Blick von den unwürdigen Fußbügeln und dem Spekulum abwandten.

Es lief hervorragend für ihn, seit er seine eigene Privatpraxis aufgemacht hatte. All die krankenkassenärztlichen Jahre, die sie zusammen durchgestanden hatten, diese achtbaren, ehrlichen, aber auch entsetzlichen Jahre – Arzt im Praktikum, Assistenzarzt, Krankenhausarzt – verblassten langsam in der Erinnerung. Der *soi-disant* Top-Gynäkologe des Westens hatte jetzt relativ zivilisierte Praxiszeiten und extrem zivilisierte Praxisräume – seine Sprechzimmer waren alle mit hellgrauem Wiltonteppich ausgelegt – und er schaffte es sogar, die meisten der Babys mittels eingeleiteter Geburten oder Kaiserschnitten im Laufe eines stinknormalen Arbeitstages zur Welt zu bringen. Sein Ruf verbreitete sich wie das gute alte sprichwörtliche Lauffeuer Es geht doch nichts über einen freundlichen, sympathischen, aber zugleich würdevollen und distinguierten Gynäkologen, um die nervösen Patientinnen zu beruhigen, die nichts anderes wollten als so schnell und so gesund wie möglich, *decorum intacta*, wieder seiner Praxis zu entfliehen.

Sein verhältnismäßig junger, unaufhörlicher Aufstieg war auch der Grund, warum sie rücklings auf einem sechs Meter hohen Gerüst lag, als er die Neuigkeit wie eine Bombe hochgehen ließ.

Es war seine Idee, ihr altes Haus in Hotwells aufzugeben, das kleine georgianische Reihenhaus, das sie geliebt und gehegt und gepflegt hatte, seit sie dort eingezogen waren – 1972, als sie mit den Zwillingen schwanger gewesen war. Es war ihr erstes Eigenheim, und obwohl es im Prinzip ihnen gehörte, hatten ihr die Hypothek und die monatlichen Raten so viel Angst gemacht, dass sie jahrelang das Gefühl nicht loswurde, dass es eigentlich der Abbey National Bank gehörte, bis die Inflation den Zahlen ihre Furcht einflößende Kraft nahm.

Dann, nachdem die Hypothek abbezahlt war, gehörte es eine Zeit lang wirklich ihnen, was zur Folge hatte, dass sich bei Alice ein Gefühl der Sicherheit und Stabilität einstellte. Bis es auf einmal nicht mehr gut genug zu sein schien für Seine Königliche Gynäkohoheit. SKG hatte ein Auge auf eine dieser italianisierten, viktorianischen Villen in Clifton geworfen, oben auf dem Hügel, wo die Downs anfangen – eine frei stehende Villa, die Villa Guardi, deren Name unumstößlich in den Sockel einer ihrer Muschelkalksteinsäulen eingraviert war und deren Seltenheit und Kaufpreis beinahe unvorstellbar waren. Aber der Luxus konnte mit dem Argument gerechtfertigt werden, dass er in Wahrheit notwendig und sinnvoll war, denn in dem Haus konnte man offensichtlich auch die Praxis unterbringen; der ausgefallene Kreuzgang am Südhang eignete sich ausgezeichnet für einen Sprechzimmeranbau, es war schrecklich praktisch und würde ihnen *Tausende* von Pfund an Miete einsparen.

Sie hatte versucht, sich für das Vorhaben zu begeistern, obwohl sie den wuchtigen Häusern aus der Mitte des neunzehnten Jahrhunderts noch niemals etwas hatte abgewinnen können. Das alte Haus in Hotwells hatte in dem engen, dunklen Flur noch die Originalvertäfelung besessen, die sie liebevoll in verschiedenen ausgewaschenen Blautönen gestrichen hatte, lange bevor die Wickeltechnik-Manie der achtziger Jahre um sich griff. Der lange, schmale Garten, dessen Kopfende im Schatten lag, war ein geheimnisvoller Dschungel, den sie eigenhändig mithilfe von Topf- und Kriechpflanzen kreiert hatte. Das Haus passte zu ihr – und, so hatte sie zumindest immer gedacht, auch zu ihm. Die fünf engen Stockwerke waren eigentlich hoffnungslos unpraktisch, um darin Kinder aufzuziehen, aber dennoch war es ihnen bestens gelungen; jetzt waren beide flügge und aus dem Haus und führten jeder ein interessantes Leben.

Das neue Haus dagegen hatte einen breiten, fetten, kahlen, von Lorbeerbüschen gesäumten Rasen, in dessen Mitte sich eine riesige Chilefichte breit machte. Als sie überlegt hatte, ob sie sie nicht umsägen könnten, fand sie zu ihrer Bestürzung heraus, dass sie *eingetragen* war – geschützt für alle Ewigkeit durch eine Anordnung der Stadtverwaltung. Also stand sie da und reckte ihre scharfen Blätter wie Rasierklingen in den Morgenhimmel.

Das Haus mochte vielleicht in den Augen Seiner Königlichen Gynäkohoheit eine vernünftige Notwendigkeit sein, aber die neuen Hypothekenraten waren so gigantisch, dass man in einem ungünstigen Moment davon Herzklopfen bekommen konnte, und sobald es ein unumkehrbares *fait accompli* geworden war, wurden die finanziellen Daumenschrauben angesetzt. Für die neuen Sprechzimmer schien Geld da zu sein, da man diese Ausgaben von der Steuer absetzen konnte. Aber die trostlose Küche aus den sechziger Jahren mit den angeschlagenen und abgewetzten roten Kunststoffschränken musste bleiben, wenigstens fürs Erste und möglicherweise für immer (was aus Philips Perspektive auch durchaus Sinn machte – er betrat sie ja niemals). Das Gleiche galt für die grellgelben Badezimmer mit den schimmeligen Fliesenfugen. Aus dem Grund war es wieder mal an ihr, ihre Dienste mit Pinsel und Tapetenkleister zu leisten – und das bitte pronto. In der Tat wurde es stillschweigend von ihr erwartet, so ungefähr nach dem Motto: »Na ja, was hat sie denn sonst schon zu tun?«, während es sich natürlich von selbst verstand, dass man nicht von dem besten Gynäkologen des Westens erwarten konnte, persönlich die Gipsspachtel in die Hand zu nehmen, die doch für ein zierliches Skalpell geschont werden musste.

Und doch hatte sie ihn zärtlich, auf eine schon beinahe

mütterliche Art und Weise geliebt (was für ein Fehler!), ihn in seinem Selbstbild unterstützt und sich auch noch eingeredet, für seine Brillanz, seine Übersicht und seine Energie dankbar sein zu müssen – und dabei seine Arroganz und Überheblichkeit übersehen. Was war sie doch für eine Idiotin gewesen! So ausgesprochen dankbar war sie, dass sie in der riesigen Eingangshalle auf einem sechs Meter hohen Gerüst lag und Blattgold auf die Eierstabverzierungen applizierte, was weder *ihre* Idee noch *ihr* Geschmack gewesen war. Sie hätte es vorgezogen, die ganze Chose in Farrow & Balls mattem Ockergelb zu machen. Aber dies war ein der Öffentlichkeit zugänglicher Bereich, der zu den Sprechzimmern führte, und Privatpatientinnen schienen neben hellgrauem Wiltonteppich und den aktuellen Ausgaben von *Country Life* und *Vogue* zu Glanzvollerem zu neigen.

Da lag sie also hoch über den reich verzierten, glasierten Fliesen auf den Gerüstbrettern und bemühte sich, nicht zu husten oder zu tief zu atmen, da Blattgold eine sehr heikle Substanz ist – ein Nieser, und schon hat man ein teures Blatt völlig nutzlos in den Äther gepustet –, als er sagte: »Ich verlasse dich.« Einfach so, ohne weitere Ausschmückungen, ohne Einleitung. Sie war sich nicht sicher, ob er etwas gesagt hatte, und rief, während sie noch immer ihren Kopf und ihren Arm sehr ruhig hielt und sich Mühe gab, nicht auf das Blattgold zu atmen: »Du bist früh dran – willst du etwas Tee?«, weil sie selbst unbedingt eine Tasse wollte und hoffte, dass er ausnahmsweise den Wink verstehen und den Wasserkessel aufsetzen würde. Aber er rief zurück, dieses Mal viel lauter: »Ich verlasse dich wegen Hillary Aldyce.« Sie allerdings dachte, dass er einen Scherz machte, und gab einen prustenden Lacher von sich, woraufhin in der Tat ein ganzes Blatt Blattgold hinuntersegelte und an einem Arm des prunkvollen eisernen Kronleuchters, den sie erst kürzlich aufgehängt hatten, hängen blieb.

Aber es war kein Scherz. Wenn dem nur so wäre. Und er sprach, genau genommen, nicht einmal die Wahrheit, als er so unverblümt mit ihr rausrückte. Denn was er wirklich meinte war, dass er sie dazu bringen würde, *ihn* zu verlassen, denn *er* hatte nicht die Absicht, aus der geräumigen Villa Guardi auszuziehen – wo doch die Tinte auf dem Vertrag kaum trocken war, wo er doch gerade erst den Gipfel, den Höhepunkt seines Lebens erreicht hatte. Nur über seine Leiche.

Nein. *Sie* war es, die ihn verlassen musste, weil sie keine Verpflichtungen oder Bindungen hatte – jetzt, da die Kinder erwachsen waren. Vor zehn Jahren wäre es etwas anderes gewesen. Damals wäre es ihr erlaubt – ja sogar von ihr erwartet worden, das traute Heim der Familie wegen, wenn schon nicht ihrer selbst wegen, aufrechtzuerhalten. Aber plötzlich entdeckte sie im Alter von einundfünfzig Jahren, als sie sich so unvermittelt in einem Scheidungsprozess wiederfand, der, da unangefochten, im Schnellverfahren über die Bühne ging, dass sie in den Augen des Gesetzes eine Unperson war – nicht einmal eine praktizierende Mutter, sondern in Kürze eine Ex-Ehefrau mit keiner erkennbaren Funktion.

In der Scheidungsklage lief ihr Unterhaltsgesuch unter der etwas seltsam klingenden Bezeichnung »Ersuchen um monetäre Entlastung«. Daraufhin räumte Philip als ihren einzigen finanziellen Beitrag zur Ehe ein: »Sie hat manchmal Telefondienst gemacht.« Und was war mit den gemeinsamen Freuden und Mühen eines halben Lebens, den schlaflosen Nächten wegen der Babys (ihrer eigenen und denen seiner Patientinnen), dem Kochen, Waschen, Putzen, Wohnungs- und Hauseinrichten und der Tatsache, dass sie den Großteil seiner Terminplanung, Korrespondenz und Buchhaltung erledigte (ganz zu schweigen von den Geschenken und Geburtstagskarten für seine Mutter, seine

Freunde – und sogar für, verflucht soll sie sein, Hillary Aldyce)? Daneben hatte sie noch versucht, ihre Wohltätigkeitsarbeit unterzukriegen – was Philip immer ihre »guten Feendienste« nannte. Indem sie mit Sammelbüchsen klapperte und Basare und Tombolas für das Hospiz und das Obdachlosenheim organisierte, versuchte sie, wenigstens ein bisschen von dem Wohlstand, den ihr das Schicksal beschieden hatte, zurückzugeben.

Ihr Leben schien, vor allem im Vergleich zu Philips, nicht sehr bedeutsam zu sein. Seine Karriere nahm plötzlich eine ganz eigene großartige Gestalt an, denn es ist etwas an Chirurgen, etwas so unglaublich Geheimnisvolles und Undurchschaubares an ihrer Tätigkeit, was sie vom Rest der Menschheit unterscheidet, dass ihnen sogar (vielleicht *gerade*) in den Augen von alternden Richtern mit verkalkten Arterien etwas Gottgleiches anhaftet.

Selbst ihr eigener Anwalt, der sie am Anfang noch leidlich zu unterstützen schien, legte Alice letztendlich nahe, vernünftig zu sein, da man doch unmöglich von so einem renommierten Arzt verlangen könne, sein Zuhause und seinen Arbeitsplatz aufzugeben, wo er doch *so* beschäftigt und *so* unter Druck sei – und wahrscheinlich just in dieser Minute das Leben oder die geistige Gesundheit einer armen, unglückseligen Frau rettete.

Hinzu kam das ungemütliche Detail, dass sich die bescheidene Miteigentümerschaft des hohen, schmalen Hauses in Hotwells in den riesigen Schuldenberg für die Villa Guardi verwandelt hatte – also war plötzlich nichts Wesentliches mehr da, das man hätte aufteilen können. In jenen grauenvollen Nächten, in denen sie nicht schlafen konnte und sich die ganze traurige Saga immer und immer wieder durch den Kopf gehen ließ, fragte sie sich manchmal, ob er es nicht in der Tat alles so arrangiert hatte: sie behutsam aus der soliden, veräußerbaren und teilbaren

Realität des alten Hauses herausgelockt und in die Treibsandwelt der Hypotheken geschickt hatte. Aber dann hatte sie solche Gedanken verscheucht. So berechnend konnte er doch nicht sein? Sie konnte doch nicht so schlecht von dem Vater ihrer Kinder denken? Nun, manchmal konnte sie es.

Das Scheidungsgericht zeigte sich in der Tat sehr beeindruckt von Philips Lösungsvorschlag. Er erklärte sich nämlich bereit, zu seinen bereits bestehenden finanziellen Verpflichtungen noch eine zweite Hypothek aufzunehmen, um Alice mit einer Pauschalsumme zu versorgen – bescheiden, wenn man bedachte, dass sie davon sowohl eine Wohnung als auch ihren Lebensunterhalt finanzieren musste, aber unter den gegebenen Umständen großzügig. Zugegeben: Das Arrangement schloss explizit aus, dass sie im Alter Anspruch auf seine Rente hätte, aber dem war nun einmal so. Und sie könnte sich ja einen kleinen Job besorgen – sie war ja noch nicht so alt – sie könnte irgendeine Ausbildung machen. Sicher gab es doch kleine Jobs … in einem Laden oder so etwas? Man könne schließlich nicht von ihm erwarten, dass er sie auf Dauer wie eine Art Rucksack mit sich herumtrüge, jetzt, da das Gewicht einer neuen Familie auf seinen Schultern lastete. Denn das ist das andere Detail, das am Tag seines Geständnisses nicht deutlich genug zur Sprache kam: Hillary Aldyce war schwanger, und es schien das Wissen um ihre Schwangerschaft zu sein, das sein Geständnis verursacht hatte, denn schließlich würde *er* kein uneheliches Kind in die Welt setzen, wenn er es verhindern könnte. Daher die Eile. Andernfalls hätte er vielleicht noch ein bisschen gewartet – nun, zumindest bis sie mit der Vergoldung der Decke in der Eingangshalle fertig war. Weiß der Himmel, wen er jetzt für diese Aufgabe finden würde.

Es war ganz schön viel auf einmal. Sie musste täglich eine unglaubliche Menge Stolz hinunterschlucken, nur um durch den Tag zu kommen. Wenn Alice ein öffentlicherer Mensch gewesen wäre – wenn sie sozusagen in der Lage gewesen wäre, vor allen Leuten ihre schmutzige Wäsche zu waschen –, hätte sie die Sache für Seine Königliche Gynäkohoheit in der Tat sehr unangenehm machen können. Mal ganz abgesehen davon, dass man von Gynäkologen automatisch erwartete, dass sie den Körper einer *jeden* Frau mit der gebotenen professionellen Distanz betrachteten (und berührten), war da noch die peinliche Kleinigkeit der *ungeplanten* Schwangerschaft. Nicht gerade die beste Werbung für einen Mann, dessen Spiralen im Ruf standen, wie angegossen zu passen. Oh, nein. Aber Philip kannte Alice sehr gut – fast besser als sich selbst –, und er hatte Recht, denn der Wurm krümmte sich nicht. Der Wurm war viel zu beschämt und voller Selbstvorwürfe, um die Energie dafür aufzubringen, und fühlte sich stattdessen nur noch wurmartiger und kroch den Hügel hinunter nach Hotwells, um sich bei Deirdre und ihrem Ehemann als zahlender Gast einzuquartieren.

Aber Hotwells ist ihr jetzt nicht mehr heimisch und vertraut.

Alice, die bis vor kurzem noch Herrin ihres eigenen Haushalts gewesen war, fühlt sich fehl am Platz wie eine dieser verschmähten alten Jungfern in der Literatur des neunzehnten Jahrhunderts – wie Cousine Bette oder wie eine Jane Eyre mittleren Alters, bevor sie Mr Rochester kennen lernt. Theoretisch heißt Deirdre sie durchaus willkommen – aber obwohl sie wiederholt ihre Entrüstung über Philips Verhalten zum Ausdruck bringt, ist da garantiert auch eine Spur Schadenfreude bei ihr. Alice kommt es so vor, als würde Deirdre immer wieder in ihrem Elend herumstochern, als würde sie ihr ihre Leidensgeschichte täglich von neuem entlocken wollen, denn je zerbrechlicher ihre, Alices Welt ist, desto heiler und beständiger erscheint Deirdres.

Relativ planlos fängt sie an, sich nach einer Wohnung umzusehen, und wird nur noch deprimierter angesichts dessen, was in ihrer Preisklasse erhältlich ist: Alles ist so feuchtkalt und freudlos im Vergleich zu ihrem früheren Leben, und es ist, als ob jeder vertraute Pflasterstein und Briefkasten sie unablässig auf den Verlust desselben und auf ihr Versagen aufmerksam machen würde. Also ist sie, als das vorläufige Scheidungsurteil vor ihr auf dem Küchentisch liegt, an dem Punkt, an dem ihr Selbstbewusstsein nicht mehr tiefer sinken kann, woraufhin Deirdre einen Urlaub vorschlägt – und Alice zu ihrer eigenen Überraschung darauf eingeht.

Lass uns eine Münze werfen. Wohin würdest du (im Rahmen eines ziemlich begrenzten Budgets) fahren? Von welchem Ort versprichst du dir in deinen wildesten Träumen Lachen, Licht und, ja, warum sollte sie es nicht zugeben, Glamour? Höchste Zeit für etwas Glamour in ihrem Leben. Nicht Griechenland – die Sprache zu schwierig, die Shirley-Valentine-Witze zu nah an der Wahrheit. Nicht Spanien oder Mallorca – zu viele Pauschalurlauber und rülpsende Rüpel. Nicht Frankreich – das bedeutete für Alice bisher immer Dordogne und ist voller Erinnerungen an all jene gemeinsamen Sommerurlaube in der Familienkutsche. Aber da ist auch noch ein anderes Frankreich, eine beinahe separate Region, in der Alice noch nie gewesen war, wahrlich unerforschtes Terrain: die Côte d'Azur. Eine Welt mit ihrer eigenen Mythologie: Somerset Maugham und David Niven; Grace Kelly und Cary Grant; Scott und Zelda Fitzgerald; Palmen, Casinos, Wein und Gesang. Also bucht sie auf der Stelle – unvernünftig übermütig, beseelt von einem plötzlichen Freiheitsdrang – einen Flug von Heathrow nach Nizza. Keine sorgfältigen Reisevorbereitungen, kein langes, breites Wälzen von Reiseführern, alles ganz spontan, die Hotelwahl praktisch willkürlich, da ihr der Name gefällt: die Auberge de la Rose, mit Blick auf die Baie des Anges, die Engelsbucht. Hört sich doch viel versprechend an. Hört sich himmlisch an.

3

In der *Auberge*

Aber das ist es nicht. *Quelle erreur.*

Nach einer Busfahrt in der brütenden Augusthitze, die ihr arg zusetzt, steigt sie nur einige wenige Haltestellen vom Flughafen entfernt an der *autoroute* vor einem großen rosafarbenen Bungalow aus, an dessen Fassade eine Neonrose prangt. Um ihn herum stehen auf dem harten, sandigen Erdboden in fächerartiger Manier Reihen von Wohnwägen mit vorgespannten Strohdächern. In der Broschüre des Reisebüros war von separaten Strohhäuschen – *chaumières individuelles* – um einen Swimming-Pool herum die Rede gewesen; es hatte sich charmant angehört. Der Pool war die einzige Abbildung gewesen, und er hatte wahrlich nett ausgesehen – türkisfarben glitzerndes Wasser, umgeben von glücklichen Menschen, die unter Strohsonnenschirmen an eisgekühlten Drinks nippten. Nun, das Stroh entsprach der Wahrheit – die Auberge de la Rose hat ziemlich viel Stroh zu bieten.

Entschlossen, die Enttäuschung nicht zu sehr an sich ranzulassen, stellt Alice an diesem ersten Nachmittag ihren Koffer in dem ihr zugewiesenen Wohnwagen ab und beschließt, direkt zum Strand zu gehen. Aufs Mittelmeer hinauszuschauen – das ist es, was sie jetzt braucht. Ihre Zehen in das warme, wohltuende Wasser zu tauchen, den Zauber zu spüren, ihre Seele baumeln zu lassen.

Sie verlässt das Gelände durch das Tor und sieht in Richtung Meer. »Nur einen Steinwurf entfernt«, hatte es in der

Broschüre geheißen. Nun, denkt sie, vielleicht wenn man den Wurfarm eines Goliaths hat. Zwischen ihr und dem Meer, das als eine dünne blaue Linie am Horizont sichtbar ist, liegen eine zweispurige Fahrbahn, Landstraßen, ein Eisenbahngleis und ein Kieselstrand. Der Verkehr rauscht ohne Einhalt und Unterlass vorbei. Es gibt keinen Gehsteig, nur einen hin und wieder unterbrochenen, bröckelnden Bordstein, staubiges Geröll, Kabelstränge und Plakate, die auf Straßenbauarbeiten hinweisen. Kein Hinweis auf einen Fußgängerübergang. Die Auberge de la Rose scheint wie von der Außenwelt abgeschnitten, während die Leute auf allen möglichen Verkehrswegen so schnell wie möglich daran vorbei- und davonrasen. Und wer sollte es ihnen verdenken?

Nachdem sie an Autowerkstätten und riesigen Möbelgeschäften, die Flugzeughangars gleichen, vorbeigestapft ist, findet sie schließlich eine lange, gewundene Unterführung, durch die man zum Wasser gelangt. Sie ist schweißüberströmt und voller Staub, als sie endlich den weiten, steinigen Strand erreicht, ihre Sandalen von sich schleudert und in das flache Wasser der Baie des Anges hineinwatet.

Es ist ein Name, der irgendwo in ihrem Hinterkopf eine besondere Bedeutung für sie hat. Vor Jahren hatte sie einen Film mit Jeanne Moreau gesehen – so einen Kunstfilm. Philip hatte sie in eins dieser Kinos, die sie Flohkinos nannten, eingeladen. In jenen Tagen, als man noch keinen Fernseher hatte, ging man in Odeons- oder ABC-Kinos, wenn man die großen Mainstream-Filme sehen wollte. Aber wenn einem der Sinn nach *nouvelle vague* oder *dolce vita* stand – wenn man außerhalb Londons Godard, Truffaut oder Fellini sehen wollte –, musste man in das nächstgelegene Flohkino gehen, das Cameo, Rialto oder Roxy.

Baie des Anges, Die blonde Sünderin – es war Jahre her, seit sie den Film gesehen hatte. Obwohl sie sich nicht einmal mehr genau an die Handlung erinnern kann, hat er dennoch einen bleibenden Eindruck hinterlassen: Jeanne Moreau mit kajalverschmierten, glänzenden Augen und diesem außergewöhnlichen vollen, weichen Mund am Roulettetisch, das Anschwellen der Musik zur atmosphärischen Untermalung der zum Scheitern verurteilten Leidenschaft, und das alles vor dem Hintergrund des weiten Bogens der Bucht und der architektonischen Vielfalt Nizzas. Sie kann sich noch gut daran erinnern, in welcher Stimmung sie den Film gesehen hatte. Sie war mit ausgestreckten Beinen in der letzten Reihe gesessen, beinahe gelegen, während der Mokett des Sitzes an ihren nackten, miniberockten Beinen kratzte (bloß nicht an die Flöhe denken – allein bei dem Gedanken daran bekommt sie einen psychosomatischen Ausschlag), und Philip hatte sanft ihren Nacken gestreichelt und mit ihren Haaren gespielt. Wirklich die unterschätzteste aller erogenen Zonen – der Nacken. Das ist es also, woran sie sich erinnert: auf der Leinwand Jeanne Moreaus glamourösem Leiden zugeschaut zu haben, während in ihrem eigenen Leben die Liebe so real und greifbar war. Aber so hatte sie sich den Traum nie vorgestellt. Moreau hätte ihre aussichtslose Liebe niemals in so einer Umgebung zelebrieren können. Das wirkliche Nizza scheint meilenweit entfernt dort drüben in der flirrenden Hitze auf dem Meer zu schwimmen. Davor tauchen alle paar Minuten unmittelbar aus dem Wasser Flugzeuge auf, wie Trugbilder, die den auf einer Halbinsel gelegenen Flughafen anfliegen oder verlassen. Und hier, wo sie steht, ist ein langer, unwirtlicher, menschenleerer Küstenstreifen mit heißen, spitzen Kieselsteinen. Ein einsamer Fischer bringt seine Angel in Position – es erinnert sie an das Ufer des Avon. Er hat sogar einen dieser kleinen grünen Segeltuchhocker dabei und – das darf doch nicht wahr sein! – eine *Thermosflasche*. Am Wasser stöbern zwei Hunde herum. Immerhin sehen sie mit ihren langgliedrigen, dingoartigen Körpern nicht besonders angelsächsisch aus, aber auch nicht gerade sehr französisch. Sie spielen mit etwas – werfen es ins Wasser, holen es dann wieder heraus. Alice geht näher ran, um zu sehen, was es ist. Eine Coca-Cola-Dose. Hätte es nicht wenigstens Orangina sein können?

Am Abend betrachtet sie die anderen Gäste und wünscht sich, dass sie es nicht getan hätte. Mitte August, Hochsaison – und überall, wo man hinsieht, nur Familien. Wie sich herausstellt, rangiert die *auberge* nur knapp zwei Plätze vor einem Campingplatz und einen Platz vor einem Motel. Ihre Hauptklientel besteht aus Reisebussen, und hinter den *chaumières individuelles*, vorbei an einer Reihe schlanker Pinien, befindet sich ein großer Parkplatz. Kurz vor Sonnenuntergang strömen die Familien, bergeweise sonnengebräuntes Fleisch, in munteren Grüppchen herein: Deutsche, Italiener, Schweden, vor allem aber scharenweise Briten.

Und welch unattraktive Spezies wir Briten *en masse* sind! Bei diesem Gedanken ertappt sich Alice kurz darauf, als sie zum Abendessen in eine geräumige Halle namens ›La Brasserie‹ getrieben werden. Alle scheinen von der großen, plastikverschweißten Speisekarte Schnitzel zu bestellen – Schnitzel und Pommes frites, mehr *frites* als dem Planeten gut tun. Die Kinder, von denen die meisten noch ihre Badeklamotten und Gummisandalen anhaben, kreischen und kichern, stochern mit der Gabel in dem *haché* mit Tomatensauce herum und fallen vor lauter Zappeligkeit fast vom Stuhl. Alice sitzt mit ihren *moules marinières* (die trotz der Campingplatz-Atmosphäre überraschend gut sind) allein in einer Ecke und registriert mit einem bisher unbekannten Gefühl der Demut, dass sie sich noch nie so alt und ausgeschlossen gefühlt hat.

»Kevin, komm her«, kreischt eine junge Frau ihrem kleinen Sohn zu. Sie hat dichtes, präraffaelitisches wasserstoffblondes Haar, das sie sich ständig von der Schulter streicht. »Komm her, und ich schmier dir eine«, fügt sie hinzu und schwenkt ihr Messer vage in seine Richtung. Kevin, gut acht Jahre alt, der sich Pommes frites in die Mundwinkel gesteckt hat und einen Vampir imitiert, sieht nicht so aus, als ob er dieser Einladung Folge leisten würde. Er verschwindet auf der anderen Seite des Restaurants unter den Papiertischtüchern. Seine Mutter sieht lächelnd seinem abtauchenden stählernen, kleinen Körper hinterher und fängt dann Alices Blick auf. »Sie sind so aufgedreht. Ich glaube, dass das Fernsehen daran schuld ist – oder vielleicht auch das Rindfleisch. Zu Hause bekommt er keins, wegen BSE.« Sie zuckt mit den Achseln und fügt dann liebevoll hinzu: »Er ist schon ein kleiner Scheißer, nä?« Und dann lacht sie.

In jener Nacht sitzt Alice vor der Tür ihrer *chaumière* an dem dazugehörigen Plastiktisch und besäuft sich langsam mit einer Flasche Rosé *vin de table*, die sie in dem hauseigenen Minimarkt der *auberge* gekauft hat. Hin und wieder verstummt das Geschwätz und Gekichere um sie herum lange genug, dass sie das Zirpen der Grillen und das Quaken der Frösche hören kann. Aber nur hin und wieder. Dazwischen dringen Fetzen von englischen Popsongs an ihr Ohr, die sie nicht wirklich kennt. Sie hört immer wieder einen heiseren Refrain – etwas mit »horny«, oder war es »honey«? Seit die Kinder aus dem Haus sind, hat sie nicht einmal mehr so getan, als ob sie sich für Popmusik interessieren würde. War das vielleicht Oasis – oder Blur? Dann wieder lautes, gackerndes Gelächter und elektronisches Gepiepse von irgendeinem Computerspiel, das den ganzen Weg von Basildon oder Basingstoke oder wo auch immer mit hierher geschleppt wurde und jetzt die heiße Rivieraluft mit seinen nervtötenden Cyberlauten bombardiert.

Schließlich ist sie blau genug, um sich ihre Enttäuschung einzugestehen. Was für ein Reinfall! Die Côte d'Azur? Wie war das noch mal mit Willy Maugham und der Villa Mauresque? Mit Prinzessin Gracia und Fürst Rainier, Sacha Guitry und der Bardot? Kann das alles sein – alles, was für uns Normalsterbliche übrig geblieben ist, nachdem die Götter des Kommerzes ihren Hunger und Durst gestillt haben?

Dennoch schläft sie in dieser Nacht tief und fest, fast wie betäubt, so als ob man sie mit einem Felsbrocken anstatt mit den subtileren Waffen des Geistes niedergestreckt hätte, und als sie aufwacht, ist sie eigenartig munter und abenteuerlustig. Aber leider hat die Auberge de la Rose keine ähnliche wundersame Wandlung durchgemacht und sich in St. Tropez verwandelt. Das kreischende Gelächter und die lauten plumpen Witze der Briten sind noch genauso lästig wie gestern.

Ihr Verstand sagt ihr natürlich, dass sie so bald wie möglich abreisen sollte, aber der Verstand würde ja nicht für den Vorschlag bezahlen müssen. Die zehn Tage in der *auberge* sind bereits als beträchtliche Summe ihrer Kreditkarte belastet, also wird sie wohl oder übel hier bleiben müssen. Und da entdeckt sie, im Glauben, wieder in Richtung Wasser unterwegs zu sein, den Bahnhof.

Durch die Unterführung nach rechts, den Hang hinauf, und da ist er: klein, rosarot, mit Oleander- und Palmenkübeln, ein Bahnhof wie aus einem Spielzeugland, der so gar keine Ähnlichkeit mit Railtrack und dem Temple-Meads-Bahnhof in Bristol hat. Der Fahrplan ist übersichtlich und wunderbar klar und einfach. Kleine Bummelzüge schlängeln sich anscheinend bemerkenswert regelmäßig und preisgünstig die Küste zwischen St. Raphaël und Ventimiglia auf der anderen Seite der italienischen Grenze entlang und halten in all den kleinen Städten sowie in Nizza,

Cannes, Antibes und Monaco – schon allein die Namen lassen einem das Wasser im Mund zusammenlaufen.

Und so beginnen die Erkundungen. Jeden Morgen verlässt sie das triste Gelände der *auberge*, ohne auch nur einen Kaffee zu trinken, steigt in einen Zug und jeden Tag woanders wieder aus. Weil das Gros der Eisenbahnschienen lange vor dem Bau des verzweigten Straßennetzes verlegt worden ist, führen sie durch die hässlichen Randsiedlungen hindurch direkt ins Zentrum jeder Gemeinde. Und wenn man erst einmal den Verkehr, die Wohnblocks und die Einkaufszentren hinter sich gelassen hat, scheint der Geist von Scott und Zelda doch noch lebendig zu sein.

Mittlerweile mit einem *Guide Michelin* ausgerüstet, erforscht Alice für einige Stunden die engen, heißen Straßen, wobei sie sich hin und wieder in den kühlen Schatten von Kirchen und Kathedralen flüchtet und sich die ganze Zeit auf ein köstliches Mittagessen freut. Die einsamen Abendessen in der *auberge* sind eine trostlose Katastrophe, aber diese Mittagessen gleichen das mehr als aus. Diese Mittagessen sind ein Wunder. Die ganze Region scheint den Göttern der Schlemmerei zu huldigen – mehr als es ihr andernorts auf früheren Frankreichfahrten aufgefallen ist. Die Straßen sind gesäumt von *pâtisseries*, deren köstliche Auslagen wie abstrakte Kunstwerke arrangiert sind und einem den Mund wässrig machen. Kandierte Früchte werden in regelrechten Zuckerpalästen zur Schau gestellt, so als ob sie wertvolle Juwelen seien. *Charcuteries*, mit ihren zahlreichen fertig zubereiteten Gerichten, lassen es absurd erscheinen, zu Hause selbst zu kochen. Und dann sind da noch, zur Krönung des Ganzen, die Märkte.

Jede Stadt scheint einen so reich gesegneten Markt zu haben, dass er als Paradigma für den Garten Eden dienen könnte. Ortsansässige Kleinbauern und Gärtner bieten neben professionellen Händlern ihre Reichtümer feil. Alles ist so frisch geerntet, dass noch der Tau darauf glänzt. Basilikumbündel verströmen einen so intensiven Duft, dass er einem wie eine Droge in den Kopf steigt. Zwanzig verschiedene Salatsorten verkünden ihre Namen und ihre Herkunft. Dutzende von Käsesorten konkurrieren mit *saucisson*-Ringen und -Girlanden; Bottiche voller Oliven, mit Knoblauch und Chilischoten und Kräutern, stehen neben Fässern mit eingelegtem Essiggemüse und Schalen mit Gewürzen. Nektarinen, Pfirsiche, Melonen und Erdbeeren, sogar Maulbeeren türmen sich in einem Zustand der Reife, wie man ihn daheim in England nie zu Gesicht bekommen würde. Überall riecht und duftet es köstlich – und die Jagd nach Essen scheint das erklärte Ziel aller Passanten zu sein.

Jede Stadt verfügt zudem an wunderschönen Plätzen, geschäftigen Straßen oder Uferpromenaden über Unmengen appetitlich aussehender, markisengeschmückter Restaurants, die auf extra dafür aufgestellten Ständern Pauschalpreismenüs zu sehr vernünftigen Preisen feilbieten. So viele Restaurants. So viel Essen. Die Qual der Wahl. Soll sie das einfache Menü für 85 Francs nehmen oder übermütig sein und sich für die 145-Francs-Luxusversion inklusive gefüllter Austern und *confit de canard* entscheiden? Welchem Restaurant soll sie ihre Kundschaft andienen? Schnell mausert sie sich zur Expertin, was das Abwägen der Speisekarte gegen die Örtlichkeit angeht, und sie wird jedes Mal rundum zufrieden gestellt.

Es scheint keine Schande zu sein, allein zu Mittag zu essen. Sogar die Französinnen tun es und verzehren ungeniert und anstandslos ein Drei-Gänge-Menü und eine Flasche guten Wein. Natürlich hat das Alleinessen untertags eine andere Bedeutung. Hinter den Kulissen existiert vielleicht (nein, wahrscheinlich) ein ›Monsieur‹ – ein Ehemann, möglicherweise ein Geliebter, der aber zu tun hatte. Natürlich, irgendwer muss ja das Geld für dieses luxuriöse kleine Mittagessen verdienen. Aber Alice, die sich erneut durch ein Menü gekämpft hat, fühlt sich von der Demütigung eines einsamen Abendessens in La Brasserie entbunden. Wenn sie in die *auberge* zurückkommt, dann ist sie glücklicherweise so müde und satt, dass Schlaf das Einzige ist, wonach sie verlangt.

Und so entdeckt sie Vieilleville. Sie steigt in deren jüngerer Schwesterstadt Bonneville-sur-Mer aus, deren Bahnhof und rosa- und bernsteinfarbenen Betonwohnblocks nicht gerade einen sehr einladenden Eindruck machen, aber sie vertraut auf den Tipp des *Michelin*. Seinem Rat folgend, geht sie den Hang hinunter auf die hohen Steinmauern am Meer zu. Durch das riesige Tor hindurch, die Stufen hinauf zu den Zinnen, und plötzlich ist sie in einer anderen Welt, einer alten Stadt, die auf schier unglaubliche Art und Weise über dem Meer thront, genauso wie es der Reiseführer versprochen hat.

Eine komplexe Tapisserie aus Sonne und Schatten, grauem, amethyst- und topasfarbenem Gestein. Ein Labyrinth gewundener Straßen und Gassen, die von hohen, alten Gebäuden gesäumt sind, rostrote Lehmdächer, vor fast jedem Fenster Blumen – purpur- und karminrot und indigoblau, Kaskaden von Bougainvilleen, Jasmin und Bleiwurz – und dahinter das strahlende Blau des Himmels und des Meeres. Die verschiedenen Blautöne – türkis, kobalt-, marine- und himmelblau – sind so klar und intensiv, dass ihr buchstäblich für einen Augenblick der Atem stockt, als sie um eine Ecke biegt und sich ihr die Aussicht aufs Neue bietet. Aaah, entschlüpft es ihr – nur ganz kurz, nur zu sich selbst –, aber das ist so herrlich, dass man es einfach nicht für selbstverständlich ansehen darf.

Sie setzt ihren Entdeckungsrundgang fort. Es gibt ein paar elegante Plätze mit hohen Palmen, Bänken und Boule-Plätzen. Unterhalb einer eleganten Promenade, die die

Stadtverwaltung mit orangefarbenen Strelizien und roten Cannalilien bepflanzt hat, ist ein Sandstrand. Hinter dem Wellenbrecher befinden sich die Überreste eines alten Fischereihafens, der jetzt hauptsächlich als Marina fungiert. Betonzungen ragen in den Hafen hinein und dienen als geschützte Anlegeplätze für Dutzende von Booten, die in der Mittagssonne glitzern. Aber es gibt auch noch ein paar Fischer, die dort unterhalb der Stadtmauer auf dem Kai mit Netzen und Schwimmern rummachen, als ob sie der Szenerie Authentizität verleihen und die schier unglaubliche Auswahl an Meerestieren oben auf dem Markt rechtfertigen wollten.

Und so entsteht die Idee – so schnell, ein Tagtraum zuerst, ein träges Gedankenspiel nach einem weiteren leckeren Mahl im Freien, während sie zu ihrem *express* an einem *digestif* nippt und der Madame gegenüber lächelnd zunickt, deren Hündchen Penne mit Tomatensauce serviert bekommt – *auf* dem Tisch in einer Edelstahlschüssel. Man stelle sich das einmal in einer Teestube in Clifton vor! Das hier ist ein humaner Ort, denkt Alice, und wenn ich hier leben würde – wenn ich ein Teil davon sein könnte –, dann würde auch ich anders sein, gerettet, erlöst, aktiv, ganz.

Und dann – nun, dann sieht sie im Fenster eines Immobilienbüros, der Agence Gerontin, eine Karte mit der Aufschrift »*Studio – Bon État – Tout Rénové – Cuisine Équipée*«, ein Foto des Gebäudes und einen Preis, der ungefähr nur die Hälfte dessen beträgt, zu dem sie sich erst letzte Woche in Bristol eine trostlose Kellerwohnung angeschaut hatte.

Sie betritt den Laden nur aus einer Laune heraus, an der der *pichet* roten Hausweines und das Gläschen *eau de vie*, die sie zum Mittagessen getrunken hat, wahrscheinlich nicht ganz unschuldig sind. Sie schlüpft durch die Tür, zeigt auf die Karte im Fenster und erkundigt sich in ihrem stockenden Französisch nach Einzelheiten, nichts weiter. Sie erwartet ein Blatt Papier mit einem Foto oben drauf, etwas zum Schwärmen, wenn sie wieder zu Hause ist – an mehr denkt sie wirklich nicht.

Aber Monsieur Gerontin scheint nicht zu bemerken, dass sie nur einen Tagtraum auslebt, und nimmt sie ziemlich ernst. Anstatt sie mit gedruckten Details zu versorgen, schickt er sich, noch ehe sie es recht kapiert hat, an, ihr die Wohnung unverzüglich zu zeigen – mit Terminen wird nicht lange rumgemacht –, bittet sie zur Tür hinaus und schließt hinter ihnen ab, eine Einmannkapelle, die mit den Schlüsseln rasselt.

Es ist nicht weit – was auch gut ist so, denn ihr Französisch reicht nur für sehr wenig Small Talk. Sie probiert's mit dem Wetter, muss aber mehr oder weniger nach »*Il fait très chaud*« die Segel streichen. Von der Fassade des Gebäudes nimmt sie nur wahr, dass sie fast vollständig von Weinranken bedeckt ist, bevor sie dankbar in den kühlen, dunklen Hausflur eintaucht. Er ist beinahe kreisrund, und von ihm führt eine steile Wendeltreppe nach oben. Durch enge Fensterschlitze, die wie Schießscharten wirken, fällt spärliches Licht herein, und in der Mitte hängt ein Seil von einem vertikalen Holzbalken, der als Geländerpfosten dient.

»Mast«, sagt Monsieur Gerontin und tätschelt den Balken anerkennend.

»Mast?«, sagt Alice.

»Mast. Schief.«

»Schief?«

»*Bateau.*«

»Oh, ein Schiffsmast?«, sagt Alice.

»Schiefsmast. Sehrrr alt.« Und sehr romantisch. Es gefällt ihr.

Sie folgt ihm nach oben um die Kurve. Auf dem ersten Treppenabsatz bleibt er stehen, schließt eine Tür auf und schiebt sie in die Wohnung. Er selbst bleibt draußen, und viel später fragt sie sich, ob er das nicht absichtlich gemacht hat, damit die Wohnung nicht ganz so winzig wirkt. Es ist ein unmöbliertes, karges, weiß getünchtes, kleines Zimmer mit einer unverhältnismäßig hohen Decke, so dass man das Gefühl hat, als ob es ursprünglich Teil eines größeren Raumes war. Die Wände sind roh verputzt, der Boden ist im Terrakottastil neu gefliest, und in der hinteren linken Ecke ist eine moderne Kochnische in einen Alkoven hineingepasst – wirklich nur eine bessere Ausgussvorrichtung mit Einbaukühlschrank und Kochplatte. Daneben befindet sich hinter der einzigen Tür ein winziges Badezimmer, das nicht viel größer ist als die Küche. Die kleine Wohnung ist sehr effizient geschnitten. Es riecht stark nach feuchtem Gips und frischer Farbe – die Arbeiter müssen noch vor kurzem hier gewesen sein.

Alice öffnet das einzige Fenster und stößt die Fensterläden auf. Die Aussicht ist enttäuschend – nur die Mauer auf der anderen Seite der Gasse. Aber es ist eine ziemlich hübsche Mauer, völlig bedeckt mit Weinlaub und mit einer alten eisernen Straßenlaterne, auf der sich eine Eidechse räkelt. Alice lehnt sich aus dem Fenster, sieht hinunter auf die Straße und streckt schnuppernd die Nase in die Luft. Die Sonne fällt schräg durch die Dächer auf Blumenkästen mit Geranien. Wenn das meine Wohnung wäre, würde ich meine eigenen Blumenkästen haben – meine eigenen Geranien.

Draußen auf dem Treppenabsatz räuspert sich Monsieur Gerontin und sieht auf seine Uhr. Es wird erwartet, dass sie etwas sagt.

»Es ist ziemlich klein«, bringt sie vor.

»*Klein*«, wiederholt Monsieur Gerontin mit einem karikaturhaften gallischen Achselzucken.

»*Petit*«, sagt Alice, um sich sogleich dafür zu schämen.

»Madame, isch weiß, was ›klein‹ ’eißt. Aber für diesen

Teil von Vieilleville su diesem Preis es ist – *comment veut dire?* – *énorme* und ein Schnäppchen – *à saisir*. Nie wiederrr su diesem Preis und *tout rénové* – alles neu, Sie brauchen gar nischts su tun. Es ist nischt einfach su finden etwas in Vieilleville. In Bonneville, ja, dort Sie können bekommen neues *appartement* mit Tennisplatz und *piscine*, natürlisch, aber das 'ier ist sehrr besonders. Sie 'aben all die Atmosphäre, all die Kultur – und der Preis ist gut … und mit *sous la table* noch besser.«

»Mit was?«

»*Comment veut dire?*« Monsieur Gerontin zieht die Augenbrauen zusammen und blickt sich auf der Suche nach Inspiration im Zimmer um. »Das ›unter dem Tisch‹.«

»Unter dem Tisch?«, fragt Alice verdutzt.

»Ist üblich 'ier in Fronkreich – alle tun es.«

»Tun was?«

»Man macht einen offiziellen Preis für den *notaire* – kleinen Preis –, dann man macht einen anderen Preis in bar – 'ö'erer Preis. Dann – wie sagt man? – man trifft sich in der Mitte, ja? Es 'ilft dem Verkäufer mit den Steuern – Steuer ist sehrrr schwierig, nein?«

»Ist das legal?«

»*Pardon*?« Monsieur Gerontin ist schon wieder auf dem Weg zum Treppenabsatz.

»Ich weiß nicht, ob ich so etwas tun kann …«

»Madame, ohne *sous la table* wird sehrrr schwierig sein. *Impossible*.«

Da sie sich danach sehnt, seinem skeptischen Blick zu entkommen, entschuldigt sie sich und geht hinunter an den Strand. Der hufeisenförmige Sandstrand, der jetzt zur Hochsaison mit erhitzten, ausgelassenen Sonnen- und Meerbadern überfüllt ist, ist begrenzt von Felsen, die ihrerseits zu der Promenade auf der alten Stadtmauer hinaufführen. Sie setzt sich im Schatten der Mauer auf einen dieser

Felsen und tippt auf ihrem Taschenrechner ein ums andere Mal den Wechselkurs ein – und ja, so oft sie es auch nachrechnet, es scheint zu stimmen: Es sieht danach aus, als ob es wirklich möglich wäre. Sie könnte das Studio in *bon état* kaufen und hätte dann sogar noch mehr übrig, als sie bisher geplant hatte. Sie müsste sich natürlich noch etwas einfallen lassen – eine Bausparversicherung, eine festverzinsliche Anlage, eine Rentenversicherung, wenigstens eins von diesen Dingen – Details, über die sie sich später Gedanken machen kann. Aber es wäre möglich. Es wäre machbar.

Am nächsten Vormittag fährt sie wieder nach Vieilleville. Sie fühlt sich jetzt viel nüchterner und pragmatischer, aber die Verrücktheit und der Zauber der Idee berauschen sie erneut. Als Erstes geht sie in die Rue d'Espoir, um sich das Haus etwas genauer anzusehen. Es ist wirklich sehr hübsch – wie aus einem Märchen, halb Schloss, halb Haus. Zu beiden Seiten befindet sich ein Treppenhaustürmchen mit jeweils einer eigenen Eingangstür. Durch die, vor der sie jetzt steht, gelangt man zu dem Treppenabsatz, den sie insgeheim schon als den ihren bezeichnet, und dann weiter zu dem Stockwerk darüber. Sie hatte Monsieur Gerontin gefragt, wo der andere Treppenaufgang hinführt. »Zu dem *appartement de grand standing*«, hatte er geantwortet, so dass es sich anhörte, als ob es nicht nur geografisch über ihr läge. An dessem Eingang gibt es neben dem Sprechgitter der Türsprechanlage nur einen einzigen Klingelknopf, während sich hier auf ihrer Seite drei Klingelknöpfe befinden, von denen zwei mit Namen versehen sind: »Prosper« (wie Prosper Mérimée – *Carmen* war einer ihrer O-Level-Prüfungstexte gewesen) und »Grange« (wie »Madame Legrange« in *Allons-y*, dem Französischlehrbuch damals an ihrer Privatschule; *Voici Madame Legrange. Madame Legrange ouvre la porte …*). Ein Haus voller Einheimischer, ein Leben voll gallischem Charme.

Ihr Sinn fürs Praktische kommt ihr allerdings nicht völlig abhanden – noch nicht. Als sie Monsieur Gerontin ein zweites Mal aufsucht, erwähnt sie das Wort »Gutachter«. (Im Lexikon stand *»visite d'expert«*, aber das hatte sich für ihre Ohren nicht spezifisch genug angehört. Welche Art Experte? Es gibt viel zu viele Möglichkeiten.) Aber sein erstaunter, empörter Gesichtsausdruck genügt, damit sie den Gedanken sofort wieder fallen lässt. Schließlich, sagt sie sich, ist die Wohnung ganz offensichtlich frisch renoviert, und die Badezimmer- und Küchenarmaturen sind funkelnagelneu – im Duscheinsatz kleben sogar noch die Firmenetiketten. So weit sie das in dem düsteren Licht überhaupt feststellen konnte, ist der Hausflur allerdings erstaunlich heruntergekommen. Alle Türen sind in demselben, tristen Metallgrau gestrichen und weisen verschiedenfarbige Farbkleckse auf, so als ob jemand zum Spaß mit Dispersionsfarbe herumgespritzt hätte, und die Wände sind voller Löcher und Risse. Monsieur Gerontin sieht, wie sie sie inspiziert, und macht eine ausladende Handbewegung. »*Tout rénové* – vor nischt länger als sechs Monaten. Sie können sich anschauen die Pläne in meinem *bureau – sechs.*« Zur Betonung hält er die entsprechende Anzahl von Fingern in die Luft.

Und dann geht alles ziemlich schnell. Sie sitzt in Monsieur Gerontins Büro an seinem Schreibtisch und ruft unter seinem wachsamen Blick von seinem Telefon aus sowohl ihre Bank als auch ihre Bausparkasse an. Sie wird innerhalb der nächsten zwei Tage, noch vor ihrer Rückreise nach England, etwas unterschreiben, was man offenbar einen *compromis de vente* nennt, und diese Unterschrift, zuzüglich einer Anzahlung von zehn Prozent, wird die ganze Prozedur mehr oder weniger unwiderruflich in die Wege leiten. Sollte sie danach einen Rückzieher machen, wird sie die Anzahlung verlieren, sollte sich aber umgekehrt der Verkäufer aus der Affäre ziehen wollen, muss er ihr das Doppelte zurückzahlen. Es ist alles etwas seltsam, aber gleichzeitig auch recht befriedigend. Es besteht keine Möglichkeit, den Verkaufspreis noch nachträglich in die Höhe zu treiben, und der solide Anschein der Abmachung appelliert an ihr neues Ich – die unabhängige Alice Barnes, die keine Ausflüchte mehr macht, die nicht mehr um Erlaubnis fragt. Schluss mit diesen ollen Kamellen.

Sie hätte aber ganz gern den Segen der Kinder – oder wenigstens von einem von beiden. Da sie weiß, dass Gavin irgendwo in seiner Eigenschaft als zweiter (oder war es dritter?) Regieassistent bei Dreharbeiten unterwegs ist, bleibt ihr nur, es bei Lally zu versuchen, um sich von ihr die freudige Zustimmung einzuholen. Sie will nicht noch einmal Monsieur Gerontins Telefon benutzen – zu wenig privat. Aber die *chaumières* der Auberge de la Rose haben keinen Telefonanschluss, und der Gedanke, sich mit fremden Münzen und Telefonzellen herumzuschlagen, um ein R-Gespräch zu beantragen, lässt alles schrecklich kompliziert erscheinen. Als sie zu guter Letzt etwas unsicher ihre Kreditkarte in dem hypermodernen Telefonhäuschen auf der Place de la République durchzieht und Lallys Nummer wählt, ist nur der Anrufbeantworter dran. Verdammt.

»Hallo, Liebes« – befangen; sie hasst diese Maschinen – »Hier spricht Mama.« Himmel, hört sich das blöd an. Vielleicht hätte sie »deine Mutter« oder »Alice« sagen sollen? Sie hasst es zu wissen, dass ihr Herumgedruckse am anderen Ende der Leitung auf Band festgehalten wird. »Ich rufe aus Frankreich an. Mir geht's gut ... äh ... nun, ich muss ... äh ... eigentlich ist etwas passiert, aber ... nun, ich muss mit dir sprechen, wenn ich wieder daheim bin.« Das alles sagt sie – dessen ist sie sich bewusst – ziemlich vorwurfsvoll, so als ob Lally neben dem Telefon lauern und sich weigern würde, den Hörer abzunehmen.

4

Genehmigungen

»Wie schön für dich«, sagt Deirdre, aber es hört sich eher zögerlich an. »Das ist ja ein Ding.« Und sie pfeift. Deirdre pfeift normalerweise nie.

Alice ist wieder als unfreiwilliger, zahlender Gast in Hotwells und beugt sich aufgeregt über Deirdres Küchentisch – denselben Tisch, auf dem einige Wochen zuvor das vorläufige Scheidungsurteil gelegen hatte.

»Du denkst, dass ich voreilig war«, sagt Alice, die selbst der Meinung ist, dass sie ein bisschen impulsiv gehandelt hat, und die sich deshalb vor allem Rückhalt und Unterstützung erhofft.

»Nun ... es kommt ein bisschen *plötzlich*. Passt das wirklich zu dir?«

»Was meinst du damit?«

»Ich meine – *du* und eine Wohnung an der Riviera?«

Sie ist neidisch, geht es Alice mit leichter Befriedigung auf. Sie ist grün vor Neid.

»Schließlich hast du noch nie im Ausland gelebt – nicht so wie Bill und ich in Kuwait.«

Deirdre und Bill hatten Anfang der Siebziger Jahre zehn Monate lang in Kuwait gelebt, steuerfrei, dank eines großen Ölkonzerns, und Deirdre ist seitdem nie über die Pracht und die Herrlichkeit – den Marmor, den Chauffeur und die Empfänge in der Botschaft – hinweggekommen. Ergo weiß Deirdre über das Leben Bescheid. »Ich meine, du warst immer hier«, setzt sie jetzt zur Betonung obendrauf.

»Nicht immer.«

»Devon zählt nicht als Ausland, Alice. Devon ist nur einen Katzensprung entfernt.«

Nun, da hat sie Recht. Aber schließlich sind ihre Kindheit und Jugend in Exeter nicht alles, was sie in ihren fünf Jahrzehnten auf diesem Planeten erlebt hat. Da war die Zeit in London an St.-Hilda's-Sekretärinnenschule in Belsize Park, und dann der Job als persönliche Assistentin des Studiendekans in der Studentenzulassung am St.-Jude's-Krankenhaus, wo sie Philip Barnes kennen gelernt hatte. Und danach war sie mit ihm ziemlich viel herumgezogen, anfangs als willige und enthusiastische Freundin, später dann als willige Gattin und nützliche zusätzliche Geldverdienerin in den magersten Jahren.

Sie waren kreuz und quer durch England gezogen, je nachdem, welcher Aspekt von Philips Karriere gerade gefördert werden musste. Sie war sehr gut darin geworden, Umzugskartons einzuräumen, sie im Eiltempo wieder auszupacken und die jeweils neue versiffte Bleibe in ein Paradies zu verwandeln. Aber Deirdre hat Recht. Sie hatte nie wirklich ihren Horizont erweitert – dazu hatte es weder einen Anlass gegeben noch hatte sie das Bedürfnis dazu verspürt. Umso mehr ein Grund, es jetzt zu tun.

»Nun, jetzt ist es geschehen«, sagt sie. »Es gibt kein Zurück mehr.«

»Was meinst du damit?«

»Ich habe die ganze Prozedur in die Wege geleitet, und in Frankreich ist es anders. Kein langes Hin und Her. Du unterschreibst den Vertrag, und damit hat es sich – damit bist du gebunden.«

Und so ist es. Sie ist noch immer wie berauscht von ihrem plötzlichen Entschluss – so befreiend nach all den Jahren, in denen sie Philip wie ein gehorsames Hündchen überall hinterhergedackelt war. Jetzt hat sie eindeutig die Brücken hinter sich abgebrochen – oder zumindest zehn Prozent davon – und sie will erst gar nicht zu viel darüber nachdenken, sonst tut sich vor ihr ein Abgrund des Grauens auf. Da sich Deirdre so wenig begeistert anhört, gewinnt das Einholen der familiären Zustimmung umso mehr an Bedeutung.

Sie beschließt, es von Angesicht zu Angesicht zu tun. Selbst wenn man sich im selben Land befindet, sind Telefonate so schwierig – man sieht die Körpersprache des anderen nicht. Gavin ist noch immer unterwegs bei Dreharbeiten, aber da ihr sowieso mehr an Lallys Zustimmung liegt, fährt sie nach London, um sich mit ihr in ihrer Mittagspause zu treffen. Lally arbeitet als Personalberaterin in der City, und es scheint ihr recht gut zu gehen. Sie teilt in Clapham ein Haus zur Miete mit einigen anderen jungen Frauen und hat einen Freund namens Hamish, der in der PR-Branche tätig ist und den Alice noch nicht kennen gelernt hat. Seit der Scheidung hat es viel zu wenige Gelegenheiten für Familienzusammenkünfte gegeben – und auch keinen Ort, an dem man sie hätte abhalten können.

Bei einem Sandwich im Prêt à Manger erzählt sie Lally, was sie getan hat.

»Du lieber Gott, Mami! Wow!«, sagt Lally und verschluckt sich beinahe an ihrem Hummus-und-rote-Paprika-Sandwich. »Ich meine, das ist toll. Du meine Güte! Was sagt Daddy dazu?«

»Ich weiß es nicht«, sagt Alice, sofort gereizt. »Ich habe ihn nicht um Erlaubnis gefragt. Warum um alles auf der Welt sollte ich?«

»Tschuldige«, sagt Lally. »Ich habe nicht nachgedacht, es ist mir einfach so rausgerutscht. Ich glaube, ich habe mich noch nicht so recht daran gewöhnt.« Ihr treten Tränen in die Augen. In letzter Zeit war Alice so sehr mit ihrem eigenen Leben und ihrem Elend beschäftigt gewesen, dass sie beinahe vergessen hatte, dass die Scheidung wohl auch an den Kindern nicht spurlos vorübergegangen ist. Sie wirken so erwachsen und so von ihrem Berufs- und Privatleben in Anspruch genommen, dass sie angenommen hatte, dass der Kriegszustand zwischen ihren Eltern für sie nur eine Sache am Rande, etwas Beiläufiges war.

»Wie dem auch sei, erzähl mir alles. Ich will alles bis ins kleinste Detail wissen«, sagt Lally und sieht auf ihre Uhr. Da sie nur eine Stunde – in Wirklichkeit eher vierzig Minuten – Mittagspause hat, sitzen sie auf hohen Chromhockern im Prêt anstatt irgendwo gemütlich bei einem Teller Nudeln in einem Restaurant. Lallys Geste, so flüchtig sie auch ist, bringt Alice aus dem Konzept. Sie hat über die ganze Sache so viel nachgedacht, aber jetzt soll sie sie in ein paar Minuten herunterleiern, einfach die Fakten darlegen, wenn es doch in Wirklichkeit mehr mit Gefühlen und Visionen, beinahe namen-, formlosen Hoffnungen zu tun hat. Also hört es sich eher dünn an: Vieilleville, wie sehr es sich von der grauenvollen *auberge* unterschied, Monsieur Gerontin, das Haus, die Wohnung …

»Aber wie kannst du dir das leisten, Mami? Ich dachte immer, die französische Riviera sei nur was für Millionäre.«

»Sicher, wenn du eine Villa oder eine große Wohnung hast, dann ist es natürlich schrecklich teuer – nun, auch nicht schlimmer als London, nehme ich an –, aber davon ist das weit entfernt. Die Wohnung ist in einem sehr alten Haus mitten in der Stadt und ist winzig. Eine Art – nun, eine Art Wohnschlafzimmer.«

»Ein Wohnschlafzimmer?«, sagt Lally so behutsam, als ob das Wort zerbrechlich wäre.

»Dort heißt es Studio – besser als ein Wohnschlafzimmer. Es hat ein eigenes Bad und alles …«

»Ja, Mami, ich weiß, was ein Studio ist.« Jetzt hört sich Lally ungeduldig an. »Aber im Ernst, ich meine, für jemanden in deinem Alter und deiner Lebensphase …«

»Was?«, sagt Alice ziemlich heftig.

»Nun, was ich sagen will ist – was ist mit Zuhause?«

»Wie meinst du das?«

»Ein Zuhause halt. Für uns. Für dich auch. Für uns alle.«

»Nun, Vieilleville wird mein Zuhause sein.«

»Aber was ist mit Bristol ... und mit uns? Was ist mit unseren Sachen?«

»Die sind noch immer in Kisten in der Villa Guardi.«

»Das weiß ich. Ich hatte nur gedacht, dass, wenn du eine Wohnung gefunden hast – nun, du weißt schon –, dass es irgendwie wieder unser Zuhause sein könnte. Du wirst doch auch hier in England eine Bleibe haben, oder?«

»Das werde ich mir nicht leisten können. Ich denke, dafür – für euch, meine ich – wird die Villa Guardi herhalten müssen.« Alices Stimme wird leiser. »Hast du sie schon mal dort besucht, Daddy und, na du weißt schon, Hillary Aldyce?«

»Nein, hab ich nicht«, schnauzt Lally zurück.

»Entschuldige, ich wollte nicht neugierig sein.« (Aber natürlich wollte sie das.) »Ich dachte nur ... während ich weg war ... schließlich ist es dein gutes Recht. Er ist immer noch dein Vater.«

»Das weiß ich, das ist mir sehr wohl bewusst. Mir war nur nicht danach. Ich wollte ihn anrufen – abgesehen von allem anderen brauchte ich meinen alten schwarzen Taft-Bofist für eine Achtziger-Jahre-Party, also dachte ich, dass Hillary ihn vielleicht suchen und mir schicken könnte, aber ... ach, Mensch!« Eine riesige Träne quillt aus Lallys Auge und kullert langsam die Wange hinunter. »Scheiße. Ich ruinier mir mein Make-up, und dabei hab ich um zwei Uhr einen Termin. Verdammt.« Sie sieht wieder auf ihre Uhr. »Es tut mir Leid, Mami, aber ich muss los. Ich hätte mich auch lieber mit dir nach der Arbeit getroffen, aber ich bin mit Kunden verabredet. Es tut mir Leid.« Sie hüpft von ihrem Hocker und reißt sich mit einem lauten Schniefen zusammen. »Es hört sich toll an, wirklich, einfach super. Entschuldige.« Sie umarmt Alice fest und eilt dann hinaus auf die Bishopsgate.

Wahrscheinlich denkt sie, dass ich nicht mehr alle Tassen im Schrank habe, denkt Alice und holt sich noch einen Cappuccino und ein Stück Pekannusskuchen. Vielleicht ist sie nur gefräßig, aber schon regen sich die Zweifel, und sie will noch nicht wieder zurück zum Paddington-Bahnhof – noch nicht.

Sie hat nicht mehr alle Tassen im Schrank, denkt Lally, während sie auf der Cheapside zurück ins Büro hetzt, in der Hoffnung, vor ihrem Termin um vierzehn Uhr mit den Personalleuten von Deutsche Inc. noch genug Zeit zu haben, um ihr Make-up zu richten und ihre Haare mit der Brennschere zu bearbeiten. »Ich muss unbedingt mit Gav sprechen – vernünftig reden …«

»Cool«, sagt Gavin später am Abend. Endlich hatte er sein Handy eingeschaltet, und sie hat ihn irgendwo in den Yorkshire Dales erreichen können.

»Wie kannst du das sagen? Es ist verrückt. Sie tut das einfach so aus einer Laune heraus. Sie kennt dort nichts und niemanden.«

»Cool. Wirklich. Super-duper-oberaffengeil.«

»Ach, red normal, Gav. Wir reden hier über unsere *Mutter.*«

»Ich weiß – und wie ich schon sagte, ich find's cool. Wir sollten dankbar sein.«

»Wofür?«

»Dass sie ein neues Leben anfangen will. Was Dad macht ist doch wirklich das Letzte, oder? Ein Schlag ins Gesicht. Jetzt wird sie uns wenigstens, nun, du weißt schon …«

»Was?«

»Nicht auf der Pelle hocken.«

»Was?«

»Wir sind aus dem Schneider. Das meine ich damit. Sie fängt wieder von vorne an, etwas Neues. Sie ist noch nicht so alt. Wer weiß, was noch passiert?«

»Aber genau davon rede ich doch. Genau das macht mir ja Sorgen. Und sie wird hier nichts haben, keinen Unterschlupf, gar nichts.«

»Sie hat doch uns, oder?«, sagt Gavin. »Warum hörst du nicht endlich auf, den Teufel an die Wand zu malen, und fängst stattdessen an, dich auf all die kostenlosen Ferien zu freuen?«

Während Alice in Bristol darauf wartet, dass der französische *notaire* seine Arbeit macht, bleiben ihr einige Wochen, in denen ihre Zweifel wachsen und gedeihen. Trotz der angeblichen Effizienz der Franzosen, was Eigentumsüberschreibungen angeht, sieht es ganz danach aus, als ob sich die Sache hinzieht, genauso wie es auch in England der Fall sein würde. Sie fühlt sich in Deirdres Haus mehr und mehr wie das fünfte Rad am Wagen, während sie auf wichtige Briefe wartet, die nicht kommen. Vor allem wünscht sie sich sehnlichst, dass es endlich vorwärts geht, aber gleichzeitig hat sie vor lauter Zweifel Kopf- und Magenschmerzen. Aber als es Herbst wird, die Blätter von den Bäumen fallen und die Stürme ihre jährliche Offensive starten, kommen ihr Bilder von Vieilleville in den Sinn, und sie erinnert sich erneut an die Farben, die Gerüche und die Wärme auf der Haut. Es wird schon alles gut werden.

Natürlich muss sie auch noch eine ganze Menge in Erfahrung bringen, und nach der so hastigen Entscheidung entschließt sie sich, ab jetzt überlegter vorzugehen und sich die relevanten Informationen zu besorgen. Recherchen in der Stadtbibliothek fördern ein Buch mit dem Titel *French Dressing – Überleben in Frankreich* zu Tage, das nicht gerade zu ihrer Beruhigung beiträgt. Bisher war sie der Meinung gewesen, dass sie angesichts der neuen großen Freiheiten der Europäischen Gemeinschaft, mit ihren gemeinsamen Grenzen, Gesetzen und Regelungen, eine einzige große, glückliche Familie seien. Sicher ließe sich für sie als britische Staatsbürgerin so ein Umzug doch ohne größere Formalitäten oder Vorschriften über die Bühne bringen. Schließlich scheint man schon kaum mehr Pässe zu brauchen – zumindest scheint sie niemand mehr genau zu kontrollieren.

Also setzt es ihr ein bisschen zu, als sie entdeckt, dass sie einige offizielle Genehmigungen braucht, von der die dringlichste, eine Aufenthaltsgenehmigung namens *carte de séjour*, eine absolute gesetzliche Notwendigkeit ist und innerhalb von drei Monaten nach der Ankunft in Frankreich beantragt werden muss. Das Buch ist in dem Punkt ziemlich streng und warnt vor möglichen Auseinandersetzungen mit der französischen Beamtenschaft, die angeblich aus lauter gelangweilten Paragrafenreitern besteht. Offenbar arbeitet beinahe ein Viertel aller Franzosen für die Regierung, wo sie aber nur zehn Prozent der gesamten Arbeitslast zu bewältigen haben, was folglich zu allerlei bürokratischen Einmischungen führt. Alice liest diese Zahlen ein ums andere Mal und hofft, dass sie eine theatralische Übertreibung sind – es ist ein ziemlich humorvoll geschriebenes Buch. Auf der gegenüberliegenden Seite sind von der Geburts- bis zur Scheidungsurkunde alle erforderlichen Dokumente und Bescheinigungen aufgelistet, die von einem von der französischen Botschaft anerkannten Übersetzer übersetzt und dann von der Botschaft selbst beglaubigt werden müssen. Das wird sie ein Vermögen und eine Unmenge Zeit kosten. Als Erstes geht sie in einen Buchladen und bestellt sich

French Dressing – es dämmert ihr, dass das so eine Art Bibel für sie sein wird.

Es ist eine einsame Zeit. Sie kann nicht wirklich mit jemandem über ihre Zweifel sprechen. Deirdre und Bill haben schon genug nicht gerade hilfreiche Kommentare nach dem Motto, das haben wir dir doch gleich gesagt, auf Lager, und die meisten ihrer anderen Freunde scheinen sich seit der Scheidung verkrümelt zu haben – das heißt, sich in Wirklichkeit als Philips Freunde entpuppt zu haben. Angesichts der Tatsache, dass er nie auch nur einen Finger gerührt hatte, wenn sie sie eingeladen hatten, ist das bitter und schwer nachvollziehbar. Natürlich waren sie immer als Paar in Erscheinung getreten, aber dennoch war sie eigentlich der Meinung gewesen, dass zum Beispiel die Morleys oder die Johnsons mehr ihre denn seine Freunde waren. Aber als sie sich kürzlich auf der Whiteladies Road begegnet waren, hatte sich Jessie Morley wirklich recht eigenartig benommen. Alice hatte trotz des vielen Verkehrs die Straße überquert, um sie zu begrüßen und zu fragen, wie's den Jungs an der Uni ging, aber Jessie hatte sich so distanziert und seltsam benommen, dass Alice dachte, sie hätte Mundgeruch oder so etwas. Andererseits ist Freddie Morley ein Arbeitskollege von Philip – was, wenn man es recht bedenkt, die meisten ihrer Freunde sind, was wiederum bedeutet, dass sie alle Hillary Aldyce bereits von der Arbeit her kennen. Genau genommen, denkt Alice, hat sich doch für Philip, außer dass er sie losgeworden ist, nichts verändert, oder? Er spielt noch immer den großen Herrn oben in der Villa Guardi, während sie hier unten bei Deirdre aus dem Koffer lebt. Ja, es ist eine einsame Zeit.

Sie weiß, dass sie ihrem Vater Bescheid sagen sollte. Nicht weil sie hofft, dass er klar genug bei Verstand ist, um ihr eine große Hilfe zu sein, aber sie sollte ihn zumindest informieren und vielleicht sogar seinen Segen einholen. Doch sie schiebt es immer wieder auf. Seit er vor sechs Jahren wieder geheiratet hat, hat Brenda, die Neue, alles und jeden entschieden von ihm fern gehalten. Die arme Brenda. Als sie den pensionierten, verwitweten Anwalt aus Exeter heiratete, der Mitglied im Golfklub war und dazu neigte, luxuriöse Pauschalurlaube auf Teneriffa zu verbringen, hätte sie sich wohl auch nicht gedacht, was dabei herauskommen würde. Ein Gehirnschlag, kurz darauf eine Form der Demenz – obwohl niemand das Wort Alzheimer in den Mund nahm – hieß, dass sie, anstatt Königin des Rotary Clubs seine Krankenschwester geworden war. Es muss eine große Enttäuschung gewesen sein, obwohl sie allem Anschein nach ihren Status zu genießen scheint und ihren Schützling mit fürsorglichem Eifer von der Außenwelt abschirmt.

Brenda ist es, die den Hörer abhebt.

»Dad ist heute nicht sehr fit im Kopf«, sagt sie, »aber ich richte ihm aus, dass du angerufen hast.«

»Könnte ich nicht wenigstens ganz kurz mit ihm sprechen?«, fragt Alice.

»Nein, Liebes, er ist wirklich nicht gut beieinander. Sein Herz ist ein bisschen klapprig.«

»Soll ich kommen?«

»Nein, Liebes, das wäre zu viel Aufregung für ihn.«

»Ich würde ihn nicht stören – nur hallo sagen. Ich könnte euch beide zum Mittagessen einladen. Dann könntest du dir auch mal eine Pause gönnen.«

»Nein, Liebes. Wie ich schon sagte, es geht ihm nicht so gut. Vielleicht ein anderes Mal.«

»Aber ich habe Neuigkeiten. Ich ziehe nach Frankreich.«

»Das ist schön, Liebes.«

»Ich bin mir sicher, er würde es wissen wollen.«

»Nun, wie ich schon sagte …«

Als Alice auflegt, fragt sie sich, ob sie sich nicht stärker gegen das Besuchsverbot zur Wehr hätte setzen sollen. Aber angenommen, sie besuchte ihn und er bekam einen Herzanfall? Auch als Mutter noch am Leben war, hatte er sich nicht gerade sehr für sie interessiert. Sie kann sich nicht daran erinnern, jemals mit ihm vertrauliche Gespräche geführt zu haben. Alles Intime hatte sie mit ihrer Mutter besprochen, was mit einem Schlag zu Ende war, als diese im reifen Alter von neunundvierzig Jahren groteskerweise an Masern starb. Wenigstens war der damals achtzehnjährigen Alice, die zu der Zeit ihr Leben in Swinging London in vollen Zügen genoss, dieses Alter sehr reif vorgekommen. Es ist ein seltsamer und trauriger Gedanke, dass sie jetzt schon älter ist als ihre Mutter zum Zeitpunkt ihres so unerwarteten Todes.

An jenem Abend fragt Bill beim Abendessen, was sie in Frankreich tun will. Das Problem ist, dass sie darauf nicht wirklich eine konkrete Antwort hat. Bisher ist alles eher eine Sache des Instinktes gewesen. Also sagt sie in der Hoffnung, dass es sich selbstbewusst und leicht spöttisch anhört: »Leben, was sonst?«, woraufhin er sagt: »Das ist ja theoretisch alles ganz schön und gut, aber hast du es auch gründlich durchdacht?«, und dann diese schreckliche Sag-nicht-ich-hätte-dich-nicht-gewarnt-Pause macht, während der sie Deirdres pampigen Karamellpudding löffeln. Und natürlich ist das Problem, dass sie das nicht getan hat. Tatsache ist, dass sie keine Ahnung hat, was das »durch« in diesem Fall bedeuten könnte.

Sie befindet sich also in der Phase, in der sie ernsthafte Zweifel plagen und sie sich fragt, worauf zum Teufel sie sich da eingelassen hat, als just etwas Entscheidendes passiert.

Sie stampft einen der steilen Hügel hinauf nach Clifton, um für Deirdre etwas bei einem Biohändler zu besorgen – in dieser heimat- und ziellosen Zeit ihres Lebens ist sie über jede Gelegenheit froh, sich nützlich machen zu können. Es regnet in Strömen. Das heißt, eigentlich ist es schon kein Strömen mehr, sondern eher wie der künstlich erzeugte Regen beim Film, wenn man glaubt, den Regisseur schreien zu hören: »Regen – Action!« Also geht sie gesenkten Hauptes dahin, den Blick auf die Pflastersteine und die Wasserrinnsale, die an ihrem Trenchcoat hinunterlaufen, gerichtet, als direkt hinter ihr mit quietschenden Reifen ein Auto zum Stehen kommt. Sie dreht sich um – und wünscht sich umgehend, dass sie es nicht getan hätte. Es ist Philips Jaguar, und darin sitzt Philip, picobello in grauem Kammgarn – der Regen könnte genauso gut ein Trugbild sein, so wenig berührt ihn das – und fährt das elektrische Fenster herunter.

»Hallo, Liebes!«, ruft er, rücksichtslos gut gelaunt. »Willst du mir nicht gratulieren? Ich bin wieder Vater geworden! Zwillinge. Jungen.«

Ihr fehlen buchstäblich die Worte. »Du kannst mich mal«, ist das Einzige, was ihr auf der Zunge liegt. Angesichts dieser taktlosen Unverschämtheit kramt sie in ihrem Hirn vergeblich nach einer angemessenen Antwort. Er strahlt vor lauter Freude übers ganze Gesicht. Er scheint in der Tat davon überzeugt zu sein, dass sie sich mit ihm freuen würde, und der Teufel soll sie holen, ihrem Zorn Luft zu machen. Sie hat schließlich noch etwas Würde. Das heißt, eigentlich nicht – das ist ja das Problem: Sie fühlt sich, als ob sie nicht einmal mehr das kleinste Fitzelchen Würde übrig hätte, in das sie ihr armes, altes, nacktes Ich kleiden könnte, aber das braucht er ja nicht zu wissen, oder? Dennoch würde sie an dem Wort »Gratuliere« ersticken, also wählt sie einen für sie gesünderen und unter den Umständen ziemlich erwachsenen Weg. »Wie geht es Hillary?«, fragt sie, denn man ist ja schließlich gut erzogen, nicht wahr? Ihre geliebte verstorbene Mutter wäre sicher stolz auf sie gewesen.

»Oh, gut, gut«, sagt Philip. »Ein bisschen wund, natürlich. Es war ein Kaiserschnitt. Einer von ihnen war eine Steißgeburt.«

Und ob sie wund ist, denkt Alice, und erinnert sich an die Geburt ihrer Zwillinge vor fünfundzwanzig Jahren, von denen auch einer eine Steißgeburt gewesen war. Sie hatte damals keinen Kaiserschnitt gehabt, sondern eine Zangengeburt, und ihre Eingeweide hatten sich bis heute nicht so recht davon erholt. Wie typisch rücksichtslos von Philip, das Zwillingschromosom so verlässlich zur Verfügung zu haben und es mit so ermüdender Regelmäßigkeit in anderer Leute Gebärmutter einzupflanzen.

»Kann ich dich ein Stück mitnehmen?«, bietet er an, ohne sich aber besonders scharf darauf, anzuhören. Alice wirft einen Blick auf die tadellosen rehbraunen Ledersitze des Autos, das sie bis vor kurzem auch noch als ihres angesehen hatte, sieht dann auf ihren durchnässten Trenchcoat und lehnt ab.

»Nein, danke, ich genieße den Spaziergang«, sagt sie hochnäsig und wedelt abschätzig mit der Hand. Wie üblich drängt Philip sie nicht, und während sie ihm noch »Viele Grüße an Hillary« hinterherruft (das war jetzt aber zivilisiert, nicht wahr?), sieht sie zu, wie der Jaguar den Hügel hinaufschnurrt.

In dem Augenblick weiß sie, dass sie gehen muss – und dass sie Recht gehabt hat. Sie muss etwas Drastisches tun, etwas, um sich aus dieser Situation rauszukatapultieren, raus und weit weg. Halbe Sachen tun's nicht.

5

Sous la Table

Vieilleville im Dezember ist irgendwie nicht das Gleiche.

Alice kommt am achtzehnten an und ist anfänglich erleichtert, der Tyrannei der Vorweihnachtszeit zu entkommen. Wie jedes Jahr, und daran wird sich wohl auch nie etwas ändern, verfällt ganz Großbritannien angesichts der Festtagsvorbereitungen in wilde Hysterie. Jede Zeitung und jede Zeitschrift verfügt über eine »Countdown bis Weihnachten«-Beilage und versetzt dadurch die Frauen landauf, landab in Panik. Diejenigen, die sich dem Trubel nicht gewachsen zeigen oder sich nicht an den vorherbestimmten Zeitplan halten, erwartet möglicherweise das Fegefeuer. Wenn der kastaniengefüllte Monstervogel nicht um sieben Uhr morgens pünktlich im Ofen ist, dann gerät nämlich die ganze Planung durcheinander. Denn wie kann man dann noch rechtzeitig um halb zwei zu Mittag essen, damit man nicht um drei Uhr die Ansprache der Queen verpasst, nach der es dann unweigerlich auf BBC2 mit dem *Zauberer von Oz* weitergeht, zu dem man Tee trinkt und mit Stechpalmenzweige verzierte, süße Pastetchen verspeist? Hm? Kann einem das mal jemand verraten? Es ist doch jedes Jahr das Gleiche.

Also ist die Aussicht auf Vieilleville verlockend. Es ist allgemein bekannt, dass die Franzosen viele Feiertage haben und sich deshalb nicht auf diese gigantische Orgie familiärer Völlerei fixieren müssen. Aber dann ist es doch … nun, ein bisschen seltsam. Es stimmt, dass dieses Städtchen im Vergleich zu daheim sehr zurückhaltend ist mit schrillen, grellen Weihnachtsdekorationen; bis auf eine elegante Schaufensterauslage oder eine Krippenszene hie und da scheint das Leben hier entschieden seinen gewohnten Gang zu gehen. Andererseits hat dieses Leben auch nicht mehr viel mit dem warmen, ungetrübten Bild zu tun, das sie vom Sommer her in Erinnerung hatte. Von einem an Blumen und Sonnenschirmen reichen Sommerparadies hat sich Vieilleville in eine eiskalte, stürmische Zitadelle verwandelt, und der Regen, der von den Hügeln herabpeitscht, treibt die Leute in die Häuser. Sogar die Tische der Straßencafés sind unter einer Plastikfolie ineinander gestapelt und zur Seite geräumt.

Irgendwo in ihrem Hinterkopf hatte Alice die Vorstellung mit sich herumgetragen, dass es an der Riviera immer warm ist. War nicht für unsere viktorianischen Vorfahren die »Saison« an der Côte d'Azur, der Winter, eine willkommene Abwechslung zu dem nebeligen, die Bronchien in Mitleidenschaft ziehenden Großbritannien? Aber damals trug man auch ziemlich viele Schichten Kleidung, nicht wahr? Entweder das oder das Klima muss sich seitdem verändert haben, denn dieser Ort ist nicht für die Kälte gemacht. Dazu gibt es hier zu viel Stein – und zu wenig Heizkörper. Das Gestein, das im August so wunderbar die Hitze absorbiert hatte, ist jetzt rutschig, glatt und eiskalt.

Alice quartiert sich in dem einzigen Hotel in der Altstadt ein, das malerisch am Rande des Hauptplatzes gelegen ist und keine Zentralheizung hat. In ihrem Zimmer hängt ein schon etwas älteres Modell eines Heizlüfters an der Wand, der die ganze Nacht mit einem pfeifenden Geräusch laue Wärme und den starken Geruch versengten Staubes verbreitet. Sie bereut, nicht mehr Pullover eingepackt zu haben, und wickelt sich fest in ihren dünnen Regenmantel ein, als sie sich für die große Unterzeichnung zum Büro des *notaire* auf den Weg macht.

Sie fühlt sich ohnehin ein bisschen unwohl. Unter dem Regenmantel drückt eine Aktentasche gegen ihr Brustbein. Darin sind ihr großes Larousse-Wörterbuch für den Fall, dass sie angesichts der juristischen Dokumente in Vokabularnöte gerät, und ein brauner, gefütterter Umschlag voller gebrauchter Geldscheine. Sie kommt sich lächerlich plump vor – so als ob auf ihrer Stirn ein gelbes Blinklicht und ein Zettel mit der Aufschrift »Schuldig« prangen würden. Zudem ist sie nervös – so als ob man ihr an jeder Straßenecke auflauern und sie ausrauben könne.

Anfangs hatte sie Monsieur Gerontins Erwähnung der »Unter dem Tisch«-Zahlung gänzlich ignoriert, nach dem Prinzip, dass es weit hergeholt schien und dass er, wenn sie nur unbedarft und ahnungslos genug dreinschauen würde, es schließlich aufgeben und das Thema fallen lassen würde. Jedoch sprach er, wenn es darum ging, plötzlich weitaus fließender Englisch als sonst. Er hatte sie sogar ein paar Mal in Bristol angerufen und es geschafft, am Telefon an Deirdre vorbeizukommen, die überhaupt kein Französisch konnte. Madame Barnes hatte doch verstanden, dass der Preis, über den man sich auf dem Papier geeinigt hatte, *nicht* die zusätzliche Summe beinhaltete, über die sie gesprochen hatten, oder? Nun, also gut, sie hatte es verstanden – aber eigentlich wünschte sie sich, dass dem nicht so wäre. *French Dressing – Überleben in Frankreich* erwähnte diese Situation im Hauptteil nicht, beschrieb sie aber kurz in einer Fußnote im Abschnitt »Steuerangelegenheiten«. Der Inhalt dieser Fußnote schien als entschiedene Warnung gedacht, aber der Ton war eher der hilflosen Achselzuckens. Angesichts der Tatsache, dass Monsieur Gerontin nicht locker lässt, entschließt sie sich zu guter Letzt, ebenfalls diesen Ton zu adoptieren, und so läuft sie also an einem verregneten Dienstagvormittag um zehn Uhr mit einem gefütterten Umschlag voller französischer Francs durch die Straßen von Vieilleville.

In seinem Büro bittet der *notaire* Alice und Monsieur Gerontin an entgegengesetzten Enden an einem großen Schreibtisch Platz zu nehmen. Der *notaire* ist ein gütiger alter Herr mit nur geringen Englischkenntnissen, und so kämpfen sich die drei mit Hilfe des Larousse durch die einzelnen Dokumente. Alice war davon ausgegangen, dass sie endlich den bisherigen Eigentümer der Wohnung kennen lernen würde, aber wie sich herausstellt, ist Monsieur Gerontin selbst der Besitzer – was ihr in ihrer bisherigen Kommunikation mit ihm irgendwie total entgangen zu sein schien. Sie findet auch heraus, dass das Haus eine Hausnummer und einen Namen hat: Maison Puce. *Puce*, erinnert sie sich, heißt »Floh« – es kommt immer in Verbindung mit Flohmärkten vor: *marché aux puces*. Ein paar Mal hat sie unten am Place d'Espoir Antiquitätenstände gesehen, also besteht da vielleicht ein Zusammenhang. Es scheint nicht der richtige Zeitpunkt oder Ort zu sein, um nachzufragen – jetzt geht es um wichtige geschäftliche Dinge. Dennoch gefällt ihr die Vorstellung, in einem Haus mit einem Namen zu wohnen – das macht es besonders besonders –, und sie unterzeichnet die Papiere mit zusätzlichem Gusto.

Gegen Ende der Prozedur entschuldigt sich der *notaire* und verschwindet in seinem *cabinet de toilette* – ein älterer Herr, vielleicht blasenkrank?

Sobald er weg ist, kommt Monsieur Gerontin an ihr Ende des Tisches geflitzt.

»'aben Sie es? Das *sous-la-table*?«

»Jetzt?«, fragt Alice. »Wird Monsieur nicht zurückkommen?« Im Hintergrund ist das Geräusch der Toilettenspülung zu hören.

»Er wird lange genug wegbleiben«, sagt Monsieur Gerontin rätselhaft. Er nimmt den gefütterten Umschlag an sich und zieht sich dann wieder an sein Ende des Tisches zurück, wo er fachmännisch wie ein Bankkassierer die Geldscheine abzählt. Darin scheint er offensichtlich Übung zu haben.

»Ich kann Ihnen versichern, dass alles da ist«, sagt Alice im Brustton einer rechtschaffenen Bürgerin angesichts dieses offenkundigen Schwindels.

Monsieur beendet die Zählerei und stopft den Umschlag in sein Sakko, so dass es aussieht, als ob er einen Busen hätte. Aber das wird der *notaire* doch merken? Und wo ist der *notaire* überhaupt? Die Toilettenspülung ist schon seit längerer Zeit ruhig.

»Sie 'aben gemacht ein Schnäppchen«, sagt Monsieur Gerontin lächelnd und lehnt sich vor, so dass sein ausgestopfter Brustkorb noch stärker auffällt. »Ist sehrrr guter Preis.« Er räuspert sich lautstark.

»Das hoffe ich«, sagt Alice. »Das muss es auch. Sie wissen hoffentlich, dass ich mir das hier praktisch vom Mund abspare?«

Vielleicht ist das Räuspern ein Signal, denn der *notaire* kehrt plötzlich putzmunter zurück und wirkt so gar nicht wie ein Mann, dem es peinlich ist, dass er dringend austreten musste. Alice ist sich des Geldes an Monsieur Gerontins Brust so sehr bewusst, als ob es Infrarotstrahlen in die Augen des *notaire* aussenden würde. Sie fühlt, wie sie rot wird. »Ich habe Monsieur Gerontin gerade erzählt«, fährt sie zur Ablenkung fort, »dass ich mir das hier praktisch vom Mund abspare.« (Und ein Teil davon ist jetzt dort in dem Umschlag – was habe ich bloß getan?)

Der *notaire* und Monsieur sehen sich verständnislos an. Sie wissen, was »Mund« heißt und was »sparen« heißt, aber die Bedeutung von beidem zusammen?

»*Epargner de bouche – peut-être?*«, schlägt Alice vor, aber lässt es dann angesichts ihrer betrübten, verdutzten Gesichter bleiben.

Das war's also. So einfach. Alice Barnes ist nun Eigentümerin einer Wohnung in Frankreich. Madame Barnes, Maison Puce, Numero 8, Rue d'Espoir, Vieilleville. Sie zieht am nächsten Tag ein – wenn man es überhaupt »Einziehen« nennen kann, denn alles, was sie bisher ihr Eigen nennt, ist ihr Koffer, ein Federbett, ein angeschlagener Hotelzahnbecher und eine Flasche warmer Champagner aus dem Supermarkt. Ihr persönliches Hab und Gut wird wegen der Weihnachtsüberlastung daheim erst irgendwann im Januar aus England angeliefert werden, aber sie kann es nicht erwarten, aus dem Hotel rauszukommen – teils, um zu sparen und teils, um wieder das Gefühl auszukosten, in ihren eigenen vier Wänden zu wohnen, einen Luxus, den sie seit ihrem Auszug aus der Villa Guardi nicht mehr hatte.

Allerdings kann sie sich nicht gerade vormachen, dass es besonders toll ist. In jener Nacht schläft sie, eingewickelt in das Federbett, auf dem eiskalten Fußboden. Als sie steif und verspannt aufwacht, weiß sie, dass sie sich zuallererst ein Heizgerät und eine Bettcouch besorgen muss. Sie hatte bereits beschlossen, die meisten Möbel hier zu kaufen. Ihre schönsten Stücke waren ohnehin als Teil des Scheidungsvergleichs in der Villa Guardi zurückgeblieben, und es wäre teuer und umständlich, den Rest von Bristol hierher zu transportieren. Es ist besser, einen kompletten Neuanfang zu machen.

Vieilleville selbst hat nicht gerade viel zu bieten, was praktische Einkäufe angeht – etwas, was ihr erst jetzt, da sie auf der Suche nach einem Eimer und einem Mopp ist, zum ersten Mal auffällt. Also muss sie sich zu den etwas größeren Geschäften in Bonneville-sur-Mer auf den Weg machen. Dort gibt es so etwas wie einen Woolworth für alltägliche Bedarfsartikel und auch ein oder zwei *bricolages* für Eisenwaren, aber weit und breit keine Heizgeräte oder Möbel. In Vieilleville selbst gibt es natürlich vor allem Lebensmittel und davon abgesehen massenweise Apotheken und Schönheitssalons. Anscheinend kümmert man sich in erster Linie um das Äußere des Körpers, nachdem man ihn zuvor gut mit Speis und Trank versorgt hat. Darüber hinaus gibt es noch Antiquitätenläden, einige Galerien, ein oder zwei Buchläden und viele kleine Boutiquen, die auf Damenunterwäsche und/oder besonders esoterische Textilien spezialisiert sind – für Tisch und Bett. Alice kann folglich unzählige bestickte Frühstückssets oder tief ausgeschnittene BHs mit dazu passenden Strapsen kaufen, falls sie das wollte, aber nicht eine Kehrschaufel oder einen Besen.

Sie nimmt den Bus in Richtung Nizza auf der Suche nach den großen Möbelgeschäften, die sie vom Sommer her in Erinnerung hat. Die *autoroute* führt an der Auberge de la Rose vorbei. Die *auberge* ist über den Winter geschlossen, die Neonrose erloschen. Während der Bus im Regen daran vorbeirauscht, kommt ihr unwillkürlich der etwas bittere Gedanke, dass sich die von den Sommereinkünften reichen Inhaber wahrscheinlich gerade irgendwo an einem vernünftigen Ort – zum Beispiel in der Karibik – aufhalten.

Ein ziemliches Stück hinter der *auberge* findet sie, was sie sucht – diese riesigen Möbeleinkaufszentren, die auf Transparenten ihre Waren anpreisen. Meubles Galore prahlt an seiner Fassade mit »Le Big Discount«. Was sagt man jetzt dazu? Wo sich doch die Anglophonen so viel Mühe geben, das Franglais zu vermeiden! Drinnen bietet das Möbelhaus auch einen »Home Service« an, was sich als Lieferdienst frei Haus entpuppt. Alice sucht sich eine hübsche gelbe Bettcouch aus und ist erstaunt, dass man sie ihr, sogar so kurz vor Weihnachten, noch am nächsten Tag anliefern wird. Während ihre Kreditkarte durchgezogen wird, betet sie, dass die Couch die Wendeltreppe hinaufgeht. Im Großmarkt nebenan, TéléElectro, kauft sie einen elektrischen Heizkörper, den sie, eingepackt in zwei Plastiktaschen als

Schutz gegen den Regen, gleich mitnimmt. Sie schleppt ihn den ganzen Weg zurück nach Vieilleville, inklusive zweimal Umsteigen und einer fünfundvierzigminütigen Warterei im strömenden Regen auf einer Verkehrsinsel mitten in der Pampa. Nein, bisher ist das wahrlich kein Vergnügen.

Der nächste Tag ist der 23. Dezember. Zuhause wird jetzt der Zuckerguss auf Millionen von Weihnachtskuchen steif, Spielwarenabteilungen verkaufen auch noch das letzte Exemplar des Spielzeughits der Saison, und hier in Vieilleville liefert ein Lastwagen von Meubles Galore Alices Bettcouch an. Er parkt gegenüber von der Einmündung der Rue d'Espoir und blockiert somit erfolgreich gleich zwei Fahrspuren. Innerhalb kürzester Zeit brummen kleine Fiats und Renaults wie wütende Wespen und veranstalten ein lautes Hupkonzert, aber die Liefermänner lassen sich davon nicht im Geringsten beirren. Alice ringt die Hände, während der Lärm draußen immer weiter zunimmt und drinnen die Männer fluchen, hieven und schieben – bis sie die Bettcouch zu guter Letzt die Treppe hinauf- und mit einem leichten Plopp um die Kurve herumbugsiert haben. Einmal an ihrem Platz, ist sie ein tröstlicher Lichtblick in dem ansonsten nach wie vor kargen Wohnraum.

Alice würde liebend gerne mit den Männern eine Flasche köpfen – um ihnen zu danken und weil ihr nach ein bisschen menschlichem Kontakt ist. Aber sie müssen weiter, noch mehr Lieferungen, und unten am Ende der Straße droht die Verkehrssituation außer Kontrolle zu geraten. Also schickt sie sie stattdessen mit einem, wie sie hofft, anständigen Trinkgeld auf den Weg und ruft ihnen »*Joyeux Noël*« hinterher. (Sagt man das so? Oder ist das vielleicht ein *faux pas*? Apropos, hat *faux pas* hier die gleiche Bedeutung? Himmel, sie wird noch viel lernen müssen.)

24. Dezember – Heiligabend. Heute vor einem Jahr steckte sie bis zu den Achseln in Kastanienfüllung und Cog-

nakbutter und packte auf den letzten Drücker Geschenke ein; jetzt sitzt sie im Schneidersitz auf dem Sofa – der einzige Luxus, den sie sich bisher gegönnt hat – und zieht Bilanz. Sie hat ein gegrilltes Hähnchen und salzige Kartoffelchips, *fait à la maison*, vom Markt, eine Flasche Champagner aus dem Supermarkt, einen Eimer, einen Kochtopf, einen Mopp und, was das Allerwichtigste ist, einen elektrischen Konvektor, den sie im Augenblick voll aufgedreht hat.

Das ist doch wirklich nicht so schlecht. Sie stellt ihren Walkman auf »Lautsprecher« und schaltet ihn ein. BBC-Weltsender: Sie hört »Once in Royal David's City«, das berühmte Sopransolo des unverwechselbaren Chors des King's College aus dem »Festival of Nine Lessons and Carols«. Sie fängt sich gerade noch rechtzeitig, eh sie das Selbstmitleid packt, und unterdrückt den Impuls zu weinen. Das bringt doch nichts. Alles ist gut. Alles ist *bestens*.

»Frohe Weihnachten, Mama.«

»Frohe Weihnachten, Liebes.«

»Geht's dir gut?«

»Ja, alles in Ordnung, Liebes. Danke, dass du das Gespräch angenommen hast.« Alice ist in der Telefonzelle auf dem Kai, denn trotz ihres Drängens und Bittens hat France Telecom das Telefon in ihrer Wohnung noch nicht angeschlossen. Die Scheiben des Häuschens beschlagen sich, während es draußen noch immer in Strömen regnet und der Wind das Meer zu schäumenden Wellen aufpeitscht.

»Hätte ja schwer Nein sagen können, oder?« Gav lacht herzhaft am anderen Ende der Leitung.

Im Hintergrund hört sie Stimmen, Musik, dieses Mal nicht King's College, es hört sich eher an wie – kann das sein? – »Santa Claus Is Coming To Town«? Gav? »Hört sich an, als ob ihr euch gut amüsiert. Was ist das für eine Musik?«

»Ach nichts, Mama. Retro-chic Kitsch. Sandy hat eine CD mitgebracht – die Ronettes, glaube ich. Dachte, sie würde uns in die richtige Stimmung versetzen.«

»Das ist toll.«

»Ein bisschen seltsam ist es schon, findest du nicht auch?«

»Inwiefern?«

»Nun, du weißt schon, du dort und wir hier. Und Dad mit seinem neuen Leben, von dem wir nicht einmal mehr ein Teil sind. Ich meine, letztes Jahr haben wir noch alle zusammen gefeiert, Lally und ich sind nach Bristol gekommen und haben in unseren Kinderzimmern die Star-Wars-Poster rausgekramt, weißt du noch? Es scheint alles etwas unwirklich, oder?«

»Ja. Da hast du wohl Recht.«

»Was wirst du tun? Mit den Einheimischen zu Mittag essen?«

»Was in der Art.«

»Verstehe. Ich seh's genau vor mir, ich hab das Bild im Kopf: du mit einem Glas Kir in der Sonne.«

»Äh.«

»Isst man dort das Gleiche zu Weihnachten?«

»Ich bin mir nicht sicher. Nach den Läden zu urteilen, nein. Die sind voll mit *foie gras,* und in den *pâtisseries* gibt es *bûches de Noël.* Für die Franzosen ist natürlich Heiligabend der große Tag – *le Réveillon.* Sie haben etwas, was *Treize Desserts* heißt, die dreizehn Nachspeisen.«

»Hört sich lecker an.«

»Ja, es ist, glaube ich, sehr traditionell – viele verschiedene Nüsse und Trockenobst und ein besonderes Brot.«

»Ach so, Brot. Ich wette, sie essen keine kalten Truthahnsülze-Röstkartoffel-Sandwiches.«

»Ganz sicher nicht.« Ein Anflug von Nostalgie überkommt sie. Ein kaltes Truthahnsülze-Röstkartoffel-Sandwich ist immer Gavins Lieblingsessen am Tag nach Weihnachten gewesen. Daran konnte er sich kaum satt essen.

»Du musst dann wohl los«, sagt er jetzt.

»Ja.« Er will mich loswerden, denkt sie. Aber sie will ihn nicht gehen lassen. »Wer kocht denn dann euer Weihnachtsessen?«

»Ich.«

»Gavin, ich bin beeindruckt. Ich dachte, du hättest wenigstens dafür irgendein unglückseliges Mädchen im Schlepptau.«

»Also wirklich, Mama! Diese Einstellung ist doch spätestens seit Fanny Cradock passé.«

»Dann hast du den Truthahn jetzt schon ewig im Ofen? Bist du noch gut im Rennen, was den Countdown angeht?«

»Was?«

»Den ›Countdown bis Weihnachten‹? Sicher hat doch sogar der *Grauniad* eine solche Beilage?«

»Um ehrlich zu sein, es gibt Gans.«

»Ach so, Gans.« (Ohne *sie*?)

»Dachte, es wäre mal was anderes.«

»Natürlich. Dann gibt's dieses Jahr keine Truthahnsülze-Sandwiches für dich.«

»Nein. Gänseaspik vielleicht, vielleicht aber auch nicht. Ist nun mal so.«

»Ist Lally auch da?«

»Sie ist rauf nach Norfolk, um mit Hamishs Familie zu feiern.«

»Ach, richtig. Hast du irgendwas von der Villa Guardi gehört?«

»Nein.«

»Nicht einmal eine Karte?«

»Nein.«

»Ich auch nicht. Nun, du hast Recht. Es ist ein bisschen seltsam. Wir sind in alle Winde verstreut.«

»Ja.«

»Eigentlich richtig erfrischend.«

»Ja. 'tschuldige, Mama, es läutet an der Tür. Ich muss Schluss machen.«

»Natürlich. Frohe Weihnachten, Liebes.«

»Frohe Weihnachten, Mama.«

Während sie so schnell wie möglich der windigen Uferpromenade zu entkommen versucht und durch die Gassen zurück zu ihrer Wohnung eilt, sieht sie durch die Fenster im Erdgeschoss überall Familien um die Tische versammelt. Sogar in einem Land, das die Weihnachtsfeierlichkeiten großteils an Heiligabend über die Bühne bringt, gibt es kein Entrinnen. In der ganzen christlichen Welt sind heute Freunde und Verwandte beisammen – schließlich ist es ja ein Familienfest. Und wo ist ihre?

Was macht Philip gerade in dem hohen Salon der Villa Guardi mit Hillary Aldyce, der neuen Mrs Barnes, und den Zwillingen? Wie heißen sie überhaupt? Sie hat ihn nie gefragt. Sitzen sie gerade um einen großen, stilvollen Baum, der mit echten Preiselbeeren, Bändern und cremefarbenem Zierschmuck behängt ist, und öffnen ihre Geschenke? Ist der Salon überhaupt schon hergerichtet? Als sie vor die Tür gesetzt und hinunter zu Deirdre abgeschoben wurde, war er noch immer in einem abscheulichen Krankenhausgrün gestrichen. Hatte Philip Handwerker angeheuert, um ihre Arbeit zu vollenden? Sicher hatte er nicht Hillary Aldyce im neunten Monat mit einem Farbroller in der Hand die Leiter hinaufgejagt. Andererseits – bei Philip war das durchaus denkbar. Und plötzlich ist sie wieder guter Laune. Pfeif auf das Alleinsein. Ist doch egal. Pfeif auf die beladenen Festtische. Ein Hoch auf die Freiheit.

Als sie die Rue d'Espoir zurückkommt, hat sie einen guten Blick auf das Haus. Die Fassade ist jetzt kahl, und wo im August noch ein dichter, grüner Weinlaubvorhang war, kann man jetzt durch das bizarre, blattlose Geflecht der Ranken den zerfressenen, verwitterten Zustand des Mauerwerks sehen. Was man damals auch nicht gesehen hatte, waren die Basreliefs – ein paar Stuckgirlanden, die sich in Anlehnung an die richtigen Weinreben von Fenster zu Fenster und die Ecktürmchen hinaufwinden. Jetzt sieht man die Reliefs sehr deutlich. Über jedem Fenster und jeder Tür ist eine verwitterte, in Stein gemeißelte Einfassung. Es gibt zwei Motive – sich windende Schlangen und irgendwelche Insekten. Auf den ersten Blick sahen sie wie Bienen aus, aber vielleicht sind es doch Flöhe. Das würde doch bedeuten, dass die Verbindung zum Flohmarkt schon sehr weit zurückgeht, nicht wahr? Gab es den Markt schon so lange? Sie wird sich erkundigen – vielleicht weiß es jemand von den anderen Hausbewohnern.

Bisher allerdings scheint das Haus bis auf sie unbewohnt. Es ist fast ein bisschen gespenstisch. Sie hatte angenommen, dass sie viele Nachbarn haben würde, aber seit ihrem Einzug vor ein paar Tagen hat sie niemanden gesehen oder gehört. Außer den ihren sind alle Fensterläden andauernd geschlossen. Die Fensterläden direkt unter ihr im Erdgeschoss sehen besonders verwittert aus, wohingegen die im zweiten Stock, wo am Fensterbrett auch einige Körbe aufgehängt sind, sehr gepflegt zu sein scheinen. Wie es darüber aussieht, ist schwer zu sagen, da die Gasse so eng ist, dass sie nicht weit genug zurücktreten kann, um etwas zu erkennen. Sie inspiziert zum wiederholten Male die Türklingeln. Die auf der anderen Seite hat kein Namensschild – aber ihre Nr. 2 auch nicht; sie hat noch keine Zeit dazu gehabt. Wahrscheinlich sind alle über die Feiertage weggefahren. Aber sie kann jetzt geduldig sein – mit der Zeit wird sie's schon herausbekommen.

6

Territorialansprüche

Endlich ist jemand eingezogen – in der Wohnung unter ihr. In der vorangegangenen Nacht hörte Alice ein Scharren und Kratzen, und als sie neugierig die Treppe hinunterschlich, sah sie unter der Tür zur Wohnung Nr. 1 ein Licht durchscheinen. Vermutlich ist das »Prosper« (wie in Mérimée?). Dann findet sie am Vormittag einen Roller und einen großen, rötlich gelben Hund im Hausflur vor. Keiner von beiden stellt eine optische Verbesserung dar. Sie nehmen den ganzen Platz ein und müssen mit Vorsicht umgangen werden. Alice nimmt an – nein, Alice *hofft*, dass es sich bei ihnen nur um vorübergehende Gäste handelt.

Ein Tag vergeht, und Alice hat ihre neue Nachbarin noch immer nicht kennen gelernt, obwohl der Hund und der Roller Dauergäste zu werden scheinen. Der Hund ist ihr ein bisschen unheimlich, denn jedes Mal, wenn sie sich an ihm vorbeidrückt, knurrt er. Setzt sie ein Lächeln auf und murmelt »*Bon chien*«, dann bleckt er seine gelben Zähne, die sie sich nur zu bildhaft in ihrer Wade vorstellen kann. Wenn er nicht knurrt, dann sitzt er mit flehendem Blick vor der verschlossenen Tür zur Wohnung Nr. 1 und winselt.

Am Nachmittag hört sie, wie die Haustür ins Schloss fällt. Sie eilt hinüber ans Fenster und sieht gerade noch, wie eine junge Frau um die Ecke in Richtung des Platzes verschwindet. Sie ist klein und sehr schlank, ihre staksigen Beine stecken in klobigen schwarzen Schnürstiefeln, und ihr dunkles Haar ist unordentlich und zerzaust – nicht gerade der »*bon chic bon genre*«, den *Madame Figaro* propagiert und den die meisten jungen Mädchen hier tragen. Alice hatte nicht gewusst, dass die Franzosen auch auf Grunge stehen.

Der Hund und der Roller verleihen dem Hausflur ein noch schäbigeres Aussehen als sonst; obendrein bilden sich zwei Pfützen – eine aus Speichel, die andere aus Öl. Alice weiß, dass sie etwas sagen sollte, aber es ist nicht so einfach. Das Letzte, was sie will, ist, eine nachbarschaftliche Beziehung gleich mit einer Beschwerde zu beginnen – schrecklich, auf diese Weise einen schlechten Start zu erwischen. Außerdem ist sie sich äußerst bewusst, dass ihr Französisch für eine Auseinandersetzung nicht ausreicht. Sie arbeitet natürlich daran – jeden Tag. Mit Hilfe verschiedener neuerer Lehrbücher versucht sie, sich an all die seit Schultagen wieder vergessenen Verbkonjugationen zu erinnern und daran, welche Verben mit *être* konjugiert werden, ganz zu schweigen von dem verdammten Konjunktiv. Es geht frustrierend zäh und mühsam voran. Was sie braucht, ist Übung – fließend wird sie nur sprechen lernen, wenn sie am Leben hier vor Ort teilhat. Nur ist das ein bisschen wie das alte Problem von der Henne und dem Ei. Ohne gut französisch zu sprechen kann sie nicht mehr am hiesigen Leben teilhaben, und ohne Letzteres kann sie ihr Französisch nicht auf Vordermann bringen. Noch ein zusätzlicher Grund, es sich mit der neuen Nachbarin nicht zu verderben. Sie beschließt, etwas genauer auf deren Kommen und Gehen zu achten, um ihr vielleicht einmal zufällig im Hausflur über den Weg zu laufen; man muss versuchen, die ganze Sache leicht und ungezwungen zu gestalten.

Zwei Tage vergehen, und sie hat Mademoiselle Prosper noch immer nicht im Haus getroffen. Aber sie sieht sie in der Stadt – wie sie langsam auf dem Roller am Kai entlangknattert, während der Hund hinter ihr herläuft. Sie scheint eine Menge Leute zu kennen und hält andauernd an, um zu plaudern – was meistens mit wildem französischem Gestikulieren einhergeht. Alice folgt ihr bis ans Ende des Kais, wo einige der größeren Yachten vor Anker liegen. Einen Augenblick lang überlegt sie, ob sie sich vorstellen soll, aber das kommt ihr komisch vor. Da sie Mademoiselle Prosper noch nicht »offiziell« kennen gelernt hat, würde sie sich dadurch als die Schnüfflerin zu erkennen geben, zu der sie tatsächlich geworden ist.

So sieht sie stattdessen zu, wie das Mädchen sowohl Hund als auch Roller an einer Laufplanke zurücklässt und an Bord einer großen Jacht mit einer Halbmondflagge und einem arabischen Namenszug geht. Alice hat auf ihren einsamen Wanderungen genug Zeit gehabt, um die Kais zu erforschen und diese schwimmenden Paläste zu bestaunen. Es ist so etwas wie ein Spiel für sie geworden, vor allem in der Abenddämmerung, wenn an Bord die Lichter angehen und sie in die holzvertäfelten Kajüten sehen kann. Sie kommen ihr äußerst geheimnisvoll und unerreichbar vor, wie Teile eines anderen, für sie unfassbaren parallelen Universums. Also fasziniert es sie, dass diese junge Frau, ihre Nachbarin, Teil dieser Welt zu sein scheint. Verlockend – vielleicht ein Zutritt für Alice, eine Quelle der Hoffnung?

Als Alice am nächsten Vormittag die Treppe hinuntergeht, liegt der Hund quer über den Stufen und versperrt ihr den Weg. Jedes Mal, wenn sie versucht, an ihm vorbeizuschlüpfen, fletscht er mit den Zähnen und knurrt. Jetzt reicht's. Ihre Geduld weicht rechtschaffener britischer Entrüstung. Wenn man schon einen Hund in einem so ungastlichen Ort halten muss (es gibt in Vieilleville keine Parks, die den Namen verdient hätten – kein Wunder, dass das Vermeiden von Hunde-*merde* so etwas wie ein lokaler Volkssport ist) – wenn man also, wie gesagt, schon so egoistisch sein muss, dann kann man sich wenigstens anständig um das arme Tier kümmern. Ihn auszusperren, damit er anderen Leuten im Weg herumliegt – das ist einfach nicht drin. Das geht einfach nicht.

Sie rafft sich und ihr spärliches französisches Vokabular zusammen, steigt über das knurrende Tier und klopft an die Tür. Diese wird einen Spaltbreit geöffnet, durch den ein wütendes, schlaftrunkenes Auge sichtbar wird. Die Stimme sagt sehr kalt: »*Oui?*« Alice setzt ein Lächeln auf und versucht, mit Hilfe warmer und freundlicher Körpersprache zu signalisieren, dass sie im Grunde ein netter Mensch ist. Dann tut sie ihr Bestes, um die Sache mit dem Hund und der allgemeinen Verunstaltung des Hausflurs zu erklären.

Die junge Frau lässt sie ausreden und gibt dann einen französischen Wortschwall von sich, von dem Alice nur in etwa jedes zehnte Wort versteht. Aber die zehn Prozent reichen aus, um ihr eine ungefähre Vorstellung des Gesagten zu vermitteln. Mademoiselle sei *entsetzt*, dass Alice ihren Frédéric beleidigt. Der gute alte Frédéric sei doch ein wahrer Wonneproppen von einem Köter, und sie könne ihn doch nicht den ganzen Tag in ihrer Wohnung einsperren, da er an *la claustrophobie* leide (sogar Alice kann dieses Wort übersetzen), und dass sie sich gefälligst damit abzufinden habe (etwas in der Art von »*Il faut bien que vous acceptiez sans rien dire*« usw). Da der Hund in der Zwischenzeit seinen Platz am Fuß der Treppe verlassen hat und versucht, sich in die Wohnung zu schleichen, nimmt Alice die Gelegenheit wahr, um mit einem ins Gesicht gemeißelten Lächeln rückwärts die Treppe hinaufzugehen und mit einer entschuldigenden Handbewegung um die Kurve zu verschwinden.

Sie will gerade ihre Wohnungstür hinter sich zumachen, als der Hund ein besonders lautes Winseln – nein, eher ein Heulen – von sich gibt und die Tür unten wieder aufgemacht wird. Eine Frauenstimme zischt: »Schnauze, Fred – und verpiss dich.« Es ist reinstes Cockney-Näseln, wie es an der Themsemündung üblich ist. Alice ist in null Komma nichts wieder unten. Der Hausflur ist leer bis auf den Hund, der jetzt mit dem Hinterteil zum Roller steht und erneut knurrt. Alice sagt, »Schnauze, Fred« und registriert mit Genugtuung, dass er sich sofort mit deprimierter Miene hinplumpsen lässt. Sie klopft erneut an die Tür.

»Oui?« Dieses Mal wird die Tür weiter geöffnet, wodurch ein Ausguss mit einem Berg dreckiger Töpfe sowie eine wütende Mademoiselle P. sichtbar wird. *»Oui?«*, krächzt sie.

»Sie sind Engländerin«, sagt Alice.

»Ja, und?«

»Sie hätten es mir sagen können.«

»Warum?«

»Ich dachte, Sie wären Französin.«

»Das war nicht zu überhören«, sagt das Mädchen und lacht.

»Sie haben mich die ganze Zeit auf Französisch reden lassen, obwohl Sie wussten …«

»Es war total komisch. Sie hätten sich hören sollen.«

»Das habe ich.«

»Es ist mir ein Rätsel, wie ich mir das Lachen verkneifen konnte.«

»Wenigstens gebe ich mir Mühe«, sagt Alice. »Die Franzosen mögen es, wenn man sich Mühe gibt.«

»Ich glaube, sie erwarten bessere Kenntnisse als die Ihren, meinen Sie nicht auch?«

Alices Verlegenheit weicht einem Wutanfall. »Jetzt hören Sie mir mal zu. So geht das nicht. Ich meine es ernst. Jedes Mal, wenn ich raus will, muss ich an diesem knurrenden Schäferhund vorbei. So geht das einfach nicht. Wären Sie also bitte so freundlich, ihn im Zaum zu halten.« Ach je –

so viel zu dem Wutanfall. Selbst für ihre eigenen Ohren hört sie sich eher wie eine quengelige Alte an.

»Ich halte ihn erstens im Zaum. Zweitens ist er kein Schäferhund, sondern ein Mischling. Und drittens gehört er mir nicht, sondern ist mir einfach aufgehalst worden. Er ist von einem der Schiffe – aus dem Senegal oder irgendwo da her. Er gehörte einem Waffenschmuggler, nicht wahr, Fred?« Sie schickt einen Schwall Französisch in seine Richtung. Der Hund ist so erfreut darüber, dass man von ihm Notiz nimmt, dass er mit dem Schwanz wedelt und bäuchlings auf sie zurobbt. »Das Problem ist, dass er einen Narren an mir gefressen hat. Ich habe versucht, ihn einfach unten am Strand zu lassen, aber er kommt immer wieder zurück und hockt sich winselnd vor die Tür. Doch er kann nicht den ganzen Tag in der Wohnung bleiben. Er knabbert die Möbel an, und alles stinkt nach ihm, und außerdem sind einige meiner Schüler allergisch.«

»*Schüler*?«, fragt Alice, ohne ihre Überraschung zu verbergen.

»Englisch als Fremdsprache. Und manchmal gebe ich auch Französischunterricht – für Leute wie Sie, die hier leben und die's einfach nicht können. Sie könnten meine Dienste wirklich gebrauchen. Ich könnte Ihnen einen Sonderpreis machen – für die hohe Stundenzahl und weil Sie direkt hier im Haus wohnen. Ich heiße übrigens Imogen – Imogen Prosper.« Also nicht wie in »Prosper Mérimée«. Was für eine Enttäuschung!

Nach einer schrecklichen, schlaflosen Nacht beschließt Alice, dass es besser wäre, hinunterzugehen und mit dem Mädchen Frieden zu schließen. Sie kommt sich eher töricht vor, als dass sie wütend ist. Dass sie sich in der Nationalität des Mädchens geirrt hat, war nicht nur eine Überraschung, sondern auch eine Enttäuschung. Welch Ironie des Schicksals, so jemanden zur Nachbarin zu haben! Eine Engländerin, aber von der Sorte, mit der sie zu Hause niemals etwas zu tun haben würde. Sie erinnert sie an diese Kaugummi kauenden Typen, die samstagnachmittags im Broadmead-Einkaufszentrum rumhängen, den Jungs hinterherrufen und ihren Abfall auf den Boden werfen. Andererseits gibt es ihr ein Gefühl der Sicherheit, dass sie dieselbe Sprache mit all ihren Nuancen sprechen, und als sie erneut an die Tür klopft, fühlt sie sich schon auf viel festerem Boden als ges-tern.

Imogen Prosper sieht kein bisschen erfreut aus, aber Alice lässt sich nicht beirren.

»Ich denke, wir sollten miteinander reden. Darf ich reinkommen?«

Sie ist natürlich neugierig darauf, die Wohnung zu sehen und sie mit ihrer eigenen zu vergleichen. Diese hier ist genauso klein, aber sie ist nicht renoviert worden. Die Wände haben die Farbe von abgestandenem Nikotin, in dem großen alten Porzellanausguss türmt sich noch genauso viel Geschirr wie gestern, und eine Plastikfalttür, die etwas schief in den Angeln hängt, führt, wie sie annimmt, ins Badezimmer. Das Zimmer ist ein einziges Chaos – überall stehen und liegen Bücher, Zeitungen, Klamotten und volle Aschenbecher herum. Ein kunststoffbeschichteter Tisch beugt sich unter seiner Last, und in einer Ecke des Zimmers stehen ein paar aufeinander gestapelte Metallstühle. Da es außer dem Bett keine Sitzgelegenheit gibt, lässt Alice sich vorsichtig auf der Bettkante nieder, während sich Imogen auf den Boden hockt und eine Gitanes anzündet. Der Hund hat die Gelegenheit genützt, hinter Alice in die Wohnung zu schlüpfen, und robbt schon wieder bäuchlings auf Imogens Schoß zu.

Alice benützt ihn, um das Eis zu brechen. »Er betet Sie offensichtlich an.«

»Ja.« Imogen macht es ihr nicht leicht.

»Ich hatte das Gefühl, dass ich kommen und mich richtig vorstellen sollte. Unsere gestrige Begegnung ist etwas unglücklich verlaufen.«

»Ist sie das?« Imogen bläst eine Rauchwolke in die Luft und reckt ihren Unterkiefer vor. Nein, sie macht es ihr wirklich nicht leicht.

»Ich würde gerne noch einmal von vorne anfangen, wenn es Ihnen recht ist.«

Die junge Frau antwortet nichts, sondern sitzt da wie ein schmollender Teenager.

Alice besinnt sich darauf, dass immerhin sie eine erwachsene Frau ist, und beschließt, einfach fortzufahren. »Nun gut. Also ich heiße Alice Barnes. Ich bin aus Bristol, frisch geschieden, und habe gerade die Wohnung über Ihnen gekauft.«

»Als Ferienwohnung?«

»Was?«

»Sie haben sie als Ferienwohnung gekauft?«

»Aber nein. Ganz und gar nicht. Ich habe sie gekauft, um hier zu wohnen.«

»Andauernd?«

»Nun, ja.«

»O Gott, nicht noch eine.«

»Was meinen Sie damit?«

»Noch eine verdammte Engländerin. Wir sind alles Engländerinnen hier im Haus – ich, Verona Grange im zweiten Stock und jetzt Sie. Hat Ihnen Gerontin das nicht gesagt?«

»Nein, er hat mir gar nichts gesagt. Ich dachte, ich würde hier mit Franzosen zusammenwohnen.«

»*Ich* hab hier mal mit Franzosen – oder so gut wie – zusammengewohnt. Ich bin seit fast sechs Jahren hier. Früher war es wunderbar – schäbig und authentisch.«

»Sie meinen, voller Franzosen?«

»Vor allem Algerier, ein paar Häuser weiter einige *pieds*

noirs, ansonsten Araber. Wirklich nett. Jeder hat sich nur um seinen eigenen Kram gekümmert. Die meisten wohnten zur Miete, die Mieten waren niedrig. Oben in Ihrer Wohnung wohnte bis zum vorletzten Winter ein netter älterer Herr, er arbeitete auf einer Baustelle drüben bei Sophia Antipolis – hat überall Jobs bekommen –, aber dann hatte er einen Bandscheibenvorfall und musste zurück nach Oran. Und jetzt haben wir den Salat. Sobald eine Wohnung frei wird, möbelt Gerontin sie auf, *et voilà* – eine weitere verdammte Engländerin. Angeblich ist er immer pleite, aber das kann nicht sein. Ihm geht es nur ums Geld. Er leitet unser *syndic*, aber er renoviert nie etwas.«

»Wenn man Ihnen zuhört, könnte man fast meinen, dass er eine Art Komplott schmiedet.«

»Das tut er auch. Das muss wohl so sein.«

»Aber ich verstehe nicht. Wollen Sie sagen, dass er es vor allem auf Engländer abgesehen hat?«

»Ja, den Touristenmarkt.«

»Aber er konnte es gar nicht auf mich abgesehen haben. Ich habe die Anzeige in seinem Fenster nur zufällig entdeckt. Jeder Einheimische hätte leicht vor mir dran sein können. Ich war einfach nur schneller.«

Imogen lacht. »Kein Einheimischer, wie Sie es nennen, wäre jemals an diesem Haus interessiert – zumindest keine smarten Leute, und bei Gerontins Preisen muss man schon ein bisschen smart sein.«

»Aber mir hat er den Eindruck vermittelt, dass der Preis eher vernünftig war«, sagt Alice leise. »Praktisch ein Schnäppchen.«

»Die Franzosen würden keine zehn Pferde in das Maison Puce bringen. Für sie hat es nicht das richtige Cachet.«

»Wegen des Flohmarkts? Ich fand, dass es das nur noch charmanter machte.«

»Was meinen Sie damit?«

»›*Puce*‹?«

»Das hat nichts mit dem Markt zu tun. Es ist eine Art verdrehtes Wortspiel – *pou* bedeutet ›Laus‹ und *pus* ›Eiter‹, aber auch ›Muschi‹, *putain*, ›Hure‹. Es war früher das Bordell. Da sieht man mal wieder, was sie über die armen Damen dachten, die hier anschaffen mussten, nicht wahr? Es glüht förmlich vor Respekt.«

»Wirklich?« Alice bekommt einen ganz trockenen Mund. »Also, dieses Haus war eine Art Bordell?«

»Nicht ›eine Art‹, es *war* ein Bordell. Bis zum Ersten Weltkrieg, soweit ich weiß.«

Alice kramt in ihrem Hirn nach einem positiven Kommentar. In ihren alten Bristoltagen wäre jetzt auf Dinnerpartys in Medizinerkreisen die richtige Antwort gewesen: »Wie faszinierend«, und schon rutscht es ihr heraus, noch ehe sie es verhindern kann.

»Ach ja«, äfft Imogen sie nach. »Es ist … einfach faszinierend. Was soll daran so faszinierend sein? Ich finde es traurig. Denken Sie nur mal an die Frauen – eingepfercht in diesen winzigen Zimmern, ihren Freiern zu Diensten. Es ist wie ein kleines Getto, das man mit den Wandskulpturen markiert hat. Haben Sie sie bemerkt?«

»Sie meinen die Gipsreliefs an der Fassade?«

»Ja. Schamhaarläuse und Korkenzieherschwänze. Nett, nicht wahr? Faszinierend.«

Alice ist leicht gegen das Kopfende des Bettes gesackt.

»Machen Sie es sich bloß nicht bequem«, sagt Imogen scharf. »Ich habe in zehn Minuten einen Kurs. Und ich bin nicht sehr gesellig. Das sollten Sie gleich von vornherein wissen, damit Sie erst gar nicht auf falsche Gedanken kommen. Nicht dass Sie denken, ich würde großen Wert auf Gesellschaft legen.«

»Natürlich nicht«, sagt Alice und steht auf. »Ich auch nicht.«

Nachdem sie Alice Barnes losgeworden ist, schiebt Imogen den Tisch zur Seite, nimmt drei Metallstühle von dem kleinen Stapel in der Ecke und stellt sie nebeneinander in eine Reihe. Das Zimmer ist so klein, dass die Stühle nur gerade mal zwischen das Bett und die Wand passen.

Sie ist noch immer wütend – wegen dieser Barnes, wegen ihrer Lage, darüber, dass sie sich von so jemandem wie dieser Barnes überhaupt aus der Ruhe bringen lässt. Aber, Gott, sie hat sich noch nie zuvor so sehr in die Enge getrieben gefühlt. Es ist, als ob man ihr das Gefühl von Freiheit, das sie hier gehabt hat, nach und nach nimmt. Noch eine von diesen vertrockneten, reizbaren und stinkvornehmen Frauen. Warum müssen sie obendrein noch so verdammt stinkvornehm sein?

Es fühlt sich langsam an, als ob sie nirgendwo mehr hingehen kann. Wie immer hat sie die Weihnachtsfeiertage daheim in Purley gebracht, wo sie und ihre Mutter in dem schrecklich altmodischen rosa Haus aufeinander hockten und wo sie Partyhüte aufsetzen und mit dem alten Onkel Perce, der schon komisch roch, Knallbonbons auseinander reißen musste. Das Einzige, was sie bei Verstand gehalten hatte, war der Gedanke, wieder hierher zurückzukommen, sobald sie es geschafft hatte – »schaffen« bedeutete in dem Fall, dass sie so lange mit gut gelaunter Miene daheim herumhängen musste, bis sie den nächsten Scheck von ihrer Mutter loseisen konnte. Das machte aber die ganze Weihnachtsscheiße auch nicht erträglicher – es machte es eher noch schlimmer, dass sie auf Grund ihrer Armut diesen familiären Verpflichtungen ausgeliefert war. Aber das scheint ihr Status quo zu sein. Sie scheint es irgendwie nicht auf die Reihe zu kriegen, für sich selbst zu sorgen. Das, was sie mit dem Unterrichten verdient, reicht gerade mal für ihre Zigaretten und die Handyrechnungen.

Sie überlegt kurz, den Abwasch zu machen und das Geschirr aus dem Weg zu räumen, damit es nicht stört. Dann denkt sie, zum Teufel damit, und dreht die Stühle so, dass sie mit dem Rücken zum Ausguss stehen. Heute kommen zwei Matrosen von der *Lady Karla* – Abdul und Khalim – und der chinesische Koch aus Malakka. Sie sollte die Zeiten mit ihnen durchnehmen, das hatte sie ihnen versprochen. Ich bin stocksauer, ich werde stocksauer sein, ich werde stocksauer gewesen sein … wirklich und wahrhaftig.

7

Sonnenblumen

Die viel gerühmte Wärme und das Licht der Riviera im Winter lassen noch auf sich warten. Bisher war es meistens grau und nasskalt gewesen, auch wenn gelegentlich die Wolken aufreißen und dahinter ein azurblauer Himmel zum Vorschein kommt, der einen mit der Aussicht auf bessere Zeiten neckt. Auch die Vieillois hassen dieses Wetter – und entpuppen sich als genauso wetterfixiert wie die Briten. Sie jammern und fragen sich entsetzt, was bloß los ist mit der Welt, während sie mit heruntergezogenen Mundwinkeln, die sie wie Witzfiguren in einem Cartoon erscheinen lassen, unter den tropfenden Markisen des Marktes anstehen.

Nur den vornehmen Damen scheint es nichts auszumachen, denn jetzt haben sie Gelegenheit, ihre Pelzmäntel zur Schau zu tragen. Nach jahrelanger Konditionierung durch britische Antipelzpropaganda sind die scharenweise vorgeführten Iltis-, Fuchs- und Nerzmäntel für Alice ein skandalöser und äußerst seltsamer Anblick. Vermutlich auf Grund ihrer hohen Anschaffungskosten sind die Mäntel meist nicht der letzte Schrei; geschnitten wie aufgeplusterte Trapezoide mit dazu passenden Pelzbommeldurchziehbändern am Hals lassen sie die normalerweise eleganten Frauen ungünstigerweise wie untersetzte, haarige braune Wichtel aussehen. Alice hat es kalt erwischt. Sie war sich so sicher gewesen, dass es hier warm sein würde, dass sie nicht einmal einen dicken Stoffmantel von zu Hause mitgebracht hat.

Und sie sträubt sich, für einen schicken, teuren französischen Mantel Geld auszugeben, wo doch noch so viele Anschaffungen für die Wohnung anstehen. Sie friert in ihrem Regenmantel und beeilt sich, ihre Besorgungen so schnell wie möglich zu erledigen. Zumindest vorläufig hat die Stadt jeglichen Reiz für gemächliche Erkundungsspaziergänge verloren.

Sie macht sich daran, ihre Wohnung zu verschönern. Ihr wichtigstes Hab und Gut ist in ein paar Umzugskisten für teures Geld von einem Spediteur aus Bristol angeliefert worden. Endlich kann sie wieder ihre Bücher und Fotos um sich haben, doch da die Wohnung keine Einbauschränke hat, muss sie als Erstes wieder zu den hangarartigen Geschäften, um sich einige Schränke und Regale zu kaufen. Nachdem sie diese mit Hilfe einer Konstruktionsanleitung, deren Mischung aus Französisch und Taiwanesisch sie rasend macht, einigermaßen gerade und funktionstüchtig aufgestellt hat, ist ihre Wohnung ungefähr so gemütlich wie ein Zimmer im Studentenwohnheim. Außerdem ist sie dunkel. Die weinberankte Fassade gegenüber, die im August so frisch und grün wirkte, ist nun unbelaubt, grau und hässlich und absorbiert das Licht, anstatt es zu reflektieren. Es ist wahrlich eine Herausforderung, sich zu überlegen, was man aus diesem kalten, engen, wenig anziehenden Ort machen könnte.

Unten auf dem Flohmarkt gibt es einen Stand, der auf einheimische Textilien spezialisiert ist: provenzalische Baumwollballen – butterblumenfarben, scharlachrot, smaragdgrün, ultramarinblau, alle mit winzig kleinen Paisleymustern. Es ist wieder mal einer dieser nasskalten, einsamen Vormittage, als sie die Sonnenblumen entdeckt, das heißt, einen Textilballen, der über und über mit lebensgroßen, fotorealistischen Sonnenblumen bedruckt ist. Sie kauft genug für bodenlange Vorhänge, einen großen Überwurf und Kissenbezüge, und da sie keine Nähmaschine hat, gibt sie alles bei einer Frau in der Rue d'Alphonse Daudet in Auftrag, die ihre Dienste auf einer Postkarte im Waschsalon anpreist. In den zwei Wochen, in denen sie darauf wartet, dass die Sachen fertig sind, fängt sie an, die Schränke zu bemalen. Sie überstreicht die weißen Melaminfertigteile so, dass der Untergrund älter wirkt, und bemalt dann alle Türen mit Acrylsonnenblumen.

Sie ertappt sich dabei, wie sie sich nach dem guten alten BBC Radio 4 sehnt, damit ihr die manuelle Arbeit leichter von der Hand geht. Erst jetzt, da der Sender in weiter Ferne und außer Reichweite ist, merkt sie, wie wohltuend das immer gewesen war. Jahrelang hatten *Heute*, *Die Stunde der Frau*, *Das Nachmittagstheater*, *Das Nachrichtenquiz*, *Es tut mir Leid, ich habe keinen Schimmer* und *Das gute Buch* als Hintergrundgeräusche ihren hausfraulichen Alltag begleitet. Apropos: Sie ist sich ziemlich sicher, dass sie gerade *P.M.* hörte, als sie oben auf dem Gerüst lag, Philip heimkam und sie sitzen ließ.

Sie hat mehr oder weniger heraus, wie man den BBC-Weltsender über Kurzwelle empfangen kann, aber der Empfang ist meistens schlecht, und außerdem ist es sowieso nicht das Gleiche. Das Programm kommt so spießig und würdevoll daher, als ob es sich all der ausländischen Hörer zuliebe in Schale schmeißen müsste – das glatte Gegenteil zu Radio 4. Obwohl sie auch darüber froh ist, gleicht es eher einer edwardianischen Tante in ihrem Sonntagsstaat. Sie hatte überlegt, sich einen Fernseher anzuschaffen, aber das Haus scheint keinen Antennenanschluss zu haben, und was sie bisher in den Bars und Cafés von einzelnen Sendungen aufgeschnappt hat, macht ihr noch nicht so recht Appetit auf TF1 oder Canal+. Sie ist der Ansicht, dass sie auch ohne französisch synchronisierte Folgen von *Perry Mason* oder dem *Denver Clan* auskommen kann.

Dann entdeckt sie eines Tages, als sie am Radio herumdreht, wohl wissend, dass ein Nachmittag mit France Inter ihr zwar gut täte, aber nicht wirklich das ist, was sie jetzt braucht, Riviera Radio, einen in Monaco ansässigen englischsprachigen Sender. Es ist eine Mischung aus Popmusik und Lokalnachrichten, Informationen und Werbung – eine Art auffrisiertes Radio Luxemburg, an das sie sich aus ihrer Kindheit erinnert, und sie wird schnell und zu ihrem großen Ärger danach süchtig. Sollte sie sich nicht lieber einen französischen Sender anhören, anstatt sich zum x-ten Mal »Easy Lover« oder »Yellow Submarine« reinzuziehen? Aber da er auch die regulären Nachrichten vom Weltdienst sendet, kann sie sich einreden, dass sie sich über das aktuelle tagespolitische Geschehen auf dem Laufenden hält.

Was sie aber wirklich fasziniert, sind die Einblicke in das Leben der anderen hier in Frankreich lebenden Ausländer. Sie hatte keine Ahnung, dass es davon entlang der Küste und im Hinterland und in den Bergen so viele gibt. Von überall her rufen Amerikaner, Australier, Neuseeländer, Englisch sprechende Skandinavier sowie Briten an, um an den Hörersendungen teilzunehmen. Sie wollen vor einem Umzug ihre Autos, Grillsets, Möbel, Katzen und Computer verhökern oder einfach nur plaudern, und die Einblicke, die sich Alice dadurch eröffnen, vermitteln ihr ein Bild von einem Leben, das rein gar nichts mit dem der Einheimischen zu tun zu haben scheint.

Die Werbespots animieren dazu, englische Buchläden und amerikanische Steakrestaurants aufzusuchen, komplizierte Alarmanlagen installieren zu lassen und sein Vermögen (vorausgesetzt, man hat mindestens eine Million französischer Francs flüssig), speziellen Investmentbanken anzuvertrauen. Die Weltdienst-Nachrichten zur vollen Stunde sind eine bizarre Mischung aus apokalyptischen internationalen Meldungen – Terror- und Bombenanschläge, Erdbeben, Kriege,

Flüchtlings- und anderes Elend – und Berichten aus der Heimat – Konflikte im Unterhaus wegen der Sozialreform oder der Stadtplanung. Weder die globalen Gräuel noch die englische Lokalpolitik scheinen für Alice jetzt von Belang. In ihrer winzigen Wohnung, sich auf das Überleben konzentrierend, fühlt sie sich total allein – nicht nur ohne Philip, sondern auch abgeschnitten vom Rest der Welt.

Ende Januar ist sie so gut wie fertig. Die triste graue Welt draußen ist vorübergehend von der gelbgrünen Farborgie drinnen gebannt worden. Sie hat sich wirklich fortreißen lassen und nicht nur die Schranktüren, sondern auch die Wände – und sogar die Decke – mit Sonnenblumen bemalt. In einer für Vieilleville typischen Nobelboutique hat sie ein paar künstliche Seidensonnenblumen mit Drahtstielen gefunden, die sie als Raffbänder und als Dekorabschlüsse für ihre Vorhangstange verwendet. Sie ist stolz auf ihre Leistung – aber nur einen Tag lang. Sobald sie die Farbe unter den Fingernägeln weggeschrubbt hat, überkommt sie Panik. Und jetzt? Was soll sie als Nächstes tun? Was ist ihr Leben? *Wo* ist ihr Leben? Es hat weder mit dem Leben derer, von denen sie auf Riviera Radio hört, noch mit dem ihrer französischen Nachbarn etwas zu tun. Seit Jahren hat sie in Reise- und Kochbüchern über die Warmherzigkeit und Gastfreundschaft der Franzosen gelesen. Jeder Dokumentarfilm schien mit einer Szene zu enden, in der alle um einen großen Tisch saßen, miteinander aßen und anstießen. Aber allein der Gedanke, dass sie hier in das Leben vor Ort integriert werden könnte, erscheint ihr so unrealistisch und abwegig wie ein Märchen. Ihr Leben ist noch immer in der Warteschleife, ohne Gestalt. Es plätschert einfach so dahin.

Um die Stimmung zwischen ihr und Imogen Prosper ein bisschen aufzulockern, bietet sie ihr an, mit dem Hund, der noch immer den Großteil des Tages winselnd im Hausflur verbringt, Gassi zu gehen. Imogen, die sich kaum zu einem Lächeln herablässt, geschweige denn den Vorschlag freundlich aufnimmt (die blöde Kuh), sagt, dass sie seine Leine an den Roller hängen wird, so dass Alice mit ihm rausgehen kann, ohne vorher bei ihr klopfen zu müssen – vor allem wolle sie nicht gestört werden, wenn sie unterrichtet (die blöde Kuh). Wenigstens hat Fred jetzt, da er sie als eine Art Ersatztante betrachtet, mit dem Knurren aufgehört. Dafür muss sie nun jedes Mal, wenn sie an ihm vorbeigeht, seine ungestümen Bekundungen freudiger Erwartung abwehren. Alice keucht – Imo schäumt – und so geht der Januar zu Ende.

Und dann kommt endlich ein wahrhaft herrlicher Tag. Die Wolken ziehen sich an den Horizont zurück, die klare Luft gibt den Blick bis zu den schneebedeckten Alpen hin frei, und der Himmel breitet seine türkisfarbene Pracht über ihnen aus, als ob dem nie anders gewesen sei. Alle sind auf einen Schlag besserer Laune – die Straßencafés öffnen, und es macht sich allgemeine Aufbruchsstimmung breit. Alice geht mit Fred Gassi und landet im La Barque am Kai bei einer Tasse Kaffee.

»Entschuldigen Sie – 'ier frei?« Obwohl die Frau die Frage auf Englisch stellt, ist sie eindeutig Französin. Schlank, groß, mit beneidenswerter leichter Sonnenbräune, aschblondem Haar, das gekonnt zu einer Helmfrisur gestylt ist, einem dünnen cremefarbenen Wollmantel und Goldschmuck an den Handgelenken, ist sie das glatte Gegenteil der kleinen Wichtelfrauen. Sie lässt sich graziös und mit einem Seufzer der Erleichterung in dem anderen Stuhl am Tisch nieder. »Ah, so gut su entschpannen – wir verdienen das, nein?« Sie dreht sich zu Alice und sieht sie durch ihre dunkle Sonnenbrille an, deren Schildpattbügel mit großen goldenen Medaillons verziert sind. Sie spricht mit einem wundervollen Akzent – direkt aus *Inspektor Clouseau.* »Nach all diesem Wetter wir 'aben verdient kleine Pause – schrecklisch. Isch dachte, es würde nie auf'ören ... aber für Sie Engländer ist das natürlisch fast wie zu 'ause, nein?«

»Woher wissen Sie, dass ich Engländerin bin?«

»Isch weiß es *immer*. Isch kann es se'en. An den Schu'en.«

Alice sieht hinunter auf ihre Füße. Sie trägt ein Paar ziemlich schicker Russell and Bromley's. Es sind vielleicht nicht die allerneuesten, aber sicherlich verbreiten sie auch nicht sofort den Hauch des perfiden Albion.

»Aber dann isch kennen die Engländer«, fährt die Frau fort, »mit ganzem 'erzen – isch liebe die Engländer.«

Nun, das hört man gern. Schau an, denkt Alice, taucht da plötzlich aus dem Nichts eine Anglophile auf. Wer hätte das gedacht? »Sie kennen England also gut?«, fragt sie und muss ihre Lippen fast zwingen, sich zu bewegen. Sie hat sich in letzter Zeit so selten einfach nur so mit jemandem unterhalten, dass es ihre Gesichtsmuskeln beinahe verlernt zu haben scheinen.

»Nie ... isch bin nie dort gewesen. Isch nehme es mir manchmal vor – isch mache ein kleines *rendezvous* zu treffen meine Freunde, aber irgendwie es passiert nie.«

»Nun, dann muss ich Sie zu Ihrem Englisch beglückwünschen. Ich kann Ihnen gar nicht sagen, wie oft ich im Laufe der Jahre in Frankreich gewesen bin, und ich kann noch nicht einmal ein bisschen Small Talk.«

Jetzt sieht die Frau doch verdutzt drein. »Small Talk?«

»Einfach nur plaudern – *bavarder*? Ist das das richtige Wort?«

»Ja, das passt. Sehen Sie, isch kann Sie perfekt verste'en. Sie sind vielleicht nischt so schlecht, wie Sie denken. *Small Talk* – wir 'aben das gleiche Wort – *petite conversation*. Ich immer lerne gern ein bisschen dasu – wir können uns gegenseitig 'elfen, ja?«

»Eine gute Idee«, sagt Alice erfreut. Kontakt beginnt hier und jetzt, denkt sie – endlich hat sie eine Bekanntschaft gemacht. »Wohnen Sie hier?«, fragt sie, während sie inständig betet, dass dem so sei.

»Manschmal. Isch bin mal 'ie, mal da. Isch bin flatter'aft – das ist ein gutes Wort, nein? Isch 'abe es von meinem Lieb'aber gelernt – er war Engländer. Isch liebe die Engländer – vor allem die Männer. Und Sie wohnen natürlisch im Maison Puce.« Das kommt so plötzlich und sachlich, dass es Alice abrupt von ihrem Höhenflug herunterholt. Sie hatte die letzten Wochen über nicht das Gefühl gehabt, dass man sie bemerkt hatte. Im Gegenteil. Sie hat sich unbeachtet und unsichtbar gefühlt, also woher und warum weiß diese Frau Bescheid?

»Warum sagen Sie das? Warum ›natürlich‹?«

»Das wissen alle. Das Maison Puce ist voller Engländerinnen. Und isch 'abe Sie gese'en mit dem Hund.«

»Kennen Sie Mademoiselle Prosper?«, fragt Alice, der es noch immer schwer fällt, den Namen nicht automatisch mit »Mérimée« zu koppeln.

»Imogen – ha«, schreit die Frau. »Sie wollen nischts su tun 'aben mit ihr – sie ist eine schreckliche Person. Sie 'at kein Geld – sie ist, wissen Sie, nischt gans sauber.« So wie sie es sagt, hört es sich an, als ob sie Sauberkeit im biblischen Sinne meint. Sie zieht die Augenbrauen hoch, so dass sie über der Sonnenbrille sichtbar werden, und schnalzt ein paarmal missbilligend mit der Zunge.

Augenblicklich stellt sich bei Alice paradoxerweise ein Gefühl nationaler Solidarität ein. Imogen mag vielleicht eine blöde Kuh sein, und ihre hausfraulichen Standards mögen auch zu wünschen übrig lassen, aber deshalb ist sie nicht gleich ein lasterhaftes Weib – was diese Frau anzudeuten scheint. So viel zu deren Liebe zu den Engländern.

»Sind Sie aus Londres?«

»Nein, Bristol. Im Südwesten.«

»*Bristol.*« Die Frau denkt eine Weile nach und sagt dann, »Bristol ist sehr 'übsch, nischt wahr?«

»Ja, sehr. Es ist nicht weit von Bath. Haben Sie von Bath gehört?«

Die Frau strahlt über das ganze Gesicht. »*Bath* – ja, Bath, isch weiß, ist *sehrr* 'übsch. Ihr Bristol ist in der Nä'e?«

»Ganz in der Nähe.«

»Ist gut. Ist *sehrrr* gut. Isch werde vorbeikommen bei Ihnen«, sagt die Frau. »Wir werden Verabredung machen – wir werden susammen Abend essen, Sie werden meine Freunde kennen lernen. Sie spielen natürlisch Bridge?«

»Nein, oh nein, ich spiele nicht Bridge.«

»Sie sind Witwe von Arzt, ja?«

Das wird jetzt unheimlich. Wie sehr hat man bisher eigentlich von ihr Notiz genommen?

»Geschieden«, sagt Alice bestimmt.

»Aber ver'eiratet mit einem Doktor?«, insistiert die Frau.

»Ja – einem Gynäkologen.«

»Und Sie spielen nischt Bridge? Sind Sie sicher?« Die Frau sieht wahrlich entgeistert aus.

»Ziemlich sicher«, sagt Alice noch bestimmter.

»Aber Sie spielen Backgammon?«, fragt die Frau wie zu ihrer eigenen Beruhigung.

»Nein, auch nicht Backgammon.«

»Nun …«. Die Frau seufzt, so dass Alice das volle Ausmaß ihrer Enttäuschung deutlich erkennen kann. »Da kann man nischts machen. Vielleicht lernen wir es Ihnen.« Sie sieht Alice streng an, deren Gesichtsausdruck allerdings keinen Hehl daraus macht, dass sie nun einmal Spiele aller Art verabscheut. »Nun, vielleicht aber auch nischt.« Sie steht auf. »Isch 'eiße Josette Lamartine – *enchantée.*« Sie streckt Alice ihre Hand entgegen. »Isch werde mit Ihnen in Verbindung sein.« Und dann tänzelt sie leichtfüßig den Kai hinunter, gerade als der Ober kommt und ihre Bestellung aufnehmen will.

Alice sieht der eleganten Erscheinung hinterher, bis sie in dem Labyrinth von Masten und Schiffsrümpfen der Marina verschwunden ist. Sie hofft, dass sie es nicht vermasselt hat. Vielleicht hätte sie nicht so ehrlich sein sollen, was ihr Desinteresse an Gesellschaftsspielen angeht. Wenn es der Frau nur darum geht, eine Bridgepartnerin zu finden, dann hat sich jede Hoffnung auf eine Bekanntschaft bereits verflüchtigt.

Josette ist enttäuscht – darüber besteht kein Zweifel. Es ist immer das Gleiche mit diesen Engländerinnen. Sie sind ein bisschen rätselhaft, aber mit jedem Neuankömmling hofft und versucht sie es aufs Neue. Es muss doch eines Tages in Vieilleville eine jener zivilisierten, *bien élevée* Damen auftauchen, an die sie sich aus ihrer Jugend in den britischen Botschaften im Fernen Osten erinnert. Hongkong, Neu-Delhi – das waren noch Zeiten! Die Männer so elegant in ihren weißen Paradeuniformen, dass man ins Schwärmen geraten konnte, ein Leben voller Luxus, geordnet und kultiviert. Allein der Gedanke, dass die Frauen damals nicht Bridge spielen konnten, war absurd. Für die Damen, die es ihr vor vielen Jahren beigebracht hatten, wäre so ein Eingeständnis undenkbar gewesen. Was war das Leben ohne Bridge? Und die Männer hatten es auch gespielt – ihr angebeteter Billy Prescott-Smythe hatte ganz gut damit verdient, hatte immer abgeräumt. Die Frauen waren begeistert und seine Barrechnungen im Club immer gedeckt. Billy-Boy – ihr angebeteter Billy-Boy – *mon Dieu*, was für ein Mann, das Muster gut aussehender militärischer Perfektion! Nur tragisch, dass er so unter der Fuchtel seiner Mutter gestanden hatte.

Was sie Alice über ihre Bewunderung für die Engländer

erzählt hat, stimmt, obwohl ihr die allein stehenden Frauen, die hierher nach Vieilleville kommen, ein Rätsel sind. Sie trifft nicht oft verheiratete Frauen, denn die wohnen natürlich nicht mitten in der Stadt. Die, die Ehemänner haben, haben auch Autos und immer viel zu tun – und wohnen normalerweise in Villen oder großen Wohnungen oben in den Hügeln. Wer mit etwas Stil und Anstand würde schon das Maison Puce zu seinem Paradies auserwählen? Dazu musste man schon ein bisschen meschugge sein, oder? Die Studios sind lächerlich klein, die Abflussrohre immer defekt. Jetzt wohnen da also diese Verona, so breit und dick, dass sie sich unter einem Zelt verstecken muss, dann diese furchtbare vorlaute kleine Göre Imogen, die so fließend Französisch spricht mit diesem schrecklichen Marseille-Akzent – und jetzt diese Alice Barnes. Alle kommen sie *hierher*, und noch keine hat sie eingeladen, sie in England zu besuchen. Man möchte meinen, dass wenigstens eine von ihnen ein schönes Landhaus hätte – so wie man sie in den Agatha-Christie-Filmen immer sieht. So wie es Billy-Boy immer beschrieben hatte, wenn sie von ihrer gemeinsamen Zukunft geträumt hatten – Krocket auf dem Rasen, ein silberner Wasserkessel, eine Etagere und ein Butler. Vielleicht wird es mit Alice anders sein – aber es war kein sehr viel versprechender Auftakt.

8

Verona

»Alice Barnes? Verona Grange von der Wohnung über Ihnen, Nummer 3. Welche! Darf ich reinkommen?«

Es ist ein Mondgesicht, groß und flach mit winzigen Gesichtszügen, die eher spärlich an ungefähr den richtigen Stellen angebracht sind, aber dazwischen viel Platz für rosiges Fleisch freilassen. Darunter ist ein breiter Körper – nicht direkt fett, einfach breit, groß und auf einen kräftigen Knochenbau unter der praktischen Kleidung hindeutend. Letztere besteht aus einem weit geschnittenen Kordrock und einem marineblauen Wollpullover, aus dem ein gestreifter Rüschenstehkragen hervorguckt.

»Ist das nicht toll? Ich konnte es kaum glauben, als Imogen es mir erzählte. Willkommen im Klub. Es ist zu schön. Wenn das so weitergeht, müssen wir noch eine Satzung verfassen und ein Komitee ernennen! Oh, wie ich sehe, richten Sie sich gerade ein. Sehr schön. Ein ziemlicher Aufwand, nicht wahr? Welch hübsche Sonnenblumen! Meine Güte! Aber wenn Sie noch ein bisschen gewartet hätten, hätte ich Ihnen vielleicht einen Rabatt besorgen können. Für Raumtextilien gehe ich immer zu Chez Dorinda in Cannes. Sie ist auch Engländerin, mit einem Franzosen verheiratet, eine tolle Frau. Eins ihrer Kinder ist taub zur Welt gekommen, das ist schrecklich für sie, und das Geschäft läuft auch nicht immer so, wie man es sich wünscht, also versucht man zu helfen, wie man kann. Ihre Ware ist wirklich ganz hervorragend, und sie macht mir normalerweise einen guten Preis.

Aber nein – ich meine, ja – wenn Sie Rat brauchen, fragen Sie einfach. Ich helfe Ihnen gern. Ich finde, dass es immer eine Strapaze ist, vor allem wegen der kulturellen Unterschiede, sogar mit den allerbesten Vorsätzen der Welt. Natürlich war es in meinem Fall ein bisschen anders, denn wir hatten immer die Villa gehabt. Nun, es war eher eine *bastide*, wenn Sie wissen, was ich meine, überhaupt nichts Großartiges, oben in den Hügeln, Wasser aus dem Brunnen und so. Wir haben sie uns mit den Pilkingtons und den Hemery-Blythes geteilt – ein andauerndes Hickhack – aber es hat mich auf den Geschmack gebracht. Und wenn man erst einmal auf den Geschmack gekommen ist, dann tut man sich wirklich schwer ohne. Und nachdem ich allein war – Edmund ist vor zwei Jahren gestorben – am nächsten Donnerstag werden es zwei Jahre –, völlig überraschend, kurz vor seiner Frührente, hatte einen Herzanfall im Bett. Ich wachte auf, und da lag er – eiskalt. Sie können sich vorstellen, was das für ein Schock war! Ich bin nie wieder dieselbe gewesen. Wie ich schon sagte, nachdem ich allein war, war es wirklich ziemlich schwer, es sich ohne vorzustellen. Aber natürlich war nicht einmal daran zu denken, meinen Anteil an der *bastide* zu halten. Viel zu hoch für eine Witwenrente. Es ist wirklich skandalös, was sie uns an Einbuße an Lebensstandard zumuten – und warum sollte eine Witwe nicht die gleichen Dinge auch weiter haben wollen, finden Sie nicht auch? Das ist doch nur logisch. Wie dem auch sei, so bin ich also hierher gekommen. Jetzt, da ich wieder zurück bin, plane ich ein kleines *pique-nique* und wollte Sie fragen, ob Sie vielleicht Lust haben mitzukommen? Ich werde auch Imogen fragen, aber bei der weiß man nie. Sie ist ein so eigenartiges junges Ding. Sagen wir ein Uhr? Ich klopfe an Ihre Tür. Nein, Sie brauchen gar nichts zu bringen, ich kümmere mich um alles. Geht auf mich. Bis später. Ach, ist das nicht nett?«

»Ach, ist das nicht nett?«, sagt Verona.

Das Picknick entpuppt sich als ein Abklatsch vergangener Sommer in Weston-super-Mare, denn sie sitzen im Schatten der Felsen auf einer Schottenmusterdecke am Strand und essen Schweinefleischpastete und Hula-Hoops. Die Nachspeise liegt auch schon vor ihnen – ein Mr-Kipling Bakewell-Obstkuchen, noch in der Schachtel.

»Ich mache das immer am ersten Tag nach meiner Rückkehr. Ich nenne es den ›Leckereien aus der Heimat‹-Tag«, sagt Verona. »Danach passe ich mich dann wieder ganz den Einheimischen an und esse nur noch *salades niçoises* – obwohl ich der Meinung bin, dass es Dinge gibt, nach denen man sich hier insgeheim sehnt, geht es Ihnen nicht auch so? Trotz der wundervollen Vielfalt gibt es immer wieder Augenblicke, wenn *olives cassées au fenouil* einfach nicht die eingelegten Zwiebelchen von Hayward's aufwiegen können, finden Sie nicht auch? Vor allem, wenn es einem nicht so gut geht oder man erkältet ist oder so. Ich bringe immer haufenweise Marmite und Heinz-Dosenmakkaroni mit für den Fall, dass ich mal eine Grippe habe. In bestimmten Situationen sind diese Dinge einfach sehr nützlich. Natürlich kann man mittlerweile einiges davon auch hier bekommen, da es jetzt von unsereins hier nur so wimmelt. Es gibt da einen Laden in Antibes, der alles hat – gebackene Bohnen und Mayonnaise, einfach alles. Also, Sie haben das mit der *carte de séjour* noch nicht erledigt? Kein Grund zur Sorge – ich glaube nicht, dass das so wichtig ist. Nein, mich kümmert das nicht, weil ich nie lange genug am Stück hier bin. Man hat drei Monate Gnadenfrist, und ich bin immer nur ungefähr einen Monat hier wegen meiner alten Herrschaften in Hove. Sind immer noch gut beieinander. Mami wird im August neunundachtzig, und Daddy hat gerade seinen zweiundneunzigsten Geburtstag gefeiert. Wirklich wundervoll, obwohl es natürlich auch ein bisschen lästig ist. Es war nicht so schlimm, als Edmund noch am Leben war. Ich befürchte, er hatte kein so weiches Herz wie ich, aber es waren ja auch nicht seine Eltern. Er hat die seinen im Krieg verloren – eine V1-Rakete fast schon ganz am Schluss, wirklich furchtbar. Aber nachdem er meine Eltern kennen gelernt hatte, sagte er immer, dass ihm viel Ärger erspart geblieben sei. Leben die Ihren noch? Der Vater hat wieder geheiratet? Nun, das ist gut, wenn sie gesund und munter ist und die Last auf sich nimmt – außer Sie hatten sich irgendwelche finanziellen Hoffnungen gemacht? Ich hingegen bin wirklich angebunden – muss dauernd hin- und herfliegen und mich um die meinen kümmern. Sie wohnen in einem betreuten Wohnheim – fast wie ein richtiges Zuhause, aber sie beschweren sich andauernd. Nehmen Sie sich doch noch einen Jaffa Cake.«

Alice fragt sich, ob Verona Grange einen Aus-Schalter hat. Ihr Geplapper übertönt sogar das rhythmische Schlagen der Wellen. Alice kommt es vor, als würde sie bereits Veronas gesamte Lebensgeschichte kennen: das unerwartete Ableben ihres Mannes; ihr gemeinsames Leben in Haywards Heath; Edmund, der jeden Tag mit dem 7:15-Uhr-Zug zum Victoria-Bahnhof fuhr und bei Price Waterhouse – oder war es Touche?, jedenfalls einem dieser Wirtschaftsprüfungsunternehmen – arbeitete; ihr Sohn Theo, irgendein großes Tier in der City, der in der Pont Street residierte; ihre betagten Eltern und ihre Wohnung in Hove, »nah am Meer – wirklich sehr nett, obwohl man ja eigentlich was Besseres gewöhnt ist.«

Alice blickt hinaus auf dieses Meer hier – das heute besonders schön glitzert und glänzt. Die schaumgekrönten Wellen leuchten in einem kräftigen Indigoblau, und draußen am Horizont treiben weiße Boote vorbei. »Es ist wunderschön«, sagt sie in dem verzweifelten Bemühen, von Hove und/oder Heinz' 57 Ketchupsorten abzulenken.

»Natürlich«, sagt Verona. »Deshalb sind wir ja hierher gekommen.«

»Ich nicht«, sagt Alice. »Ich bin hierher gekommen, um ein neues Leben anzufangen – so sagt man doch heute, oder? Immer ein bisschen verächtlich, ›Fang ein neues Leben an‹. Das sagen ständig die Leute, die bereits ein Leben haben.«

»Die *denken*, dass sie ein Leben haben«, sagt Verona. »Aber so läuft es nicht. Das Leben steht nicht einfach nur herum und wartet. Es geht weiter. Ich hatte ein Leben in Haywards Heath – ich hatte einen Mann und brauchte mich noch nicht um meine alten Herrschaften zu kümmern. Ich hatte ein Leben, aber es ging weiter.«

Am nächsten Vormittag beschließt Alice, einen Ausflug nach Antibes zu machen. Sie hat gehört, dass es dort einen englischen Buchladen gibt – es könnte nützlich sein, ihn ausfindig zu machen. Und vielleicht ist es auch an der Zeit, sich etwas Kultur zu gönnen: Das Picasso-Museum hört sich viel versprechend an.

»Guten Morgen. Dachte ich mir doch, dass ich Sie gehört habe.« Verona kommt die Treppe heruntergeeilt, als Alice gerade die Tür hinter sich zumacht. Sie schwenkt einen Einkaufskorb. »Sollen wir?«

»Äh, ich wollte eigentlich nach Antibes fahren. Dort gibt es einen Buchladen.«

»*Natürlich* – Heidi's – den gibt es seit Jahren. Was für eine gute Idee! Ich könnte ein paar Geburtstagskarten brauchen, ich vergesse immer, welche aus England mitzubringen. Warten Sie, ich hole nur schnell meinen Hut. Und an Ihrer Stelle würde ich einen Schal mitnehmen, ich habe gerade den Kopf zum Fenster hinausgestreckt, und der Wind sieht mir ein bisschen nach einem Mistral aus. Bin gleich wieder da.«

Ihre Freude ist offensichtlich. Bevor Alice noch eine triftige Ausrede vorbringen kann (außer der Wahrheit, dass sie viel lieber allein gefahren wäre), ist Verona schon wieder die Treppe hinauf verschwunden. Im Handumdrehen ist sie zurück; sie hat noch immer den Korb über dem Arm, eine Wollmütze über beide Ohren gezogen und einen Schirm unter den Arm geklemmt. »Ach, ist das nicht lustig?«

Eine halbe Stunde später sitzen sie im Zug. Alice starrt entschlossen zum Fenster hinaus, um die Atmosphäre in sich aufzunehmen, aber es ist praktisch unmöglich. Die Gespräche der französischen Mitreisenden, denen sie eigentlich hatte lauschen wollen, werden von Verona übertönt. Sie ist auf ein Lieblingsthema gestoßen und verbringt die gesamte Zugfahrt damit, die Preise auf dem Markt in Vieilleville mit denen von Tesco und Waitrose zu vergleichen – sterbenslangweilig für Alice, aber die anderen Abteilinsassen scheinen förmlich an ihren Lippen zu hängen.

Als sie ankommen, will Alice direkt hinunter in die Stadt gehen, um genug Zeit im Picasso-Museum zu haben, bevor es über Mittag zumacht. Aber Verona hat anderes im Sinn. »Ich muss Ihnen etwas zeigen«, flüstert sie beinahe. »Einen Schrein.«

Sie landen nicht, wie Alice erwartet, vor einer altehrwürdigen Steinkapelle, sondern vor einem großen Mietshaus aus den sechziger Jahren mit flatternden scharlachroten Markisen über den Balkonen.

»Grahams Haus«, flüstert Verona und stupst Alice mit dem Ellbogen an. »Können Sie es fühlen?«

»Was fühlen?«

»*Ihn*. Graham Greene. Er hat einige Jahre hier gelebt.«

»Oh. Ja, davon habe ich gehört. Das ist das Haus? Es ist nicht ...«

»Was?«

»Ich weiß nicht. Nicht das, was ich erwartet hätte. Es

scheint irgendwie ein bisschen glanzlos und anonym für einen berühmten Schriftsteller.«

»Das war, glaube ich, der springende Punkt – für ihn. Ich komme gern hier vorbei, wenn ich in der Stadt bin. Es ist wie eine Art Talisman. Seine Bücher sind so furchtbar erotisch, finden Sie nicht auch?«

»Nun, äh, vielleicht kenne ich sie nicht so gut. Ich glaube, ich habe nur *Am Abgrund des Lebens* und *Unser Mann in Havanna* gelesen – und das ist schon lange her.«

»Aber sie sind Ihnen im Gedächtnis geblieben – natürlich. Sie sind sehr prägnant, finden Sie nicht auch?«

»Nun ... ja, vermutlich«, sagt Alice, die ein bisschen verblüfft ist über diese plötzliche Intimität von einer Frau, die noch vor vierzig Minuten verschiedene Hausmachersenfs en détail miteinander verglichen hatte.

Als sie in die Altstadt hinunterkommen, ist es schon nach halb zwölf.

»Das Museum heben Sie sich besser für heute Nachmittag auf«, sagt Verona. »Glauben Sie mir, Sie werden die Zeit brauchen. Kommen Sie, lassen Sie uns im Café Felix einen Kaffee trinken.«

Sie werden im Freien bedient. Es ist vielleicht noch ein bisschen kalt dafür – der Wind frischt auf und besprüht sie mit Wasser von dem nahe gelegenen Brunnen –, aber Verona besteht darauf.

»Das war Grahams Lieblingsort, müssen Sie wissen.« Sie flüstert laut. »Er ist fast jeden Tag zum Mittagessen hierher gekommen, wo ihn jeder sehen konnte. Er saß für gewöhnlich an dem Tisch dort drüben. Finden Sie das nicht auch unglaublich?«

»Nun ... ja, wie Sie meinen«, sagt Alice, die nicht wirklich der Meinung ist, dass es so unglaublich ist. Schließlich musste der Mann doch auch irgendwo essen.

»Ich komme jedes Mal, wenn ich in Antibes bin, hierher,

um ihm meine Aufwartung zu machen. Ich habe dann das Gefühl, etwas von seinem Geist zu spüren, so als ob er noch hier wäre.«

»Haben Sie ihn denn gekannt?«

»Nun, nein, nicht direkt. Obwohl ich immer das *Gefühl* hatte, es zu tun. Ich habe ihn einige Male hier sitzen sehen und habe einmal versucht, mich vorzustellen, aber es muss ein schlechter Zeitpunkt gewesen sein – mitten im Essen, Sie wissen schon. Aber ich hätte ihm so gerne gesagt, was er für mich bedeutete ... und dass ich es wirklich verstand ...«

»Was verstand?«

»Die Erotik untendrunter.«

»Ah ja, richtig.« Alice lässt geniert das Thema fallen und beobachtet die Passanten, die sich an den Cafétischen vorbeischlängeln.

»Wie machen Sie das, Alice – ohne Ihren Ehemann?«

»Was?« Verona sieht plötzlich sehr traurig aus. »Na ja, es ist natürlich nicht einfach gewesen«, sagt Alice. »Man muss sich erst daran gewöhnen. Aber ich bin immer wieder aufs Neue von mir selbst überrascht. Ich denke, dass ich praktischer veranlagt bin, als ich gedacht hätte.«

»Ich meine nicht in der Hinsicht, Liebes.«

»Nein?«

»Ich meine«, Verona beugt sich vor und zischt laut: »... im Bett.«

»Oh – *das*.« Alice weiß nicht so recht, was sie tun oder sagen soll. Sie kennt diese Frau kaum, und zudem scheint sie sich, wie sie so als wollig-pummeliger Klumpen dasitzt, so gar nicht als Vertraute in intimen Dingen zu eignen. »Nun, um die Wahrheit zu sagen«, sagt sie, »ich habe nicht viel Zeit gehabt, um mir darüber Gedanken zu machen. Ich musste mich um zu viele praktische Dinge kümmern.«

»Wirklich?«, sagt Verona. »Wirklich? Oh, mir fehlt es. Mir fehlt es ganz schrecklich.«

»Nun, ich nehme an, dass es in Ihrem Fall etwas anderes ist. Ich meine, Sie waren ja noch zusammen, als Ihr Mann gestorben ist. Sie sind nicht abgewiesen worden, so wie ich.« Alice bemerkt verlegen, dass Veronas Augen feucht werden und fährt lebhafter fort: »Ich meine, es ist keine Riesentragödie, aber ich denke, dass ich mich noch nicht davon erholt habe und sehr wütend bin. Philip ist ja nicht tot. Er lebt noch – und er will mich nicht. Es ist, als ob all unsere gemeinsamen Jahre, unser ganzes gemeinsames Leben wertlos und sinnlos wären, als ob man das einfach alles aus dem Fenster werfen würde. Es ist so eine Vergeudung. Und wofür? Nur für Sex? Ist Sex mit Hillary Aldyce wirklich so viel besser als mit mir? Ich dachte, dass unser Sexleben in Ordnung war. Nein, das stimmt nicht, ich dachte, dass es besser war als das, dass es *gut* war. Natürlich gab es mit der Zeit keine großen Überraschungen mehr, aber nach dreißig Jahren ist es eher schwierig, für Abwechslung zu sorgen, finden Sie nicht auch? Ich hätte ja wohl kaum damit anfangen können, mich an den Kronleuchter zu hängen oder so was in der Art. Da wäre ich mir schön blöd vorgekommen.«

»Aber das ist die völlig falsche Einstellung«, sagt Verona. »Sie müssen alle Ihre Hemmungen nehmen und sie über Bord werfen. Her mit den roten Strapsen! Das habe ich immer getan.«

»Ist das wahr, Verona? Haben Sie das wirklich?«

»Oh ja, absolut. Das heißt, zumindest, bis er starb. Nun, danach auch noch, wenn Sie es genau wissen wollen. Monsieur!« Verona will zahlen.

»Was meinen Sie mit ›danach‹?«

»Nun, als ich aufwachte und Edmund weg war ...«

»Weg?«

»Tot, aber es kommt einem vor wie weg. Als ob das Licht ausgegangen wäre. Es war mitten in der Nacht, und ich wusste, dass ich nichts mehr tun konnte – Wiederbelebungsversuche oder so. Wie ich schon sagte, er war weg. Wissen Sie also, was ich getan habe?«

»Einen Krankenwagen gerufen?«

»Ich bin aufgestanden und habe meine roten Strapse angezogen und mich wieder neben ihn gelegt, und dann habe ich mich den Rest der Nacht an ihn gekuschelt und versucht, ihn warm zu halten. Und eine Zeit lang war es fast, als ob er noch am Leben wäre und sich jeden Augenblick zu mir umdrehen würde, um mich zu lieben. Und dann musste ich am Morgen natürlich den Arzt anrufen und ihn den Leichenbestattern übergeben. Ab da gehörte er mir nicht mehr. Nun, Sie sehen, es fehlt mir schrecklich. Das ist mit ein Grund, warum ich hier in Südfrankreich weiter eine Wohnung haben wollte. Das, und um eine Bleibe für meinen Sohn Theo zu haben, denn, wissen Sie, hier haben sich einmal die besten Männer herumgetrieben – Männer unseres Schlages ... aber die scheinen heutzutage immer seltener zu werden. Als wir noch die *bastide* hatten, hatte ich immer gehofft, bei einem Cocktailempfang mal Dirk Bogarde über den Weg zu laufen. Aber jetzt scheinen alle, derentwegen es sich gelohnt hätte, entweder gestorben oder weggezogen zu sein. In mancherlei Hinsicht ist es schon ein wenig enttäuschend.«

Wie sich herausstellt, ist das Picasso-Museum am Dienstag geschlossen – also auch das eine Enttäuschung. Aber da Verona stapelweise Geburtstagskarten bei Heidi's sowie zwei Töpfe Branston im englischen Supermarkt einkauft, scheint zumindest sie entschädigt zu sein.

So ziemlich seit Verona aus England zurückgekommen ist, spürt Imo, dass sie, was die Sache mit Fred und dem Roller im Hausflur angeht, am kürzeren Hebel sitzt. Diese Scheißeinmischerei nervt sie gewaltig. Warum machen sie so ein

Drama darum, wie das Haus aussieht? Es ist ja eh nicht das Ritz, und sie sieht verdammt noch mal nicht ein, warum ihr Roller einen Unterschied macht. Wahrscheinlich trägt er sogar zur Verschönerung bei – der Roller ist nämlich zufällig ein ziemlich gutes Stück, fast neu, spottbillig gekauft von einem kroatischen Jungen, der sich aus dem Staub machen musste. Ein fescher Lilaton – verleiht dem Haus einen Farbtupfer, wenn man es mal wirklich logisch betrachtete. Und so gesehen ist es auch ihr Hausflur. Das scheinen die anderen zu vergessen. Sie könnten auch ihre Roller dort parken – wenn sie welche hätten. Es ist ja nicht ihr Problem, dass das nicht der Fall ist. Aber wenn dem so wäre, dann würde sie sich nicht einmischen. Für sie wäre das cool.

Was Alice angeht, so hatte sie sich darauf eingestellt, eisern zu bleiben, aber bei Verona ist das nicht so einfach. Natürlich ist Verona ein Waschlappen und leicht einzuschüchtern, aber sie ist nun mal auch die Mutter von Theo, also ist es am Besten, es sich nicht mit ihr zu verscherzen – nun, wenigstens nicht mehr als absolut nötig, um bei klarem Verstand zu bleiben. Denn Theo ist schwer in Ordnung. Eigentlich ist Theo mehr als in Ordnung. Zugegeben, er ist ein schrecklicher Snob und ein bisschen gewöhnungsbedürftig, und sein Körper lässt auch so manches zu wünschen übrig – da sag mal einer was von Liebespölsterchen (all diese großkotzigen Mittagessen in der City; andererseits, wenn man seine Mutter ansah, ist es wohl genetisch bedingt). Aber obwohl er vielleicht ein bisschen extrem gewichtig ist, so ist er auch, und darauf kommt es schließlich an, extrem großzügig – wenn er dazu aufgelegt ist. Er *schwimmt* in Geld – und deshalb ist er wirklich ganz schwer in Ordnung. Die anderen Männer, die sie kennt, die Matrosen und Stewards von den Jachten, sind kaum in der Lage, ihr im irischen Pub ein paar Guinness zu spendieren. Aber wenn Theo da ist, dann wird fast jeden Tag im Negresco in Nizza zu Abend gegessen und jede Nacht in Monte Carlo verbracht. Und glücklicherweise verfügt er auch über einen gesunden sexuellen Appetit. Trotz all dem süßem Getue, das Verona um ihren angebeteten Jungen macht, gibt es bestimmte Bedürfnisse, die auch eine liebende Mutter nicht befriedigen kann. Also bleibt ihr nichts anderes übrig als cool zu bleiben, als Verona an ihre Tür klopft.

»Imo – Imo, Liebes, auf ein Wort im Guten?«

»Ja?«

»Es ist nur, dass ich dachte, wir hätten das alles im November besprochen, bevor ich nach Hove bin? Die Sache mit dem Roller?«

»Was? Ach, das. Ja, ich hab's vergessen«, sagt Imo leichthin, als ob sie sich nicht gerade lang und breit den Kopf darüber zerbrochen hätte.

»Wir hatten beschlossen, falls du dich erinnerst, Liebes, dass du ihn in den Keller stellst, und angesichts der Tatsache, dass du die Einzige bist, die einen Keller hat, ist das nur fair.«

»Ja, aber es ist so verdammt umständlich, ihn die Rampe rauf- und runterzuschieben, und auch anstrengend. Du solltest es mal versuchen.«

»Nun ja, Liebes, ich verstehe ja, dass es nicht das bequemste Arrangement für dich ist. Aber ihn im Hausflur abzustellen ist für uns überhaupt nicht bequem. Ich bin mir sicher, dass Alice genauso denkt. Und es ist ja nicht so, als ob du uns nicht Recht geben würdest. Ich habe wirklich gedacht, dass das alles geregelt sei – und jetzt ist da zusätzlich zu dem Roller auch noch der Hund. Nicht gerade sehr hygienisch.«

»Aber auch nicht die Pest«, will Imo sagen, aber sie verkneift es sich. Ruhig bleiben. »Es ist wegen der Allergien«, sagt sie und setzt eine mitfühlende Miene auf, »von meinen Schülern. Es ist sein Fell. Nicht dass er viel haaren würde, es sind die mikroskopisch kleinen Härchen – rote Augen, laufende Nase –, und ich muss meinen Lebensunterhalt verdienen.« (Im Gegensatz zu so manch anderer hier, hätte sie hinzufügen können, tut es aber nicht. Immer ruhig bleiben, cool bleiben.)

Und es funktioniert. Es appelliert an Veronas Sinn für Fair Play und an ihr Bemühen, die Dinge auch von der anderen Seite zu sehen.

»Nun, eventuell können wir hinsichtlich des Hundes eine Abmachung treffen. Vielleicht kann er an den Tagen, an denen du unterrichtest, hier draußen bleiben? Das würde dir etwas Zeit geben, damit sich die Allergene setzen oder was immer es ist, was sie tun. Aber den Rest der Zeit ist es nur recht und billig, dass er in deiner Wohnung ist. Entweder das oder du wirst ihn loswerden müssen. Und der Roller muss wirklich hinunter in deinen Keller.«

»In Ordnung.«

»Ich meine es ernst, Imo.«

»In Ordnung. Ich sagte, in Ordnung.«

»Gut. Nun dann.« Verona ist ein bisschen verunsichert angesichts dieses schnellen Einlenkens. »Es ist nur fair. Das siehst du doch ein?«

Himmel, ja. Wie oft noch? »Ja, Verona, ich werd ihn hinunter ins Kellerloch stellen.«

Verona scheint es endlich zu akzeptieren. »Danke, Liebes.« Sie wendet sich zum Gehen.

»Wie geht es übrigens Theo?«, fragt Imo, bemüht, einen ganz beiläufigen Ton anzuschlagen.

»Gut«, sagt Verona und dreht sich ziemlich abrupt um. »Es geht ihm gut. Natürlich wie immer furchtbar beschäftigt, fliegt in der ganzen Welt herum.«

»Also wird er keine Zeit haben, hierher zu kommen?«

»Natürlich wird er sich die Zeit nehmen. Er weiß, was es mir bedeutet, wenn er hierher kommt und es sich gut gehen lässt. Das weckt Erinnerungen an glückliche Kindheitstage.«

»Ja, genau«, sagt Imo, während sie langsam die Tür zumacht, »natürlich.« Aber ihr Gesicht weist zweifelsohne die Spur eines Lächelns auf.

Was gibt's da zu lächeln?, denkt Verona, während sie wieder die Treppe hinaufgeht. Es verwirrt sie. Dieses Gespräch sollte als Sieg auf ihr Konto gehen – schließlich sind das Hunde- und das Rollerproblem gelöst. Stattdessen fühlt sich Verona unbehaglich, so als ob man sie überrumpelt und sie mal wieder auf dem falschen Fuß erwischt hat.

Manchmal fragt sie sich, ob es nicht vielleicht doch ein Fehler gewesen war, diese Wohnung in Vieilleville zu kaufen. Es war alles so viel einfacher gewesen oben in der *bastide*. Das waren noch Zeiten: das dauernde Gerangel um den Platz mit den Pilkingtons und den Hemery-Blythes, immer haufenweise Gäste, und in den Schulferien waren auch noch die Kinder da. Theo liebte die *bastide*, als er klein war. Außerdem war er auch ein bisschen in Henrietta Hemery-Blythe verliebt; ein Jammer, dass daraus nichts geworden ist. Wenn sie geheiratet hätten, hätte Verona weiterhin eine Verbindung zu dem Ort gehabt. Und wahrscheinlich mittlerweile auch einige Enkel. Aber es hat nicht sollen sein. James Hemery-Blythe wurde wirklich ziemlich unangenehm, als Edmund seinen kleinen Sündenfall hatte, und ging danach immer auf Nummer sicher, dass sie nie zur selben Zeit in der *bastide* waren. Und dann heiratete Henrietta diesen Kerl aus dem Garderegiment. Natürlich war es nicht sehr nett von Edmund, ihnen diese Suppe einzubrocken. So ungerecht, dass Theo da mit hineingezogen wurde; er konnte ja nichts dafür. Er konnte es ihm nie wirklich verzeihen. Und dann starb Edmund so plötzlich, ohne dass die Sache wirklich geklärt war. Es war schwierig, so einen Skandal unter Verschluss zu halten.

Vieilleville erschien ihr damals wie eine gute Idee – eine Kompromisslösung – ein Teil des alten Lebens, an dem sie festhalten könnte. Aber Theo scheint es nicht so sehr zu mögen. Er kommt selten zu Besuch – und wenn er es tut, dann meistens dann, wenn sie in Hove ist, um sich um ihre Alten Herrschaften zu kümmern. Dabei hatte sie das Hochbett nur seinetwegen gekauft, damit sie sich die Wohnung teilen könnten. Vielleicht ist er jetzt ein bisschen zu vornehm dafür geworden – wohnt lieber in Hotels. Schade – das ist doch nicht das Gleiche. Und wenn sie etwas mag, dann ist es ein gutes, ausgedehntes Schwätzchen.

Es ist schwierig gewesen, hier Freunde zu finden. Imo ist so kratzbürstig, dass man nie so recht weiß, wie man mit ihr dran ist, und von den Einheimischen kennt sie eigentlich niemanden. Nun, abgesehen von Josette Lamartine und ihren Freundinnen – aber Verona hat manchmal das Gefühl, dass sie sie auslachen. Es lässt sich schwer sagen, wenn sie auf Französisch lossprudeln, aber ihr ist dabei stets ein bisschen unbehaglich zu Mute. Auch sie ist verletzlich, selbst wenn das niemand zu denken scheint, so oft wie man sie beleidigt. Edmund war ebenfalls bissig und hyperkritisch gewesen, aber sie hatte es sich nie anmerken lassen, wie viel es ihr ausmachte, sie hatte es einfach an sich ablaufen lassen. »Sie war nie gekränkt« – das könnte man wahrlich auf ihren Grabstein schreiben.

Aber eventuell geht es ja jetzt aufwärts. Diese Alice Barnes – eine angenehme, ruhige Frau. Möglicherweise würde sie eine richtige Freundin werden. Durch sie könnte sich das Leben hier wirklich sehr ändern – und sie ist offensichtlich einsam. Sie wird es brauchen, dass man sie an die Hand nimmt. Es gibt doch nichts Schöneres.

9

Berührungspunkte

Alice hat den Verona-Überdruss. Nach zwei Wochen wächst es sich zu einem regelrechten Albtraum aus. Das Problem ist, dass sie immer da ist – oder vielmehr immer *hier*, direkt hier vor ihrer Tür, ständig so voller Pläne und guter Absichten, dass man gar nicht dagegen ankommt. Alice ist sich ziemlich sicher, dass Verona auf ihr Kommen und Gehen lauscht – genauso wie sie es getan hatte, als sie Imogen Prosper »rein zufällig« über den Weg laufen wollte. Nur dass Verona sich noch nicht einmal Mühe gibt, es wie einen Zufall aussehen zu lassen: Sie steht plötzlich einfach da und will sich sofort jeder Aktivität anschließen. Alice scheint nicht einmal mehr allein den Abfall hinaustragen zu können. Wenn Verona sie sieht, kommt sie schon herausgehüpft, um ihr bis hinunter zur städtischen Mülltonne auf dem Place d'Espoir »Gesellschaft zu leisten«. Es ist zum Verzweifeln.

Wenn es Alice gelegentlich gelingt, allein aus dem Haus zu kommen, scheint Verona wie ein Schachtelteufelchen plötzlich überall aufzutauchen. »Ach, *da* sind Sie«, ruft sie von der anderen Straßenseite herüber, so als ob sie absichtlich hinter ihr her gewesen wäre. Kein taktvolles Abwimmeln scheint zu funktionieren – sie lässt sich einfach nicht abschütteln. Vergangene Woche hatte sie einen Ausflug nach Menton ruiniert, gestern fing sie Alice auf dem Heimweg vom Markt ab und schlug wieder ein kleines *piquenique* vor. Als Alice unter Berufung auf Kopfschmerzen dankend ablehnte, stand Verona keine drei Minuten später mit Aspirin, Ibuprofen und Paracetamol vor ihrer Tür und wartete, bis Alice einige der verfluchten Dinger geschluckt hatte, obwohl ihrem Kopf natürlich gar nichts fehlte – es war einfach der erste Vorwand gewesen, der ihr eingefallen war.

Alice fängt an, sich verfolgt zu fühlen. Sie ertappt sich dabei, wie sie nachts wach liegt und sich eine ganze Reihe von Ausreden einfallen lässt, um sie bei Bedarf sofort parat zu haben. Aber es ist nicht so einfach. Sie kann keine der üblichen Entschuldigungen vorbringen: Arbeit oder andere gesellschaftliche Verpflichtungen. Verona weiß ganz genau, dass sie keins von beiden hat. Und jetzt ist es zu spät, irgendeine fiktive Aktivität zu erfinden, die angeblich ihre Zeit in Anspruch nimmt. Aber wie soll sie sie sonst loswerden? Ehrlich sein? »Ich möchte allein sein.« Aber da ist ja das Problem: Alice möchte gar nicht unbedingt allein sein, sie will nur einfach nicht mit Verona zusammen sein. Das Nonstop-Geplapper zerrt an ihren Nerven – und sie fühlt sich zugegebenermaßen so, als ob Veronas scheußlich-schlampige Matronenhaftigkeit auf sie abfärben würde. Bisher hat Alice sich mit ihrem Äußeren ziemliche Mühe gegeben – explizit als Reaktion darauf, dass Philip sie wegen Hillary Aldyce verlassen hat. Aber wenn sie mit Verona durch die Straßen läuft, hat sie das Gefühl, über eine unsichtbare Linie gezerrt zu werden, und sie muss unwillkürlich an kleine Dauerwellen und Crimplene denken – von wo an es dann nur noch gnadenlos bergab ging.

Heute Abend jedoch steht Alice endlich eine Abwechslung ins Haus. Sie ist am Nachmittag auf einem ihrer seltenen Verona-losen Ausgänge Josette Lamartine über den Weg gelaufen, und die hat sie eingeladen, mit ihr und einer Freundin in der Taverne Vieilloise zu Abend zu essen. Diese Freundin, Augustine (oder hieß sie Albertine? – irgendwas in der Richtung), »liebt die Engländer auch. Sie wird Ihnen gefallen, und Sie werden ihr gefallen.«

Alice fühlt sich wie ein Hund, den man von der Leine gelassen hat. Endlich kann sie frei herumlaufen und wild bellen.

Sie wirft sich mit ihrem guten schwarzen Hosenanzug von Dingle in Schale, zieht die Tür so leise wie möglich hinter sich zu, um Verona nicht zu alarmieren, und schleicht dann wie ein ungezogenes Schulmädchen barfuß die Treppe hinunter. Der Plan wird vereitelt von Fred, der wieder mal im Hausflur liegt und sie mit freudigem Geheul begrüßt. Sie läuft zur Haustür, schlüpft schnell in ihre Schuhe und rennt drauflos, absichtlich nach links und dicht entlang an den Häusern den Umweg über die Rue d'Espoir, damit Verona sie nicht von ihrem Fenster aus sehen kann. Das wird langsam lächerlich.

Augustine entpuppt sich als ein Klon von Josette – sehr elegant und am absolut anderen Ende des Stilspektrums von Veronas biederem Beige. Sie hat kräftiges, gefärbtes Haar, eine wattierte Chanel-Tasche an klirrenden Goldkettchen (ein Imitat? Sieht aber ziemlich echt aus) und viel, viel Gold am Körper. Josette hatte sie am Nachmittag, als sie die Einladung ausgesprochen hatte, gewarnt, dass die Frau ein »sehr, sehr trauriges Leben ge'abt 'at – schrecklichen Ehemann – ein Schwein – nischt *sympathique* – er 'at sie geswungen, viele, viele Dinge zu tun, schrecklich«, woraufhin Alice wirklich zu spekulieren anfing. Aber jetzt, da sie sie persönlich kennen lernt, sieht sie völlig normal aus – überhaupt nicht mitgenommen, sondern eigentlich sehr lebensfroh.

Sie unterhalten sich hauptsächlich auf Englisch, obwohl

Alice darauf brennt, ihr Französisch auszuprobieren. Das Problem ist, dass sie jedes Mal wegen der Zeiten und ihrer großen Wortschatzlücken ins Stocken kommt. Die Unterhaltung kriecht dann nur im Schneckentempo voran, was ihr ziemlich peinlich ist. Die Frauen tun sehr verständnisvoll und entgegnen, dass sie eigentlich lieber ihr Englisch üben würden – und damit ist die Sache erledigt. Ungefähr alle zehn Minuten sehen sie sich an und geben etwas in rasend schnellem Französisch von sich, wobei sich Alice, die sich Mühe gibt, ihnen zu folgen, ein bisschen dumm vorkommt. Dann wenden sie sich wieder ihr zu und reden auf Englisch weiter.

Zum Leidwesen von Alice, die eigentlich gerne etwas über das ganz normale Leben in Vieilleville erfahren würde – praktische Dinge, wie zum Beispiel Klempner und die Bürokratie, und was sie über das Maison Puce wissen –, wollen sie nur über Prinzessin Stephanie und Sans-atout-Strategien reden. Alice hat zu beiden Themen nicht viel beizutragen, egal in welcher Sprache.

Dann passiert etwas Seltsames. Sie hatten gerade nach der Rechnung gefragt, da springt Augustine (oder hieß sie Adrienne?) plötzlich auf und sagt, dass sie eine dringende Verabredung hätte. Auch Josette scheint auf einmal verschwunden zu sein. Zuerst denkt Alice, dass sie in den Keller auf die Toilette gegangen ist, aber sie bleibt ewig weg. In der Zwischenzeit lungert der Ober mit erwartungsvoller Miene in der Nähe ihres Tisches herum, so dass Alice beschließt, ausnahmsweise einmal die Initiative zu ergreifen und mit ihrer Kreditkarte zu bezahlen. Die Rechnung ist besonders hoch für Vieilleville-Verhältnisse, da Josette und Augustine die Pauschalpreismenüs als *touristique* abgetan und sie stattdessen *à la carte* bestellt hatten. Schließlich kommt Josette zurück an den Tisch. Sie war überhaupt nicht auf der Toilette gewesen, scheint vielmehr schockiert zu sein, dass Alice sie eines so gravierenden Verstoßes gegen den Anstand für schuldig befunden hätte. Nein – sie hatte unten ein paar Freunde getroffen, die sie schon lange nicht mehr gesehen hatte. Alice erklärt, dass sie zwischenzeitlich die Rechnung beglichen hat und erwartet, dass Josette ihren Anteil (und eigentlich auch den von Augustine) rausrückt, aber Josette sagt einfach: »Wie reizend – das war sehr reizend von Ihnen, meine kleine Alies«, küsst sie auf beide Wangen, springt auf und geht. Alice bleibt mit vor Schreck offenem Mund und um beinahe sechshundertundvierzig Francs ärmer allein zurück.

Alice hält den ganzen nächsten Tag nach Josette Ausschau, aber sie kann sie nirgendwo entdecken. Sie weiß noch immer nicht, wo sie wohnt, und sie hat ihre Telefonnummer nicht, obwohl sie sie natürlich danach gefragt hat. Vielleicht hatte Josette die Frage nicht gehört, denn sie hatte einfach durch sie hindurchgesehen, und nachdem Alice noch ein paarmal gefragt hatte, erschien es ihr unhöflich, weiterzubohren.

Bisher schien Josette stets wie von Zauberhand aufzutauchen, wie eine Art Flaschengeist. Sie kann nicht weit weg wohnen. Sie ist immer zu Fuß und wie aus dem Ei gepellt, also muss ihre Wohnung ganz in der Nähe sein. Alice hatte gestern Abend erneut versucht, sie zu fragen, aber ihr fällt langsam auf, dass die Franzosen überhaupt nicht scharf darauf zu sein scheinen, so etwas wie konkrete Informationen mitzuteilen. Wenn sie direkte Fragen stellt – zum Beispiel, was diese ganze Sache mit der *carte de séjour* angeht –, dann erntet sie unbehagliche Blicke und nicht selten ein peinliches Schweigen, so als ob sie irgendeine Grenze akzeptablen Benehmens überschritten hätte. Sie hatte versucht, dieses Thema gestern Abend – während des Nachtischs – anzusprechen, aber sowohl Josette als auch Augustine wandten daraufhin flugs all ihre Aufmerksamkeit ihren

Löffeln zu und räusperten sich, als ob sie gefurzt oder sonst etwas in der Art getan hätte.

Wenn es ihr gelungen wäre, Josette zu finden, hätte sie sie gebeten, ihren Anteil der gestrigen Restaurantrechnung rauszurücken, aber im Laufe des Tages überlegt sie es sich anders. Es ist zu peinlich. Verbuch es als Erfahrung und sei das nächste Mal ein bisschen besser auf der Hut. Und dann ist da ja auch noch das Problem mit Verona, die trotz Alices Geheimhaltungsversuchen zu wissen scheint, dass sie ausgegangen war, und schon morgens als Allererstes vor ihrer Tür stand und alles bis ins kleinste Detail erzählt bekommen wollte, vor allem die Speisekarte. »Ach, Sie haben doch nicht die *crème brûlée* mit Lavendel gewählt? Ach, meine Liebe, Sie hätten das *nougat glace* nehmen sollen – ihres ist das beste. Wenn ich gewusst hätte, wo Sie hingehen, hätte ich Sie warnen können. Zu dumm aber auch.« Wenn sie herausfinden würde, dass die Rechnung an Alice hängen geblieben war, würde sie wahrscheinlich wie ein Racheengel mit ihr zurück zur Taverne Vieilloise marschieren und das Geld zurückverlangen. Es ist zweifellos das Beste, darüber Stillschweigen zu bewahren.

»Imo?«

»Ja, Alice?«

»Haben Sie eine Minute Zeit für mich?«

»Nein.«

»Ich habe mich nur gefragt ...«

»Was?«

»Nun, es geht um Verona. Ich frage mich, ob Sie dasselbe Problem haben ...«

»Und das wäre?«

»Nun, sie ist – sie ist manchmal ein bisschen zu viel.«

»Manchmal?«

»Und ich habe mich gefragt, wie Sie damit umgehen.«

»Ganz einfach. Ich sag ihr, dass sie sich verpissen soll.«
»Ich meinte, ohne ihr das sagen zu müssen.«
»Oh. Hm – nein, keine Ahnung.«

Immerhin könnte Verona vielleicht bei der Entzifferung dieses seltsamen Schreibens von Monsieur Gerontin behilflich sein. Es kam heute Vormittag an, und Alice kann sich, so sehr sie sich auch Mühe gibt, noch immer keinen Reim darauf machen.

Die tägliche Postzustellung ist ein Thema für sich. Es gibt keinen Briefschlitz in der Haustür, wie man es vielleicht erwarten würde. Stattdessen gehört zu jeder Wohnung ein kleiner Metallbriefkasten, der an der bröckelnden Wand im Hausflur hängt. Der Postbote hat einen Schlüssel, mit dem er ins Haus kommt. Das heißt, er hat an seinem Hosengürtel einen riesigen Schlüsselbund – mit einem Schlüssel für jedes Haus in diesem Teil der Stadt. Es ist ihr ein völliges Rätsel. Warum? Warum dieser Zirkus, immer den richtigen Schlüssel für das jeweilige Schloss herauszufischen, wenn ihm durch Türschlitze dieser ganze Aufwand erspart bleiben würde? Alice hat diesbezüglich sogar Josette gefragt, aber sie bekam als Antwort nur diesen verdutzten Blick, der besagt, dass es *Alice* ist, die es nicht kapiert. Noch eins dieser unerklärlichen Rätsel, die es anstandslos zu akzeptieren gilt. Verbuch es wieder einmal unter ›typisch französisch‹ – das muss genügen.

Die heutige Post enthält, abgesehen von dem Brief von Monsieur Gerontin, einen Stoß Umschläge mit beunruhigenden Logos: Visa, Mastercard und ihr Kontoauszug. Es musste ja so kommen, dass sie alle auf einmal eintrudeln! Nicht, dass sie einen Grund hätte, sich Sorgen zu machen. Ach woher denn? Werd erwachsen, gute Frau! Es ist schließlich nur Geld. Und es ist ja auch nicht so, als ob sie ihre jüngsten Ausgaben nicht rechtfertigen könnte. Es war alles notwendig. Jeder weiß, dass es teuer ist, eine neue Wohnung einzurichten. Sie war ja nicht verschwenderisch – oder? Nichtsdestotrotz öffnet sie die Umschläge nicht, sondern steckt sie unter einen Stapel Zeitschriften. Aus den Augen etc. etc.

Das Schreiben von der Agence Gerontin enthält ein ganz und gar unentzifferbares Diagramm. Es scheint mit Tinte und per Hand gezeichnet zu sein – oder vielleicht ist es auch eine Matrize (aber hat irgendjemand im Computerzeitalter noch so etwas wie ein Matrizengerät?). Dieses Diagramm ist nicht einmal getippt. Dieses Dokument ist so weit entfernt von der Welt des Tintenstrahldruckers, dass es sich beinahe schon wie eine Antiquität – eine Rarität – ausnimmt. Am linken Rand ist eine Liste von Namen, von denen kein einziger leserlich ist. Oben quer über die Seite stehen einige Prozentsatzsymbole und ganz rechts ein Wort, das nur noch als schwarzer, verschmierter Fleck zu erkennen ist. Das französische Begleitschreiben ist allerdings getippt – leider. Denn sie kann deutlich lesen, dass Monsieur Gerontin seine »*compliments les plus distingués*« ausrichtet und sich darauf freut, baldmöglichst ihren Scheck über den angegebenen Betrag in Empfang zu nehmen. Schluck.

Alice geht also die Treppe zu Veronas Wohnung hinauf. Nachdem sie tagelang versucht hat, ihr aus dem Weg zu gehen, kommt es ihr jetzt etwas seltsam vor, sie aktiv aufzusuchen. Verona öffnet, wie üblich offenkundig erfreut, die Tür. Sie trägt ein riesiges orangefarbenes Hawaiikleid und hat ein Frottierhandtuch wie einen Turban um den Kopf gewickelt.

»Freitag ist mein Schönheitstag – außer dass er dieses Mal auf einen Mittwoch fällt. Aber kommen Sie nur herein, meine Liebe.«

Alice reicht ihr Monsieur Gerontins Diagramm, und Verona hält es mit ausgestrecktem Arm weit von sich, um es zu lesen. »Ach, es ist nur das Übliche – die jährliche Kostenaufstellung für die Miteigentümer. Sie kommt immer um diese Jahreszeit.«

»Aber was bedeutet es?«

»Es ist nur das *syndic*. Jede *copropriété* hat eins, und in unserem Fall ist das Monsieur Gerontin. Er kassiert das Geld für Versicherung, Wasser, den Strom im Treppenhaus und Ähnliches.«

»Das ist mir schon klar, aber was sind die tatsächlichen Zahlen?«

»Nun ...« Verona hält das Papier noch weiter von sich, dann hält sie es sich direkt unter die Nase und blinzelt. »Es hilft nichts. Ich muss meine Brille finden.« Sie verschwindet im Badezimmer. Als sie zurückkommt, hängt ihre Brille schief in den Falten ihres Turbans. Sie inspiziert das Blatt noch einmal – von nahem, von weitem. »Ach herrje, ja, es scheint in der Tat schlimmer als sonst. Wir werden ihn fragen müssen.«

»Aber haben Sie eine Vorstellung, wie viel es normalerweise ist? Ich meine, wie hoch die Beträge sind.«

»Nun, das ist unterschiedlich – das richtet sich nach der Quadratmeterzahl. Imos Wohnung ist die kleinste, dann Ihre, und meine ist natürlich ein bisschen größer.«

»Ist sie das?«

Alice hatte sich Veronas Wohnung bisher noch nie so richtig angeschaut. Sie ist so voll gestopft, dass sie sich, falls das überhaupt möglich ist, noch kleiner anfühlt als die ihre. Den halben Raum nimmt eine erhöhte Holzplattform ein, zu der eine Leiter hinaufführt. Darunter steht eine kastanienbraune, mit goldenen Bommelrüschen besetzte Dralonbettcouch, die links und rechts von dazu passenden, an der Plattform befestigten Vorhängen eingerahmt ist. Mit den zahlreichen ebenfalls mit Rüschen besetzten Lampenschirmen hat das Ganze etwas von Home Counties ca. 1962 und auch einen Schuss von dem Boudoir einer Nutte. Alles ziemlich unmöglich, aber angesichts der Ursprünge des Maison Puce vielleicht schon wieder passend.

Die Plattform, auf der eine Doppelbettmatratze liegt, ist als Veronas Gästebett gedacht. Aber es lässt sich schwer erkennen, wo die Gäste Platz hätten, denn darauf stapeln sich überall Pappkartons, pralle Plastiktüten und Zeitungen – »der gute alte *Torygraph*«, für teures Geld (und mit einem Tag Verspätung, da man ihn aus England einfliegen muss) in dem *tabac* am Kai gekauft und deshalb viel zu wertvoll zum Wegwerfen, bevor man ihn nicht von der ersten bis zur letzten Zeile gelesen und verarbeitet hat.

»Ich mache Ihnen einen Vorschlag«, sagt Verona. »Ich hole das Schreiben vom letzten Jahr, und dann schauen wir, ob wir uns einen Reim darauf machen können.«

Sie klettert die Leiter hinauf, während Alice sich auf das Sofa sinken lässt. An dieser Seite ist ein runder Tisch, der von einer mit Volants besetzten bodenlangen Tischdecke bedeckt ist und auf dem reihenweise gerahmte Fotos stehen. Auf vielen ist eine jüngere, dünnere, aber schon ebenso rosige Verona zu sehen, oft mit einem Jungen in verschiedenen Entwicklungsstadien, vom pausbäckigen Kleinkind bis zum imposanten Jugendlichen. Auf einigen der Fotos wird der Junge von einem dünnen, grauen Mann mit spitzen Gesichtszügen im Arm gehalten – vielleicht der verstorbene teure Edmund?

Von oben lässt sich lautes Geraschel und gelegentliches Stöhnen, Seufzen und Murmeln vernehmen.

»Also, dann wollen wir mal sehen … ich bin mir sicher, dass es hier war … oh … hier … nein … Himmel, was für ein Durcheinander! … ah ja … nein … aber ich hätte schwören können … ah!« Den Siegesschrei identifizierend, steht Alice auf und sieht zu, wie Verona mit einer Marks-and-Spencer-Tasche die Leiter heruntersteigt. »Ich hab's – die vom letzten Jahr. Ich wusste, dass sie hier irgendwo sein musste.« Sie setzt sich auf die Couch und wühlt in der Tasche, zieht zahlreiche Dokumente daraus hervor, studiert sie einen Augenblick und legt sie dann beiseite. »Richtig – ja. Hier ist sie – oh.« Sie hört sich enttäuscht an und reicht Alice das Blatt Papier.

»Aber das ist genauso unleserlich wie das von diesem Jahr.«

»Ja, scheint so.«

»Können Sie sich erinnern, was Sie normalerweise zahlen?«

»Ich bin mir nicht sicher. Normalerweise schicke ich das ganze Zeug an meinen Steuerberater in Hove, und er kümmert sich darum. Es ist nicht viel, glaube ich.«

»Was sind das für Namen an der Seite?«

»Das sind unsere, meine Liebe.«

»Wirklich?« Alice schaut noch einmal genau hin – und ja, tatsächlich, vielleicht ist da irgendwo in dem Gekritzel eine Spur ihres Nachnamens zu erkennen. »Was ist die letzte Spalte hier – die mit dem großen Schmierfleck?«

Verona vergleicht das Schreiben mit dem vom letzten Jahr. »Oh, das sind nur ›*Travaux*‹ – die Arbeiten am Haus.«

»Welche Arbeiten?«

»All die Renovierungsarbeiten, Liebes – die Treppen und die Wände und dergleichen.«

»Die Sachen, für die Monsieur Gerontin die Pläne hat? Die er mir in seinem Büro gezeigt hat?«

»Das wird es wohl sein.«

»Aber was bedeuten dann all diese Zahlen? In meiner Spalte steht siebzigtausend – das sind über siebentausend Pfund.«

Verona blinzelt wieder auf das Papier. »Vielleicht sind es Euro«, sagt sie hilfsbereit.

»Das wäre dann ja noch mehr! Aber wofür ist das? Ich

hatte es so verstanden, dass alle Renovierungen bereits abgeschlossen und bezahlt sind.«

»Nicht unbedingt.«

»Was?«

»Aber machen Sie sich keine Sorgen, meine Liebe, die tauchen jedes Jahr wieder auf. Sie werden nie gemacht, weil sich keiner darum kümmert. Ich bin jetzt zwei Jahre hier, und ich habe es noch nicht veranlassen können, dass die Türsprechanlage repariert wird.«

Nicht im Geringsten von dieser zusätzlichen Information beruhigt, wendet sich Alice wieder dem Diagramm zu. »Was ist dieser freie Platz hier?«

»Nun, das ist wohl die große Wohnung im obersten Stockwerk. Es ist eine Maisonettewohnung, sie wird seit ewigen Zeiten hergerichtet, letztes Jahr hatten wir den ganzen Sommer über Baulärm und Chaos. Bisher hat sie noch niemand gekauft – glaube ich.«

»Wem gehört sie dann jetzt?«

»Was?«

»Jemandem muss sie doch gehören. Warum ist kein Name aufgeführt? Wer hat all die Bauarbeiten veranlasst?«

»Woher soll ich das wissen? Soweit ich weiß, kümmert sich Monsieur Gerontin darum.«

»Glauben Sie, dass sie ihm gehört?«

»Möglich.«

»Aber meine hat ihm auch gehört.«

»Ja, ich glaube, meine auch. Es war alles ein bisschen chaotisch. Um die Wahrheit zu sagen, ich habe es nie ganz verstanden. Aber dann ging Theo mit mir zum *notaire*, und da wusste ich, dass ich mir keine Sorgen zu machen brauchte.«

»Mussten Sie auch ›unter dem Tisch‹ zahlen?«

»Schsch, meine Liebe, über manche Dinge spricht man nicht.«

Wieder in ihrer Wohnung versucht Alice, das beunruhigende, chaotische Diagramm von Monsieur Gerontin zu vergessen und macht sich eine Kanne Kaffee. Jedes Mal, wenn sie an dem Zeitschriftenstapel vorbei geht, unter dem die ungeöffneten Briefumschläge liegen, gibt es ihr einen Stich in die Magengrube. Das ist verrückt. Sie ist verrückt. Es ist ja nicht so, als ob sie einen draufgemacht hätte. Sie hebt den Stapel an einer Ecke an und zieht den ersten Umschlag heraus. Ihr Kontoauszug. Sie fährt mit dem Finger unter den Falz, reißt ihn auf und überfliegt die Seiten. Ach, du lieber Himmel! Sie kann unmöglich so viel ausgegeben haben – das muss ein Fehler sein. Diese verdammten Computer!

Sie setzt sich und zwingt sich, die ganze schreckliche Liste Schritt für Schritt durchzugehen, und stellt fest, dass es leider nur allzu wahr ist. Und dabei sind das nicht einmal die Ausgaben für die Wohnungseinrichtung; die meisten davon sind in den Kreditkartenauszügen aufgeführt, die sie noch nicht einmal geöffnet hat. Nein: Dieser Horror bezieht sich nur auf ihre Bankkarte, von der sie unbekümmert Gebrauch gemacht hat. Die meisten der aufgelisteten Ausgaben haben mit dem ganz alltäglichen Leben in Vieilleville zu tun, eine Ansammlung lauter harmloser, kleiner Beträge. Natürlich viele Restaurants und Cafés, die ihr zu jener Zeit im Vergleich zu daheim so günstig erschienen. Und dann all die harmlosen, kleinen Einkaufsbummel und das Herumgereise. Es hat sich alles zu einer riesigen, sperrigen Summe addiert. Die grauenvolle Tatsache ist, dass ihr Einkommen es auch nicht ansatzweise abdeckt. Sie wird ihr Kapital angreifen müssen – und sogar sie weiß, dass das der Anfang des verhängnisvollen Wegs in den Ruin ist.

10

In der Höhle des Löwen

Die Wochen verfliegen. Es ist bereits März, und Alice ist sich zusätzlich zu ihren Geldsorgen auch noch der Tatsache bewusst, dass der letztmögliche Antragstermin für eine *carte de séjour* unerbittlich näher rückt. Sie schiebt es immer wieder auf, halb in der Hoffnung, dass sich die Angelegenheit irgendwie von alleine lösen wird. Als sie das nicht tut, rechtfertigt sie ihre Saumseligkeit damit, dass es doch sicher gescheiter wäre, konkrete, handfeste Informationen einzuholen von Leuten, die das Prozedere hinter sich gebracht haben, als sich ausschließlich auf *French Dressing – Überleben in Frankreich* zu verlassen. Aber bisher war ihr nicht das Glück beschieden, eine solche Person zu finden. Zu dem Thema schweigt Verona ausnahmsweise. Da sie sich nie als in Frankreich wohnhaft angesehen hat, hat sie, was das angeht, keinen Rat auf Lager – nicht einmal eine Meinung. Beinahe wie um das zu betonen, ist sie genau jetzt für zehn Tage zurück nach England, weil es irgendetwas für ihre alten Herrschaften zu organisieren gibt.

Gelegentlich läuft Alice in der Stadt anderen Engländern über den Weg, aber sobald sie das Gespräch auf die Behörden bringt, scheinen sie vor Schreck zu erstarren. Sie hört nie etwas darüber auf Riviera Radio und überlegt, ob sie nicht vielleicht in einer ihrer Hörersendungen anrufen und um Rat fragen soll. Aber die allgemeine Paranoia ist ansteckend und hat zur Folge, dass sie zunehmend vorsichtiger wird; außerdem wäre es ihr ziemlich peinlich, sich so aus dem Fenster zu hängen. Es muss einen diskreteren Weg geben.

Eines Tages hat sie den genialen Einfall, die Raumtextilienfreundin von Verona in Cannes aufzusuchen – die Frau mit dem französischen Ehemann und dem tauben Kind. Seltsam, dass Verona gerade dann, wenn man sie braucht, nicht zur Stelle ist. Aber Alice findet den Laden auch allein – Chez Dorinda in dem alten Le-Suquet-Viertel. Sie muss einige Meter provenzalische Baumwolle kaufen, die sie nicht braucht, um das Gespräch in Gang zu setzen, und was sie dabei in Erfahrung bringt, ist nicht allzu hilfreich. Dorinda hat die französische Staatsbürgerschaft angenommen und braucht folglich keine *carte de séjour*. Sie lobt die Qualität des französischen Krankenversicherungssystems über den grünen Klee, hat aber ansonsten ziemlich dezidierte Ansichten, was den Umgang mit den französischen Beamten angeht – sie sagt, dass es ein Albtraum sein kann. Es gibt einen Sammelbegriff für sie, *fonctionnaires*, der mehr oder weniger jeden umfasst, den man in England als Regierungsangestellten bezeichnen würde. Sie haben als Einzelpersonen ungewöhnlich viel Macht, sind nicht allzu gut bezahlt, aber zum Ausgleich praktisch unkündbar. Geriet man an einen Schwierigen, so deutet Dorinda an, dann konnte man genauso gut gleich sein Testament machen. Als Alice mit ihrem Textilpaket, das sie gar nicht haben wollte, den Laden verlässt, sagt sie zum Abschied: »Viel Glück – Sie werden es brauchen,« was nicht unbedingt sehr hilfreich ist.

Zurück im Maison Puce macht sich Alice auf die Suche nach weiterer Kunde. Imo sitzt doch sicher im gleichen Boot, da auch sie Vollzeit hier lebt und arbeitet und so weiter.

»Haben Sie eine Minute Zeit für mich, Imo?«

»Nein.«

»Ich hab mich nur gefragt …«

»Was?«

»Nun, ob Sie irgendeinen Rat hätten, was die *mairie* angeht?«

»Was ist damit?«

»Ich muss bald meine *carte de séjour* beantragen, und ich habe mich gefragt, ob Sie mir vielleicht irgendwelche Tipps geben können, das ganze Prozedere mit mir durchgehen können?«

»Warum?«

»Nun, für den Fall, dass es etwas gibt, was ich wissen muss.«

»Nein. Warum wollen Sie denn eine *carte de séjour*?«

»Nun, es hat ja nichts mit wollen zu tun, oder? Schließlich ist es doch Pflicht. Es ist doch illegal und ein ziemlich schweres Vergehen, keine zu haben.«

»Solange es keiner erfährt.«

»Ich könnte so nicht leben, nicht wenn ich weiß, dass ich eine haben sollte. Es ist doch so, dass man sie immer bei sich tragen und auf Verlangen vorzeigen soll, nicht wahr?«

»Niemand wird sie fragen.«

»Ich würde die ganze Zeit wie auf glühenden Kohlen sitzen. Und wenn ich mal irgendetwas Offizielles bräuchte, hätte ich keine Chance. Was ist zum Beispiel mit ärztlicher Versorgung?«

»Versichern Sie sich privat.«

»Das kann ich mir nicht leisten.«

»Dann verwenden Sie Ihr E311-Formular. Die Krankenhäuser akzeptieren das. Melden Sie sich nicht als hier wohnhaft. Fahren Sie immer mal wieder nach Hause, so wie es Verona tut, zu Ihrem Zahnarzt oder Ihrem Friseur oder was immer Leute wie Sie tun, schauen Sie bei Ihren Kindern vorbei.«

»Aber mein Zuhause ist hier, Imo.«

»Ach, kommen Sie, doch nicht wirklich.«

»Doch, wirklich. Ich habe keine andere Wohnung.«

»Oh.«

»Also wenn Sie mir irgendwelche Tipps geben könnten … Ich meine, wie war es denn bei Ihnen?«

»Hören Sie, ich hab Ihnen doch schon gesagt, ich habe keine Zeit für so etwas, ich stecke bis über beide Ohren in Arbeit, okay? Warum lassen Sie es nicht einfach sein?«

Imo macht Alice sehr forsch die Tür vor der Nase zu – aber in Anbetracht des Aufruhrs, den sie verursacht, sollte Alice froh sein, dass sie sie nicht zuknallt.

Imo ist der Angstschweiß ausgebrochen. Scheiße. Diese verdammte Frau – immer stellt sie Fragen, will alles ganz genau wissen. Warum nur will sie hier ihren Wohnsitz anmelden? Das ist doch absurd. Diese blöde Kuh kann ja nicht einmal die verdammte Sprache. Und was meint sie damit, dass das hier ihr Zuhause ist? Dass ich nicht lache. Natürlich hat sie noch woanders eine Wohnung oder ein Haus. Sie alle haben noch woanders etwas. Leute wie Alice wissen nicht, was es heißt, sich ewig nur so durchzuschlagen. Und ist das nicht typisch? Müssen auch noch so scheißkorrekt sein. Können die Dinge nicht einfach sein lassen – einfach über die Runden kommen. Werden die denn nie verstehen, dass die meisten von uns genau das tun, einfach so über die Runden kommen? Es ist alles total durcheinander. Total. Macht die da die Pferde scheu, wenn das wahrlich das Letzte ist, was sie brauchen kann. Es ist kein erfreulicher Gedanke, dass die *mairie*-Beamten ihr Augenmerk auf die Bewohner des Maison Puce richten werden. Kein bisschen erfreulich.

Aber vielleicht hätte sie nicht so unfreundlich sein sollen. Wenn sie es sich genau überlegt, wird es besser sein, noch einmal mit Alice zu sprechen, um sicherzugehen, dass sie als Adresse nur 8 Rue d'Espoir angibt – das fällt vielleicht nicht so auf wie »Maison Puce«?

Im Geiste nennt Alice es D-Day. Nachdem sie die relevanten Passagen in *French Dressing – Überleben in Frankreich* mehrmals gelesen hat, macht sie sich mit den folgenden Dokumenten zum Rathaus alias *mairie* in Bonneville-sur-Mer auf den Weg:

Geburtsurkunde
Heiratsurkunde
rechtskräftiges Scheidungsurteil
Pass, dazu sechs Kopien der Seiten mit den Angaben zur Person
vier Passfotos (auf denen sie wie eine verschnupfte Gangsterbraut aussieht)
Kontobuch der Bausparkasse
Schreiben von der Bank (das ihre Zahlungsfähigkeit bezeugt – ha, ha, ha)
Flugticket zum Nachweis ihres Ankunftstages
Telefon- und Stromrechnungen zum Nachweis ihres Wohnsitzes
alles, wo nötig, übersetzt, beglaubigt, gestempelt und in dreifacher Ausfertigung

Sie kommt gegen halb zehn Uhr an. Die *carte de séjour*-Abteilung ist in einem gesonderten Komplex auf der Rückseite untergebracht und schon gerammelt voll, vor allem mit ausländischen Studenten, die rechtzeitig zum Beginn des Frühjahrs- und Sommersemesters eingetroffen sind. Sie stellt sich eine halbe Stunde lang an, bevor sie merkt, dass es nach einer Art Lossystem funktioniert, so ähnlich wie zu Hause am Feinkosttresen im Supermarkt. Wie sich herausstellt, sind die heutigen Tickets schon vergeben worden – um acht Uhr –, also ist nichts zu machen.

Sie versucht, einen Beamten zu finden, aber die sind alle auf der anderen Seite eines hohen Maschendrahtzauns. Es ist ein bisschen wie im Zoo, nur dass nicht eindeutig zu erkennen ist, wer wen mit mehr Aufmerksamkeit beäugt. Ein nettes Mädchen aus Neuseeland, das bereits ein Ticket hat, gibt Alice den Rat, am nächsten Tag um sieben Uhr hier zu sein und ein Buch mitzubringen – sie empfiehlt *Krieg und Frieden*, woraufhin ihr Alice einen gesunden ozeanischen Humor attestiert.

Als sie am nächsten Morgen um sieben Uhr früh ankommt, wie gestern bis an die Zähne mit allen Dokumenten bewaffnet, erfährt sie, dass heute die Tickets erst um halb neun Uhr ausgegeben werden. In der Zwischenzeit sollen sie sich ordentlich anstellen. Alice beschleicht der Gedanke, dass *Krieg und Frieden* vielleicht doch nicht lang genug ist und sie wohl eher das Gesamtwerk von Proust benötigen wird. Um fünf Minuten vor halb neun tritt ein kleiner Mann an die andere Seite des Zauns. Die Spannung steigt merklich, während die ganze Schlange nur darauf wartet, auf ihn loszustürzen. Um Punkt halb neun, beim Glockenschlag der Rathausuhr, verkündet er, dass heute nur Tickets an Studenten verteilt werden, deren Kurse nächste Woche beginnen. Sofort stürmen alle auf den Zaun los, darunter auch einige, die durchaus erwachsen wirken und um 1971 herum das letzte Mal einen Hörsaal von innen gesehen haben dürften. Alice geht in dem Trubel unter.

Am dritten Tag kommt Alice erneut um sieben Uhr früh an, dieses Mal angezogen wie eine Studentin und bereit, das Blaue vom Himmel herunterzulügen und ihre Seele zu verkaufen, kurzum *alles* zu tun, damit sie nur endlich persönlich mit einem waschechten *fonctionnaire* sprechen kann. Sie hätte sich die Mühe sparen können, denn als der Beamte um halb neun zur Ticketausgabe erscheint, verkündet er, dass heute nur Nichtstudenten vorgelassen werden.

Alice springt vor, reißt sich die Baseballmütze vom Kopf, und endlich wird ihr durch den Zaun ein Ticket entgegengestreckt. Es ist nicht direkt das Sesam, öffne dich!, das sie erwartet hatte, aber es gewährt ihr Einlass in das Allerheiligste, wo sie sich wieder anstellen muss. Endlich, um Viertel vor zwölf, wird sie aufgerufen.

Der gefürchtete *fonctionnaire* entpuppt sich in Wirklichkeit als ein schicker, charmanter junger Mann, der ihre Dokumente sorgfältig überprüft, mit ihnen verschwindet und ihr, als er zurückkommt, sagt, dass sie nachmittags wieder kommen soll, da sie jetzt Mittagspause machen. Die nette Neuseeländerin hatte sie gewarnt, nie ihre Papiere aus den Augen zu lassen, aber es scheint keine andere Möglichkeit zu geben. Falls sie sie jetzt zurückverlangt, wird sie die ganze Prozedur wieder von vorne über sich ergehen lassen müssen …

Am Nachmittag stellt sie sich wieder an – dieses Mal braucht sie kein Ticket –, aber als sie aufgerufen wird, sieht sie sich einem anderen Mann gegenüber, klein und gereizt, vielleicht mit einem Hauch *mal au foie* vom Mittagessen, denn er reibt sich andauernd den Bauch und wischt sich den Schweiß von der Stirn. Er prüft die Formulare, die Alice heute Vormittag so sorgfältig ausgefüllt hat, geht mit ihnen davon und kommt zurück. Es gibt da ein Problem. Madame Barnes hat die Namen, Geburtsdaten und Geburtsorte ihrer vier Großeltern nicht angegeben – würde Sie bitte so freundlich sein, das jetzt sofort nachzuholen? Schreck lass nach! Alice hat nicht den blassesten Schimmer, was diese Daten angeht, und sie ist sich nicht einmal sicher, wie der Mädchenname ihrer Großmutter lautete. Irgendwas mit Mac, das weiß sie, Macintosh oder Mactavish? Konnte es denn wirklich eine Rolle spielen? Monsieur blickt sehr argwöhnisch drein – und fragt, ob sie jemals im Gefängnis war. Als sie verneint, blickt er noch argwöhnischer drein und bittet sie, das zu beweisen. Wie? Monsieur zuckt mit den Achseln, und damit ist das Interview beendet.

Wütend und frustriert wankt Alice, ihren dicken Ordner mit den Dokumenten an die Brust gedrückt, wieder hinunter nach Vieilleville, wo sie Josette vor dem Café Papillon sitzen sieht.

Josette ist sehr neugierig, was diese Engländerinnen als Spezies angeht – warum dieser unstillbare Informationsdurst?

Alice hat sie bereits mehrere Male über diese *carte de séjour*-Sache ausgefragt – als ob sie darüber Bescheid wüsste, und selbst wenn sie es täte, würde sie doch nie darüber sprechen! Versteht Alice denn nicht, dass es gewisse Dinge gibt, die man lieber für sich behält oder vielleicht nur im Familien- oder engsten Freundeskreis bespricht – und mit ›engsten‹ meint sie Menschen, die man seit Jahren, *Jahrzehnten*, womöglich von klein auf kennt, aber nicht jemanden, mit dem man sich gelegentlich zum Abendessen trifft.

Aber heute hatte sie schon wieder davon angefangen – platzt da in dieses sehr unterhaltsame (und intime) *tête-à-tête* mit Augustine und Marie-Albertine im Café Papillon und fängt an, über ihre Großeltern zu schwafeln! Die hat vielleicht Nerven! Und wie unhöflich – und naiv – von ihr, sich über das französische System lustig zu machen und es gar noch zu verwünschen. Josette ist es direkt peinlich vor ihren Freundinnen – als ob irgendeine Französin so grundlegende Details ihrer Ahnenreihe nicht kennen würde! Alice lacht und sagt, dass die Tochter eines Rechtsanwalts aus Exeter keinen Sinn für so etwas wie eine Ahnenreihe hat. (Also ist sie vielleicht doch nicht so *bien élevée* – das würde einiges erklären – was für eine Enttäuschung! – Dabei hatte Josette so hohe Erwartungen in sie gesetzt!) Und zu alledem lädt sie sie nicht einmal zu einem Drink ein, sondern bestellt für sich einen *citron pressé*, bezahlt dafür und zieht von dannen. *Mon Dieu!*

Alice ist von der ganzen Großelternangelegenheit richtig mitgenommen. Als sie am Nachmittag Josette und deren Freundinnen ihr Herz ausschüttete, schienen diese sie nicht im Geringsten zu verstehen. Sie hatte gedacht, dass sie Mitleid mit ihr haben und ihr Recht geben würden, dass das alles ein schlechter Scherz sei, aber sie schienen ganz im Gegenteil über ihre Ignoranz echauffiert zu sein. Als sie sagte, dass das Bewusstsein einer Ahnenreihe in ihrem Leben keine große Rolle gespielt habe, entgegnete Augustine (oder war es die andere?), dass das nichts mit der Grandeur einer Ahnenreihe zu tun habe – seit der Revolution eher das Gegenteil –, sondern ganz einfach mit Familienstolz. Ein französischer Bauer oder Straßenreiniger würde genauso gut über seine Vorfahren Bescheid wissen wie ein Herzog oder Marquis. Alice bekommt diesen Eindruck nicht, als sie versucht, ihren Vater zu erreichen. Wieder einmal hebt Brenda, die neue Ehefrau, ab.

»Es tut mir Leid, Liebes, Dad ist nicht sehr fit im Kopf.«

»Schon wieder?«

»Mehr oder weniger jeden Tag.«

»Es ist nur, dass ich da ein Problem habe …« Alice versucht, das Großelterndilemma zu erklären. Vermutlich sind noch irgendwo Bescheinigungen, Heiratsurkunden, die Geburtsurkunde ihrer Mutter, irgendetwas, was ihr weiterhelfen könnte.

Aber Brenda, die neue Ehefrau, gibt sich zugeknöpft. Sie sagt, sie hätte beim Umzug in das Cedar Retirement Village, die betreute Seniorenwohnanlage, gründlich ausgemistet, denn obwohl es dort »sehr nett« sei, sei es so klein, dass man kaum Platz zum Umdrehen habe.

»Aber die wichtigen Dokumente habt ihr doch sicher aufgehoben?«

»Das hängt davon ab, was du unter ›wichtig‹ verstehst.«

»Nun, Geburtsurkunden – die sind wirklich wichtig, oder?«

»Nicht wirklich, Liebes, nicht wenn du tot bist.«

Also ist alles gerade ein bisschen trostlos. Während sie hier auf ihrem gelben Sonnenblumensofa sitzt und ihre Sonnenblumenwände anstarrt, *sans carte*, *sans* Geld, fängt sie an, sich *sans* alles zu fühlen. Es sieht danach aus, als ob sie besser nach Hause fahren und einige Dinge klären sollte.

11

Fernweh in der Heimat

Alice kauft sich einen einfachen Flug nach London, ein Sonderangebot mit easyJet. Da sie keine Ahnung hat, wie lange sie bleiben muss, wäre ein Rückflugticket ein riskanter Luxus.

Mit einem Gefühl, als ob sie auf der Flucht wäre, sitzt sie in der Abfluglounge des Flughafens von Nizza und mustert ihre Mitreisenden. Die Franzosen stechen mit ihrer unbeirrbaren Eleganz und ihrem Chic – ein Klischee, das aber von der Realität bestätigt wird – deutlich hervor. Qualitativ hochwertige Lederaccessoires sind schon beinahe so etwas wie ihr Stammesabzeichen; nicht einer oder eine von ihnen schleppt eine schäbige Plastiktüte mit sich herum. Alice hat sich in der Hinsicht schon sehr viel Mühe gegeben – zumindest bis ihr das Eintreffen ihres grauenhaften Kontoauszugs einen Ausgabestopp auferlegt hat. Sie ist sich bewusst, dass sie, trotz ihrer Geldsorgen, ihren Freunden und ihrer Familie in England beweisen will, dass bereits ein bisschen von dem Glanz auf sie abgefärbt hat. Aber sie sieht schon, dass sie in den Augen waschechter Franzosen nicht einmal ansatzweise den Test besteht. À la Josette können sie uns Normalsterbliche »an den Schu'en« oder Ähnlichem erkennen. Ihr Chic ist eine ihnen ganz eigene Fähigkeit, die die Landesgrenzen nicht zu überschreiten scheint.

Die Engländer sind ebenfalls deutlich zu erkennen – obwohl auch sie allesamt von diesem Ort geprägt sind. Die Côte d'Azur hat ihre magischen Kräfte entfaltet. Sie *macht* einfach etwas mit den Menschen, egal für wie kurz oder lange sie sich hier aufhalten. Alles, was dich hier zum Wahnsinn treiben könnte – von der Kriminalitätsrate bis hin zum Baustellenlärm und dem blanken Beton –, verblasst angesichts ihres intensiven sinnlichen Zaubers. So dass sogar das gebeugte, unattraktive Paar mittleren Alters dort drüben, das auch auf die jede Minute zu erwartende Ansage zum An-Bord-Gehen wartet, vorübergehend wie verwandelt ist. Sie halten Händchen, und die Frau, deren Bauch kaum von ihrem Gürtel im Zaum gehalten wird, streichelt gedankenverloren das nackte, behaarte Knie des Mannes (er trägt natürlich schreckliche Shorts – so viel zum Chic!). Würde sie sich auch in Woking oder Wirral so in der Öffentlichkeit verhalten? Natürlich nicht. Die Côte wirkt Wunder – und für einen kurzen Augenblick sind sie nicht Darby und Joan, sondern Abelard und Heloïse.

Also erhascht Alice trotz ihres Kopfzerbrechens darüber, was sie getan hat, was sie nicht getan hat, was sie unbedingt hätte tun sollen, erneut einen flüchtigen Blick auf diesen Zauber, den sie das erste Mal letzten Sommer verspürt hatte, und es kommt ihr vor, als würden sie auch das Licht und die Leichtigkeit hinter sich lassen, als das Flugzeug abhebt, über dem Meer eine Schleife zieht und Kurs nach Norden nimmt.

Wie jedes Mal, wenn sie in einem Flugzeug sitzt, macht sich Alice Gedanken über den Tod. Sie ist von jeher der Meinung gewesen, dass man, selbst als Vielflieger, wirklich ziemlich doof sein muss, um beim Fliegen nicht an das eigene Ableben zu denken, und wenn es nur während des Startens und Landens ist. Jetzt fliegen sie über ein Gebirge – das Massif Central? – und sie sieht hinunter auf die Bergkämme aus Fels und Eis. Im Vergleich dazu scheint das Flugzeug so winzig und unwichtig wie eine Mücke, die nur darauf wartet, dass das Schicksal zuschlägt. Und dennoch sitzen sie hier, insgesamt circa einhundert Menschen, voller Hoffnungen, Ängste und Erwartungen, jeder von ihnen mit seiner ganz eigenen Geschichte.

Eine Erkenntnis beschleicht sie. Das ist das erste Mal, dass sie fliegt und sicher weiß, dass es keine Rolle spielen würde, wenn sie jetzt in diesem Moment sterben würde. Bisher hatte sie gedacht, dass ihr Tod eine Katastrophe für die Familie sein würde. Aber plötzlich ist sie unwichtig – außer für sich selbst. Ihr Tod würde für ihre Familie nicht den geringsten Unterschied machen. Jetzt stehen alle auf eigenen Beinen und würden auch ohne sie zurechtkommen. Obwohl das doch eigentlich deprimierend sein sollte, fühlt sie sich in Wirklichkeit enorm erleichtert – so als ob sie eine Last ablegen würde, die sie lange Zeit mit sich herumgetragen hat. Egal welches Schlamassel sie jetzt aus ihrem Leben macht, es wird wenigstens nur *ihr* Schlamassel sein und nicht das von jemand anderem.

Als sie an einem faden, regenverhangenen Märznachmittag am Luton-Flughafen ankommt und Schlange stehen muss, um mit dem Bus zum Bahnhof zu fahren, sollte das eigentlich reichen, um ihr die Laune zu verderben. Doch da dringt durch den Gestank des Diesels plötzlich der Geruch von Osterglocken und feuchtem Gras an ihre Nase. Frühling: der sich langsam entfaltende englische Frühling, der so ganz anders ist als das abrupte Aufblühen des brillanten Smaragdgrüns in Vieilleville. Heimweh, ganz klar. Aber wo ist sie daheim?

Anfänglich quartiert sich Alice bei Gavin ein, der sich in Fulham mit einigen anderen ein Haus zur Miete teilt. Sie ist noch nie dort gewesen, aber es hat sich immer ziemlich schick angehört – ist ja jetzt eine In-Gegend. Gav ist wieder unterwegs bei Dreharbeiten, dieses Mal irgendwo auf dem Ben Nevis, wo sie Stuntkletterszenen für *Days of Death* drehen, aber er hatte ihr großzügig und ohne zu zögern seine »Bude« angeboten. »Null Problemo, Mama. Mein Zimmer ist frei. Wenn du nach sieben Uhr ankommst, müsste jemand daheim sein. Ich leg dir die Schlüssel hin.«

Es bleiben ihr also zwei Stunden, die sie sich auf der Fulham Road vertreiben muss, was auf Grund des Kofferkulis und ihrer Bemühungen, nicht zu viel Geld auszugeben, nicht so einfach ist. Man kann nur so und so lange bei einem Cappuccino sitzen bleiben, und das Gepäck ist nicht gerade hilfreich, als sie in eine trendige Galerie gehen will. Als sie dann endlich in Gavs Haus kommt, sitzen seine Mitbewohner – vier riesige junge Männer, die alle »Rob« zu heißen scheinen (ihr ist aufgefallen, dass heutzutage niemand mehr »Bob« sagt) – vor einem riesigen Fernseher mit Quadrosound und schauen sich ein Fußballspiel an.

Der Rob, der ihr die Tür aufgemacht hat, plumpst sofort wieder neben die anderen auf die Couch, eine Bierflasche in der Hand und den Blick gebannt auf den Bildschirm gerichtet. Es ist so lange her, seit Alice britisches Fernsehen gesehen hat, dass sie sich gerne dazugesellt hätte, aber sie kann sich nicht vormachen, dass sie sich nach *Big Match Live* gesehnt hat, und obwohl es den Jungs nichts auszumachen scheint, sie zu ignorieren, fühlt sie sich fehl am Platz und beschließt, früh ins Bett zu gehen.

Gavs Zimmer ist eine ziemliche Enttäuschung. Die dreckige Unterwäsche, die überall herumliegt, deprimiert sie, ebenso der komische Geruch. Anfangs erkennt sie ihn nicht, doch dann kommt er ihr plötzlich recht bekannt und vertraut vor. *Pot* – es liegt eindeutig der Geruch von Pot in der Luft. Gavs glatte Vorhänge starren beinahe vor abgestandenem Rauch. Sie versucht, sich nicht zu ärgern, dass er sich wegen ihres Besuchs so wenig Mühe gemacht hat, aber sie tut es doch. Wenn es umgekehrt wäre …

Sie geht in die Küche, um sich eine dringend benötigte

Tasse Tee zu machen, und wünscht sich sofort, dass sie es nicht getan hätte. Auf dem blauen Linoleumfußboden knirscht unter ihren Füßen verschütteter Zucker, der an manchen Stellen zu klebrigem Sirup geworden ist, und die Kühlschranktür ist schmierig und fettig. Hier will Gav eine Weihnachtsgans zu Stande gebracht haben?

Aber es ist das Badezimmer, das ihr den Rest gibt. Sie gibt sich größte Mühe, den patschigen, fleckigen Teppich sowie die tropfenden grauen Waschlappen über dem Waschbeckenrand zu ignorieren, aber die fremden Schamhaare, die überall im Bad herumliegen, bringen das Fass zum Überlaufen, und nachdem sie die ganze Nacht vor lauter Juckreiz keinen Schlaf findet, ruft sie am Vormittag Lally an und fragt, ob sie bei ihr bleiben kann.

Alice ist nicht gleich zu ihr gegangen, weil dort alle Zimmer besetzt sind. Folglich lautet die Devise, im Wohnzimmer auf dem Futon zu schlafen und sich ansonsten rar zu machen. Lally freut sich zwar über ihren Besuch, aber sie ist auch total im Stress. Es gibt irgendein Riesendrama – zwei große Börsenmaklerfirmen fusionieren, und London ertrinkt bereits, bildlich gesprochen, in dem Blut der praktisch über Nacht arbeitslos gewordenen Ex-Wunderkinder, die auf Grund ihrer gigantischen Hypothekenverpflichtungen voller Panik Tag und Nacht auf der Suche nach einem neuen Arbeitsplatz ihre Handys traktieren. Lally ist kaum zu Hause, und wenn sie heimkommt, dann kippt sie vor lauter Erschöpfung fast um, kaum dass sie die Haustür hinter sich zugemacht hat.

Untertags geht Alice in das Familienarchiv in Islington und wühlt sich auf der Suche nach ihren Großeltern durch deren voluminöse Bände. Das hätte theoretisch alles recht schnell gehen können – von dreien findet sie die Angaben innerhalb weniger Stunden. Nur die Mutter ihrer Mutter ist nicht ausfindig zu machen. Weder Macintosh noch Mactavish bringen sie weiter, ebenso wenig ihr angebliches Geburtsdatum.

Aber Hartnäckigkeit macht sich bezahlt, und es hilft auch, dass ihre Großmutter ziemlich verschrobene Vornamen hatte, denn wie viele Jenista Alexandra Ariadnes, die an einem achten Juni geboren sind, kann es schon geben? Es muss nicht einfach gewesen sein mit den Initialen JAAM. Denn sie entpuppt sich in der Tat als ein Mac – wenn auch Macintyre – und, aha, als eine Lügnerin. Nach zwei Tagen und der Verzweiflung nahe findet Alice den Eintrag: geboren in Redruth, aber zehn Jahre früher, als sie immer behauptet hatte. Sie erinnert sich plötzlich an eine Szene aus ihrer frühesten Kindheit: wie Oma in ihrem Schlafzimmer ihren schneeweißen Körper in eins dieser schrecklichen Korseletts wie in eine mittelalterliche Rüstung zwängte und sich mit einem »Schsch, Liebes, Frauengeheimnisse« zu Alice umdrehte. Hatte sie Opa jemals erzählt, dass sie acht Jahre älter war als er? Und wenn nicht, hatte sie dieses spezielle »Frauengeheimnis« ein Leben lang verfolgt?

Alice würde sich gern mit Lally darüber unterhalten, aber dafür scheint keine Zeit zu sein. Sie wünscht sich sehnlichst, wieder einmal mit Lally zu plaudern, so wie sie es in Bristol getan hatten, bevor Lally auf die Universität gegangen war. Alice war stolz darauf gewesen, dass Lally ihr immer alles erzählt hatte; in ihrer Generation gab es keine »Frauengeheimnisse«. Aber jetzt wird Alice klar, dass das natürlich nicht stimmt. Es war nur die Neunziger-Jahre-Version von »alles« gewesen, was hieß, dass Alice zwar sicher sein mochte, dass Lally zur Familienberatung ging, aber sie wusste eigentlich nicht wirklich über ihr Leben Bescheid. All die wahren Emotionen wurden intelligent versteckt, und die altehrwürdige Trennlinie zwischen Eltern und Kindern wurde wie gehabt aufrechterhalten.

Das Problem ist, dass Alice sich jetzt danach sehnt, ihre

wahren Emotionen einer realen Person mitzuteilen, von Angesicht zu Angesicht und nicht übers Telefon, diesem körperlosen Medium, aus Vieilleville. Sie hatte es nicht einmal über sich gebracht, Lally zu schreiben – viel zu gefährlich, von womöglich nur vorübergehenden Stimmungen und Ängsten eine Niederschrift zu hinterlassen. Ihr wird bewusst, dass das, was sie seit der Scheidung am meisten vermisst, der ganz banale Alltag ist, das Zusammenleben mit jemand anderem, die Art von Kommunikation, die ohne Erlaubnis oder Einleitung auskommt. Aber wenn Lally nach Hause kommt, gähnt sie schon. Sie gibt Alice einen Kuss auf den Kopf – so als ob Alice jetzt das Kind sei – und schleppt sich todmüde ins Bett.

Nicht nur Lally arbeitet bis zum Umfallen, sondern auch ihre Mitbewohnerinnen. Meistens endet der Arbeitstag mit späten Meetings und/oder Geschäftsessen, die sich wahrscheinlich viel netter anhören, als sie in Wirklichkeit sind. Sie alle stolpern total erschöpft durch die Tür, ziehen sich ihre Jogginghosen an und sitzen dann mit glasigen Augen wie Zombies vor dem Fernseher, während sie Kartoffelchips und amerikanische Eiskrem direkt aus der Packung futtern.

Sie tun Alice wirklich Leid, trotz ihrer blühenden Jugend. Sie selbst hatte kaum etwas von der Geburt der feministischen Bewegung mitbekommen. Sie war damals bereits viel zu sehr von einer anderen Geburt – der ihrer Zwillinge – in Anspruch genommen, um ersterer große Beachtung zu schenken. Aber jetzt, da sie die Kinder des Feminismus aus der Nähe betrachtet, sieht sie, wie überaus schwer es ist, »alles zu haben«. Es sieht sogar jetzt schon schwierig aus, obwohl noch keine von ihnen den Weg zu einer festen Partnerschaft und zur Mutterschaft eingeschlagen hat. Es scheint einfach nicht genug Zeit und Platz für alles zu sein. Wie wollen sie das nur alles unter einen Hut kriegen? Alice hält sie für außergewöhnliche junge Frauen: Sie sind nett, anrührend und großzügig, noch immer auf der Suche nach der Liebe und dem, was das Leben ihnen bieten kann, und obwohl ihre biologische Uhr tickt, haben sie vermutlich den Wecker noch nicht gestellt.

Ihre Zukunftsvisionen beruhen alle auf Strukturen, von denen Alice in ihrem Alter nicht einmal träumen konnte: Mutterschaftsurlaub, Kinderbetreuung, die Hoffnung, genug zu verdienen, um Kindermädchen anstellen zu können. Wenn sie diesen Weg gehen, werden sie nie wie Alice werden, richtig? Wenn ihre Versionen des selbst ernannten Top-Gynäkologen des Westens sie wegen einer Hillary Aldyce sitzen lässt, werden sie in der Lage sein, ihm einfach den Stinkefinger zu zeigen und das Glücksrad aufs Neue zu drehen. Alice bewundert sie sehr – aber sie beneidet sie kein bisschen. Vielleicht gibt es keine klaren »Antworten«; es ist alles zu komplex. Derweil ist sie sich bewusst, dass sie altbacken ist und den Anforderungen nicht mehr entspricht, abgestellt in einer Ecke des Wohnzimmers, wo sie sich bemüht, die Augen offen zu halten, bis die letzte von ihnen ins Bett geht und sie den Futon aufklappen und sich schlafen legen kann – allein und überflüssig.

»Natürlich war uns allen klar, dass du nur dorthin bist, um einen Mann zu finden«, sagt Deirdre, und ihr Tonfall trieft vor wohliger Befriedigung.

»Wie bitte?«, sagt Alice in der Hoffnung, sich verhört zu haben.

»Es war so offensichtlich – diese ganze Sache mit der Riviera. Ich habe mit Jilly geredet, und Jilly hat mit Kate geredet – und wir wussten es alle; es war eindeutig. Wirklich jammerschade.« Dann seufzt sie.

›Jetzt aber mal langsam‹, will Alice zurückgeben. ›Ihr wart der Meinung, dass ich *was* wollte? Einen Mann? Ihr könnt mich mal.‹ Nein, das ist nicht heftig genug. ›Der Teufel soll euch holen und in der Hölle zum Frühstück verzehren.‹ Ja, das trifft's schon eher – das ist schon eher das, was sie entrüstet antworten will. Aber stattdessen schüttelt sie nur den Kopf und versucht, ihre Hand aus Deirdres feuchter, mitfühlender Umklammerung zu befreien. Großer Gott, das war keine gute Idee.

Alice ist wieder in Deirdres Haus, in dem ihr vertrauten Gästezimmer, nur dieses Mal als nichtzahlender Gast. Es war nicht Teil ihres ursprünglichen Plans gewesen. Sie hatte vorgehabt, in einem Hotel zu wohnen, egal, wie viel es kosten würde, aber Deirdre wollte davon nichts wissen, und trotz ihrer Vorbehalte war die finanzielle Ersparnis einfach zu verlockend, um das Angebot auszuschlagen – vor allem angesichts der Tatsache, dass der Grund ihres Besuchs in Bristol ja der ist, ihre Finanzen wieder auf die Reihe zu kriegen. Sie hat einen Termin mit dem Geschäftsführer der Bausparkasse, und vielleicht wird sie noch einen unabhängigen Finanzberater zu Rate ziehen.

Aber Deirdres offenkundige Schadenfreude angesichts Alices wenig rosigem Bericht über ihr Leben in Vieilleville ist kaum zu ertragen. Schon denkt sie, dass das zusätzliche Loch, das eine saftige Hotelrechnung in ihr Konto gerissen hätte, ein kleiner Preis gewesen wäre im Vergleich zu Deirdres sorgenvoller Häme. Alice bereut bereits ihren Hang zur Ehrlichkeit. Warum hatte sie nicht einfach gesagt, dass alles ganz wunderbar war? Warum musste sie Deirdre diese Gelegenheit geben?

»Du armes Ding«, sagt Deirdre jetzt, während sie am Fußende von Alices Bett sitzt. »Es muss schlimm für dich sein. Wenn ich daran denke, was du alles für diesen Mann getan hast – und diese Frau musste nicht einen Finger rühren, nicht einen Finger.«

»Nun, sie hat die Babys – und Zwillinge sind nicht gerade ein Zuckerschlecken. Ich spreche aus Erfahrung, wie du dich vielleicht erinnerst«, sagt Alice. Sie wünscht sich, keine Energie dafür aufbringen zu müssen, ausgerechnet Hillary Aldyce in Schutz zu nehmen, und will nicht weiter darüber reden. Aber dann kann sie sich doch eine Frage nicht verkneifen, denn natürlich platzt sie vor Neugier. »Was meinst du damit, dass sie nicht einen Finger rühren musste?«

»Sie haben das ganze Haus vom Keller bis zum Dach von Colefax & Fowler einrichten lassen. Sie musste nicht eine Quaste aussuchen, geschweige denn eine Wand schablonieren.«

»Wirklich?«, sagt Alice. Jetzt ist ihr wirklich schlecht. »Was ist mit meiner Decke in der Eingangshalle?« Sie denkt daran, wie viel Mühe sie sich mit der Vergoldung gemacht hatte.

»Komplett übermalt. Die Designer fanden, dass das ganze Goldkonzept ein schreckliches Überbleibsel aus den achtziger Jahren war. Jetzt ist es irgendetwas Blasses und Einfaches, zitronengelb, glaube ich. Gut für die Nerven der Patientinnen – oder war es ihr Karma?«

»Wirklich?«, sagt Alice und fühlt sich zunehmend unwohler.

»Ist es *sehr* schwierig für dich?« Deirdre beugt sich über die Bettdecke zu Alice und blickt noch mitleidiger drein.

»Ja, nun, natürlich ist alles neu und ungewohnt, aber vieles ist einfach wunderbar – zum Beispiel das Wetter …« Wahrscheinlich zu spät führt Alice jetzt auch die positiven Seiten an.

»Ach ja, das Wetter. Wir haben aufgepasst, wenn John Ketley auf BBC2 das Europawetter vorstellte, und es scheint nicht immer so traumhaft zu sein, wie es immer heißt.«

»Doch, es ist wunderbar«, sagt Alice bestimmt und zieht ihre Hand zurück. »Und das Leben – die Franzosen …«

»Das ist wahrscheinlich alles nicht so einfach.« Deirdre hört sich immer mitleidiger an.

»Nein, es ist *wunderbar*«, sagt Alice erneut. Welch nützliches, allumfassendes Wort! ›*Wunderbar*‹- warum war sie nicht von Anfang an dabei geblieben?

»Du bist sehr tapfer.«

»Überhaupt nicht.«

»Du musst sehr einsam sein.«

»Nein, so einsam auch wieder nicht.«

»Und dann zu allem Überfluss auch noch die Sache mit dem Geld.«

»Nun …« Das ist verzwickt – es ist schwer, das Geldproblem zu leugnen, besonders da Deirdre so großzügig und gastfreundlich ist. »Natürlich wäre es einfacher, wenn es nicht so knapp wäre.«

»Dieser Mistkerl! Wenn ich daran denke, was Hillary allein für die Vorhänge ausgegeben hat – du würdest es nicht glauben.«

»Wirklich?«

»Aber wahrscheinlich warst du ein bisschen voreilig.«

»Was?«

»Nun, versteh mich nicht falsch, aber diese ganze Frankreichsache … Das war doch ein bisschen plötzlich, nicht wahr? Sicher wäre es besser gewesen, erst einmal zu mieten, oder? Wenn du schon so wild entschlossen warst, es zu tun.«

»Nun, nicht gerade wild …«

»Aber auch nicht davon abzubringen, obwohl wir es versucht haben.«

»Na ja, ich hatte bestimmte Entscheidungen getroffen und musste daran festhalten.«

»Du warst schon immer stur, Alice, auf deine eigene Art und Weise. Stille Wasser gründen tief – Bill hat das von vornherein gesagt.«

»Wirklich? Ich – ein stilles Wasser?«

»Aber jetzt schau dich an …«

»Ja, schau mich an.«

»Einfach auf und davon und die Brücken hinter dir abgebrochen, nicht wahr?«

»Nun, wenn du so willst.« Recht hatte sie. Sie war über die Brücken gegangen und hatte sie hinter sich abgebrochen. Keine Brücken mehr.

»Ja, jetzt schau dich an«, seufzt Deirdre, obwohl in ihrem Gesicht die Spur eines höhnischen Lächelns zu sehen ist.

12

Hoffnungsschimmer

Anfangs traut Verona ihren Augen nicht und lehnt sich noch weiter aus dem Fenster, um besser sehen zu können. Überaus merkwürdig!

Ein riesiger Möbelwagen parkt gegenüber der Einmündung der Rue d'Espoir und blockiert die Fahrbahn, aber an Stelle der üblichen Wutbekundungen der im Stau stehenden Autofahrer leitet ein Gendarm den Verkehr mit Hilfe von Kegeln um. *Kegeln* in Vieilleville? *Geplante* Umleitungen in Vieilleville? *Impossible.*

Der Ansicht sind auch die Einheimischen. Einige kommen vor die Tür, um dieses Novum zu bestaunen. Da ist diese komische Madame, die wie ein Mann aussieht und die sich ständig aus ihrem Fenster im Erdgeschoss lehnt, um mit den Passanten zu ratschen. Man sieht dabei nur ihren Oberkörper – Hemd und Fliege –, so dass sich Verona schon oft gefragt hat, ob sie von der Taille abwärts nackt ist. Aber hier ist sie, vollständig bekleidet – mit einem sehr engen, gestreiften Rock und weißen Stöckelschuhen, die so gar nicht zum Rest ihres Outfits passen –, und jetzt gesellt sich der etwas weibische Monsieur Weinhändler von der anderen Seite des Platzes zu ihr, und da kommt die Frau aus dem Waschsalon, und sie alle diskutieren lebhaft miteinander.

Von ihrem erhöhten Aussichtspunkt aus kann Verona nicht viel hören, sondern nur wildes Gestikulieren und Achselzucken sehen. Sie beschließt, das Risiko einzugehen, entdeckt zu werden, stößt die Fensterläden ganz auf und beugt sich noch weiter zum Fenster hinaus. Sie erspäht das mächtige Wort PICKFORD'S auf der Längsseite des riesigen Lastwagens. Jetzt werden die Hecktüren geöffnet, die Rampe wird herabgelassen, und dort unten sind die guten alten Pickford-Männer in grünen Friesschürzen und tragen große Möbelstücke die Rue d'Espoir hinauf Richtung … Maison Puce. Das heißt, nein, vorbei an ihrer Tür, weiter zu der anderen Tür, die zu der Wohnung ganz oben gehört – dem Penthouse oder *appartement de grand standing*, wie es Monsieur Gerontin stolz tituliert. Jemand zieht in das Penthouse und tut es mit Hilfe des guten alten Pickford. Britischer, zuverlässiger und tadelloser geht's nicht, was Verona sofort dazu verleitet, das Gleiche von den neuen Wohnungseigentümern anzunehmen. Wie faszinierend. Sie richtet sich in Windeseile her und sperrt in ihrem dringenden Bedürfnis, die Neuankömmlinge so schnell wie möglich zu Gesicht zu bekommen, nur eins der Schlösser zu (eine noch nie da gewesene Nachlässigkeit).

Sie geht zuerst die Straße hinauf, den Einkaufskorb schwingend, so als ob sie auf dem Weg zum Markt sei, auch wenn das die falsche Richtung dafür ist. Alles, was sie durch die offene Eingangstür des anderen Türmchens sieht, ist ein Stück des Flurs und der Wendeltreppe, beides genauso schäbig wie auf ihrer Seite, und dazu auf dem Treppenabsatz den Hintern eines der Pickfordmänner, auf dem eine Kommode abgestützt ist. Sie geht weiter die Straße hinauf, durch den Torbogen des Uhrenturms der Rue de l'Ange, macht kehrt und geht auf der anderen Straßenseite wieder hinunter. Dieses Mal sieht sie nur den Kühlergrill des Möbelwagens, der die Zufahrt zum Platz versperrt. Sie quetscht sich zwischen Hausmauer und Möbelwagen hindurch und schwänzelt zu der Rückseite des Lasters, wo sie einen schiefen Blick auf seinen Inhalt wirft. Eine erfreuliche Aussicht. Gute Möbel, modern und hell, eindeutig sehr gute Qualität – wie direkt aus der Sonntagsbeilage. Sehr zufriedenstellend! Dann muss sie, als ein paar Pickford-Möbelpacker mit einem herrlichen Bücherregal aus Eichenholz die Rampe herunterkommen, bedauerlicherweise beiseite treten. Sie überlegt, ihnen ein paar Fragen zu stellen, aber die Schweißrinnsale auf ihren angestrengten Gesichtern signalisieren, dass es vielleicht nicht der richtige Zeitpunkt für ein Verhör ist. Also bleibt ihr nichts anderes übrig, als noch einmal ganz locker und lässig wieder die Straße hinauf- und an der anderen Tür vorbeizugehen. Gerade als sie diese erreicht, kommt einer der Pickfordmänner in Begleitung einer schlanken, mit einer schwarzen Hose und einer weißen Bluse makellos gekleideten Frau aus dem Haus. Das muss man sich mal vorstellen, an einem Umzugstag so angezogen zu sein, denkt Verona neidisch, denn ihre eigenen Umzugstage waren eine einzige Plackerei, Umzugskartonschlepperei und Bodenschrubberei gewesen, wozu Edmund sich nie herabgelassen hatte. Die Frau trägt ihre dunklen Haare in einem glänzenden, asymmetrischen Bubikopfschnitt, so dass eine Seite ihres Gesichts verdeckt ist, und Verona hört, wie sie in einem sehr autoritären Ton und – das ist eine Überraschung! – mit *amerikanischem* Akzent sagt: »Nun, dann müssen Sie es eben auseinander nehmen. Das kann doch nicht so schwierig sein.« Dann wirft die Frau ihren Kopf abrupt in den Nacken, so dass die Haare zurückfliegen und ein vertrautes Gesicht sichtbar wird. Verona stutzt einen Augenblick. Das Gesicht ist ihr *so* vertraut, dass sie im ersten Moment instinktiv auf sie zugehen und wie eine alte Freundin begrüßen will. Aber sie ist keine alte Freundin, ganz und gar nicht, und ihr dennoch, weiß der Himmel, so vertraut, dass Verona genau weiß, dass ihr der eine Schneidezahn abgebrochen ist und sie immer die rechte Augenbraue spöttisch hochzieht, was sie im Fernsehen mit vernichtender Wirkung einsetzt. Verona sieht hinter ihnen her, wie sie zum Möbelwagen hinuntergehen, während das Bücherregal langsam auf sie zugehievt wird. Sie zögert nur eine Sekunde und springt dann vor, erpicht darauf, sich vorzustellen.

Alice ist immer noch weg. So ein Pech aber auch! Bleibt also nur Imo, um ihr die Neuigkeiten mitzuteilen – und die macht sich vielleicht weniger daraus, als sie sollte. Aber Verona platzt beinahe; unmöglich, sie *kann* es einfach nicht länger für sich behalten. »Es ist *Hope Boscombe!*«

»Was?«

»Oh, Imo, du musst doch wissen, wen ich meine! Im Fernsehen, diese Amerikanerin, die diese Verbrauchersendung macht und allen Pharmafirmen und Reiseveranstaltern Angst einjagt, irgendwas mit Kamera – Herrgott, mein Gedächtnis. Mittwochabends – ich hab keine Sendung ausgelassen.«

»*Sharp Focus?*«

»Genau die.«

»Ach. Die? Hope Boscombe?«

»Sag ich doch. Die ist eingezogen.«

»Bist du sicher?«

»Ich habe sie gesehen und sogar mit ihr gesprochen. Sie war unten mit den Pickford-Packern. Schrecklich schicke Möbel, tonnenweise, die Wohnung muss riesig sein. Ich habe mich vorgestellt, nur kurz.«

»Und wie ist sie?«

»Nun, kleiner als sie im Fernsehen aussieht, und sie war in der Tat etwas unfreundlich – aber es war ja kaum die beste Zeit für ein Schwätzchen. Stell dir vor, da war sogar ein Gendarm, der den Verkehr mit *Kegeln* umleitete! Aber wenn es etwas ruhiger geworden ist … Ist das nicht ein Ding? Ich konnte es gar nicht glauben – zuerst dachte ich, ich sähe Gespenster. Ich habe mir gedacht, ich gebe ihr ein paar Tage Zeit, sich einzuleben, und dann läute ich bei ihr und stelle mich richtig vor und schlage ein kleines *pique-nique* vor, um das Eis zu brechen. Das wäre doch nett, oder?«

Insgeheim stöhnt Imo. Allmächtiger Gott, kapiert diese Frau denn gar nichts? Cool bleiben. Was für ein Pech, dass sie Hope Boscombe als Erste über den Weg laufen musste! Um Himmels Willen, man drängt sich einer Berühmtheit doch nicht einfach so auf. Ich meine, das könnte doch wirklich nützlich sein, oder? Es könnte eine echte Chance sein – ich bin mir nicht ganz sicher, wofür, noch nicht, aber da könnte doch was für mich dabei rausspringen. Aber man muss cool bleiben. Warum kapieren diese Frauen das nicht? Hope Boscombe soll doch nicht denken, dass sie in Ehrfurcht vor ihr erstarren, weil sie irgendetwas Besonderes ist – obwohl sie das natürlich ist.

Es hat sich ziemlich schnell herumgesprochen, und Josette ist neugierig. Sie hatte den heutigen *Nice-Matin* überflogen, und dort stand kein Wort über den Neuankömmling, also kann sie nicht *so* berühmt sein – jedenfalls nicht für die Franzosen. In letzter Zeit war ihre bevorzugte Informantin über das Treiben im Maison Puce Alice Barnes gewesen, aber die scheint offensichtlich noch nicht wieder da zu sein, also wird sie sich an eine der anderen halten müssen. Aber diese Imogen mit ihrer Hochnäsigkeit und ihrem saloppen, fließenden Französisch macht sie immer nervös, *mal à l' aise*. Es ist wohl besser, sich an Verona ranzuschmeißen, die ist viel leichter einzuschätzen und auszuquetschen.

Und auch leicht zu finden: Man brauchte sich nur um neun Uhr am Käsestand anzustellen.

»Also diese 'ope Boscombe, ersählen Sie mir«, sagt Josette.

»*H*ope«, sagt Verona, »Sie müssen das ›H‹ aussprechen,

um es richtig zu sagen.« Sie dreht sich zu Monsieur Paquier um, der sein Messer über ein Stück Parmesan hält. »*Non, Monsieur, beaucoup plus petit* – ungefähr so.« Josette fühlt sich zu einem heimlichen boshaften Kichern berechtigt – soll Verona sich mal an die eigene Nase fassen.

»Sie ist berühmt, diese *H*ope«, sagt Josette und aspiriert fest, um das H auszusprechen. (Wenn sich die Engländer nur mal solche Mühe geben würden.)

»Sie hat ihre eigene Fernsehsendung – über Verbraucherangelegenheiten, wissen Sie, so in der Art von *Which*?«

»Witsch?«

»So heißt die Zeitschrift. Ich bin sicher, dass Sie hier etwas Ähnliches haben – was mit fairem Handel, Einkaufen, so in der Richtung.«

»Einkaufen? Sie meinen wie *Minitel*?« Josettes Interesse kühlt merklich ab.

»Nein, im Fernsehen.«

»So was wie *Home Shopping*?« Kein bisschen aufregend – im britischen Fernsehen, Dutzendware, *à la douzaine*, wo versucht wird, einen zum Kauf komplizierter Rührmaschinen und nutzloser Nussknacker zu animieren.

»Nein«, sagt Verona, die den Wert ihrer neuen Nachbarin absolut klarstellen will, und Josette deshalb direkt in die Falle tappt. »Ganz etwas anderes. Sie hat eine landesweite wöchentliche Fernsehsendung, und sie tut auch sonst noch alles Mögliche – schreibt für die Sonntagszeitungen und wird andauernd in Zeitschriften zitiert. Letztes Jahr war ein großer Artikel über sie in *Vogue*.«

»*Vogue*?« Endlich ein Name, den Josette erkennt und dem sie Anerkennung zollen kann.

»O ja, und noch viele andere Sachen. Sie ist *unheimlich* bekannt – ein ziemlicher Star.«

»Sie wird schönes 'aus in England 'aben«, spekuliert Josette laut, die niemals eine Gelegenheit auslässt.

»Ich habe keine Ahnung.«

»Und sie wird Bridge spielen«, sagt Josette mit Bestimmtheit.

Hope Boscombe hat sich wirklich ins Auspacken gestürzt. Natürlich haben die Möbelpacker die Hauptarbeit geleistet, aber jetzt ist es an ihr, alles perfekt bis ins kleinste Detail einzurichten.

Bisher hat es eigentlich recht viel Spaß gemacht, etwas für sich selbst zu tun und mal durchzuschnaufen – ohne dass einem Sekretärinnen und Assistentinnen auf Schritt und Tritt überallhin folgten. Und schließlich ist es ja keine Schwerarbeit. Die Wohnung ist frisch renoviert und offensichtlich frisch geputzt – auch wenn Letzteres nicht ganz ihren hohen Ansprüchen genügt. Aber das ist schon in Ordnung: Es macht ihr nichts aus, Gummihandschuhe anzuziehen. Es ist eigentlich recht amüsant, mal Hausfrau zu spielen, ganz entspannend. Und zur Entspannung hat sie ja schließlich diese ganze Frankreichsache angeleiert. Um etwas Auszeit zu haben, auszuspannen, alles ein bisschen ruhiger angehen zu lassen. Schluss mit dem Valium und dem Prozac. Sie braucht weiß Gott wirklich etwas Auszeit nach all dem Druck und Stress in letzter Zeit.

Obwohl das heute Vormittag auch schon wieder ein bisschen stressig war. Fällt doch da glatt diese dicke, fette Engländerin über sie her, einfach schrecklich, und versucht, ihr die Hand zu schütteln, und sagt, was für ein großer Fan sie sei und wie aufregend es sei, sie zur Nachbarin zu haben. Ich meine, das darf doch nicht wahr sein! Da bin ich Hunderte von Meilen hierher gekommen, um etwas Ruhe und Erholung zu finden, und stattdessen steht die gottverdammte Öffentlichkeit direkt hier vor meiner Haustür.

In der Mitte des Raumes, auf dem wunderschönen neuen Schieferboden, läutet ihr wunderschönes neues silbernes

Telefon. Es ist Jerry Slater, ihr Agent. »Wie geht's meinem Schätzchen?«

»Nun – gut, glaube ich.«

»Du ›glaubst‹ es nur?«

»Nein, es ist herrlich. Es ist nur – ich weiß nicht, ich hoffe, ich habe keinen Fehler gemacht.«

»Wie könntest du, Schätzchen? Ich sah mir heute früh den Wetterbericht an. Dort, wo du bist, sieht es himmlisch aus, und hier pisst es, was das Zeug hält. Ich könnte dich *umbringen* vor Neid.«

»Ja, aber du kennst meine Nachbarn nicht.«

»Ach, die *Franzosen*. Ich weiß, Liebes, aber gib ihnen einfach Zeit. Du kennst sie doch. Ich glaube, sie tun es nur, um uns zu ärgern, sie lieben es, uns mit ihrem verdammten *sangfroid* nervös zu machen.«

»Ich rede nicht von den Franzosen. Wenn's nur so wäre …«

»Dann sag schon.«

»Ich glaube, ich trau mich nicht.«

»Ach Gottchen, du Zicke. Jetzt spann mich doch nicht so auf die Folter.«

»Schon gut, es ist wahrscheinlich nichts weiter. Abwarten und Tee trinken – das ist meine Devise. Ich werde berichten. Und, was gibt's Neues?«

»Nichts, wofür wir dich bräuchten, Schätzchen. Denk dran, was du versprochen hast. Lehn dich einfach zurück, entspann dich und genieß es.«

Entspannen und genießen. In Ordnung, gut, und zu diesem Zweck sollte das hier perfekt sein. Hope sieht sich in ihrer neuen Wohnung um. Sie hält das Telefon noch immer unschlüssig in der Hand, dann stellt sie es wieder auf den Boden, da sie sich nicht entscheiden kann, wo sie es hintun soll. Ja, die Wohnung ist jetzt, da sie fertig ist, wirklich sehr nett – also hat sie doch die richtige Entscheidung getroffen.

Als sie ihr Monsieur Dingsbums letzten September gezeigt hatte, war sie nicht so beeindruckt gewesen und hatte ihre Zweifel gehabt. Damals war das noch ein einziges Chaos gewesen, keine Türen, überall Staub, alles sehr klein. Da sie noch nie der Typ gewesen ist, der lange fackelt, hatte die Besichtigung wohl keine zwei Minuten gedauert. Sie hatte sich einfach auf ihre Fantasie verlassen: Hier unten dieser offene Raum mit angrenzender Küche und einem Gästebad und oben, die stählerne Wendeltreppe hinauf, zwei Schlafzimmer und ein weiteres Badezimmer – in Anbetracht des Preises wirklich ziemlich kompakt. Dann hatte Monsieur, während sie noch dastand und überlegte, die Läden und die hohen Glastüren geöffnet, die hinausführten auf etwas, was in ihren Augen ein Balkon war, er aber stolz eine *terrasse* nannte – und natürlich war sie sofort hinausgegangen.

»Aber ich dachte, man hätte eine Aussicht«, hatte sie angeprangert. »Mr Allenby in London hatte mir zu verstehen gegeben, dass das eine Wohnung mit Aussicht sei.«

»Auf die Berge. *Vue des montagnes*.«

»Wo?« Sie hatte ihren Blick über die Dächerreihen vor sich schweifen lassen, unten die geschwungenen alten Terrakottadächer, darüber, den Hügel hinauf, moderne aprikosen- und rosafarbene Flachdächer.

»Jetzt ist su viele *nuages*, su ... bewölkt, ja? Und su dunkel. Aber an einem guten Tag Sie können se'en direkt bis su den *Alpes-Maritimes*. Sie können se'en dort oben den Schnee, während Sie liegen 'ier unten und sich 'olen Sonnenbräune. Es ist 'öchst *agréable*.«

»Und das Meer? Wo ist das Meer von hier aus gesehen?«, hatte sie gefragt.

»Vielleischt dort drüben?« Monsieur hatte unbestimmt in Richtung der fensterlosen Kochnische gedeutet.

»Da durch? Auf der anderen Seite dieser Wand?«, hatte

sie gefragt. »Nun, ich könnte vielleicht ein Fenster durchbrechen.«

»Durch? Was meinen Sie mit ›durch‹?«

»Durch die Mauer. Ein LOCH durch die Mauer.« Hope hatte eine entsprechende Handbewegung gemacht.

»Madame, Sie nischt verschte'en, da ist eine *maison* auf der anderen Seite. Sie können nischt einfach so machen ein Fenster. *Impossible*.«

»Oh. Das ist aber eine große Enttäuschung! Als mir Mr Allenby von dieser Wohnung erzählte, habe ich es so verstanden, dass man einen Blick aufs Meer hätte.«

»Mit *vue de la mer* 'ier in Vieilleville Sie würden zahlen sehnmal so viel«, hatte er gesagt und ganz rote Wangen bekommen. »*Dix fois*«, hatte er hinzugefügt, während er zur Betonung beide Hände gehoben und mit allen zehn Fingern vor ihrer Nase herumgefuchtelt hatte.

»Nun, ich weiß nicht«, hatte sie gesagt, während sie herumging und so viel Enttäuschung und Trübsinn in ihre Stimme legte, wie sie nur konnte (sie ist nicht umsonst als gewiefte Geschäftsfrau bekannt), denn insgeheim war sie anderer Meinung. Nicht schlecht, gar nicht schlecht. Ehrlich gesagt, es hat etwas. Sie kann sich schon hier sehen, draußen auf dieser *terrasse*. Es hatte nicht lange gedauert, bis sie ihren Ministatus als Balkon verloren hatte. Es war eine *terrasse* (!), ihre ganz eigene *terrasse* (!) an der Côte d'Azur. Nicht schlecht, ey? Nein, wirklich nicht schlecht. Der Preis schien machbar, deutlich im Rahmen ihres ziemlich beträchtlichen Budgets, und sie könnte die Wohnung nach ihren Wünschen und ihrem Geschmack gestalten und einrichten lassen.

Laut hatte sie allerdings etwas herablassend gesagt: »Ich werde darüber nachdenken müssen. Ich muss mir noch viele andere Wohnungen ansehen« – obwohl das nicht stimmte und sie auch keine Zeit hatte, noch weiterzusuchen. Sie hatte diese Besichtigung nur schnell zwischen zwei Terminen eingeschoben und musste schleunigst zurück zur TV-Programmmesse nach Cannes, wo sie um halb acht ein wichtiges Meeting hatte.

»Das wird sehrrr schnell weg sein – *très vite, comme ça*«, hatte Monsieur gesagt und ungeduldig mit den Fingern geschnippt. »Ich 'abe das schon aufge'oben für Sie, da Mister Allenby in Londres sagte, dass Sie sind eine sehrrr besondere Frau – *célèbre* –, dass Sie brauchen etwas Diskretes.«

»Nun, das stimmt«, hatte sie gesagt. »Das stimmt natürlich.«

»Und das 'ier ist, wissen Sie – *mignon* – allerliebst.«

Zu welcher Überzeugung auch sie inzwischen gelangt war, denn sie hatte eingeschlagen und die Wohnung gekauft.

Jetzt blickt sie sich um und hat sogar trotz des Umzugschaos das Gefühl, etwas geschafft zu haben. Sie hat es vielleicht daheim in den guten alten Vereinigten Staaten zu nichts gebracht – aber schau, was sie aus sich gemacht hat. Sie war nach Europa gegangen, ganz allein, ohne Kontakte, ohne Unterstützung von Seiten ihrer Familie, und hatte in England wirklich etwas bewirkt. Zugegeben, sie ist vielleicht nicht Oprah – wenigstens noch nicht –, aber sie gehört mit zu den Besten. Und jetzt das hier.

Ach, Daddy, Daddy, sieh dir dein kleines Mädchen jetzt nur mal an. Von Lavaho, Texas, nach Südfrankreich ist es ein langer Weg – hat sie es nicht zu etwas gebracht?

13

Abgebrochene Brücken

Um zu sparen, nimmt Alice den Zug zurück nach Vieilleville. Natürlich nicht »Le Tunnel« oder den »Eurostar« – das wäre viel zu teuer – sondern ein Sonderangebot außerhalb der Saison, inklusive der Fähre von Dover und mit einem Mal Umsteigen in Paris, wo sie sich und ihr Gepäck in der Metro vom Gare du Nord zum Gare St.-Lazare schleppen muss. Als sie die Reise gebucht hatte, hatte es sich nicht nur billig, sondern auch nach einem Abenteuer angehört. Verona hatte ihr erzählt, wie romantisch diese Reise früher gewesen war: Man nahm den Blue Train vom Victoria-Bahnhof, dann kroch man in Calais oder Boulogne unter die gestärkten weißen Bettlaken des *wagon-lit*, und wenn man am Morgen aufwachte, hatte man die kargen, grünen Ebenen des Nordens hinter sich gelassen und befand sich wieder inmitten der Felsen und Olivenhaine des Südens. Die reinste Zauberei – *damals*.

Heutzutage sieht diese Reise allerdings ein bisschen anders aus. Ihr Sonderpreisticket beinhaltet eine *couchette* – was sich als ein Fehler herausstellt. Da man die Betten schon für die Nacht heruntergeklappt hat, haben Alice und ihre Mitreisenden nur die Wahl, entweder stehen zu bleiben oder die ganze Reise im Liegen zu verbringen. Sich hinlegen – da käme sich Alice vor wie ein ungezogenes Kind, das man früh ins Bett geschickt hat, aber Stehen ist nach all den bisherigen Reisestrapazen zu anstrengend. Bei ihren Mitreisenden handelt es sich um eine fröhliche Gruppe italienischer Klempnerehefrauen auf dem Weg nach Genua. Sie fabrizieren stehend und ausgelassener Stimmung haufenweise Minibaguettes aus *saucisson* und Antipasti im Glas, was zur Folge hat, dass sie alles mit Öl voll tropfen. Alice zieht sich in eins der oberen Betten zurück und lässt sie gewähren. Während der Zug durch Frankreich rattert, schlafen sie allmählich eine nach der anderen ein, während sie, umgeben von Schnarchtönen und Gerüchen, in dem drückend heißen Liegewagen wach liegt. Der nächste Tag scheint in weiter Ferne – und ihr geht vieles im Kopf herum.

Sie fährt also zurück nach Vieilleville – aber was dann? Das Schlimme an Deirdres und Bills andauernden »Ich hab's dir gleich gesagt« ist, dass sie Recht haben. Wie konnte sie so blöd sein zu denken, dass sich durch einen rein physischen Akt, den Umzug an einen anderen Ort und in ein anderes Klima, ein völlig neues Leben aus dem Hut zaubern ließe? Ihr gesunder Menschenverstand hätte ihr sagen sollen, dass nichts von dem, was sie nicht auch zu Hause, in ihrer eigenen Sprache und Kultur, schaffen kann, plötzlich wie von Zauberhand in Vieilleville gelingen würde – außer ... nun, außer dass es eine Art Zauber war, dem sie letztes Jahr erlegen ist. Es war wundervoll, sich einfach mal über das langweilige »Vernünftigsein« hinwegzusetzen und in das große Nichts voll ungekannter Möglichkeiten zu springen. Bei anderen Leuten scheint so etwas zu funktionieren – also warum nicht auch in ihrem Fall?

Die Geldknappheit ist natürlich ein Riesenproblem – vielleicht ist es auch das einzige Problem. Wenn das nicht wäre, könnte sie mit allen anderen Schwierigkeiten des Lebens in Vieilleville gut fertig werden und einfach abwarten, bis sich die Dinge von selbst besserten. Aber, so wie sie jetzt stehen, in Anbetracht ihrer massiven Geldsorgen, hat sie nicht das Gefühl, viel Spielraum zu haben. Nachdem sie sich durch all diese Meetings mit der Bank und der Bausparkasse durchgebissen und auch noch für die Dienste dieses verfluchten unabhängigen Finanzberaters bezahlt hatte (was für eine Farce!), ist es sonnenklar, dass sie ihr momentanes Einkommen nicht wird aufstocken können. Es kann in der Tat passieren, dass sie auf Grund der derzeit sinkenden Zinsen sogar weniger haben wird. Der Finanzberater unterbreitete ihr lauter Pläne, die alle irgendwelche Abkürzungen hatten. Am Ende schwirrte ihr der Kopf vor lauter ISAs und CATs und MINIs und MAXIs, und wie sie alle hießen. Sogar er schien sie nicht richtig zu verstehen! Als einzige Gemeinsamkeit fiel ihr nur auf, dass in jeder Broschüre, die er ihr in den Schoß warf, irgendwo in winzigen Buchstaben der Satz: »Der Wert Ihrer Investition kann steigen, aber auch sinken« stand. Die Aussicht, unter Umständen noch *weniger* Geld zu haben, ist wahrlich entsetzlich, folglich hat sich in der Hinsicht überhaupt nichts klären lassen.

Natürlich hätte sie sich nicht sofort unwiderruflich festlegen sollen, natürlich hätte sie zuerst mieten sollen, um die neue Welt erst einmal kennen zu lernen und um zu sehen, ob sie es schaffen könnte. Dieser Besuch daheim in England hat sie wirklich ziemlich unsanft auf den Boden der Tatsachen zurückgeholt. Bis jetzt war ihr noch nicht so richtig bewusst gewesen, wie sehr sie die Brücken hinter sich abgebrochen hatte. Sie hat dort einfach keine gemütliche Zuflucht mehr, die Geborgenheit und Sicherheit repräsentiert. Im Prinzip hatte sie das auch vorher gewusst – aber irgendwie hatte sie, wie sie jetzt feststellt, noch das Gefühl gehabt, dass die Kinder für sie da wären. Aber sie hatte sich geirrt. Sie konnte nicht von ihnen verlangen, dass sie sie retteten oder ihr einen sicheren Hafen boten. Sie ist auf sich allein gestellt.

Wenn sie jetzt wieder zurückwill, dann muss sie verkaufen. Sie hat keine Ahnung, was das kosten würde. Jetzt, da sie Vieilleville besser kennt, scheint ihr das Maison Puce doch nicht mehr das Schnäppchen zu sein, als das es ihr angepriesen worden war. Also weiß sie nicht einmal, ob sie ihr Geld wieder hereinbekommen könnte, und außerdem würde ein ganzer Schwung neuer Rechnungen auf sie zukommen. In der Zwischenzeit scheinen die Immobilienpreise in Bristol in die Höhe zu schießen, aber dort würde sie ohnehin nicht mehr wohnen wollen – zu viele Erinnerungen. Aber wenn nicht dort, wo dann? London kommt offensichtlich aus finanziellen Gründen nicht in Frage. Was auch immer sie tut, sie wird danach mit weniger Geld dastehen als je zuvor.

Es war eine verrückte Idee gewesen letzten Sommer – in der Sonne, unter dem Einfluss des Weins … War es das gewesen? Hatte sie einfach zu viel von diesem leichten Rotwein getrunken – »der blinkt am Rand, wo Perlenbläschen sind«? Keats, oder? Ode an irgendwas. Ja, Keats ist an allem schuld. Aber jetzt steht ihr der Sinn gar nicht nach Romantik – stattdessen ist da nur dieser holprige Refrain, »zu spät, zu spät«, der sie als ein Stakkatoreim der Einsamkeit im Rhythmus des Zuges bis zur Morgendämmerung begleitet.

Hope schreckt zusammen, als es an der Tür klingelt. Wer zum Teufel konnte das sein? Für die Post ist es zu spät, und sie erwartet keine Lieferungen. Die letzten Tage verliefen in einem ruhigen Rhythmus von Auspacken und Einräumen – bis jetzt läuft alles so, wie es sollte. Aber jetzt klingelt es an der Tür.

Argwöhnisch nimmt sie den Hörer ab und sagt automatisch auf Englisch, »Ja?«

»Miss Boscombe?«

Hope erstarrt. Wie? Was? Wer weiß, dass sie hier ist?

»Hier ist Verona Grange, Miss Boscombe – Ihre Nachbarin vom Stockwerk unter ihnen, drüben in dem anderen Treppenaufgang.«

Ach so, die. Die fette Engländerin, die gleich am Anfang über sie hergefallen war.

»Entschuldigen Sie bitte die Störung, aber ich wollte nur hallo sagen und Sie in unserem kleinen Clan willkommen heißen, und ich habe natürlich Ihre Telefonnummer nicht.«

Und die werden Sie auch nie haben, denkt Hope grimmig.

»Ich bin so froh, dass Ihre Türsprechanlage funktioniert. Die unseren tun das nämlich nicht, müssen Sie wissen. Ich habe nur ganz leicht auf Ihren Klingelknopf gedrückt, nur zum Test, aber jetzt habe ich Sie tatsächlich erwischt. Wie dem auch sei, könnte ich Sie mit einer Einladung zu einem kleinen *pique-nique* in Versuchung führen?«

»Einem was?«

»Am Strand – sagen wir, am Samstag zur Mittagszeit.«

»Nein, es tut mir Leid, nein. Das ist sehr nett von Ihnen, aber ich habe sehr viel zu tun.«

»Natürlich, Sie Arme, Sie stecken sicher bis über beide Ohren in Arbeit. Aber es wäre nicht für lange.«

»Nein, es tut mir Leid, aber ich kann im Augenblick unmöglich meinen Tagesrhythmus unterbrechen.«

»Nun, wie wäre es dann mit einem Drink? Nur ganz kurz, zum Kennenlernen – mit einigen Freunden aus dem Ort?«

»Hm …« Mein Gott, diese Frau ist vielleicht hartnäckig, eine von der Sorte, die kein Nein akzeptiert. Vielleicht sollte sie nachgeben – nur dies eine Mal, um die Nachbarn kennen zu lernen. Vielleicht könnte das nützlich sein. »In Ordnung, aber wie Sie sagen, nur ganz kurz. Das ist sehr nett von Ihnen.«

»Toll! Dann am Samstag um sechs Uhr? Legere, aber saubere Kleidung – so sagten wir immer oben in der *bastide*.

Meine Wohnung ist die Nr. 3, aber Sie brauchen gar nicht erst zu läuten – die Klingel funktioniert nicht. Rufen Sie einfach – ich werde ganz Ohr sein. Tschü-hüs.«

Hope bereut es, noch ehe sie den Hörer wieder aufgelegt hat.

In Alices Abwesenheit ist ein früher Sommer eingekehrt. Obwohl es erst Mitte April ist, fühlt sie es in dem Augenblick, in dem sie in Bonneville aus dem Zug steigt und ihr die honiggelbe Sonne warm auf den Rücken scheint.

Wegen ihres Gepäcks nimmt sie ein Taxi hinunter nach Vieilleville. Sie hatte vorgehabt, direkt nach Hause zu fahren, aber da erhascht sie einen Blick auf den noch immer sehr gut besuchten Markt und bittet darum, an der Rue des Fleurs aussteigen zu können. Nach den düsteren Gedanken der schlaflosen Nacht im Zug wird sie plötzlich wieder mitten in das Treiben der Stadt geworfen. Ihren Koffer und die Plastiktaschen hinter sich herziehend – ihr Gepäck scheint sich im Vergleich zur Abreise verdoppelt zu haben –, betritt sie den Markt durch den überdachten Markthallenbereich und bleibt einen Moment stehen, um die Atmosphäre auf sich wirken zu lassen. Sie hätte gedacht, dass sie mittlerweile dagegen immun sei, aber jetzt, da sie wieder leibhaftig hier ist, ist sie erneut überwältigt von dem Anblick und den Gerüchen.

Gleich hier am Eingang ist der kleine Stand der alten Madame Lafranier – alles Sachen aus ihrem eigenen Garten. Auf dem aufgebockten Tisch liegen in all ihrer grünen Pracht und mit Namen versehen die Salate und Kräuter: *blettes*, der hiesige Mangold, in zwei separaten Häufchen, Blätter und Stängel; *mesclun*; Löwenzahn und Rauke; dann die grünen Salate; krauser Kopfsalat; Rougette und *feuilles de chêne*. Daneben die Kräuter – nur etwas Basilikum (dafür ist es noch zu früh – alles zu seiner Zeit), aber bündelweise Schnittlauch, Rosmarin, Thymian, Sauerampfer, Kerbel, Minze und Lorbeer; ein riesiger Berg goldgelber Zucchiniblüten für Beignets; schmächtiger, kleiner Spargel, der wie Federkiel von winzigen Vögeln aussieht, und daneben daumendicke rosa und weiße Spargelstangen; winzig kleine, purpurfarbene Artischocken in Bündeln zu jeweils fünf Stück; glänzende *oignons blancs d'Antibes*, die wie riesige Frühlingszwiebel aussehen; *haricots rouges* und *haricots verts*; Gänseeier, Hühnereier, Wachteleier und dazu noch vier andere Sorten von frei laufenden Bantamhennen und schließlich *bouquets garnis*, die wie Brautjungfernsträußchen (genauso groß und hübsch) hergerichtet sind.

Weiter unten biegen sich die Stände der Obsthändler unter Bergen von Erdbeeren und Kirschen – *fraises du pays, fraises carros, fraises des bois*, spezielle *garriguettes* aus der Dordogne, Kirschen aus dem Ardèche, andere aus dem Var – wobei jeweils Sorte und Preis auf kleinen schwarzen Tafeln aufgeführt sind.

Auch Monsieur Raoul, der freche Bursche des Marktes, hat seinen Garten geplündert – große Eimer voller kirschroter *roses de Mai*-Sträuße, die intensive Duftwolken absondern, im Preis von zehn bis zwanzig Francs, je nachdem wie weit geöffnet beziehungsweise wie hinüber die Blüten schon sind, dazu Kornblumen, Gartenwicken, Zimmercallas und Flieder, der herrlich nach Orangenblüten duftet und schon seine Blätter verliert. Er begrüßt Alice herzlich. Es ist ihm aufgefallen, dass sie die letzten Wochen nicht da war. Konnte es wirklich sein, dass sie langsam dazugehörte, ohne dass es ihr bewusst geworden war?

Ein paar Schritte weiter sagt auch die Gewürzfrau Hallo. Sie hat ihre Waren in provenzalischen Baumwollsäckchen – ockerfarben, sächsischblau, scharlachrot, smaragdgrün –, die aufgeschnürt auf Tellern liegen, so dass man ihren Inhalt sehen (und, was wichtiger ist, *riechen*) kann.

Die Auswahl an Gewürzen und Mischungen ist riesig: *spécial salade, spécial pâtes* (rot), *spécial poulet* (grün), *préparation huile piquante,* ein großer Berg *safran de Chine*, Muskat, kleine getrocknete Chilischoten, die man »Vogelzungen« nennt; »exotischer Pfeffer«, eine Mischung mit Rosenblüten und getrocknetem Zitronengras; Gewürztee, Schwarztee, ein riesiger Korb sonnengetrockneter Tomaten aus Sardinien, ein anderer mit getrockneten Auberginenscheiben …

Und dann ist da noch der Käsestand mit den verschiedenen Käsesorten, perfekt gereift in dem humiden Klima (wen stört schon die ein oder andere Fliege, die sich darauf niederlässt?) – all diese *tommes*, große, flache Klumpen wie Curlingsteine, *chèvre pays*, *savoie blanc*, Käsesorten aus dem Ariège, Piémont und der Sardaigne, *charolais*, *pavé vache*, *St.-Julien* – und so weiter und so weiter.

Alice ist sofort wieder betört und berauscht von dieser üppigen Pracht. Natürlich, das ist es – wegen dieser Stimmung ist sie hierher gekommen.

Sie hat kaum mit dem Auspacken begonnen, als es an ihrer Tür klopft. Müde, schmuddelig und erschöpft von der Reise, macht sie ergeben auf; draußen steht Verona, deren rundes Gesicht vor lauter Aufregung rosa glänzt.

»Alice, Liebes, Sie erraten nie, wer in die Dachwohnung eingezogen ist!«

Verona hat alle gastgeberischen Register gezogen und sogar warme Häppchen aus der piekfeinen Boulangerie de L'Évêque bestellt – normalerweise hätte sie sie selbst gemacht – und ihre Wohnung aufgeräumt. Dennoch geht es eng zu auf ihrer Cocktailparty, obwohl sie nur zu fünft sind, das heißt zu sechst, wenn man Fred mitrechnet.

»Und das ist unser vorletzter Neuzugang, Alice Barnes.«

Verona hält besitzergreifend Hope Boscombes Arm umklammert und manövriert sie durch das Gedränge, als ob sie sich in einem Salon befänden. Josette ist auf dem kastanienbraunen Dralonsofa bereits wieder sich selbst überlassen worden, während Imo und Fred, die bei der Kochnische stehen, als Nächste an der Reihe sind. »Alice ist ebenfalls noch nicht so lange hier, nicht wahr, Liebes? Sie gewöhnt sich auch erst noch ein.«

Alice mustert das vertraute Gesicht. Das letzte Mal hatte sie es gerade erst vor einer Woche bei Deirdre im Fernsehen gesehen – eine Wiederholung von *Sharp Focus*. Die Sendung ging über Zellulitiscremes, und Hope Boscombe war an einem, aus den Atemwölkchen zu schließen offensichtlich eiskalten Vormittag mit einer Gruppe von Frauen in Marks-and-Spencer-Unterwäsche auf der Serpentine gestanden, die alle ihre wabbeligen Oberschenkel Hopes prüfendem Blick preisgeben mussten. In der Tat ein sehr scharfer Fokus. Seltsam, dasselbe Gesicht jetzt in Wirklichkeit vor sich zu haben. Im Verhältnis zu ihrer eigentlich recht kleinen Gestalt scheint es größer zu sein als auf dem Bildschirm, aber ansonsten ist es ganz genauso – eigenartig, so als ob eine Puppe lebendig geworden wäre.

»Hi«, sagt die Puppe und hält ihr zur Begrüßung eine schlaffe Hand hin. Es entsteht eine verlegene Pause. Was sagt man zu einer Berühmtheit? Schwierig. Alice weiß aus verschiedenen Zeitungsartikeln sehr viel über Hope Boscombe, wohingegen Ms B. garantiert rein gar nichts über Alice Barnes weiß. Hopes Hosenanzug ist wahrscheinlich von Joseph, obwohl er auch von Armani oder Donna Karan sein könnte; Alice hat darüber beim Zahnarzt in *Hello!* gelesen. Detaillierte Berichte über Hope Boscombes Garderobe und ihr Haus in London haben ihr des Öfteren das Warten vor einer Wurzelbehandlung versüßt. Aber was sagt man jetzt zu ihr? All die üblichen Fragen, mit denen man eine Konversation beginnt – zum Beispiel »Was machen Sie beruflich?« – sind in dem Fall absolut ungeeignet. Alle Anwesenden wissen, was sie macht, und Verona hat bereits die Frage »Was hat Sie nach Vieilleville geführt?« aufgebraucht und nur ein sprödes Lachen zur Antwort bekommen. Nichts, woran sich Alice aus den Artikeln über Hope erinnern kann, ist spezifisch genug, um wirklich hilfreich zu sein. War sie nicht Vegetarierin? Hatte sie nicht in einem Artikel über die Fastenzeit Eier angepriesen? Oder hatte es darin ausdrücklich geheißen, dass sie keine Vegetarierin war? Zu spät fällt ihr der Artikel über die birmanischen Katzen in *OK* ein – oder war es *News of the World*? Sie hätte sie fragen können, wer jetzt auf sie aufpasst, aber hätte sie sich damit nicht als jemand zu erkennen gegeben, der krankhaftes Interesse an niedrigem Boulevardjournalismus zeigte? Und da wird Hope auch schon in Richtung Imo weitergeführt, und ihre Chance ist vertan. Verdammt.

Die Kochnische wird halb durch einen freistehenden Paravent verdeckt – eine mit Rüschen verzierte Bambuswand, die zum Rest des ganz in kastanienbraunem Samt gehaltenen Zimmers passt und die so aufgestellt ist, dass sie den Ausguss verdeckt. Imo hat sich dort postiert, damit sie sich eine ordentliche Menge der Häppchen aus der *boulangerie* genehmigen kann. Sie sind wirklich köstlich, und wenn sie genug davon schnorren kann, wird sie sich das Abendessen schenken und direkt zur Bar du Quai gehen, um dort die Typen auszuchecken; in der Hinsicht war die Auswahl in letzter Zeit eher lausig gewesen. Während sie so verstohlen wie möglich ein Häppchen nach dem anderen verdrückt, mustert sie die ganze Zeit den berühmten Gast. Hm – wirklich nicht so beeindruckend, ziemlich stinknormaler Durchschnitt, wenn man den Namen und den Ruhm wegließ. Es fällt ihr also nicht schwer, sich im Hintergrund zu halten, cool zu bleiben – cool dreinzuschauen. Sie hat Fred zwischen die Beine geklemmt, von wo aus er, von den wunderbaren Essensgerüchen fast um den Verstand gebracht, sabbernd zu ihr aufsieht. Als Verona mit Hope auf sie zukommt und Imo sich anschickt, sie zu begrüßen, lockert sie die Beinschere. Fred springt wie auf Kommando auf das Tablett auf der Warmhalteplatte los. Dabei wirft er den Paravent um und gibt den Blick auf den Ausguss und das sich darin stapelnde dreckige, fettige Geschirr frei. Als Imo versucht, Fred zu packen, stößt sie an einen Eimer, in dem Verona ihre Unterwäsche eingeweicht hat, und den sie hinter dem Wandschirm versteckt hatte. Noch ehe es jemand verhindern kann, kippt der Eimer um – BHs, Unterhosen und trübes graues Wasser schwappen über den Fußboden, und Verona wird so grün im Gesicht wie ihre Pestotörtchen.

14

Träumereien

Durch ihren Aufenthalt in England hat Alice, was ihre *carte de séjour* angeht, die Uhr wieder auf null gestellt, also hat sie, falls nötig, wieder drei Monate Zeit. Sie muss ohnehin auf die Kopien der Geburts- und Sterbeurkunden ihrer Großeltern warten, die per Einschreiben geschickt werden, sowie auf das Dokument von dem Notar aus Bristol. Letzteres war Bills Idee gewesen – seine Lösung für das Problem, wie sie der *mairie* von Bonneville beweisen kann, dass sie noch nie im Gefängnis gewesen war. Also dümpelt alles so langsam auf eine Lösung zu, was ihrer momentanen Stimmung nur allzu sehr entgegenkommt.

Die plötzliche Hitze hat zu einem Stimmungsumschwung in Vieilleville geführt. Auch für die Côte d'Azur sind es für diese Jahreszeit ungewohnt hohe Temperaturen, und alle genießen es. Am Tag nach der katastrophalen Cocktailparty entwischt Alice hinunter an den Strand. Da es ein Sonntag ist, sind auch ziemlich viele Einheimische hier, aber nur die Nichteinheimischen sind verrückt genug, tatsächlich ins Wasser zu gehen – viel zu kalt für vernünftige Menschen.

Alice streckt sich auf ihrer Bambusmatte aus und schämt sich ein bisschen für ihre gespenstische Blässe und ihre behaarten Beine. Sie wird gegen beides etwas unternehmen müssen. Aber egal. Momentan merkt es ja außer ihr eh niemand. Sie stützt sich auf einen Ellbogen und beobachtet das Treiben um sie herum. Bei warmem Wetter wirkt dieser Ort bereits sehr sexy. Überall sind Paare – und beileibe nicht nur junge und glamouröse, sondern in allen Altersstufen und Erscheinungsformen. Dort am Wasser ist ein Paar mittleren Alters, muskatnussbraun (das hilft) – sie mit Zellulitis und er mit einem riesigen *embonpoint*. Ineinander versunken, liegen sie sich in den Armen und haben alles um sich herum vergessen. Der Anblick rührt Alice, aber er weckt auch Neid in ihr, und es überläuft sie trotz der Hitze ein kühler, sehnsuchtsvoller Schauer.

Es ist ein bisschen traurig, in dieser aufgeladenen Atmosphäre allein zu sein, so dass sie sich noch nicht einmal ihren Rücken mit Sonnenmilch einreiben kann. Sie selbst kommt nicht überall hin, und es ist niemand da, der es für sie tun könnte. Das ist wohl ein bisschen symbolisch. Und dennoch ist das, was Deirdre gesagt hat, empörend und schrecklich herablassend. Sie ist nicht hierher gekommen, »um einen Mann zu finden«, obwohl sie natürlich hofft, dass zu dem neuen Leben, dessentwegen sie in der Tat hierher gekommen ist, irgendwann auch wieder ein Mann gehören wird.

Sie setzt sich auf und sieht sich im Schutz ihrer Sonnenbrille um. Würde ihr, wenn sie es sich aussuchen könnte, hier irgendjemand gefallen? Hm, eigentlich ... nein. Natürlich sind da einige junge, fantastisch aussehende Adonisse, aber auch wenn sie nur ein Spiel spielt, macht sie sich nichts vor. Da sind ein paar attraktive Männer mittleren Alters, aber sie scheinen alle jüngere Ehefrauen und Kinder im Schlepptau zu haben. Nur sehr wenige einzelne Männer. Da drüben ist einer mit wabbeligen Unterschenkeln, und dort taucht einer mit einem dicht behaarten Rücken seinen Zeh ins Wasser. Ah, hier kommt einer und breitet sein Handtuch aus. In Ordnung, Alphonse, los, zeig mir, was du hast. Hemd runter, Bauch rein. Iiih, nein, riesige Leberflecken, aus denen graue Härchen sprießen. Aber wie kann sie es um

Himmels willen wagen, angesichts ihrer eigenen schwabbeligen Oberarme und ihrem wuchernden Schamhaar so kritisch zu sein? Mit Philip schien das keine Rolle gespielt zu haben. Sie waren miteinander älter geworden, und wenn sie ihn angesehen hatte, dann war es ihr immer gelungen, das Bild von seinem schöneren jüngeren Selbst vor Augen zu haben. Sie hatte angenommen, dass es ihm mit ihr genau so gegangen war, aber offensichtlich hatte sie sich da geirrt.

»Juhu – da sind Sie ja!«

Alice wird jäh aus ihren erotischen Tagträumereien gerissen. Verona steht groß vor ihr, inklusive Matte, Handtuch, Sonnenschirm, Windschutz, Klappstuhl und einer knallorangen Kühltasche, prall gefüllt mit dem unvermeidlichen verdammten *pique-nique*. Sie kniet sich hin und fängt an, alles auszurollen, aufzustellen und auszupacken.

»Ist das nicht lustig?«, sagt sie. »Nach dem gestrigen Abend war ich mir nicht sicher, ob ich heute dazu in der Stimmung sein würde, aber was soll's? So etwas passiert nun einmal. Ich hatte mir solche Mühe gegeben – für uns alle – um einen guten Eindruck zu hinterlassen.«

»Es war ganz reizend, Verona, wirklich eine ganz reizende Party«, sagt Alice. Was nicht ganz der Wahrheit entspricht, aber was sollte sie sonst schon sagen?

»Finden Sie wirklich?«

»Aber ja. Ich bin mir sicher, dass Hope Boscombe die Geste zu schätzen wusste.«

»Nun, ich hoffe es. Ich habe heute Vormittag bei ihr geklingelt und sie gefragt, ob sie mit an den Strand kommen will, aber sie war wirklich sehr kurz angebunden. Sie hat wahrscheinlich noch viel zu tun. Ich glaube auch, dass es ihr in Wirklichkeit gefallen hat, auch wenn sie nicht den Eindruck machte, und was passiert ist, ist passiert, nicht wahr?« Sie zieht ihr orangefarbenes, zeltartiges Sommerkleid aus, und darunter kommt ein eigenartiger, quer gestreifter Latexbikini zum Vorschein, dessen arg gespanntes Oberteil ihren Brüsten kaum Herr wird.

Wie sich herausstellt, haben Veronas Brüste ein Eigenleben: Im Laufe des Nachmittags scheinen sie mit einer gewissen Regelmäßigkeit aus dem Körbchen zu entwischen. Niemand scheint davon mehr überrascht zu sein als Verona selbst, der jedes Mal, wenn sich eine braune Hängebrustwarze blicken lässt, ein quiekendes »Oh« entfährt. Plötzlich sehen im Vergleich zu ihnen alle anderen wie schlanke, bikinigebräunte Prachtexemplare aus – sogar Alphonse mit den Leberflecken. Alle anderen scheinen nur Handtücher, Handys und Ambre Solaire dabei zu haben. Nur Alice und Verona sitzen auf ihrer überfrachteten Insel solider britischer Spießigkeit. Alice fühlt sich zunehmend gedemütigt und überlegt, wie sie eine so peinliche Situation in Zukunft vermeiden kann. Wird das den ganzen Sommer so gehen? Wie um alles in der Welt kann sie sich nur vor Verona verstecken, um ihre Ruhe zu haben? Bis jetzt fällt ihr als einzige Lösung nur ein, sich eine Papiertüte über den Kopf zu stülpen.

Nach einstündiger Berieselung durch Veronas konstantes Geplapper, das die beruhigenden Geräusche des fröhlichen Strandtreibens übertönt, hat Alice Kopfweh. Während sie mit hinter der Sonnenbrille geschlossenen Augen auf der Matte liegt, plant sie ihre Flucht. Sie setzt sich plötzlich auf, gibt vor, einen dringenden Brief schreiben zu müssen, und macht sich flugs von dannen, während Verona noch damit beschäftigt ist, ihre Strandkonstruktion wieder abzubauen.

Sonntag, spätnachmittags, und ganz Vieilleville ist *en promenade*. Alice setzt sich vor dem Café des Fleurs an einen Tisch und spielt mit einem Block und einem Kugelschreiber für den Fall, dass Verona aufkreuzt – es wäre nicht gut, einer Lüge überführt zu werden –, bestellt einen Americano und lehnt sich zurück, um das Treiben zu beobachten. Alle stellen sich zur Schau, von den alten, winzig kleinen Damen mit ihren ebenso winzig kleinen Hündchen bis hin zu den großen, braun gebrannten Kerlen, die verschnürte Konditoreischachteln am Zeigefinger baumeln lassen. Ein wirklich köstlicher Anblick – genauso köstlich wie die Vorfreude auf den Inhalt dieser Schachteln, das geheimnisvolle *dessert*. Man hat das Gefühl, als ob die Menschen mit- und aneinander Freude empfinden – alle verlassen ihre Winternester und paradieren in ihrem neuen Federkleid, vor allem die Frauen, und die Männer heißen es mit langen, sehnsuchtsvollen Blicken gut. Die Frauen kommen ihr in der Tat wie Vögel vor, und sie könnte sie in verschiedene Spezies unterteilen:

(1) Âgée *goldene Zaunköniginnen: winzig, zerbrechlich, mager und nussbraun. Gefieder: bestickte Seidenanzüge und -kostüme mit so viel Gold, wie der Körper (er)tragen kann; immer in Begleitung eines passenden winzigen Hündchens an einer strassbesetzten Leine.*

(2) Âgée *goldene Silberreiher: größere, aber weniger widerstandsfähige Version von (1) extrem elegant. Gefieder: festonierte, zuckermandelfarbene Hosenanzüge und Kostüme; so dünn, dass sie ein kleiner Hund – oder der leiseste Windhauch – umwerfen könnte, folglich keine Hunde, überhaupt keine Anhängsel, obwohl ihnen oft ernsthafte, dünne, alte Männer mit Überziehmänteln oder Kissen in der Hand folgen, um diese zur Abpolsterung ihrer Arschknochen auf die Parkbänke zu legen. Unmittelbares Ableben von beiden durchaus vorstellbar.*

(3) Goldene Kropftauben mittleren Alters: sehr gut erhalten, grazile Gestalt, schmale Hüften und Taille, üppiger Busen. Gefieder: empfindliche Leinenanzüge mit Bermudashorts, kleine goldene Pumps, kleine goldene Handtaschen, deren Tragriemen quer über die oben genannten üp-

pigen Busen gezurrt sind; oft im Besitz verschnürter Konditoreischachteln, obwohl die schmalen Hüften die Vermutung nahe legen, dass sie deren Inhalt nicht selbst konsumieren. Im Großen und Ganzen fallen Josette und ihre Schar Augustines in diese Kategorie, obwohl es sich bei ihnen vielleicht eher um âgée *goldene Silberreiher handelt, die sich als Kropftauben verkleiden. (Josette ist sehr zurückhaltend, was ihr Alter angeht.)*

(3a) Kräftigere goldene Kropftauben: Unterart von (3), siehe oben – zahlreiche Beispiele. Gefieder wie (3), aber auf Grund eines etwas kräftigeren Körperbaus fällt die Wahl auf Röcke, die immer eine Spur zu kurz sind. Sehr geschäftig – folglich stets leicht außer Atem und mit zu vielen Einkaufstaschen beladen.

(4) Goldene Hippie-Taucher mittleren Alters: messingblonde Korkenzieherlocken. Gefieder: durchsichtiges weißes Musselin oder Gazekleider, durch die man die Brustwarzen sehen kann; riesige Hunde, vorzugsweise Mastiffs oder, in Ermangelung derselben, Bulldoggen mit grimmigen disneyartigen Gesichtern.

(5) Solide einheimische Spatzen: kein Gold bei Tag, aber am frühen Abend (so wie jetzt) verlassen sie ihre Nester mit goldvernetzten Strickjacken, funkelnden Brillen und goldbronzenem Haar.

(6) Les Oiseaux du Paradis*: diejenigen, bei denen einem die Kinnlade runterfällt, die Partnerinnen der Strandadonisse. Vermutlich liegen sie den ganzen Winter über im Winterschlaf, weswegen sie jetzt in vollem Glanze erstrahlen. Die Männer schmelzen alle förmlich dahin, wenn diese Kreaturen vorbeigehen. Sie sind unglaublich dünn bis auf ihre melonenförmigen Brüste, die in schwarzem elastischem Material und Lycra wie in Klarsichtfolie eingepackt sind; eilig klickende Absätze auf dem Trottoir, Handy ans Ohr gepresst. Gefieder: viel weniger* GOLD *als die anderen*

Kategorien, das wenige beschränkt auf die piercebaren Teile der Anatomie, dazu derart leuchtende Haut und glänzendes Haar, dass sie wahrscheinlich auch im Dunkeln sehen können.

Alice kritzelt Strichzeichnungen dieser Kreaturen an den Rand ihres Notizblocks. Sie wäre gern eine dieser goldenen Frauen – sie hat Ehrgeiz. Es ist klar, dass sie es nie in Kategorie 6 schaffen würde – aber wer weiß, vielleicht bringt sie es mit etwas Anstrengung zu einem goldenen Hippie-Taucher? Einen Hund hat sie bereits zur Verfügung, und man könnte doch sicher Mutter Natur noch mit ein paar wohl überlegten Einkäufen und etwas Blondiermittel nachhelfen – auch wenn ihre Haare momentan noch etwas kurz sind. Alice fühlt, wie sie der Wunsch nach einer Generalüberholung überkommt … schlechtes finanzielles Timing, denn ihre momentane Sommergarderobe enthält weder durchsichtiges Leinen noch GOLD, nur praktische Klamotten von Principles oder Laura Ashley. Vielleicht am Freitag, wenn in Vieilleville der Straßenmarkt stattfindet? Sie wird sich wohl einen therapeutischen Einkaufsbummel gönnen müssen, bevor sie sich totale finanzielle Enthaltsamkeit auferlegt.

Sehr schnell, innerhalb nur weniger Tage, hat Hope Boscombe heraus, dass das A und O ihrer Wohnung die Terrasse ist. Sie liebt es, hier oben zu sitzen. Sie kommt sich vor wie in einem Adlernest, von dem aus sie alle Vorzüge des Ortes genießen kann, ohne in ihrer Privatsphäre beeinträchtigt zu werden. Sie hört das Rauschen des Meeres – nur ganz leicht den Verkehrslärm – und wittert die Geschäftigkeit und das Treiben unten in den verwinkelten Gassen. Aber was das Beste und Wichtigste ist: Sie muss sich nicht leibhaftig daruntermischen.

Sie kann sich nicht vorstellen, wie die anderen Frauen im Haus ohne Terrasse auskommen. Verona Granges so genannte Wohnung war für sie der absolute Albtraum – sie hat bei Dreharbeiten schon in Wohnwägen gewohnt, die doppelt so groß waren. Und nur ein Fenster, durch das man direkt über die Straße in eine andere Wohnung hineinsieht. Und die Einrichtung! Das konnte ja wohl nicht ihr Ernst sein? Wen hatte sie damit beauftragt – Morticia Addams?

Nicht, dass Hope bisher viel Zeit gehabt hätte, ihre eigene Wohnung so richtig zu genießen. Es gibt zu viel zu tun. Sie kann sich nicht entspannen, bis alles absolut perfekt ist. Sie hatte bisher nicht wirklich Gelegenheit, das Wetter zu genießen, obwohl sie ja mehr oder weniger deswegen hierher gekommen ist. Wärme und Licht – das ist es, wonach man sich sehnt, wenn man normalerweise die Wintermonate in nördlichen Gefilden verbringt. Es gibt doch jetzt sogar einen Namen dafür. Sie hatte eine Sendung darüber gemacht – über diese tiefe Depression, die sich an verregneten Tagen und unter bleiverhangenem Himmel einstellt. SAD – Saisonal abhängige Depression. Hope vermutet, dass sie unter einem Anflug von SAD leidet, denn sie hat sich und die Dinge nicht so unter Kontrolle wie sonst – irgendetwas ist ihr abhanden gekommen. Wo ist ihr Elan? Auf und davon, hatte sie gewitzelt, als Jerry ihren Mangel an Vorausplanung beanstandet hatte, der ihr so gar nicht ähnlich sah. Aber man bekam keine SAD in Lavaho, Texas. Dort wurde man vielleicht ein bisschen MAD, besonders in der hochsommerlichen Hitze, aber das ist nicht das Gleiche. Vielleicht hatten ihre Gene gegen die tristen, englischen Januare rebelliert, die sie auszuhalten gezwungen war. Also hatte sie heimlich ihre Valiumdosis erhöht und gehofft, dass es ihr Arzt nicht merken würde, was er auch nicht tat. Diese Harley-Street-Typen – so entgegenkommend, man konnte sie um den kleinen Finger wickeln. Aber natürlich kann sie nicht auf Dauer so weitermachen. Sogar in ihren schlimmsten Augenblicken ist sie noch klar genug im Kopf, um das einzusehen. Deshalb also dieses französische Abenteuer – neuer Ort, neues Glück.

Heute Vormittag hatte sie sich etwas Auszeit gegönnt und war ein bisschen in der Stadt herumgeschlendert. Sie war sogar zum Markt gegangen, wo sie sich Oliven, *basilic* und *à la façon de la maison* (schwarz, ölig und mit viel Kräutern und Knoblauch) gekauft hat. Den Rest des Tages zwang sie sich wieder zur Arbeit – nur keinen Schlendrian einreißen lassen! – und räumte ihre Wandschränke so ergonomisch effizient wie möglich ein. Am frühen Abend muss sie sich allerdings eingestehen, dass sie so ziemlich alles erledigt hat. Fertig – geschafft. Was jetzt?

Sie öffnet eine Flasche eisgekühlten Bandol-Wein, legt die Oliven in absolut authentische provenzalische Schalen, trägt alles hinaus auf die Terrasse und stellt es auf den *japonaise*-Teaktisch unter den dazu passenden cremefarbenen Pagodensonnenschirm. Dann sieht sie sich um – die gebrannten Sienaziegel, die niedrige Mauer mit der kobaltblau gestrichenen Steinbalustrade, die Terrakottatöpfe, in denen bereits stachelige, toll aussehende Büsche gepflanzt sind. Es ist wie ein Fotomotiv – wirklich verdammt reizvoll. Und dieser Monsieur Gerontin hatte Recht, was die Aussicht anbetraf. Bei klarer Sicht konnte man wirklich in der Ferne die Alpes-Maritimes sehen, und heute schimmern pfirsichfarbene Wolken vor den schneebedeckten Gipfeln, die der Sonnenuntergang in sanft glühendes Licht taucht. Wirklich spektakulär!

Sie streckt sich auf der Chaiselongue aus, nippt am Wein und stellt sich im Geiste vor, welches Bild sie gerade abgibt. Es ist schwer, diese Angewohnheit abzulegen, wenn man so viel Zeit mit der Betrachtung des eigenen Konterfeis in Schneideräumen verbracht hat wie sie. Stellen Sie sich vor,

Sie wären jetzt dort oben in den Hügeln und würden mit dem Fernglas auf die Stadt hinabschauen und an dieser Szene hängen bleiben. Was würden Sie von dieser Frau denken, die so schlank, so gefasst und langbeinig daliegt, mit *rouge noir*-bemalten Fußnägeln in Jimmy-Choos-Stöckelschuhen (die sie egal bei welchem Wetter trägt)? Sie würden denken, ein Klasseweib – kein steiler Zahn, das ist nicht ihr Stil, aber eine eigenständige, einflussreiche Frau. Sie ertappt sich dabei, wie ihr dieses Bild so deutlich vor Augen steht, dass sie plötzlich befangen und ein bisschen nervös zu den Hügeln hinaufschaut, um dort eventuell den imaginären Spion und das verräterische Aufblitzen seines Fernglases ausmachen zu können. Dann stellt sie fest, dass sie nicht an die Oliven auf der anderen Seite des Tisches rankommt, also muss sie aufstehen und das Arrangement verändern, bevor sie sich wieder hinsetzt, um den ganzen Entspannungsprozess von vorne anzuleiern. Sie macht sich anerkennend über die Oliven her und versucht, den fiktiven Beobachter in den Hügeln zu vergessen.

Nun, ist das nicht fantastisch? Deshalb ist sie hierher gekommen. Der sich langsam verdunkelnde Himmel, die aprikosenfarbenen Lichtstreifen, die sanft in das Samtblau des Himmels übergehen, die Berge am Horizont, die jetzt nur noch als abstrakte Umrisse zu erkennen sind. Die Kombination von Augen- und Gaumenschmaus trägt dazu bei, dass ihre Irritation über diese Frauen nachlässt. Allmächtiger, wer hätte gedacht, dass sie hierher kam, um sich ein neues Leben aufzubauen, und prompt inmitten eines Fanschwarms landete? Denn das sind sie. So hat sie insgeheim immer die Leute, meistens Frauen, bezeichnet, die vor den Studios stehen und ihre Autogrammbücher schwenken, die wie verdammte Hexen kichern und andauernd was von einem wollen. Musste sie ausgerechnet hier in einen dieser weiblichen Fanschwärme geraten! Aber was soll's, sie würde sie nie sehen – bis auf das Mädchen vielleicht, Imogen, die hat was, ziemlich attraktiv auf eine taffe, zähe Art. In der Tat ziemlich erregend – ob die eventuell auch auf Frauen …? Nicht dass sie das hier vorgehabt hatte – nei-ein: Vieilleville soll schließlich ihre Auszeit von *allem* sein.

Ungefähr in dem Augenblick setzt es ein – der Klang eines Akkordeons von irgendwo hinter ihrem Rücken. Ist es denn zu glauben? Wie reizend – welch unerwartetes Vergnügen! Französischer geht's doch schon gar nicht mehr. Das macht glatt den Schwarm Frauen wett – das ist so gallisch, dass es schon wieder ein gottverdammtes Klischee ist. Der Musikant, wo immer er beziehungsweise sie sich befindet, scheint anfangs noch etwas zögerlich, kommt aber nach und nach so richtig in Fahrt. Sie erkennt das Lied, »Unter den Brücken von Paris«, und hört im Kopf Eartha Kitts raue Flüsterstimme: »*Sous les ponts de Paris …*« Wie ging es noch mal weiter? Da da, di, da, di-di … Na, wenn das nicht perfekt ist! Und sie lehnt sich zurück, um es zu genießen.

Am nächsten Tag ist es genauso warm. In England würde man sich jetzt einreden, dass es Frühling wäre, bevor ein ungemütlicher Aprilwind diesen selbstgefälligen Optimismus hinwegfegen würde, wohingegen sie hier den ganzen Tag die Terrassentüren offen stehen hatte, und wenn es ihr gelang, ausnahmsweise nicht mit ihrem Londoner Büro zu telefonieren und ihre Hände und Füße ruhig zu halten, die in Anbetracht des ungewohnten Nichtstuns rastlos wippten, saß sie draußen und genoss ihre *terrasse*.

Ungefähr zur gleichen Zeit wie gestern, bei Sonnenuntergang, setzt das Akkordeon wieder ein – »Unter den Brücken von Paris«, wie hübsch. Hope summt mit, nippt, genießt – einfach herrlich. Dann – nun, da ist es noch einmal … charmant. Und noch einmal … Vielleicht wird er oder sie in Kürze etwas anderes spielen. Und noch einmal. Das Einzige, was sich ändert, ist das Tempo. Manchmal ist es langsam und heiter wie letzte Nacht – aber dann wird es schneller und schneller, und der Musikant spielt sich in einen wahren Rausch.

Hope beugt sich über die Balustrade, um herauszufinden, woher die Musik kommt. Unten auf der Straße ist niemand zu sehen. Und dann fängt es *wieder* an – »Unter den Brücken von Paris« ... Paris ... Paris – aber weit und breit kein Akkordeonspieler in Sicht. Es ist für einen Augenblick still, und Hope entspannt sich – aber, o mein Gott, nein, nicht schon wieder, diesmal eine der schnelleren Versionen. Sie steht ganz still und versucht herauszufinden, woher die Musik kommt. Vielleicht von irgendeinem der Dächer? Aber von welchem?

Am dritten Abend kann sie nicht mehr so tun, als ob ihr die Musik gefallen würde. Sie fängt eindeutig an, ihr auf die Nerven zu gehen. Sie steht auf der Terrasse und lauscht, um endlich herauszukriegen, woher sie kommt. Die Melodie scheint von irgendwo hinter ihr zu kommen, aber in diesem dichten Labyrinth hoher, alter Gebäude, die alle irgendwie ineinander verschachtelt zu sein scheinen, lässt es sich kaum sagen, wo das eine Haus aufhört und das nächs-te anfängt. Es ist wie eine Phantommusik, die manchmal von links, manchmal von rechts zu klingen scheint.

Am vierten Abend ist ihr klar, dass sie einige Informationen braucht. So sehr sie den Gedanken auch verabscheut, es wird sich wohl nicht vermeiden lassen, mit diesen schrecklichen Frauen Kontakt aufzunehmen.

Sie wird mit der Jungen anfangen – Imogen. Vielleicht kann sie alles, was sie wissen will, von ihr herausbekommen und sich somit unnötigen Kontakt mit den anderen Schreckschrauben ersparen. Möglicherweise ist Imogen sogar so etwas wie eine Verbündete im Geiste. Hope hatte sie angesehen, als Veronas Eimer mit den eingeweichten Slips umgekippt war. Sie hatte sich nur mit größter Mühe das Lachen verkneifen können, während sie versucht hatte, den Hund zu packen und ihn aus der Wohnung zu treiben, und Verona auf den Knien herumgerutscht war, um ihre blümchengemusterten Unterhosen und strapazierfähigen, fleischfarbenen BHs aufzusammeln. (»Slip« ist wohl in dem Fall nicht das richtige Wort, denn von einem Tanga oder Höschen war weit und breit keine Spur.) Die Einstellung einer Frau zu ihrer Unterwäsche verrät vieles über sie – auch darüber, ob sie sich noch Hoffnungen macht. Verona tut das eindeutig nicht, denkt Hope – und überlegt, ob das nicht vielleicht eine Idee für eine Sendung wäre, so nach dem Motto *Versteckte Kamera ... Sichtbare Slips*? Eventuell wäre Channel 5 daran interessiert – aber vielleicht auch nicht. Wie dem auch sei, als erste Anlaufstation wird Imogen genügen.

15

Dem Feind auf der Spur

Imo würde es nie zugeben, nicht einmal vor sich selbst, aber sie fühlt sich von Hopes Anruf geschmeichelt. Ausnahmsweise ein Segen, dass sie im Telefonbuch steht. Hope hat sie auf einen Drink eingeladen – allein. Eins zu null für sie – und eine Gelegenheit, einen Fuß in die Tür zu bekommen. Vielleicht brauchte Hope hier in Frankreich eine Art Assistentin. Leute wie sie haben doch alle Hilfskräfte, oder? Imo hält sich für eine perfekte Hilfskraft.

Nachdem ihr Hope mit dem Summer die Tür aufgemacht hat, geht Imo die Treppe hinauf, voller Neugier auf das renovierte *appartement de grand standing*. Bis jetzt ist es kein großer Unterschied. Der Treppenaufgang ist genau der gleiche wie auf ihrer Seite und genauso schäbig: Das überrascht sie – sie hätte gedacht, dass alles aufgemotzt worden wäre. Oben sieht es aber dann ganz anders aus. Ganz anders. Alles in strahlendem Weiß und Silber und Stahl und hellem Holz. Nicht, dass sich Imos Gesichtsausdruck auch nur um einen Millimeter verändern würde – bloß nicht anmerken lassen, was sie tatsächlich denkt. Stattdessen lacht sie ein bisschen, macht eine Bemerkung über den Zustand des Treppenhauses, erzählt Hope von der halbseidenen Vorgeschichte des Maison Puce und registriert, dass das ihre neue Nachbarin nicht im Geringsten zu beunruhigen scheint. Was für ein Gegensatz zu den verdammten Frauen auf ihrer Seite! Hope ist selbst überrascht, dass sie so gastfreundlich gestimmt ist – aber es ist in der Tat recht angenehm, eine junge Frau in voller Blüte in der Wohnung zu haben. Nun, »Blüte« ist wohl nicht gerade der richtige Ausdruck, aber Imo, bekleidet mit einem Crop Top, die nackten, braunen Beine in Plateauschuhen, sieht wirklich recht nett aus. Hope bittet sie und den Hund hinaus auf die *terrasse*. Imo scheint nicht im Geringsten von der Wohnung beeindruckt zu sein, eine willkommene Distanzbekundung, die Hope äußerst zufrieden zur Kenntnis nimmt. Frédéric lässt sich neben Imo auf den Boden plumpsen, während diese ihre Beine zum Sonnen auf die Balustrade legt. Hope mustert sie eingehend – sehr schlank, aber nicht knochig, überraschend unbehaart, leicht gebräunt – wirklich ziemlich erregend. Nun, äh, reiß dich zusammen, komm zum Wesentlichen, mach's nicht kompliziert.

»Sie können sich sicher vorstellen, was es für ein Albtraum gewesen ist«, sagt Imogen und verkneift sich angesichts ihres Interesses an einer potenziellen Anstellung, »Scheißalbtraum« zu sagen, so wie sie es normalerweise getan hätte. Denn trotz ihrer unbewegten Miene genießt sie die Aufmerksamkeit – und den vielen Platz und die Luft hier oben. Der Moulin à Vent ist nach all den Karaffen herben Tafelrosés auch nicht übel. Ja, daran könnte sie sich gewöhnen.

»Ja, das kann ich«, sagt Hope in ihrem besorgten, verständnisvollen Interviewton mit dem dazugehörigen Stirnrunzeln. »Das kann ich durchaus. Mein Gott, es muss schrecklich gewesen sein – vor allem diese Verona.«

»Ja, Verona ist ein Scheißalbtraum.« Ups, zu spät, aber Hope scheint nicht einmal mit der Wimper zu zucken. Imo redet schnell weiter. »Und dann kommt zu allem Überfluss *Alice*. Ich meine ...!«

»Ja, aus Alice bin ich auch nicht so recht schlau geworden. Sie hat nicht viel geredet.«

»Ich meine, bin ich deswegen hierher gekommen? Es ist wirklich zum Davonlaufen. Ich meine – wo ist der Punkt?«

»Sie haben ja so Recht. Wie Sie sich denken können, bin ich von der Vorstellung auch nicht gerade begeistert. Ich kann nicht glauben, dass dieser Gerontin es geschafft hat, das nicht zu erwähnen. Ich würde ihn ja verklagen, aber mit welcher Begründung?« Hope lacht über ihren eigenen Witz. »Ich denke nicht, dass es irgendwelche juristischen Sanktionen dagegen gibt, zufällig mit seinen eigenen Landsleuten in einem Haus zu landen – das heißt, ich bin natürlich Amerikanerin, aber ich fühle mich wie eine Britin ehrenhalber. Monsieur Gerontin scheint es mit der Wahrheit nicht sehr genau zu nehmen.«

»Warum? Was hat er Ihnen sonst noch verheimlicht?«

»Das musikalische Rahmenprogramm.«

»Wie meinen Sie das?«

»Ein Akkordeon. Jeden Abend.« Hope spürt so etwas wie Widerstand.

»Wirklich?«, sagt Imogen und beugt sich nach unten, um Fred dabei zu helfen, sich den Rücken zu kratzen.

»Sie scheinen nicht überrascht zu sein. Sie wissen nicht zufällig, woher das kommt?«

»Woher was kommt?«

»Dieses musikalische Rahmenprogramm.«

»Wie hört es sich an?«

»Nun, wenn Sie noch eine Stunde oder so bleiben, hören Sie es wahrscheinlich selbst. Wirklich schmalzige Akkordeonmusik – und laut. Scheint von irgendwo dort drüben zu kommen.«

»Keine Ahnung. Bei diesen alten Häusern weiß man nie.« Aber Imos Ungekünsteltheit wirkt etwas gezwungen.

»Sie haben nie etwas gehört – oder darüber gehört? Es hat sich bisher noch nie jemand beschwert?« Hopes interne Antenne ist in Alarmbereitschaft.

»Nun, es gab vielleicht mal ein oder zwei Bemerkungen ...«

»Welcher Art?«

»Nichts Großartiges – von den Algeriern, die hier gewohnt haben. Große Familie – eine alte Oma und ihre Söhne, eine Schwiegertochter ...«

»Alle hier?« Hope wirft einen Blick über die Schulter in ihr strahlend weißes Loftwohnzimmer und versucht, es sich voller Algerier vorzustellen.

»Und Kinder. Die würden sich wundern, wie sich die Wohnung verändert hat. Früher war sie nämlich ziemlich primitiv.«

»Was ist aus ihnen geworden?«

»Keine Ahnung. Gerontin hat sie rausgekriegt. Wahrscheinlich sind sie zurück nach Oran. Die Männer arbeiteten auf dem Bau in Sophia Antipolis. Vielleicht hatten sie genug gespart, um wieder nach Hause zu können.«

»Glauben Sie das?«

»Nein.«

»Aber sie haben etwas über Musik auf dem Dach gesagt?«

»Keine Ahnung. Ich erinnere mich nicht so genau. Kann sein, dass sie etwas von einem älteren Herrn erwähnt haben, der hier oben wohnt.«

»Wo?« Hope stößt das Wort so schnell hervor, dass ihr Kiefer ein knackendes Geräusch von sich gibt. Fred zuckt zusammen.

»Nun, hier, irgendwo auf den Dächern.«

»Jemand wohnt auf diesem Dach? *Meinem* Dach?«

»Nein. Ich meine, irgendwo hier in der Nähe, in einer anderen Dachwohnung. Und das hier ist genau genommen *unser* Dach. Ich meine, es ist das Dach für uns alle – für das ganze Haus.«

»Aber mir gehört das Penthouse. Dort die Treppe hinauf ist mein Schlafzimmer, darüber ist nichts mehr. Ich habe die Renovierungspläne in Gerontins Büro gesehen. Ich habe es so verstanden, dass dies hier das oberste Stockwerk des Hauses ist.«

»Ja, aber es muss hier oben eine Menge Dachwohnungen geben. Es ist wie eine andere Welt mit all den Terrassen und Kaminen.«

»Aber die Musik, von der ich spreche, ist hier, direkt hier. Sie ist nicht zu überhören. Ich wünschte, ich könnte es! Sie wissen wirklich nichts darüber? Diese algerische Familie hat nie etwas gesagt?«

»Ich glaube, sie waren abends zu geschafft, als dass sie sich über so Sachen wie Musik aufgeregt hätten.«

»Aber irgendetwas, irgendjemand hat sie gestört hier oben?«

»Ich weiß nicht, ob irgendwer sie wirklich gestört hat. An sich nicht. Wir haben uns immer in Ruhe gelassen. Sehen Sie, das meinte ich ja. Jetzt ist es dagegen, wie ich schon sagte, ein kleiner Albtraum. Aber vielleicht sind Sie ja unsere Rettung.«

»Das hoffe ich«, sagt Hope und tätschelt, während sie zu den Bergen hinaufstarrt, gedankenverloren Imogen Prospers Unterschenkel – natürlich ganz *en passant*.

An jenem Abend liegt Hope wieder auf der Lauer und wartet auf die Musik. Wie aufs Stichwort setzt sie ein, während der mittlerweile vertraute pfirsichfarbene Himmel hinter den Bergen Schlieren zieht: »Unter den Brücken von Paris«, heute in einem besonders flotten, synkopierten Rhythmus. Sie flitzt hinaus auf die Terrasse und spitzt ihre Ohren in Anbetracht dieses neuen Gedankens, dass der Ton irgendwo von oben anstatt von der Seite kommen könnte. Das Haus links neben dem Maison Puce ist genauso hoch, aber das Haus rechts davon sowie das direkt dahinter sind höher. Aus diesem Winkel kann sie nicht sehen, was sich dort oben abspielt. Der Blick auf ihr Dach – es ist *ihres*, egal was

Imogen sagt – ist ebenso eingeschränkt. Sie zieht den Tisch zur Balustrade und steigt unsicher und ein ganz klein bisschen wackelig hinauf. Falls sie einen Schritt zu weit zurückmacht, riskiert sie, auf die Straße zu stürzen, aber sie will unbedingt herausfinden, was sich hier abspielt. Von hier oben kann sie sehen, dass die Dachschräge über ihrem Schlafzimmer in einer vertikalen, zementfarbenen Stuckwand endet, die vielleicht eineinhalb oder zwei Meter hoch ist.

Sie steigt vom Tisch und versucht, das Gesehene mit dem Lageplan ihrer Wohnung abzugleichen. Ist diese vertikale Wand die Verlängerung der Rückwand ihres Schlafzimmers, oder nicht? Noch weiß sie es nicht.

Am nächsten Tag geht sie hinauf nach Bonneville und findet ein großes Geschäft, das die französische Version eines Billigkaufhauses zu sein scheint: voller Krimskrams, für das es keine eigenen Läden mehr gibt. Was ihr auch recht ist, denn sie weiß das französische Wort für »Stehleiter« nicht, und hier kann sie einfach mit einer zur Kasse gehen und ohne viel Umstände dafür bezahlen. Supermärkte sind ein Geschenk Gottes für die sprachlich Überforderten.

Angesichts der Tatsache, dass Alice das Faulenzen genossen hat, ist sie ziemlich enttäuscht, als die Kopien der Geburtsurkunden ihrer Großeltern so schnell aus London eintreffen. Was musste das Familienarchiv auch so effizient sein! Es ist das erste Mal, dass sie in Vieilleville ein Einschreiben erhält, und anders als daheim muss sie den Umschlag persönlich im Hauptpostamt abholen.

Auf dem Weg hinauf nach Bonneville sieht sie etwas sehr Seltsames. Hope Boscombe kämpft sich die Rue Nationale mit einer riesigen Stehleiter herunter, die sie mehr schlecht als recht immer wieder unter ihren Arm zu klemmen versucht. Fast bleibt Alice stehen und bietet ihre Hilfe an, aber da sie in die andere Richtung unterwegs ist und Hope Boscombe mit tief gesenktem Kopf und einem Rühr-mich-nicht-an-Blick ihres Weges geht, entschließt sie sich dagegen. Seltsam. Man könnte doch meinen, dass jemand so Wichtiges wie *la* Boscombe für solch geringe Tätigkeiten ihre Helfershelfer hat?

Als sie die Bescheinigungen öffnet, ist sie auf seltsame Art und Weise berührt von dieser so förmlichen Darstellung des Lebens ihrer Großeltern, die ihr zu guter Letzt auch die Namen der ihr unbekannten Urgroßeltern verrät. Sie steckt die Kopien in ihren Pappordner mit der Aufschrift »Carte de Séj«, der mittlerweile zum Platzen voll ist. Jetzt fehlt nur noch die beglaubigte Übersetzung des Schreibens, das bestätigt, dass sie kein Vorstrafenregister hat. Dann wird sie sich dafür wappnen müssen, wieder den Männern in der *mairie* gegenüberzutreten. Ihr graut davor, denn sie ist sich sicher, dass, egal welche Dokumente auch immer sie in dreifacher Ausfertigung vorlegen wird, man noch weitere von ihr verlangen wird. Also ist es besser, das Ganze erst einmal zu vergessen.

Es ist gar nicht so leicht, die Leiter die Wendeltreppe hinaufzukriegen. Vielleicht war es doch keine so gute Idee, die supermodernen Häuser am Hügel zu verschmähen, die solches Beiwerk der Zivilisation wie Aufzüge und Klimaanlagen gehabt hätten. Manchmal verflucht sie ihr Bedürfnis nach Stil und Individualität – und was ist eigentlich so verdammt stilvoll daran, in einem Haus zu wohnen, wo der Putz von den Wänden fällt? Hätte das nicht schon längst renoviert sein sollen? Höchste Zeit, sich Monsieur Gerontin vorzuknöpfen – der soll ruhig auch mal ein bisschen ins Schwitzen kommen.

Sie stellt die Leiter auf der Terrasse auf. Die Sonne brennt vom Himmel, und der Terrassenboden speichert die Hitze und gibt sie an sie ab. Sie steigt die Leiter hinauf und versucht, auf das Dach zu klettern. Zwecklos – es ist unmöglich, den Zwischenraum zu überbrücken, und wie will sie dann wieder herunterkommen? Sie klappt die Stehleiter zusammen und lehnt sie wie eine normale Leiter an die Dachkante. So kann sie sich barfuß, nachdem sie ihre Jimmy Choos ausgezogen und auf den Terrassenboden gestellt hat, auf das Ziegeldach hieven. Bei den Ziegeln handelt es sich nicht um englische oder gar amerikanische Ziegel. Diese hier sind eher wie Abflussrohre aus Terrakotta, die man der Länge nach entzweigeschnitten hat – sehr geschwungen –, und sie sind, wie sich herausstellt, nicht festgemacht, sondern so aufeinander gelegt, dass jeder Ziegel nur durch das Gewicht des darüberliegenden an seinem Platz gehalten wird.

Als sie versucht, die Dachschräge hinaufzukriechen, merkt sie, dass sie dieses sorgfältige Arrangement durcheinander bringt. Noch während sie das denkt, rutscht einer der Ziegel vom Gesims über die Dachkante und kracht auf den Terrassenboden. Verdammt! Wo zum Teufel wird sie einen neuen herbekommen? Hier oben herrscht eine Backofenhitze – die Ziegel sind wahnsinnig heiß. Aber jetzt ist sie schon so weit ... Sie kriecht noch ein bisschen weiter das Dach hinauf. Vielleicht hat sie von hier aus schon eine bessere Sicht, wenn sie sich aufrichtet? Sie stemmt ihre nackten Füße in die Ziegeltäler, um festen Halt zu finden. Sehr vorsichtig bewegt sie sich seitwärts das Dach hinauf. Gott, ist es heiß hier oben! Die Sonne brennt jetzt mit voller Wucht herunter. Sie hätte vielleicht bis später warten sollen. Andererseits kann man in diesem Licht besser sehen. Sie schiebt sich noch ein Stückchen weiter das Dach hinauf. Jetzt hat sie die vertikale Zementwand erreicht. Sie nimmt ein Metallmaßband aus ihrer Tasche, zieht es aus und misst den Abstand bis zur Dachkante. Es ist genauso, wie sie vermutet hatte: Ihr darunter liegendes Schlafzimmer ist viel größer. Also was geht hinter dieser Wand vor sich? Mit ausgestreckten Armen kann sie gerade mal mit den Fingerspitzen deren Oberkante erreichen. Erneut stemmt sie sich gegen die Ziegel, um festeren Halt zu bekommen – vielleicht kann sie sich hochziehen. Als sie sich noch kräftiger dagegen stemmt, bringt sie das fragile Arrangement weiter durcheinander, und unter ihr kracht ein weiterer Ziegel auf die Terrasse. O Gott. Jetzt muss sie *zwei* kaufen. Und ihr ist etwas blümerant hier oben im Freien – etwas schwindelig und eigenartig: Wie lange dauert es, bis man einen Sonnenstich bekommt?

Vorsichtig und halb auf dem Hintern, um nicht noch mehr Ziegel loszutreten, rutscht sie zurück zur Dachkante und zur Leiter. Der Terrassenboden ist übersät mit Terrakottascherben. Bis sie ihre Sandalen wiedergefunden hat, hat sie sich in die Zehen geschnitten, und das Blut vermischt sich mit dem Farbton von gebranntem Siena. Das ist verrückt, denkt sie, während sie hinauf in ihr Badezimmer hoppelt, wo sie mit Hilfe von Taschentüchern versucht, das Bluten zu stoppen. All diese materiellen und körperlichen Schäden, aber noch immer keine Informationen. Ob sie will oder nicht, sie wird mit den anderen Frauen Kontakt aufnehmen müssen – sie wird sie zum Reden bringen, ihnen etwas Honig ums Maul schmieren, sie schmieren müssen.

16

Angeschmiert

Verona hämmert an Alices Tür.

»Stellen Sie sich vor – Hope hat uns zum Mittagessen eingeladen!«

»Uns?«

»Uns beide, Sie und mich. Imo nicht.«

»Warum Imo nicht?«

»Ich weiß es nicht, Alice. Ist doch egal. Was zählt ist, dass sie *uns* eingeladen hat und, stellen Sie sich vor, sie hat einen Tisch im Colombe d'Or reserviert, in St.-Paul-de-Vence!«

»Oh, *das* Colombe d'Or.« Als ob es noch ein anderes gäbe. Sogar Alice kennt das Colombe d'Or. Es steht in jedem Reiseführer. Das berühmteste Restaurant an der ganzen Côte – vielleicht sogar in ganz Frankreich –, berühmt nicht nur für seine authentische Küche, sondern auch für seine glamouröse Kundschaft und Kunstsammlung. Vor Jahrzehnten, so berichtet die Legende, haben Picasso und Matisse ihre Rechnungen in Sachwerten anstatt in bar bezahlt und ein wahrhaft umwerfendes Vermächtnis an den Wänden zurückgelassen. Die anfängliche Überraschung und Freude wird abrupt durch einen Zweifel gedämpft. »Lädt sie uns ein?«

»Was?«

»Oder zahlt jede von uns selbst?«

»Ich weiß nicht, Alice, ich habe nicht gefragt. Ich nehme an, dass sie zahlen wird – sie hat schließlich uns eingeladen.«

»Das heißt noch gar nichts.« Alice hat die jüngsten schmerzlichen Erfahrungen noch nicht vergessen.

»Aber das ist doch egal! Das Entscheidende ist, dass es einfach toll ist, finden Sie nicht auch? Theo wollte mich einmal dorthin ausführen, aber es ist nichts daraus geworden. Ich bin jedenfalls hocherfreut, und sie hat kein Taxi, sondern einen Wagen mit Chauffeur bestellt. Sie hat gefragt, ob einer von uns ein Auto hat, und ich habe ihr erklärt, wie hoffnungslos es ist, hier in der Stadt einen Parkplatz zu finden und dass das Autofahren hier mehr ein Kontaktsport als eine Fortbewegungsart ist. Meine Güte, hat sie da gelacht! Wie dem auch sei, morgen findet es statt. Sie hat gefragt, ob uns das recht sei, und ich habe gesagt, natürlich. Wir treffen uns um zwölf Uhr.«

Angesichts der Tatsache, dass Alice und Verona einmal nicht mit einem öffentlichen Verkehrsmittel fahren müssen, ist es eine Ironie des Schicksals, dass Hopes Mietwagen hinter einem Ungeheuer von einem Bus feststeckt. Da die Straße zum Überholen zu schmal ist, sind sie gezwungen, die ganze Fahrt über das Heck des Busses zu betrachten, der oft nur haarscharf an Felsvorsprüngen vorbei- und durch Engpässe hindurchkommt. Allein Alice, die es genießt, sich die Umgebung ansehen zu können, macht das Dahinkriechen nichts aus.

Noch ist es hier vor allem dicht bebaut. Jedes einigermaßen nutzbare, briefmarkengroße Stück Land scheint irgendeine Art von Mauerwerk zu beherbergen, meistens einen modernen Betonbau in den vorgeschriebenen Farben Aprikose, Creme und Rosarot. Hie und da sieht man zwischen den allgegenwärtigen Oleandersträuchern, Umbrellakiefern, den vereinzelten Olivenbäumen und Feigenkakteen noch eine alte, vornehme Villa – melancholische Andenken an eine elegantere Zeit.

Hope beschwert sich über die Schändung. »Wenn man die Riviera vor dem Krieg gekannt hat, dann bricht einem all das hier wahrscheinlich das Herz.«

»In vielerlei Hinsicht natürlich, da haben Sie Recht«, sagt Verona und genießt es, sich vornehm zu geben. (Wie wunderbar, ausnahmsweise einmal mehr zu wissen als Hope Boscombe!) »Ich kann mich noch erinnern – natürlich nicht an die Zeit vor dem Krieg, da war ich noch nicht auf der Welt –, aber ich habe nach dem Krieg, sobald es wieder möglich war, oft meine Patentante in Nizza besucht. Wegen der Rationierungen und Währungsbeschränkungen war alles sehr schwierig, aber ich erinnere mich an die späten vierziger, frühen fünfziger Jahre. Ich war damals natürlich noch sehr klein«, fügt sie hastig hinzu. »Da ging es gerade los mit dem Bauen – aber natürlich nur ein bisschen, nichts im Vergleich zu heute. Auf der anderen Seite muss man auch sehen, wie wirtschaftlich erfolgreich diese Region geworden ist – und man lebt ja nicht nur von der wunderschönen Aussicht alleine, nicht wahr? Oh, sehen Sie – dort ist es.«

Auf der anderen Seite des mit steilen Terrassen überzogenen Tals ist St.-Paul-de-Vence zu sehen, haargenau so, wie es auf den in allen *tabacs* und Souvenirläden erhältlichen Postkarten abgebildet ist. Während sie sich auf der anderen Seite des Tals dahinschlängeln, haben sie Gelegenheit, seine malerische, fast unanständige Schönheit zu genießen, wobei der Ort manchmal aus ihrem Gesichtsfeld entschwindet, bevor er dann kurz darauf größer und näher wieder auftaucht. Eine Stadt wie eine Hochzeitstorte, Schichten um Schichten grauen Gesteins, die vor dem Hintergrund eines strahlend azurblauen Himmels hoch oben auf dem Berg gelegen ist.

Im Colombe d'Or führt man sie an einen Tisch auf der Terrasse. Sie hängt über dem Tal, eine grüne Laube voller Feigenbäume und Efeugewächse, mit cremefarbenen Sonnenschirmen, gestärkten weißen Tischtüchern und scharlach- und rosaroten Geranien. Hope verlangt nicht einmal die Speisekarte, die sie gut zu kennen scheint, sondern bestellt für sie alle *hors d'oeuvres*, was sich recht einfach und nicht sonderlich aufregend anhört. Alice, die sich auf die Qual der Wahl gefreut hatte, fühlt sich um ein Vergnügen betrogen. Unnötigerweise, denn als die *hors d'oeuvres* serviert werden, entsprechen sie überhaupt nicht der langweiligen Vorstellung, die der Begriff bei ihr aufgeworfen hatte. Diese hier sind der Traum eines jeden Gourmets, eine große Platte verschiedener – marinierter, angemachter, filetierter, gefüllter – Sachen, dazu ein riesiger Salat, ein Brotkorb und eine Auswahl an granatroter *saucisson*.

»Oh ja, so habe ich das in Erinnerung«, sagt Hope leichthin angesichts solcher Pracht, denn sie ist natürlich nicht zum ersten Mal hier. Das Colombe d'Or ist in der Tat eins der wenigen Restaurants, die sie hier in der Gegend kennt, da sich ihre Bekanntschaft mit der Côte d'Azur bisher auf verschiedene Medienfestivals und Konferenzen in Cannes und Monaco beschränkt hatte. Als sie das letzte Mal mit einigen Vorständen von Channel 4 hier war, saß Gregory Peck am Nebentisch, das Mal zuvor waren Robert de Niro und Bill Wyman – oder war es Michael Caine gewesen? – in der Ecke gesessen. Verona könnte sich den Rest des Nachmittags in diesem indirekten Abglanz der Stars aalen, und Alice wäre zufrieden, durch gelegentliches Nicken zur Unterhaltung beizutragen und ansonsten ihren Blick umherschweifen zu lassen, um einige Schätze der berühmten Kunstsammlung ausfindig zu machen. Aber es ist Hope, die hier das Sagen hat, und ihr Hauptinteresse, wie sich schnell herausstellt, gilt den Machenschaften des *syndic*. Was für eine Enttäuschung! Ein schwer verdauliches Thema ohne Glamourpotenzial – und überhaupt sind sich die Frauen, was das angeht, ja selbst nicht im Klaren.

»Wenn ich es richtig verstehe«, sagt Hope, »ist das *syndic* von uns angestellt, um unsere Interessen zu vertreten und sich um das Haus zu kümmern, richtig?«

»Theoretisch ja«, sagt Verona vorsichtig.

»Was heißt hier theoretisch? Wir haben doch ein *syndic*, richtig?«

»So in etwa. Monsieur Gerontin ist unser *syndic.*«

»Wer hat ihn angestellt?«

»Angestellt? Ich glaube nicht, dass er in dem Sinn angestellt wurde, er war einfach da.«

»Aha.« Hope spürt bereits die Schwachstelle. »Und er sammelt von uns allen die Gebühren ein, richtig? Alice, habe ich Recht?«

Alice, die ihren Blick hinunter ins Tal und zu den sich in der Brise wiegenden Zypressen hat schweifen lassen, wendet ihr Gesicht abrupt Hope zu. »Äh, ja, soviel ich weiß. Ich meine, ich bin auch neu hier.«

»Und diese Ausgaben, das wären ...?«

»Das Übliche – Wasser, Abwasser, Strom, natürlich die Versicherung.«

»Und die Renovierungen?«

»Nun ...« Verona, die sanft an den Puylinsen lutscht, um herauszufinden, womit sie gewürzt sind, hasst es, ihre Konzentration aufteilen zu müssen. Man sollte doch wirklich meinen, dass sich Hope, nun da sie sie schon mal hierher geschleppt hat, ein bisschen entspannen und genießen könnte. »Nicht wirklich. Ich glaube, er legt mehr oder weniger eine willkürliche Zahl zu Grunde, da wir über die Renovierungen abstimmen sollen.«

»Abstimmen? Wie?«

»Bei Versammlungen. Wir sollen eigentlich jedes Jahr eine Versammlung abhalten.«

»Eigentlich?«

»Nun, wir haben versucht, in meinem ersten Jahr hier

eine einzuberufen, aber es war alles so kompliziert. Es geschieht nach prozentualem Anteil, und die Leute, die in Alices Wohnung gewohnt haben, waren nur Mieter, und niemand schien die Eigentümer ausfindig machen zu wollen. Bei Imo weiß man sowieso nie genau, und die Ihre stand damals schon leer.« Verona fühlt sich zunehmend in die Defensive gedrängt. »Ich meine, wir haben gefragt, es ist ja nicht so, als ob wir es nicht versucht hätten, aber niemand schien etwas zu wissen.«

»Dieser ›Niemand‹ wäre Monsieur Gerontin, richtig?«, sagt Hope und schürzt ihre Lippen zu einem sarkastischen Lächeln.

»Und die Nachbarn und so. Wir haben herumgefragt ...«

»Also, was ist wegen der Renovierungen geschehen?«

»Nicht viel. Ich meine, sie sind fällig – irgendwann –, aber ich bin nicht die ganze Zeit hier, und allein der Gedanke an all das Chaos und den Dreck ...«

»Was spielt das für eine Rolle?«

»Falls die Arbeiten gemacht werden, während ich weg bin – oder noch schlimmer, wenn ich hier bin – der ganze Staub! Es war schlimm genug, unterhalb Ihrer Wohnung zu wohnen, während sie renoviert wurde. Es hat über ein Jahr gedauert.«

»Tatsächlich?«, sagt Hope beifällig. Der Gedanke, dass so sorgfältig gearbeitet wurde, gefällt ihr.

»Aber da hatte ich schon den Verdacht, dass Monsieur Gerontin irgendwie seine Finger im Spiel hat und mit Spekulanten unter einer Decke steckt. Ich glaube, ihm ging das Geld aus.«

»Tatsächlich?«, sagt Hope weniger beifällig. Dieses Szenario gefällt ihr schon nicht mehr so gut. Es hört sich ein bisschen nach Bauschwindel an.

»Also schien es unterm Strich einfach besser, schlafende Hunde nicht zu wecken.«

»Abgesehen von Fred natürlich«, lacht Hope beim Gedanken an die eingeweichte Unterwäsche.

»Abgesehen von Fred«, sagt Verona grimmig.

Hope beschleicht das dumpfe Gefühl, dass dieses Mittagessen ein teurer Fehler war. Die Frauen essen gierig, und sie musste gerade noch eine Flasche Bellet bestellen. Das sollte doch wirklich genug Schmiere sein, aber die ermittelten Informationen sind noch immer dürftig und unvollständig. Langsam kommt sie sich selbst mehr und mehr angeschmiert vor …

»Ihr Engländer seid mir manchmal ein Rätsel«, macht sie ihrer Irritation Luft.

»Inwiefern?«, fragt Verona, die noch immer herzhaft zulangt.

»Es sind die stillen Wasser«, sagt Hope. »Oberflächlich scheint alles so ordentlich und sauber, und auf Grund all der vielen kleinen Regeln und Konventionen denkt man, dass man weiß, wo man ist, und plötzlich, bumm, findet man heraus, dass darunter totales emotionales Chaos herrscht. Es ist so hinterhältig. Ich glaube, es hat was mit den Schulen zu tun, wenigstens in der gehobeneren Mittelschicht, und ich hätte nie gedacht, im 21. Jahrhundert noch diese Klasseneinteilung vornehmen zu müssen. Aber was kann man schon erwarten, wenn man die kleinen Jungs alle mit sieben Jahren in Bildungsgefängnisse steckt? Da ist eine sexuelle Katastrophe förmlich vorprogrammiert. Vielleicht denken Sie, dass ich nicht qualifiziert bin, mich dazu zu äußern, aber auf gewisse Weise sehe ich als Außenstehende die Dinge klarer. Und niemand – das kann ich Ihnen sagen, *niemand* – hat sich mehr bemüht als ich, um sich zu assimilieren und die Kultur zu verstehen.«

Worüber redet diese Frau?, denkt Alice beschwipst. Laut sagt sie: »Ich habe gedacht, dass heutzutage, in unserer

Leistungsgesellschaft … ich meine, schickt noch irgendjemand seine Kinder in ›Bildungsgefängnisse‹? Das hört sich für meine Ohren ein bisschen antiquiert an.«

»Sie wären überrascht«, sagt Hope bestimmt.

»Ich nicht«, sagt Verona. »Wir haben es getan. Edmund und ich haben Theo nach Immingham geschickt. Er liebte es.«

»Und wer ist Theo?«, fragt Hope.

»Mein Sohn.«

»Wie alt?«

»Fünfunddreißig. Aber im Ernst, er liebte die Schule. Er hat immer gesagt, dass er sich wünschte, sie würde nie aufhören.«

»Typisch«, sagt Hope trocken. »Wo ich herkam, konnte man nicht schnell genug runter von der Schule – außer man war Cheerleader oder, noch besser, Homecoming Queen, die Königin der Klassentreffen. Dann fand man es möglicherweise toll.«

»Woher kommen Sie eigentlich?«, fragt Alice. »Ich meine, wo in Amerika.«

»Amerika ist ein großes Land«, sagt Hope mit säuerlicher Stimme.

»Natürlich.«

»Lavaho, Texas. Mein Daddy war im Krapfengeschäft.«

»Wirklich?«, sagt Verona.

»Ja. Er war ein ziemlich verbitterter Mann. Er hat all diese verrückten Krapfensorten erfunden, nur war Dunkin' irgendwie schneller. Schließlich hat er sich im Golf von Mexiko ertränkt.«

»Ach du liebe Güte, wie *schrecklich* für Sie.«

»Vielleicht war es auch ein Unfall, wir haben es nie sicher gewusst. Es war bei Galveston, wo die Abwasserrohrleitung in den Golf mündet. Es kann sein, dass er ausgerutscht ist. Wie dem auch sei, ich habe beim Radio gearbeitet – bei einem kleinen Sender in Austin –, weil ich damals noch kein Fernsehgesicht hatte. Das kam erst später, nachdem ich nach England gezogen bin.«

»Also haben wir Briten Sie entdeckt? Wie clever.«

»Nun, verstehen Sie mich nicht falsch, ich wäre früher oder später auch zu Hause groß rausgekommen – aber die Sache ist die, dass ich wegen meiner Mutter mit der Scharnhorstnase auf die Welt gekommen bin. An meinem Großvater sah sie toll aus, aber an Frauen – vergiss es. Also hatte ich diese beschissene Jugend – ich meine, die Jugend ist immer beschissen, aber meine war beschissener als die der meisten – bis ich sie mit neunzehn von Dr. Sertorius habe richten lassen. Er war der beste Schönheitschirurg zwischen Dallas und Fort Worth, der erste, der die Skisprungschanzennase zu Gunsten der Venus-von-Milo-Adlernase aufgegeben hat. Sehen Sie?« Sie dreht sich ins Profil und streicht sich mit einem Finger über ihr zugegebenermaßen sehr schmuckes Riechorgan. »Der Gips war gerade heruntergekommen, als mich der Radiosender nach England schickte – das war 1981 – um über die königliche Hochzeit zu berichten, Charles und Diana, und damals war ich mir dessen einfach noch nicht bewusst.«

»Wessen bewusst?«, fragt Alice, die endlich ihren Blick von der hinreißenden Landschaft losreißt, um ihn wieder auf Hope zu richten – was ihr allerdings unter dem Einfluss von Sonne und Wein nicht leicht fällt.

»Dass ich eine Schönheit war. Denn damals war ich das – das können Sie mir glauben. Nur dass sich das in meinem Kopf noch nicht so recht gesetzt hatte, und vielleicht war ich nicht so selbstbewusst, wie ich es hätte sein sollen, denn so was braucht seine Zeit, und plötzlich begann dann meine Fernsehkarriere. Auch wenn mich KTVO Houston nicht wollte, Wessex West wollte mich. Und so fing es an. Ich bin nie wieder zurück – und jetzt bin ich hier.«

»Ja«, sagt Verona. »Jetzt sind Sie hier.«

Ein Schatten huscht über Hopes Gesicht – ein verdutzter Blick – und sie beugt sich über den Tisch. »Hören Sie, ich will Sie etwas fragen. Sie haben nicht zufällig Akkordeonmusik vom Dach gehört? Zum Beispiel ›Unter den Brücken von Paris‹?« Und zu ihrer aller Verwunderung fängt sie leise an zu summen.

Alles wäre in bester Ordnung gewesen, wenn nur Verona nicht dazwischengefunkt hätte. Hope hatte nach der Rechnung gefragt und zwar eindeutig mit der Absicht, sie allein zu bezahlen. Sie hatte schon ihre Platinkarte gezückt, als Verona anfing mit »Aber nein, meine Liebe, das könnten wir nie, wir beteiligen uns« – und noch ehe Alice recht wusste, was Sache war, beteiligten sie sich in der Tat, und die beträchtliche Gesamtrechnung wurde in drei beträchtliche Teile aufgeteilt.

Scheiße. Das war es – Scheiße, Scheiße, Scheiße.

17

Weitere Erkundigungen

Wieder daheim in der Maison Puce, noch leicht schwindelig von den Exzessen des Mittagessens, studiert Alice ihren letzten Kontoauszug. Was immer ihr vom Tag noch positiv in Erinnerung war, verflüchtigt sich in Windeseile. Die kurze Verschnaufpause ist vorüber – und an ihrer Situation hat sich nichts geändert. Sie muss nach wie vor der Tatsache ins Auge sehen, dass es so nicht funktioniert. Und wenn es nicht funktioniert – wenn sie sich das eingesteht – was dann? Gibt es ein »Zurück«? Ein schrecklicher Gedanke – mit eingezogenem Schwanz und weniger Geld als je zuvor einer schadenfrohen Deirdre unter die Augen zu treten.

Sie muss sich wieder einmal fragen: Was ist letztendlich an dem Leben hier so anders, als sie es sich vorgestellt hatte?

Was ich hier (noch immer) mag:

(1) Licht, Sonne, Gelbtöne, Blautöne, die Klarheit, das Licht, das Licht und nochmals das Licht – so wie heute, ein herrlicher Tag, bis die Rechnung kam.

(2) Folglich ein anderes Ich ohne die obligaten Lagen Kleidung wie in Bristol – ohne die entsprechenden obligaten dummen Gedanken. (Wie konnte ich jemals dieses unterkühlte, kleinlaute Ich gewesen sein?)

(3) Essen – als ein Kunstwerk und als Lebenskunst (Gerüche, Düfte, Brutzeln, die üppige Vielfalt).

(4) Cafés – wichtig: siehe oben, Essen, aber viel mehr als das. Wesentliche Alternative zum Leben in den eigenen vier

Wänden (in der Hinsicht ist die Maison Puce wirklich kein Zuhause, eher ein Heim, eine Hundepension für Menschen). Um bei diesem Bild zu bleiben: Ohne die Cafés könnte ich leicht wie Fred der claustrophobie *verfallen.*

(5) Die Kultur – mal abgesehen von den himmelschreienden Vororten, mehr oder weniger alles: Häuser, Städte, Dörfer – gereift, verfallen, elegant, weich, geheimnisvoll, reizvoll, schön, komisch. Museen, Galerien, Kathedralen, Theater (auch wenn ich es nicht immer verstehe), Konzerte – alles in bescheidenem Rahmen verfügbar.

(6) Die Bäume – gestutzte Platanen, die wie Skulpturen aussehen, Zitronenbäume an der Bushaltestelle, Palmen bei den Mülltonnen, die Zypressen und Orangenhaine heute, alles ganz alltäglich.

(7) Das typisch Französische – *alle Klischees, die mir einfallen: Françoise Hardy, Gauloises, Johnny Halliday, Juliette Greco, Françoise Sagan,* pétanque, *Ricard, Eleganz (im Öffentlichen wie im Privaten) – jeder auf seine eigene stilvolle Weise, die Ober heute, und sogar die Wachmänner auf den Bahnsteigen, denen Stil und Autorität förmlich aus den Poren triefen, Piaf –* »Je ne regrette *verdammt noch mal* rien«*!*

Was ich hier gar nicht leiden kann:

(1) Das typisch Französische – *siehe (7) oben: manchmal etwas schwierig,* rien *nicht doch ein bisschen zu bedauern, der Feigling in mir tut's, dieses Gefühl, dass ich niemals, so attraktiv und einladend auch alles ist, richtig dazugehören werde – und wem zum Teufel habe ich etwas vorgemacht, als ich davon träumte, dass das möglich wäre? Das Fehlen jeder Form von konkreter Hilfe: Ich möchte Informationen, bekomme aber keine. Josette und ihre Augustines behandeln alle Fragen als ungebührliche Verletzung ihrer Privatsphäre. Die einzigen Unterhaltungen finden nach wie vor nur mit den Ladenbesitzern, Verkäufern usw. statt.*

Zwar sind die Plaudereien sehr nett und freundlich, aber eben rein geschäftlich, d.h. sie dauern nur so lange wie die jeweilige Transaktion, solange ich kaufe und mich nicht beschwere. Aber sie kochen vor Wut, wenn ich einen Nerv treffe, was mir bei meinen sprachlichen Unzulänglichkeiten nicht schwer fällt – sogar ich zucke zusammen, wenn ich mich höre. Mein Französisch ist viel besser geworden, aber ich bin noch immer Lichtjahre davon entfernt, fließend sprechen zu können. Ich werde nach wie vor jedes Mal total überfahren von der Wut, die ich auf mich zu ziehen scheine, wenn ich eine Rechnung oder die Qualität oder Angemessenheit von irgendetwas in Frage stelle oder, Gott bewahre!, eine minderwertige oder kaputte Ware umtauschen will – Letzteres scheint Wutausbrüche und verzweifeltes Achselzucken hervorzurufen. Noch nie bin ich mir so total ahnungslos vorgekommen. Unterpunkt dazu, französisches Beamtentum*: Mir wird buchstäblich schlecht bei dem Gedanken, dass ich noch einmal zu den Männern in der* mairie *muss …*

(2) Alles typisch Englische *– diese ganze chaotische Maison Puce, was alles nicht so schlimm wäre, wenn ich hin und wieder bei Bedarf flüchten könnte, anstatt hier so gefangen zu sein –*

Alice geht ihre Liste noch einmal durch. Es sieht ein Blinder, dass ihr Hauptproblem nach wie vor das Geld ist. Ist es in Wirklichkeit das *einzige* Problem? All die Sachen, die sie mag, kosten Geld. Sogar die simple Bewunderung der Natur und/oder Architektur hat ihren Preis, wenn sie es wagt, für einige Stunden aus Vieilleville rauszufahren. Bis jetzt ist sie sich vorgekommen, als ob sie ausgedehnte Ferien machen würde. All die Dinge unter 1 bis 7 sind Sachen, die man im Urlaub macht. Aber es ist kein Urlaub – nicht mehr. Das hier ist real und ernst. Das hier ist ihr Leben.

Während sie erneut einen Blick auf ihren letzten tristen Kontoauszug wirft, sieht sie, dass sie, um über die Runden zu kommen, wieder einmal auf ihr immer kleiner werdendes Kapital zurückgreifen muss. Der verhängnisvolle Weg wird immer verhängnisvoller …

»Könnte ich Sie etwas fragen, Imo?«

»Kommt drauf an.«

»Ich versuche gerade, ein paar Dinge auf die Reihe zu kriegen. Sie wissen schon, praktische Dinge.«

»Ja?« Der Ton ist sofort vorsichtig.

»Geld und so weiter.«

»Was ist damit?«, schnauzt Imo zurück.

»Ich hab mich nur gefragt, wie Sie es machen – ob es für Sie auch schwierig ist.« Alice sieht bereits, wie Imo wütend wird, und spricht schnell weiter. »Ich will ja nicht neugierig sein, es ist nur, dass ich es ziemlich schwierig finde, über die Runden zu kommen, und ich habe mich gefragt, ob Sie, ich meine, ob Sie vielleicht einen Rat für mich hätten.«

»Versuchen Sie es doch mal mit Arbeiten. Das hilft normalerweise«, sagt Imo.

Und natürlich hat sie Recht.

Es ist nicht so, dass ihr der Gedanke nicht auch schon gekommen wäre; es ist nur, dass die Umsetzung voller unüberwindbarer Hindernisse zu sein scheint. Wo soll sie anfangen? Es gibt in Nizza eine Agentur, die anscheinend darauf spezialisiert ist, Ausländern Jobs zu vermitteln. Alice hat ihre englischsprachigen Stellenangebote für zweisprachige Sekretärinnen, Chauffeure und Köche auf Radio Riviera gehört. Sie ruft dort an, in der Hoffnung, am anderen Ende der Leitung eine englische Stimme zu hören – jemanden, bei dem sie sich einschmeicheln kann.

»Allô? Sud Emplois.« Fehlanzeige. So französisch wie

sonst was, und sofort rutscht ihr das Herz in die Hose. Zumindest muss sie jetzt auch auf Französisch anfangen: *Excusez-moi, Madame, de vous déranger* (der wesentliche Satz, gefolgt von dem unvermeidlichen) »*mais pourriez-vous me donner un renseignement* ...«

»Hi, sind Sie Engländerin oder Schwedin?«, sagt die Stimme auf Englisch mit einem australischen Akzent.

»Engländerin«, sagt Alice deprimiert. Also sogar dieser eine Satz verrät sie.

»Sind Ihre Papiere in Ordnung?«

»Papiere?«, sagt Alice, obwohl sie genau weiß, was damit gemeint ist.

»*Carte de séjour* – das Übliche.«

»Nun ...«, sagt Alice.

»Ohne können wir Ihnen nicht helfen.«

»Nein, natürlich nicht. Es ist alles in Bearbeitung.«

»Rufen Sie wieder an, wenn alles geregelt ist.«

»Haben Sie noch andere Jobs?«

»Zum Beispiel?«

»Jobs, bei denen man diese Sachen nicht geregelt haben muss.«

»Rufen Sie einfach wieder an, wenn Sie alle Papiere haben.«

»Imo, zählen Sie als selbstständig?«

»Wer will das wissen?«

»Ich hab mich nur gefragt ... ob das vielleicht leichter wäre, mit den Papieren und so – ich meine, der *carte de séjour*. Ich meine, angenommen, man stellt sicher, dass man nie länger als drei Monate am Stück hier ist ... wenn das einfacher wäre, weil man dann ja keinen Anspruch auf Arbeitslosengeld oder solche Dinge hätte – dann wäre es doch vielleicht einfacher ...« Alice verstummt angesichts Imos feindseligem Blick.

»Ich weiß wirklich nicht, was mit Ihnen los ist. Ich habe Ihnen doch schon mal gesagt, dass Sie es bleiben lassen sollen. Verstanden?«

»Sicher. In Ordnung. Sicher.«

Es besteht kein Zweifel mehr: Sie muss wieder in die Höhle des Löwen.

Insgeheim nennt es Alice »D-Day – Zweite Phase«, und sie schleppt sich mit einem unguten Gefühl um sieben Uhr früh wieder zur *mairie* in Bonneville-sur-Mer. Dieses Mal ist die wartende Menge viel kleiner. Sie bekommt sofort ein Ticket, und sobald sie in das Allerheiligste vorgelassen wird, wird sie zu demselben schicken jungen *fonctionnaire* gerufen, mit dem sie es das erste Mal zu tun gehabt hatte. Ihr Herz klopft so laut, dass sie es in ihrem Hals schlagen hören kann. Sie reicht ihm ihre Dokumente – einschließlich, mit gewissem Stolz, der Geburtsurkunden ihrer Großeltern und der eidesstattlichen Erklärung, was ihre Ehrlichkeit und Rechtschaffenheit angeht. Monsieur sieht letztere Schreiben kaum an und gibt sie ihr dann zurück – ungeprüft und unkopiert. Alice schafft es, stotternd zu erklären, dass der andere Monsieur sie angewiesen hatte, diese Dokumente zu beschaffen. Vielleicht macht er sich nur über ihr verballhorntes Französisch lustig, aber dieser Monsieur lächelt, zuckt die Achseln und sagt auf Englisch, dass das unnötig gewesen sei und dass alles in Ordnung sei, und wenn Madame bitte einen Augenblick Platz nehmen würden.

Alice setzt sich, innerlich total aufgewühlt – eine Mischung aus ungläubiger Freude und unbändigem Frust. Die ganze Bescheinigungssache hat sie ein Vermögen, mehrere Wochen Zeit und eine Unmenge an Nerven gekostet. Aber als Monsieur zurückkommt, ein dünnes Blatt Papier schwenkt und ihr erklärt, dass das nur eine vorübergehende *carte* sei und dass man ihr die richtige in Kürze zuschicken werde, da ist ihre Verzweiflung auf einen Schlag wie weggeblasen. Alice kann sich gerade noch verkneifen, sowohl das Papier als auch den schmucken jungen Mann vor all den anderen *fonctionnaires* und ihren zitternden Opfern zu küssen.

Beschwingt tanzt sie zurück zum Maison Puce, wo sie Imo im Hausflur über den Weg läuft.

»Ich bin legal!«, ruft sie und wedelt mit der Bescheinigung.

»Wie schön für Sie«, sagt Imo. »Manche Leute haben einfach immer Glück.« Sie will gerade in ihre Wohnung gehen, als ihr etwas einfällt. »Sie haben auf den Formularen doch nicht ›Maison Puce‹ angegeben, oder?«

Aber Alice ist sich ziemlich sicher, dass sie dieses Mal genau das getan hat.

»Allô – Sud Emplois?«

»Hallo, hier spricht wieder Alice Barnes. Ich habe gestern schon mal angerufen.«

»Wir erhalten eine Menge Anrufe.«

»Natürlich. Ich bin die, die noch keine *carte de séjour* hatte.«

»Ja?«

»Aber jetzt ist alles in Ordnung, und ich wollte fragen, ob ich einen Termin mit Ihnen vereinbaren könnte.«

»Wonach suchen Sie denn?«

»Nun, ich bin ausgebildete Sekretärin – St. Hilda's in London.« Es gab mal eine Zeit, da konnte St. Hilda's Türen öffnen, aber die scheint vorbei zu sein.

»Windows oder Lotus?«

»Wie bitte?«

»Welches System?«

»Verzeihung?«

»Ihre Ausbildung – Windows 2000? Excel? Lotus?«

Pitmans Blindschreiben auf einer großen, schwarzen Remington, aber wen interessiert das? Alice versucht sich zu erinnern, auf welchem System sie in der Zeit vor Hillary Aldyce Philips Korrespondenz getippt hatte. »Sagt Ihnen MS-DOS vielleicht etwas?« Es folgt eine Pause am anderen Ende der Leitung, und dann ändert sich der Ton der Stimme.

»*Wann*, sagten Sie, war Ihre Ausbildung?«

»Neunzehnhundertachtundsechzig – oder vielleicht neunundsechzig.«

»Oh.« Eine sehr lange Pause – dann, war das ein Seufzer? »Zwei oder drei?«

»Was?«

»Sprachen. Wir bemühen uns, Französisch und Italienisch als Minimum anzubieten, aber heutzutage wird Deutsch auch immer wichtiger.«

»Oh.« Alice schweigt angesichts der Aussichtslosigkeit ihres Unterfangens. »Haben Sie noch andere freie Stellen?«

»Haben Sie einen Führerschein?«

»Ja, aber ich bin hier noch nicht gefahren.«

»Oh. Sie haben also kein eigenes Auto?«

»Nein.«

»Das schränkt die Haushaltsstellen sehr ein. Die meisten unser Kunden wohnen im Hinterland – in den Hügeln, viele im Var, dort in der Gegend.«

»Oh. Ich bin in Vieilleville, mitten im Zentrum.«

»Wir haben nicht viele freie Stellen in den Städten, außer den Sekretariatsarbeiten, aber da bräuchten Sie die Sprachen. Die meisten unserer Sekretärinnen sind komplett zweisprachig, in Schrift und Sprache, zusätzlich zur Muttersprache.«

»Zusätzlich! Himmel, das macht ja drei.« Noch während sie das sagt, merkt Alice, wie lächerlich sie sich anhört.

»Das ist richtig«, sagt die Stimme mit einem geduldigen Seufzer. »Drei. Ansonsten gibt es nicht viele freie Stellen, und sie sind alle tourismusbezogen. Die meisten Nichtfranzosen hier an der Küste sind im Cateringgeschäft oder besitzen eigene Läden, außer sie haben wirkliche gute IT-Kenntnisse – dann ist es natürlich kein Problem, das und die Sprachen.«

»Oh. Nun, soll ich trotzdem vorbeikommen? Damit Sie sich ein Bild von mir machen können?«

»Ich glaube nicht, dass das nötig sein wird. Wir rufen Sie an, wenn wir etwas für Sie haben.«

»Ich glaube, ich wäre gut mit Kindern.«

»Haben Sie eine entsprechende Ausbildung?«

»Nun, nur als Mutter. Ich hatte selbst zwei.«

»Unsere Kunden verlangen normalerweise eine Ausbildung. Wenn Sie zum Beispiel in Norland gewesen wären …«

»Ja, natürlich, aber das war ich nicht – nur St. Hilda's …«

»Sie haben dort nicht zufällig Friseurin gelernt?«

»Friseurin?« St. Hilda's? Allein der Gedanke!

»Wir haben hier nämlich ein paar freie Stellen in Cannes für Friseurinnen, aber sie müssten sehr erfahren und gut sein.«

»Aja.«

»Wir rufen Sie an.«

Kurz darauf klingelt das Telefon, und Alice springt darauf zu. Könnte es sein, dass Sud Emplois sie tatsächlich zurückruft?

»Alice, Liebes, ich bin's – Philip.«

»Oh.« Alices Eingeweide schlagen Purzelbäume und wirbeln durch das Fenster hinunter zum Place d'Espoir.

»Du hörst dich überrascht an.«

»Nun, ich … Ja, nun …« Komm schon, gute Frau, reiß

dich zusammen. »Ich bin … ich habe jemand anderen erwartet.«

»Ach ja?«

Und warum auch nicht, Philip Barnes? Warum sollte ich, Alice Barnes, nicht einen Anruf erwarten?

»Ja, von einer Stellenvermittlung.« Warum nur musste sie das sagen? Warum konnte sie ihm nicht etwas vormachen – ihm vorgaukeln, dass sie auf den Anruf eines Liebhabers wartete? Schnell weiter jetzt, hör dich forsch an. »Woher rufst du an?«

»Von zu Hause natürlich.«

»Der Villa Guardi?«

»Natürlich.«

»Geht's mit dem Haus voran?«

»Ja, ziemlich gut. Du hättest vorbeischauen sollen, als du hier warst. Ich habe von Bill und Deirdre gehört, dass du eine Weile in Bristol warst.«

»Ja.«

»Ich würde mir wirklich wünschen, dass du mich das wissen lässt, Alice.«

»Tatsächlich?«

»Aber ja.«

Alices Eingeweide kommen von ihrem Ausflug um den Place herum zurück und verweilen auf dem Fensterbrett. »Warum?«, flüstert sie beinahe.

»Was? Was hast du gesagt?«

»Ich sagte, ›Warum?‹ Warum hättest du wissen wollen, dass ich in Bristol war?« Dort, wo vorher noch ihre Eingeweide waren, macht sich ein warmes Gefühl breit.

»Du hättest mir mit einem kleinen Problem helfen können.«

»Welchem Problem?« Genauso schnell verwandelt sich die Wärme zu Frost.

»Der silberne Kerzenleuchter – den, den wir immer im

Esszimmer hatten. Du weißt nicht zufällig, in welchen Karton du ihn gepackt hast?«

»Wie kommst du darauf, dass ich das weiß?«

»Du warst es doch, die alles eingepackt hat, nicht wahr? Hillary hat ihn schon überall gesucht, aber sie kann ihn nicht finden. Es ist ziemlich wichtig. Wir laden nächstes Wochenende zum ersten Mal nach der Geburt der Zwillinge wieder Leute zum Essen ein. Ein paar Gastprofessoren von der Harvard Medical School – du weißt schon – ich möchte sie gern beeindrucken.«

Oh ja, sie weiß genau, was er meint. Schließlich war das jahrelang ihre Aufgabe gewesen. Sie erinnert sich, wie sie diesen verdammten Kerzenleuchter, all diese verdammten kleinen Schnörkel, die andauernd anlaufen, mit einer Zahnbürste und einem Silberreinigungsmittel poliert hatte. Und sie sieht ihn wieder vor sich – bei dem letzten Abendmahl an dem Tag, an dem Philip seine Untreue verkündet hatte. Aber sie hatte das Essen trotzdem gekocht, eine Schweinefleischkasserole mit Zwiebelsoße – es wäre eine Schande gewesen, es verkommen zu lassen. Als sie ihm den Teller reichte, hatte sie für einen kurzen Augenblick daran gedacht, ihm den Inhalt in den Schoß zu kippen, aber dann hatte sie es nicht über sich gebracht. Nicht, weil sie sich um seine Genitalien Sorgen machte, sondern weil sie wusste, dass sie, Alice, die Sauerei auf dem Teppich würde wegwischen müssen.

»Er war schon ausgepackt, als ich weg bin«, sagt sie.

»Nein, das war er nicht. Wir haben überall gesucht.«

»Ich kann dir versichern, dass er das war. Ich seh ihn förmlich vor mir, auf dem Esszimmertisch, ohne Kerzen.« Sie erinnert sich auch daran, dass ihr der Gedanke gekommen war, welch effektive Mordwaffe er sein würde.

»Aber jetzt ist er nicht mehr da.«

»Vielleicht ... du hattest doch die Handwerker im Haus?«

»Du willst doch nicht etwa andeuten, dass Ballard & Green ihn gestohlen hätten?«

»Oh, du hast Ballard & Green angeheuert?« Die teuersten Handwerker der Stadt.

»Du hast nicht vielleicht … ich meine, natürlich unabsichtlich?«

»Was, Philip?«

»Nein. Schon gut, wahrscheinlich nicht. Ich meine, du weißt doch, dass er nicht Teil des Scheidungsvergleichs war, oder?«

»Dein Kerzenleuchter – unser Kerzenleuchter – ist nicht in der Maison Puce versteckt, falls es das ist, was du damit sagen willst.«

»Großer Gott, nein, das wollte ich damit nicht andeuten.« Aber, oh ja, genau das hatte er getan. »Dann müssen wir wohl einfach weitersuchen. Alles Gute.«

Imo ist in gedrückter Stimmung. Nie passiert etwas Gutes. Nie nette Überraschungen – nur negative. Natürlich gibt es auch positive, aber die, das ist ihr aufgefallen, passieren nur anderen. Sie fühlt sich wie ein Tier im Bau – etwas Kleines, Haariges wie zum Beispiel eine Haselmaus –, was nicht unbedingt so scheißschrecklich wäre, wenn sie das Gefühl hätte, in Sicherheit zu sein, aber diese ständige Herumschnüffelei und Fragerei machen sie nervös. Wenn das nicht wäre, könnte sie sich mit ihrem langweiligen Leben abfinden – und darauf warten, bis sich mal etwas ergibt. Und das würde es doch sicher? Vielleicht hat es das mit Hope bereits.

»Imo, Schätzchen. Hi, hier ist Hope.«

Nun, das war vielleicht eine telefonische Begrüßung. Imos Stimmung steigt wie Quecksilber. Aber denk dran, cool bleiben. »Oh, hi, Hope.«

»Ich habe mich gefragt, ob Sie mir vielleicht behilflich

sein könnten. Ich habe da ein kleines Verständigungsproblem.«

»Soll ich einen Brief für Sie übersetzen?«

»Ich brauche Sie persönlich, Schätzchen, wirklich. Ich möchte mit unserem Monsieur Gerontin sprechen, und wenn ich das allein tue, wird es nur ein elendes Gestottere auf Franglais. In diesem Fall ist es mir wichtig, mich absolut verständlich zu machen.«

»Oh.« Das Quecksilber wird zu Blei. Schon wieder diese Einmischerei. Sogar Hope. Imo mag es gar nicht, Monsieur Gerontin zu oft zu konfrontieren – zumindest nicht von Angesicht zu Angesicht. Sie hat das dumpfe Gefühl, dass er etwas ahnt. Warum sonst sah er sie immer so komisch und forschend an? Er will nichts von ihr, so viel steht fest – aber was das Seltsame ist: Hope wahrscheinlich schon.

»Es ist normalerweise besser, ihm einen Brief zu schreiben«, sagt Imo, um sich vor der unglückseligen Stunde zu drücken. »Da konzentriert er sich stärker.«

»Nein, in dem Fall muss ich mit ihm unter vier Augen sprechen«, beharrt Hope.

»Ich würde schreiben«, sagt Imo schon weniger bestimmt.

»Hätten Sie heute etwas Zeit?«

Das ist ihre Chance. »Unmöglich. Ich hab den ganzen Tag Unterricht. Ich bin total ausgebucht.«

»Dann morgen. Selbstverständlich bezahle ich Sie dafür.«

»Ach so?« Das ändert die Sache natürlich.

»Aber sicher. Sagen wir, das Doppelte Ihres Stundensatzes mal der Anzahl der Schüler, die Sie normalerweise haben?«

»Oh. In Ordnung dann.«

»Läuten Sie einfach um zehn Uhr bei mir.«

Es ist für die Jahreszeit zu heiß, und Monsieur Gerontin sitzt schwitzend hinter seinem Schreibtisch, den Bauch gegen die Tischkante gepresst, und wischt sich die Stirn. Die beiden Engländerinnen sind einfach so ohne Termin hereingeschneit. Unerhört. Nichtsdestotrotz steht er auf und begrüßt sie höflich. Für Mademoiselle Prosper hat er noch nie viel Zeit übrig gehabt, aber die andere, diese berühmte Frau hat offensichtlich Geld, und Monsieur war noch nie jemand, der sich die Butter vom Baguette nehmen ließ.

Es scheint, als ob Mademoiselle Prosper als Dolmetscherin fungieren soll.

»Erklären Sie ihm die Sache mit dem Lärm«, sagt Hope, »der Musik.«

Imo erklärt. Ein Schwall Französisch folgt.

»Er sagt, dass Sie verstehen müssen, dass man sich in einem so alten Ort wie Vieilleville, wo die Häuser alle so eng beieinander sind, mit den Gewohnheiten der Nachbarn arrangieren muss.«

»Sagen Sie ihm, dass ich dafür normalerweise vollstes Verständnis habe, aber dass in diesem Fall der Lärm von *meinem* Dach kommt.«

Ein weiterer Schwall.

»Er sagt, dass einem so, wie die Stadt gebaut ist, die Ohren oft seltsame Streiche spielen.« Imo dreht sich, unzufrieden mit der Übersetzung, zu Gerontin um und versucht es noch einmal. »Er will sagen, dass es zu akustischen Abnormitäten kommen kann.«

»Sagen Sie ihm, dass ich auf das Dach gestiegen bin und es abgemessen habe. Dort oben ist irgendetwas.«

Imo übersetzt. Hope unterbricht, »*Sur* ma *toit*«, und tippt mit dem Zeigefinger auf ihre Brust.

»Er sagt, dass Sie sich irren müssen.«

»Sagen Sie ihm, dass ich will, dass er mit einer großen Leiter mit mir auf das Dach steigt.«

»Er sagt, er weiß nicht, was Sie meinen.«

»Sagen Sie ihm, dass er mitkommen soll, und ich werde es ihm zeigen.«

Wieder ein wortreicher Erguss.

»Er sagt, das sei zu gefährlich.«

»Sagen Sie ihm, dass ich bereit bin, das Risiko einzugehen – und sagen Sie ihm, dass er vergangenen September viel besser Englisch gesprochen hat.«

Als Antwort erhält sie ein gewaltiges Achselzucken.

»Abgesehen von allem anderen ist es auch eine Frage der Sicherheit. Sagen Sie ihm, dass ich ein Recht darauf habe zu wissen, was auf meinem Dach vor sich geht.«

Der Schwall wächst sich zu einem tosenden Sturzbach aus. Nur gut, dass Hope gegen so etwas immun ist. Das ist gar nichts gegen die Wut und den Zorn der betrügerischen Händler und Winkeladvokaten, mit denen sie es seit Jahren auf *Sharp Focus* zu tun hat.

»Er sagt, es ist nicht Ihr Dach«, sagt Imo, froh, in diesem Punkt Recht zu bekommen.

»Aber er hat mir das Penthouse verkauft, er hat mir gesagt ...«

»Er sagt, das stimmt.«

»Aber ein Penthouse ist per definitionem die Dachwohnung eines Hauses. Er hat nie erwähnt, dass es darüber noch ein Stockwerk gibt.«

»Er sagt, es gibt kein Stockwerk mehr.«

»Sagen Sie ihm, dass ich mit meinen Anwälten sprechen werde. Sagen Sie ihm, dass ich alles über widerrechtliche Nutzung durch Überbauung weiß.«

Aber Imo gefällt weder die Wendung, die dieses Gespräch nimmt, noch der komische Blick, den ihr Monsieur G. zuwirft. »Ich glaube, ich habe genug erklärt«, flüstert sie Hope zu. »Und außerdem weiß ich nicht, was widerrechtliche Nutzung durch Überbauung auf Französisch heißt.«

In Anbetracht dessen, wie unbefriedigend dieses Gespräch verlaufen ist, passt es Hope gar nicht, Imo entlohnen zu müssen. Zuerst das unproduktive Mittagessen im Colombe d'Or, inklusive Mietwagen mit Chauffeur, und jetzt das – ihre Ermittlungsversuche werden im Verhältnis zum Erreichten entschieden zu kostspielig. Dennoch ist sie ein wenig überrascht, als Imo selbst die angebotenen Scheine auf der Straße vor Hopes Tür ausschlägt, wobei sie wirklich ziemlich schüchtern und süß aussieht.

»Ich habe mich gefragt, Hope …«

»Ja?«

»Ich meine, es scheint mir, als ob Sie etwas Hilfe gebrauchen könnten – vielleicht so eine Art Vollzeitassistentin.«

»Ich habe bereits Horden von Assistenten in London.«

»Ich meine ja auch hier. Jemand, der regelmäßig für sie da ist – Übersetzungen, Botengänge, Erledigungen macht.«

»Ich will diese Art der Verwicklung nicht«, sagt Hope, die sich möglicherweise eine andere Art der Verwicklung mit Imo vorstellt, aber nichts Sekretärinnenmäßiges. »Sie haben keine Ahnung, wie langweilig das wird. Man kann am Anfang noch so distanziert sein, plötzlich liegen sie einem alle mit ihren Problemchen und Sorgen in den Ohren. Es bedrückt einen, und ich soll mir, sagen wir es mal so, keine zusätzliche Last aufbürden.«

»Dann vielleicht eine Teilzeitassistentin?«

»M-m, weder Voll- noch Teilzeit.«

Scheiße, denkt Imo, wieder ein netter kleiner Traum den Bach hinunter.

Heute wartet Hope die musikalische Abendsoiree nicht ab. Stattdessen beobachtet sie den Lauf der Sonne, bis wenigstens ein Teil des Daches im Schatten liegt. Dann klettert sie aus ihrem Schlafzimmerfenster und zieht die Stehleiter hinter sich her. Dieses Mal trägt sie Turnschuhe, denn ihre Füße haben sich noch immer nicht ganz von dem Nachmittag der kaputten Dachziegel erholt. Sie schiebt sich mit der Leiter vorsichtig das Dach hinauf, bis sie die Zementwand erreicht. Dann steht sie vorsichtig auf und lehnt die Leiter gegen die Mauer, wobei sie versucht, sie fest in den Ziegeltälern zu verankern. Es ist natürlich ein gewagtes Manöver, aber sie machte keine Witze, als sie Gerontin sagte, dass sie bereit sei, das Risiko einzugehen. Sie wirft einen Blick das Dach hinunter: Jeder Ziegel ist an seinem Platz. Gut. Sie balanciert sich aus, dreht sich um und klettert die Leiter hinauf. Es ist höllisch heiß, und um sie herum schweben Mauersegler und stoßen ihre für den Sommeranfang charakteristischen Schreie aus. Es ist ohne Frage ein riskantes Vorhaben. Aber jetzt hat sie es geschafft: Sie steht auf der obersten Sprosse und kann über die Wand sehen.

Von links nach rechts wird ihr die Sicht versperrt durch ein Band aus dunkelgrünem Webmaterial, eine Art Plastikbast, der in regelmäßigen Abständen an Holzpfählen befestigt ist und jetzt im Wind flattert. Sie kann weder hindurch noch darüber hinweg sehen, aber ein wenig zu ihrer Linken ist eine Naht, die sie in Versuchung führt. Sie beugt sich gefährlich weit vor, um einen Blick durch diesen winzigen Schlitz zu riskieren. Zuerst sieht sie nur noch mehr Grün – dieses Mal im Wind wogende Farnwedel, die einen beißenden Geruch absondern. Den kennt sie doch? Darunter kann sie eine Art Asphaltboden sehen, und das dort drüben auf der anderen Seite könnte der Sockel eines Schornsteins sein. Aber dahinter ist ein Streifen blauen – blauen – was? Sie zupft an dem Stoff, um den Schlitz zu vergrößern, und hält dann den Atem an. Du meine Güte, oh mein Gott! Hinter dem Schornstein liegt die weite Bucht von Vieilleville in all ihrer atemberaubenden, blau leuchtenden Schönheit. Hier ist sie also, die *vue de la mer* - sie war die ganze Zeit da und hat nur darauf gewartet, entdeckt zu werden.

18

Am Strand

Mai – und plötzlich scheint die ganze Küste *en fête* zu sein. Der erste Mai ist ein gesetzlicher Feiertag, ebenso der Tag des Sieges eine Woche später, gefolgt von Christi Himmelfahrt und Pfingsten. Vieilleville fegt alle Bedenken beiseite und heißt die Feriensaison mit offenen Armen willkommen. Ganz klar – Zeit für ein kleines *pique-nique*.

Am achten Mai beruft Verona anlässlich des Tags des Sieges eine Strandparty ein. Sogar Imogen hat zugesagt, mit Fred zu kommen. Hope Boscombe wurde eingeladen, hat aber – ziemlich schroff – unter Hinweis auf zu viel Arbeit abgelehnt. Keine der Augustines hat die Einladung angenommen, aber Josette scheint sich ihnen erfreut anzuschließen.

Die Tartandecke ist (natürlich) mit von der Partie, aber gnädigerweise sind der Klappstuhl und der Windschutz daheim gelassen worden. Verona hat den anderen gestattet, sich um die alkoholischen Getränke zu kümmern, aber darauf bestanden, für das Essen zu sorgen. Sie hat sich tagelang abgemüht und in ihrer winzig kleinen Küche – die lediglich aus zwei Kochplatten und einem Minigrillofen besteht – wahre kulinarische Leckerbissen hervorgezaubert. Sie hat alle Gedanken an »Leckereien aus der Heimat« entschieden hintangestellt und stattdessen höchstpersönlich *tarte au chèvre*, *tarte aux poireaux*, zwei Sorten *pissaladière* – mit und ohne Tomaten – *sardines farcies*, *terrine aux fruits de mer* und *salade de mesclun* fabriziert. Als einziges

Zugeständnis an England gibt es als Nachtisch einen guten alten Summer Pudding. Es ist ein wahrlich fürstliches Festmahl, und sie strahlt vor Befriedigung über ihre Leistung über das ganze Gesicht.

Coram publico spendet Josette zusammen mit den anderen Veronas Kreationen Applaus, aber insgeheim hält sie den ganzen Aufwand für Wahnsinn. Warum sich so viel Mühe machen, wenn man jedes einzelne dieser Gerichte (mit Ausnahme des Summer Pudding – ein ekliges Gebäck, an das sie sich schaudernd aus ihren alten Tagen in der britischen Botschaft erinnert) bereits fertig und ganz köstlich zubereitet in den *boulangeries*, *charcuteries* und *traiteurs* der Stadt kaufen konnte? Keine Französin, die etwas auf sich hält, würde zögern, ihren Gästen einen Obstkuchen aus der *pâtisserie* vorzusetzen. Im Gegenteil, sie weiß, dass diese vielleicht sogar ein bisschen gekränkt wären, wenn sie mit selbst gemachten Speisen vorlieb nehmen müssten. Aber auf Grund ihrer alten Botschaftstage – Neu-Delhi? Bangkok? – meint Josette genug zu wissen, um die Denkweise dieser angelsächsischen Spezies zu verstehen. Wenn die sich umgekehrt nur auch so viel Mühe machen würden. *Warum* kommen sie eigentlich hierher, diese Engländer? Sie scheinen uns kein bisschen zu verstehen, sie scheinen uns nicht einmal sonderlich zu mögen. Es ist ihr ein Rätsel.

Sie ist in diesem Jahr zum ersten Mal am Strand, wohingegen die Engländerinnen natürlich schon seit Wochen regelmäßig hierher kommen. Sie sieht sie jetzt an – oh, là, là, die gute alte Verona in diesem schrecklichen, gestreiften *maillot de bain*, aus dem es überall hervorquillt, wenn sie sich mit vor Freude und auf Grund der Sonneneinwirkung immer röter leuchtendem Gesicht vorbeugt, um ordentliche Portionen zu verteilen.

»Nischt für misch, *ma chère* Verona – oh nein, klein, für misch gans klein. Isch 'abe nischt so großen Magen«, protestiert sie lächelnd und schmeichlerisch. Sie selbst trägt ein *écru* Sommerkleid aus Leinen – ärmellos, denn ihre Oberarme sind gleichmäßig gebräunt –, mehrere schöne Goldarmreifen und ihre Moschino-Sonnenbrille. Es würde ihr nicht im Traum einfallen, ihre Oberschenkel so zur Schau zu stellen, wie es die anderen tun. Falls sie schwimmen will, wenn es wirklich heiß wird, wird sie früh am Morgen allein zu dem kleinen, etwas abseits gelegenen Strand hinunterhuschen und ein kurzes Bad nehmen. Alice, stellt sie mit Befriedigung fest, trägt wenigstens einen Sarong über ihrem Badeanzug – was auch gut ist, denn sie scheint wirklich einige Pfunde zugelegt zu haben, seit sie nach Frankreich gekommen ist. Sie sollte sich von den Süßigkeiten fern halten. Vielleicht sollte Josette eine Behandlung vorschlagen: Eine Thalassotherapie kann Wunder wirken. Aber Alice sollte nicht so an dem Sarong herumzupfen – was man tut, sollte man konsequent und vor allem mit Stil tun. Josette ist sich noch nicht sicher, ob sie Alice verziehen hat, dass sie sie am ersten Mai versetzt hat, was den Cocktailausflug nach Juan-les-Pins anging. Alice behauptet, dass sie fürchterliche Kopfschmerzen hatte, und sagt, dass sie unter dem Einfluss eines Kamillen-*tisane* so fest geschlafen hat, dass sie Josettes Rufen nicht gehört hat. Aber Josette glaubt ihr nicht ganz. Ihre Entschuldigung hörte sich etwas gar zögerlich an, und sie hatte am nächsten Vormittag total gesund ausgesehen, überhaupt nicht wie jemand, der sich von *la grippe* erholte, und jetzt schau sie an, wie sie ihr Essen reinschaufelt – *mon Dieu*, diese Engländerinnen können was verdrücken!

Imo, die zweifelsohne als Einzige von ihnen ungeniert alles ablegen könnte, hält sich aber in der Tat am meisten bedeckt – sogar noch bedeckter als Josette: Sie ist praktisch vom Hals bis zu den Knöcheln in schwarzem, hautengem Stretch gekleidet, der nur an der schlanken Taille einen neckischen Streifen nackter, braun gebrannter Haut freigibt, und ihre dünnen Beine stecken in Turnschuhen mit Plateausohlen. Obwohl Josette natürlich weiß, dass dieser Look sehr *à la mode* ist, sieht es bei Imos Figur unglücklicherweise ein bisschen wie Minnie Mouse aus – fehlen nur noch ein Paar Ohren und eine Schleife im Haar. Bei dem Gedanken muss Josette lächeln und fängt Veronas Blick auf, die gerade mit gezücktem Wender ihre Terrine in Angriff nimmt.

»Darf ich Ihnen vielleicht eine *tranche* anbieten?«

Auch Alice observiert ihre Umgebung von dieser einsamen Tartanwarte inmitten der Feiertagsmassen. Es sind viele französische Familien unterwegs, die ihren *jour ferié* genießen, aber es ist weit und breit kein anderes Picknick in Sicht, denn diese Familien haben alle vernünftigerweise in einem Restaurant gegessen, damit *maman* mal einen freien Tag hat. Wenn Freunde dazustoßen, wickeln sich die Frauen Handtücher um ihre nackten Brüste, stehen auf und begrüßen sie, ganz offensichtlich erfreut, mit Küsschen, Küsschen, Küsschen im Pariser Stil, dann setzen sie sich zusammen hin, lassen die Handtücher fallen und entblößen wieder unbekümmert ihre Brüste, während sie dabei die ganze Zeit wie ein Wasserfall plaudern. Wenn sie aus dem Wasser kommen, waschen sie sich sorgfältig unter den Strandduschen – oben und unten, mit gespreizten Beinen, die Innenseiten der Oberschenkel, ein permanentes Unterhaltungsprogramm. Aber wenn es Zeit zum Aufbruch ist, macht sich wieder die Schamhaftigkeit breit, und es spielen sich unter den Handtüchern die umständlichsten Umzugsrituale ab – genauso wie an den eiskalten Stränden Großbritanniens, wo sich auch alle wie wild verrenken, um ihre Slips und BHs so diskret wie möglich an- und auszuziehen.

Alice verrenkt sich auch, um sich so in den Sarong einzuwickeln, dass er ihr kirschrotes Schamdreieck, das sich noch immer nicht von ihrer bescheuerten Enthaarungsaktion am ersten Mai erholt hat, vollständig bedeckt. Frauen, denkt sie, müssen sich so viel Mühe geben, während sich Männer im Allgemeinen keinen Deut um ihr äußeres Erscheinungsbild zu kümmern scheinen. Sogar die hier anwesenden Männer mittleren Alters mit attraktiven Gesichtern enthüllen ohne Scham kümmerliche Beine oder gummiartige Bäuchlein. Und während die Jugend beiderlei Geschlechts in ihrer Perfektion oft schier umwerfend ist – *Les Oiseaux du Paradis* in ihrer ganzen Pracht – ist der Anblick der Mädchen besonders ergreifend, denn diese Perfektion ist ein so flüchtiger Moment, bis das Gebären als der große Gleichmacher fungiert, der sogar bei den Schönsten seine Spuren hinterlässt: einen leicht hängenden Hintern, silberne Schwangerschaftsstreifen. Mutter Natur geht auf Nummer sicher, dass sie alle Mütter zeichnet, damit sich ja keine auch nur einen Augenblick lang einbilden kann, ungeschoren davongekommen zu sein.

Überall am Strand trällern die Handys – was für eine ansteckende Krankheit, schlimmer als die Windpocken! In London ist es schon schlimm genug, aber die Franzosen scheinen das *portable* wie einen Liebhaber ins Herz geschlossen zu haben. Auf der Zugfahrt von Paris ist Alice aufgefallen, dass beinahe jeden Hügel und jede Anhöhe im Land, wo früher ein Kreuz gestanden hätte, eine Antenne ziert. In den alten Hollywoodwestern zogen die Leute ihre Pistolen, jetzt ziehen sie stattdessen ihre Handys – da keiner so recht weiß, wessen Gerät die elektronische Serenade von sich gegeben hat. Die Wilhelm-Tell-Ouvertüre ist heute Nachmittag mindestens schon zum zwanzigsten Mal zu hören, und Imo stürzt sich sofort auf ihre Tasche.

»*Allô?*«, fragt sie mit perfektem französischem Guttural, während sie das Handy ans Ohr presst und sich sofort aus ihrer liegenden in eine sitzende Position aufrichtet. Wessen

Anruf erwartet sie? Den eines Freundes, eines Schülers? Aus Josettes argwöhnischem Blick zu schließen, könnte man fast meinen, den eines *Freiers*. Während alle zusehen, verändert sich Imos Gesichtsausdruck, und sie sagt mit Dagenham-East-Akzent »Hallo, Mama«. Aus Respekt vor dem elterlichen Anruf verfallen die anderen sofort in kauendes Schweigen und versuchen, so zu tun, als ob sie nicht lauschen würden.

»Nein, nein«, sagt Imo, »ist schon in Ordnung ... Nein, ich dachte, du wärst jemand anders ... Ich bin am Strand mit ein paar Freundinnen ... Nein, kennst du nicht ... Nein ... Nun, wenn du könntest – ich meine, es ist auch für mich nicht leicht, Mama ... Ja, ich weiß, Mama, ich versuch's ja ... Es tut mir Leid, okay? ... *Wirklich?* ... Da schau an! Das wird sicher nett ... Nein, das würde ich nicht tun, Mama ... Nein, *tu's nicht*, denn ich werde nicht hier sein ... Nein, *Arbeit* ... Äh, Italien, Mailand – ich habe da einen Vertrag bekommen ... Du würdest doch nicht wollen, dass ich mir die Chance entgehen lasse ... Nein, ich kann nicht absagen. Es bedeutet Geld, Mama. Du würdest doch nicht wollen, dass ich mich *unprofessionell* verhalte, oder? ... Ja, es tut mir auch Leid, aber so ist es nun mal ... Ja, bye, Mama, bye.«

Imo schaltet ihr Telefon aus, sieht es hasserfüllt an und schleudert es so jählings in ihre Tasche, dass Fred danach schnappt, als ob es ein Knochen wäre, aber es nicht erwischt. »Scheiße«, sagt sie. »Das war meine Mutter«, aber das haben sie ja alle mitbekommen. Imo scheint im Verlauf dieses kurzen Gesprächs um die Hälfte geschrumpft zu sein. »Sie kommt nach Monaco. Sie hat ein Preisausschreiben von einer Zeitschrift gewonnen, hin und zurück Erste Klasse, Unterbringung im Grand.«

»Wie wunderbar! Was für ein *coup*!«, sagt Verona. »Nimm dir doch noch *un peu de salade*, Liebes.«

»Nein, danke, Verona«, sagt Imo, deren Manieren sich durch den Schock verbessert zu haben scheinen. »Ich habe keinen Hunger mehr. Sie will *hierher* kommen – Scheiße.«

»Ist sie noch nie hier gewesen?«, fragt Alice.

»Nein. Sie hat es schon öfter angedroht, aber bisher habe ich es immer geschafft, sie davon abzuhalten. Scheiße.« Imo wirbelt auf ihren Hinterbacken herum, so dass sie den anderen den Rücken zukehrt, und starrt hinaus aufs Meer. Fred wimmert und dreht sich ebenfalls um, wobei sein buschiger Schwanz in Veronas Chutneys zu liegen kommt.

»Aber Sie werden ja nicht hier sein – Italien?«, sagt Alice und hält dann inne, als ihr bewusst wird, dass sie soeben eingestanden hat, gelauscht zu haben. Ach was soll's, natürlich haben es alle gehört. »Was ist diese Sache mit Mailand?«

»Ich musste doch *irgendwas* sagen, oder? Es war das Erste, was mir einfiel. Ich muss entweder weg oder mich verstecken. Sie sagt, dass sie bei mir übernachten will.«

»Aber, Liebes, doch nicht, wenn sie in dem schmucken Grand untergebracht ist? Warum um alles in der Welt sollte sie?« Verona lacht und beugt sich vor, um Freds Schwanz aus dem Essen zu entfernen.

»Weil sie eine neugierige alte Kuh ist. Die kann mich mal.«

Alice beugt sich vor und sieht Imo von der Seite an. Eine Träne kullert ihr die Wange hinunter, und ihr Rücken ist gramgebeugt. Imos Stimmung ist ansteckend. Das Gebäck schmeckt plötzlich trocken.

Verona eilt zu Hilfe. »Wer will *le dessert*?«, gurrt sie und fängt an, blutroten Summer Pudding in Pappbecher zu schöpfen.

»Es ist schon seltsam mit den Leuten, die einen besuchen wollen«, sagt Alice, die von Imos offensichtlichem Schmerz berührt ist und ablenken will. »Mein Sohn Gavin kommt auch nächste Woche hierher, wegen des Filmfestivals in Cannes – wenigstens hat er das angedroht –, und ich weiß, dass es sich schrecklich anhört, aber ich will eigentlich nicht, dass er kommt. Das heißt, ich will schon, dass er hierher kommt, ich will ihn nur nicht bei mir in der Wohnung haben – im Maison Puce. Ich weiß auch nicht genau, warum. Es fühlt sich wie eine Invasion an.«

»Vielleischt ist es die Größe«, sagt Josette. »Diese *kleinen* Studios, wissen Sie, sind nischt gedacht für so viele Menschen.«

»Ja, vielleicht ist es das. Ich fühle mich schon jetzt in die Defensive gedrängt, was das angeht.«

»Was 'eißt das, ›*Defensive gedrängt*‹? Sie reden 'ier nischt über Krieg, Alies, Sie reden über Ihren Sohn!«

»Ich meinte wohl, ›rechtfertigen‹ – ich komme mir vor, als ob ich mich für die Art und Weise, wie ich lebe, rechtfertigen müsste.«

»Ich finde, dass Sie und Imo sich glücklich schätzen können«, sagt Verona. »Ich wäre begeistert, wenn Theo käme und bei mir übernachten würde, aber darauf scheint keine Aussicht zu bestehen. Ich biete ihm regelmäßig das Hochbett an, aber er nimmt das Angebot nie an.«

»Aber letztes Jahr ist er zum Grand Prix gekommen«, sagt Imo, plötzlich wieder besserer Laune.

»Aber genau davon rede ich ja. Ich war in der Zeit in Hove, also habe ich herzlich wenig davon gehabt.«

»Hm, das stimmt«, sagt Imo und lächelt wieder.

»Ehrlich gesagt kann ich mir keinen Reim darauf machen. Ich meine, er liebt Südfrankreich seit seiner Kindheit, und er kommt auch gern mit seinen Kunden, großen Investoren und so, hierher, um sich mit ihnen zu amüsieren.«

»Aber das tut er doch sicher nicht im Maison Puce?«, fragt Alice.

»Nein, er bringt sie normalerweise in einem Hotel unter.

Josette hat Recht. Die Größe unserer Wohnungen ist der Haken bei der Sache, nicht wahr? Aber dennoch würde man meinen, er würde bei mir übernachten wollen, wenigstens ab und zu. Er war so ein süßer kleiner Junge, sehr aufmerksam, hat nie einen Geburtstag vergessen oder dergleichen, aber dann haben sich nun mal die Umstände geändert und er sich auch. Ich glaube, er ist nie wirklich über die Sache mit Edmund hinweggekommen.« Sie leckt nachdenklich an ihrem Löffel, während ihr roter Saft das Kinn hinunterläuft.

»Wie alt war Theo eigentlich, als Edmund gestorben ist? Hat es ihn wirklich so schwer getroffen?«

»Was, Liebes?« Verona wird aus ihren Gedanken gerissen und wendet ihre Aufmerksamkeit wieder Alice zu.

»Diese Veränderung, von der Sie reden – bei Theo. Ich habe über meine eigenen Kinder nachgedacht und darüber, was es ihnen antut – die Scheidung, meine ich –, aber bis jetzt scheint es ihnen nicht allzu viel auszumachen.«

»Sie behalten vielleicht den Schmerz für sich.«

»Ja.«

»Aber auf der anderen Seite sind Scheidungen heutzutage ja etwas absolut Alltägliches, nicht wahr? Sie sind keine *Schande*. Ich nehme an, dass es das ist, was Theo so zugesetzt hat.«

»Eine Schande? Weil Edmund gestorben ist?«

»Oh. Nun, nein, ich meinte die andere Sache. Ich hätte nichts sagen sollen …« Verona sieht ihr Publikum mit schiefem Blick an. »Ach, ich weiß nicht, es ist lächerlich, dass ich mich noch immer so fühle, als ob ich es verheimlichen müsste, weil ich das schließlich nicht muss. Es ist ja nicht so, als ob ich damit jemanden verletzen würde. Es ist nur, dass ich es so lange für mich behalten habe, dass es mir fast schon zur zweiten Natur geworden ist.«

Sie schweigt und konzentriert sich darauf, ihren Becher

mit dem Löffel auszukratzen, während die Atmosphäre auf der Decke plötzlich sehr angespannt ist. Als sie den Kopf hebt, sieht sie, wie sie alle mit demselben Gesichtsausdruck, platzend vor Neugier, anschauen. Es ist nicht die Art Interesse, die sie normalerweise auf sich zieht. Es wäre eine Schande, sie zu enttäuschen. »Die Sache ist die, dass Edmund so seine Eigenheiten hatte. Ich meine, er hat sich immer anderweitig herumgetrieben, und es hat mir nie wirklich etwas ausgemacht, solange er sie nicht mit nach Hause brachte. Da er im Allgemeinen natürlich in der Nähe des Embankment *gecruist* ist, kamen sie nie bis Haywards Heath. Aber dann kam Burt, und alles wurde anders.«

»Burt?«

»Nun, eigentlich hieß er Albert. Arbeitete bei der British Telecom; er kam, um neue Modems, oder wie immer man diese Dinger nennt, zu installieren. Das war vor ungefähr zehn Jahren gewesen, glaube ich, und Edmund hatte immer einen Faible für Burt Lancaster gehabt. Also verpasste er ihm einfach diesen Namen und zog bei ihm in Tufnell Park ein.«

»Was – für immer? Was war mit Ihnen und Haywards Heath?«

»Nun, wir haben es, um den Schein zu wahren – und wegen Theo –, aufrechterhalten. Außerdem kamen sie an den Feiertagen und zu besonderen Anlässen nach Hause, aber es war nicht einfach. Einmal an Weihnachten enthüllte Burt seinen gepiercten Bauchnabel – ein besonderes Geschenk von Edmund, ein Totenkopf mit gekreuzten Knochen aus der Brewer Street. Großtante Tilly fiel vor Schreck fast vornüber in die Kognakbutter. Und Theo hat es auch gar nicht gut aufgenommen. Es ging ihm gegen den Strich. Er schien mir genauso viel Schuld dafür zu geben wie seinem Vater.«

»Also stimmt die Geschichte mit den roten Strapsen gar

nicht?«, fragt Alice. »Die, die Sie mir erzählt haben – als er gestorben ist?«

»Was ist damit, Liebes?«

»Nun, ist die wahr?«

»Oh ja, weil ihn Burt sitzen ließ, den armen alten Edmund mit seiner klapprigen Pumpe – ich glaube, im Bett war nicht mehr viel los mit ihm –, also musste er wieder zu mir heimkommen. Ich hatte die Hoffnung nie wirklich aufgegeben. Ich war stets bereit, es noch einmal zu versuchen. Man könnte sagen, dass die roten Strapse meine Geheimwaffe waren.«

»Und er war die ganze Zeit bisexuell.«

»Mehr schwul als bi, würde ich sagen.«

»Aber Sie hatten ein Kind miteinander.«

»Ja, obwohl ich nie wissen werde, wie ich das technisch hingekriegt habe.« Verona blickt auf die Schöpfkelle. »Will noch jemand Summer Pudding?«

»Ich erinnere mich an Summer Pudding in der Botschaft mit meinem Billy-Boy«, sagt Josette. Sie hat nicht viel von ihrem gegessen – all die Sahne und der Zucker, schrecklich für die *ligne*. Sie rührt ihn gedankenverloren um.

»Welche Botschaft war das, Liebes?«

»'ongkong? Mein Vater war im Konsulat.«

»Ich dachte, das war in Phnom Penh?«

»Phnom Penh war *davor*.«

»Ihr Vater war im diplomatischen Dienst?«

»Hmm? Was?«

»Ihr Vater?«

»Beim Konsulat – und mein Billy-Boy war dort Militärattaché.«

»War das nicht in Neu-Delhi?«, fragt Alice, die sich jetzt ein bisschen beschwipst auf der Decke ausstreckt und zur Sonne hinaufblinzelt. Sie hatte Josettes Lebensgeschichte noch nie so richtig durchschaut.

»Neu-Delhi war *danach*.«

»Meine Güte, Liebes, Sie sind aber herumgekommen«, sagt Verona. »War das während des Krieges?« Denn das wäre eine Erklärung ... gewissermaßen. Jeder auf der Decke fängt an zu rechnen.

»Hm?«

»Der KRIEG, Liebes«, schreit Verona, als ob mit der Erhöhung der Lautstärke auch die Bedeutung der Frage klarer würde.

»Es gab so viele Kriege, *ma chère* Verona, das 'ängt davon ab, welchen Sie meinen.«

Verona will sich gerade festlegen, als sich Imos Stimme verlauten lässt. »Wie hat er geheißen?«

»Mein Billy-Boy?«

»Ja, Josette, darüber reden wir. Wie hieß er?«

»Prescott-Smythe. *Capitaine* Prescott-Smythe.«

»Ich dachte, er wäre Lieutenant gewesen«, sagt Alice.

»Das war *vor'er*.«

»In Hongkong?«

»Neu-Delhi.«

»Und was genau ist passiert, Liebes? Was hat Sie auseinander gebracht?«, fragt Verona mit sorgenvoll gerunzelter Stirn.

»Es gab Probleme mit seiner Familie – isch weiß es nischt. Seine *maman* war eine 'exe«, und während sie auf die blutrote Mischung hinunterblickt, die sie umrührt, überkommt sie plötzlich ein Anflug von Übelkeit, und ihr ist, als ob sie wieder das kalte Metall in ihrem Intimbereich spüren könne.

»Männer!«, sagt Verona. »Theoretisch scheinen sie immer die Lösung zu sein, aber in der Praxis sind sie das eigentliche Problem, findet ihr nicht auch?«

»Welches Problem?«, fragt Alice.

»Jedes Problem. Für uns. Nicht, dass wir es nicht gern

wieder probieren würden. Die Schwierigkeit ist, dass man anscheinend das entsprechende Äußere haben muss, damit einem die Gefühle zugestanden werden. Aber das Aussehen ist nicht unbedingt ein zuverlässiger Anhaltspunkt. Ich habe *tonnenweise* Gefühle, aber ich komme nicht oft in ihren Genuss. Wahrscheinlich würde ich mich bei der erstbesten Gelegenheit auf jemanden stürzen.«

»Welche Gelegenheit?«, sagt Alice. »Sehen Sie sich doch um – sehen Sie sich diesen Strand, diese Typen an. Da besteht doch für niemanden von uns Hoffnung.«

»Und das ist verdammt noch mal auch gut so«, sagt Imo. »Himmel, es ist widerlich. Frauen Ihres Alters – Sie hatten doch Ihre Chance. Jetzt sollten Sie das Feld für uns räumen.«

»Das sagst du vielleicht jetzt, Imo«, sagt Verona, »aber wenn du erst einmal so alt bist wie wir, dann wirst du schon sehen, dass es nicht so einfach ist. Es ist kein schönes Gefühl, wenn man abtreten muss, sich unsichtbar vorkommt, wenn einem die Türen vor der Nase zugeschlagen werden.«

»Euer Pech – verdammt noch mal höchste Zeit.«

»Warum bist du so wütend, Imo?«

»Ich bin verdammt noch mal nicht wütend.« Sie dreht sich jäh wieder um und starrt hinaus aufs Meer.

Alle helfen Verona beim Zusammenpacken. Alice ist mittlerweile zu besoffen, als dass ihr die neugierigen Blicke der Franzosen etwas ausmachen würden, die sich über die seltsamen Gepflogenheiten wundern: Die Überreste verschwinden, in Alufolie verpackt oder in Plastikschüsseln verstaut, wieder in den Körben und Taschen, und die Krümel werden – laut Verona »für die Vögel« – am Strand verstreut, obwohl die Einheimischen wissen, dass sich in der Nacht die Ratten darüber hermachen werden.

Sie geben eine bunt zusammengewürfelte, heterogene

Gruppe ab, wie sie da in Richtung der steilen Stufen torkeln und ihre sandigen Überreste mit sich schleppen. Josette ist damit beauftragt worden, die Schüssel mit dem Summer Pudding separat zu tragen, da Verona Angst hat, dass ansonsten der Saft ausläuft und überall Flecken hinterlässt. Josette hält sie angewidert mit ausgestreckten Armen von sich. Angesichts der so heftigen traurigen Erinnerungen, die der Pudding hervorruft, und der Aussicht, ihr *écru* Leinenkleid für ewig zu versauen, hätte sie gern darauf verzichtet. Alice, die das Schlusslicht bildet, hat die Aufsicht über die leeren Flaschen – es sind ziemlich viele.

»Sie 'aben uns neulisch abends so gefehlt in Juan-les-Pins, *ma chère* Alies.« Josette meint es ernst – denn sie war gezwungen gewesen, das Taxi ganz allein zu bezahlen, wo doch schon die Cocktailpreise im Boom-Boom grauenhaft hoch sind.

»Ich weiß«, sagt Alice. »Es ist lieb von Ihnen, das zu sagen.« (Aber das ist es nicht. Josette denkt einfach nur praktisch, und Alice fängt langsam an, die Signale richtig zu deuten.) »Aber so geht's halt manchmal. Vielleicht habe ich was Falsches gegessen – mir war furchtbar schlecht.«

»Und die *migraine*?«

»Oh ja, schrecklich – furchtbare Schmerzen.«

»Schön, dass Sie wieder gesund sind.«

»Es war wohl eins dieser Vierundzwanzig-Stunden-Dinger.«

»Natürlisch. Aber Sie 'aben wirklisch etwas versäumt. Es war gans wundervoll. Wir 'aben ge'abt viel Schpass.«

»Dann ist Augustine also mitgekommen?« Alice macht sich nicht länger die Mühe, sich festzulegen, welche der goldenen Silberreiher es sein könnte – Marie-Auguste, Adrienne, ein Name tut's für alle.

»Nein, isch 'abe getroffen diese swei wunderschöne *Männer*, Alice – aus Schweden. Isch glaube, sie sind« – Josette reibt Daumen und Zeigefinger aneinander, um Geld anzudeuten – »und isch 'abe ihnen ersählt von Ihnen, weil sie nämlisch die Engländer auch lieben.«

»Schweden?«

»Oder Dänen. Vielleicht auch *Finnen* – irgendwo von da oben. Einer 'at sehr viel Geld in Cannes. Er ist der *chef.*«

»Ein Koch?«

»Der Chef der Bank, sehr groß. Er kennt diesen Teil der Küste nicht, also 'abe isch ihn eingeladen, und sein Freund 'at gutes Geschäft in Nice, er ist *antiquaire*, er verkauft all diese wunderschöne Stühle und Tische und Sachen.«

»Ein Antiquitätenhändler?«

»Ja – *antiquaire* – und er verkauft an all die reichen Skandinavier, die 'ier unten 'aben ihre Villas. Er ist reizend und er liebt die Engländer. Also isch 'abe sie gefragt, ob sie nach Vieilleville kommen möchten, um meine besaubernde kleine Alies kennen zu lernen, weil isch ihnen alles über Sie ersählt 'abe, und isch sage, wir werden susammen 'aben Abendessen. Wir werden 'aben viel Schpass. Wissen Sie, diese Imogen ist nicht *sympathique* – das sage isch Ihnen, ja? Sie weiß gar nischts, wenn sie denkt, dass Frauen wie wir nischt können 'aben Schpass – *et voilà*, wir seigen ihr, ja?«

Alice sieht schon eine weitere saftige Restaurantrechnung auf ihr ständig schrumpelndes Bankguthaben zukommen. »Können wir sie nicht daheim zum Essen einladen?«

»Sie meinen, selbst *kochen*?«

»Warum nicht? Es wäre viel …« Alice verkneift sich, das gefürchtete Wort »billiger« zu sagen, und bringt stattdessen »netter« hervor.

»Aber Sie 'aben keinen Platz, *ma chère* Alies. Wenn Sie eine große Wohnung 'ätten wie diese Hope, dann wir könnten das tun, aber es ist viel su klein. Wir würden ein kleines *pique-nique* machen müssen.« Josette zwinkert, und Alice lacht, lässt sich aber nicht beirren.

»Was ist mit Ihrer Wohnung, Josette?«

»Meiner ›Wohnung‹?«

»Ja, Ihrer Wohnung, Josette. Sie haben doch eine.« Das ist ein bisschen gemein, da Alice sehr wohl weiß, dass Josette nach wie vor nur via Nachrichten im Café Bleu zu erreichen ist.

»Isch bin *encore* flatter'aft – das ist guter Ausdruck, nein? Isch 'abe Ihnen schon gesagt, ja? Mein Billy-Boy bringt es mir bei. Isch wohne bei Marie-Auguste.«

»Könnten wir sie dorthin einladen?«

»Wo? In 'aus von Marie-Auguste? Oh nein, *impossible.* Ihr Mann ist ein Schwein, schrecklicher Mann. Er geht nach *Chine* mit seiner Sekretärin; sie hat *schrrrräckliche* Seit.«

»Dort geht also nichts?«

»Was 'eißt das – ›geht nischts‹?«

»Wir können diese Schweden oder Dänen oder was immer sie sind also nicht zu Marie-Auguste einladen?«

»Das wäre nischt sehr *comme il faut.* Sie ist traurige, traurige Frau.«

Die Prozession hat den Place d'Espoir erreicht. Alle sind müde und schlecht gelaunt auf Grund des üppigen Essens und Trinkens und der Hitze, aber sie wissen, dass wenigstens eine von ihnen anbieten muss, Verona beim Geschirrspülen zu helfen. Aber da werden sie abgelenkt. Auf der anderen Seite des Platzes, mit dem Rücken zu ihnen, geht Hope Boscombe sehr langsam an der Seitenmauer des Maison Puce entlang, die in die dunkle Impasse d'Espoir, eine Sackgasse, hineinreicht. Sie setzt in ihren Stöckelschuhen sorgfältig einen Fuß vor den anderen, indem sie jeweils mit der Ferse die Zehenspitzen berührt. Alle sehen ihr dabei zu, wie sie um die Ecke im Schatten verschwindet. Dann taucht sie, nach wie vor mit dem Rücken zu ihnen, wieder auf und beugt sich über ein langes Metallmaßband. Sie zieht es immer wieder auf Armlänge aus, wodurch das Metallband auf das Kopfsteinpflaster aufschlägt und ein scepperndes Geräusch verursacht, und huscht rückwärts heraus auf die Straße. An der Ecke bleibt sie stehen und macht sich einige Notizen auf einem Block.

»Hope, *Liebes*«, ruft Verona, während sie näher herangehen. Die anderen bleiben wie angewurzelt stehen. Keiner von ihnen hat es bisher gewagt, Hope »Liebes« zu nennen – dafür können sie sie noch viel zu schwer einschätzen. Hope schreckt zusammen und fährt herum. Man könnte sich schwerlich jemanden vorstellen, der weniger nach Veronas »Liebes« aussieht. Sie sieht eher aus, als ob sie gleich zischen oder fauchen würde.

»Ich wollte Sie nicht erschrecken.« Verona stellt die Picknicksachen auf der Straße ab und wischt sich mit einer zerknitterten Papierserviette über das Gesicht. »Können wir Ihnen irgendwie helfen – das Maßband halten oder so?« Die anderen sind nüchtern genug, um Hopes misstrauischen Blick wahrzunehmen, und vor allem Imo würde sich gern verdrücken, bevor Veronas Verhalten irgendwie auf sie zurückfällt. Zu spät. »Hier, Liebes, geben Sie mir ein Ende, und dann können Sie es gründlich machen. Diese Dinger sind ja so unpraktisch, nicht wahr?« Die anderen winden sich unbehaglich und warten nur darauf, dass Hope Verona anfaucht, aber stattdessen reicht sie ihr das eine Ende des Maßbandes, marschiert erneut die *impasse* hinunter und bleibt hin und wieder stehen, um sich Notizen zu machen. Es ist ein sehr langes Maßband, aber dennoch spannt es um die Ecke, und Verona ruft: »Soll ich Ihnen folgen, Liebes?«

Sie bekommt ein »Ja« zur Antwort, und so verschwindet also auch Verona um die Ecke.

Der Abwasch bleibt an Alice hängen, aber vor lauter Neugier macht ihr das nichts aus.

»Wie seltsam, was Hope da macht«, sagt Alice. »Hat sie gesagt, warum sie das tut?«

»Was, Liebes?«

»Diese ganze Vermesserei?«

»Oh ja, Liebes«, und nichts weiter. Herrgott, Verona konnte einen wirklich zur Weißglut treiben!

»Also warum?«, fragt Alice und wirft jede Subtilität über Bord. »Was hat sie gesagt?«

»Sie überprüft etwas«, sagt Verona und schweigt dann. Es ist zum Verrücktwerden.

19

Cannes-Can

»Was sind denn das für Sonnenblumen, Mama?«, fragt Gavin, lässt seinen Rucksack auf den Boden fallen und geht langen Schrittes in das Studio, so als ob es nur ein Vorraum wäre, von dem aus man noch woandershin gehen könnte.

»Sie sind sehr provenzalisch. Der Stoff ist von hier. Traditionell – nun, zumindest die Farben. Ich habe gedacht, ich füg noch ein paar hinzu, damit es ein bisschen fröhlicher wirkt«, sagt Alice. Ach je, schon protestiert die Dame viel zu viel.

»A-ja«, sagt Gavin und sieht sich weiter um. Mit zwei Schritten ist er beim Bad und öffnet die Tür. »Und hier durch – oh …« Er knallt die Tür wieder zu und sieht sich um. »Also … ja … das ist es also … Und du sagst, dass Hope Boscombe hier auch eine Bude hat? Wirklich?«

»Du brauchst dich gar nicht so überrascht anzuhören, Liebling. Ja, hat sie, im Dachgeschoss, aber ihre Wohnung ist natürlich viel größer.«

»Das muss sie wohl auch. Und du kennst sie?«

»Nun, *kennen* wäre zu viel gesagt. Ich habe einmal mit ihr zu Mittag gegessen. Sie bleibt ziemlich für sich.«

»Ist ja auch verständlich, bei jemandem wie ihr.« Gav ist mittlerweile die zwei Schritte in die andere Richtung zum Fenster gegangen und sieht hinaus. »Das ist es also?«

»Ich habe dir gesagt, dass es klein ist«, sagt Alice, aber da ihr plötzlich die tropfenden Waschlappen und Schamhaare in Fulham einfallen, hat sie keine Lust, sich noch mehr zu entschuldigen. »Ich habe eine Luftmatratze gekauft.«

»Was?«, sagt Gav erstaunt.

»Wie du vorgeschlagen hast. ›Ich bleche für die Luftmatratze‹, wenn ich mich recht erinnere. Hier heißen sie *matelas* – auf keinen Fall zu verwechseln mit *matelot*, was Matrose bedeutet. Das könnte, wenn man es genau bedenkt, unter gewissen Umständen heikel sein.« Alice kichert.

Gavin sieht sie mit einem sehr forschenden Blick an, so als ob er sich fragt: ›Ist das wirklich meine Mama?‹ »Du scheinst ein bisschen, äh ...« Er zögert.

»Ja?«, sagt sie schnell.

»Anders zu sein. Das ist es, was ich sagen wollte. Ja – anders.« Gavin mustert seine eigene Mutter – die in einem durchsichtigen weißen Leinenanzug und goldenen Lederpumps im Türrahmen steht. Sind das ihre – o Gott, nein, das können doch nicht ihre *Brustwarzen* sein, die man da durch den Stoff sieht? Gavin kann sich nicht erinnern, diese Brustwarzen gesehen zu haben, seit sie für ihn sechs ordentliche Mahlzeiten am Tag repräsentierten.

Gut, denkt Alice. Also habe ich mich geändert. Das will ich doch hoffen. Das will ich verdammt noch mal hoffen. »Gut«, sagt sie laut. »Also stell dein Zeug ab, und dann lass uns ausgehen.«

»Ausgehen?«, sagt Gav und knickt in den Knien ein, denn er ist total geschafft. Es war ein Scheißflug – ein Charterflug mit Umsteigen in Brüssel, und dann kam auch noch seine Reisetasche nicht an, und weiß der Himmel, wie er ohne sein Smokingjackett auskommen soll, das er sicher für all die Hot Spots in Cannes brauchen wird. Also hatte er sich eigentlich auf etwas Sympathie und Suppe von seiner Mama gefreut und darauf, selig in den Schlaf zu versinken. Stattdessen steht jetzt diese aufgedrehte Frau vor ihm und redet von Abendessen und Bars und komm, lass uns wo hingehen, wo was los ist, und beeil dich, denn momentan ist alles sehr schnell reserviert und weg. Himmel!

Also gehen sie aus. Sie besteht darauf. Er kann's nicht glauben. Mama? Seine Mama? Die Mama, die immer Eintöpfe und Ofenkartoffeln gemacht hat? Die, die immer »Hast du deine Spielsachen? Du wirst zu spät zu den Pfadfindern kommen« und »Mach dir keine Sorgen, Liebling, du wirst bald wieder gesund sein« gesagt hat? Die trottet jetzt die Straße hinunter, winkt den Barkeepern zu und wirft hin und wieder einem Fremden eine Kusshand zu … *seine Mama*?

»Aber er ist *entsückend*«, sagt die hagere Französin mit dem Gold an der Sonnenbrille. »Sie, kleiner Gavin, Engländer. Ach, wie isch liebe die Engländer! Sie erinnern misch an jemand besonderen – meinen Billy-Boy.«

»Toll, dass Sie kommen konnten. Wie lieb von Ihnen!«, sagt die Fette mit dem grauen Haarknoten, von dem ihr dünne Strähnchen in die Suppe hängen. »Es ist so schön, mal einen Kerl hier zu haben. Sie würden gar nicht glauben, wie wenige es hier gibt. Hat Ihnen schon mal jemand gesagt, dass Sie das gleiche Kinn haben wie Ihre Mutter? Mit genau dem gleichen Grübchen etwas neben der Mitte, allerliebst.«

»Und Sie sind im Filmgeschäft?«, fragt die aufreizende Kleine am anderen Ende des Tisches. Die mit dem Hund und dem bösen Blick.

»Ja, Independent Production.«

»Haben Sie gerade was in Arbeit – ich meine, jetzt im Moment?« Dieses Mal sieht Gav sie genauer an, denn er hatte hier und jetzt kein Branchengeplauder erwartet. Noch nicht.

»Sicher, wir sind voll in der Pre-production.« Er gibt ihnen einen ausführlichen Bericht (obwohl er es genau genommen nur für sie tut).

»Mein Billy-Boy war auch im Filmgeschäft«, sagt die Französin. »In 'ollywood.«

»Ich dachte, er war in der Armee, Liebes«, sagt die Fette.

»Das war *vor'er*«, sagt die Französin leicht verärgert.

»Also dann haben Sie eine Akkreditierung für Cannes?«, fragt die aufreizende Kleine.

Und ob ich die habe, denkt Gav mit stolzgeschwellter Brust und zieht seine Visitenkarte hervor: »GAVIN BARNES – Regisseur – Roar-Roar Films« und eine Adresse in der Wardour Street. Welch bessere Akkreditierung könnte man haben, ganz zu schweigen von den Schreiben und den Arrangements, die er im Vorfeld getätigt hat?

»Können Sie uns Tickets besorgen?«, sagt die aufreizende Kleine fix und meint mit »uns« natürlich nicht die anderen, sondern »uns« im Sinne von Imogen Prosper – im singulärsten Singular.

»Ich denke schon«, sagt Gav, der noch nie in Cannes gewesen ist, sondern nur davon gehört hat.

»Denn ohne Tickets kommt man in Cannes nirgendwo rein – nirgendwo.«

»Klar werde ich Tickets bekommen«, sagt Gav energisch, im Brustton jugendlicher Überzeugung.

Alice wollte Gavs Ankunft ein bisschen feiern. Also hat sie sich, obwohl es ein Loch in ihr monatliches Budget reißen wird, mit den anderen in der Taverne Vieilloise zum Essen verabredet, aber mit der festen Auflage, dass jeder selbst zahlt. Die Frauen stürzten sich wie Aasgeier auf ihn. Der arme Gav! Er konnte einem schon Leid tun in seinen ausgebeulten Shorts, die bis zu den Unterschenkeln hinabhingen (hat es jemals eine unattraktivere Mode gegeben?), während der Rest seiner Sachen *en route* nach Tel Aviv oder sonst wohin war. Er sah so sehr wie damals mit sieben aus, dass es ihr schwer fiel, ihn ernst zu nehmen.

Gegen Ende des Abends wurde er zunehmend groggy, angetrunken und großspurig und prahlte mit seinem neuen Projekt *Deadeyes* – Totenaugen. Ihr ist aufgefallen, dass seine Projekte immer »Tod« im Titel hatten. Als sie ihn einmal diesbezüglich gefragt hat, hat er nur gesagt: »Der Tod verkauft sich gut.«

Als sie wieder in der Wohnung sind, muss er die Luftmatratze aufblasen, die, wie sie vorhergesehen hatte, gerade mal zwischen die ausgezogene Bettcouch und die Badezimmertür passt. Da die Tür nach außen aufgeht, muss sie sicherstellen, dass sie sich beide gewaschen und (was wichtiger ist) die Toilette benützt haben, bevor sie sich hinlegen können. Gavin schläft sofort ein und schnarcht bereits genauso laut wie sein Vater. Irgendwie ist es beruhigend. Sie hat seit dem Tag, an dem sie da oben auf dem Gerüst gelegen und Philip ihr von Hillary Aldyce erzählt hatte, mit niemandem mehr in einem Raum geschlafen (abgesehen vom Liegewagen im Zug, aber das zählt nicht). Nicht, dass da jetzt ein umgekehrter Ödipuskomplex im Spiel wäre – sie hegt keine ungesunden Gefühle für ihren strammen Sohn mit dem pickeligen Kinn –, aber es fühlt sich einfach gut und geborgen an, jemanden in der Nähe zu haben.

Andererseits fällt es ihr angesichts des konstanten, rhythmischen Grunzens schwer einzuschlafen. Sind Gene nicht seltsam? Zuerst behauptet Verona, dass Gavins Grübchen dem ihren bis aufs i-Tüpfelchen gleiche, und jetzt … Sind Gavs Gene für diese kurzen Pausen zwischen den Schnarchtönen, die Philip auch immer macht(e), verantwortlich? Jetzt ist Alice hellwach. Sie macht sich ein wenig Sorgen um Gavs Projekt, obwohl es schwierig war, etwas Genaueres aus ihm herauszubekommen. Irgendwas in der Art, dass Roar-Roar Films und *Deadeyes* schon auf der Warteliste stehen, um mit Hilfe von, so Gavin, »Startkapital« von der Lotterie und dem Britischen Filminstitut produziert zu werden, aber nur, wenn es ihnen gelingt, so und so viel woanders lockerzumachen. Er hatte den Großteil seiner Freizeit im vergangenen Jahr damit verbracht, den ganzen Deal einzufädeln und einen Trailer zu drehen, der gerade mal zweieinhalb Minuten lang war und die stolze Summe von fünfzigtausend Pfund gekostet hatte, und alle fuhren total darauf ab, sogar Viveca Jones, die sich bereit erklärt hatte, für einen Apfel und ein Ei zuzüglich Gewinnanteile die Hauptrolle zu spielen, bis einer der wichtigsten Investoren vor ungefähr drei Wochen einen Rückzieher machte, weshalb Gav jetzt hier ist. Entweder er schafft es, schnell mehr Geld aus dem Hut zu zaubern oder der ganze Deal ist geplatzt – was nicht nur den Zusammenbruch der noch in den Kinderschuhen steckenden Roar-Roar Films nach sich ziehen würde, sondern auch Konkurs, unbezahlte Überziehungskredite und den Aufschrei verschiedener Bürgen, sprich Eltern, die sich dazu hatten verleiten lassen, auszuhelfen. (Nicht Philip – typisch! Gav hatte ihn offenbar gefragt, aber er hatte sich unter Hinweis auf die Ausgaben für seine neue Familie und für *Alice* – was für eine Frechheit! – geweigert.) Das hatte Gav also gemeint, als er davon sprach, dass »die Kacke am Dampfen« sei – wohl eher ein ganzer Misthaufen.

Bisher hat Gavin keinen guten Tag. Die Zugfahrt dauerte viel länger, als er gedacht hätte, da sich der Zug die Küste entlangschlängelt und an jedem kleinen Ort anhält. Zugegeben, Mama hatte ihn gewarnt, aber da sie dazu neigt, um alles ein Getue zu machen, hatte er angenommen, dass sie wie üblich übertrieb. Aber nun stellt sich heraus, dass sie Recht hatte.

Als er zu guter Letzt in Cannes aussteigt, findet er sich inmitten von – nun – *Franzosen* wieder, die, mit Einkaufstaschen beladen und Kinderwagen schiebend, nonstop Französisch plappern. Weit und breit kein Filmbonze in Sicht. Wissen denn diese Leute nicht, was in ihrer Stadt vor sich geht? Ihre Stadt ist das Zentrum des ganzen verdammten Universums, aber sie sind einfach da und tun so, als ob nichts wäre.

Er geht seiner Nase nach Richtung Meer und kämpft sich durch die immer dichter werdende Menschenmenge. Zum ersten Mal, seit er mit Ach und Krach die Schule hinter sich gebracht hat, wünscht er sich, dass er sich ein bisschen mehr Mühe mit den Sprachen gegeben hätte. Mit einem Vierer im Abschlusszeugnis kommt er nicht weit. Er schlägt sich mit »*Moi – anglais*« bis unterhalb des Busbahnhofs durch und sieht hinaus aufs Mittelmeer. Es ist nicht so glänzend blau, wie es sein sollte, und obwohl es heiß und feucht ist, brauen sich am Himmel Wolken zusammen, und es sieht nach Regen aus. Zur Rechten sind eine Menge alter Häuser und Fischerboote, aber zur Linken sieht es schon viel versprechender aus: Transparente wehen von den Dächern moderner Gebäude. Er geht die Promenade entlang vorbei an *boules*-spielenden alten Männern und strickenden alten Frauen, und plötzlich ändert sich die Atmosphäre. Das ist es schon eher: Flaggen, mehr Transparente, und da sind auch schon die ersten überdimensionalen Filmposter – *Kong Kid* in riesigen Lettern an der Fassade eines modernen Glasbaus, und *Scorched*, auf dem riesige, dreidimensionale Styroporflammen zwischen den echten Palmen gen Himmel schlagen. Zwei spärlich bekleidete Mädchen jagen auf Roller-Blades heran, das blonde Haar im Wind, die langen Beine in winzig kleinen Stars-and-Stripes-Shorts wie Wonderwoman; sie halten direkt auf ihn zu und weichen erst in letzter Sekunde aus. Ja, das ist es schon eher – die Croisette in all ihrer sagenumwobenen Pracht. Von hier an findet er sich zurecht.

Im Palais des Festivals reicht die Schlange vom Anmelderaum bis in den Vorhof hinaus, alles leicht reizbare Menschen, die auf Eile und Geschwindigkeit programmiert sind und sich bereits mental zum Kampf rüsten. Gavin wartet und wartet, während sich die Schlange langsam vorwärtsschiebt, sieht nervös auf seine Uhr und fingert an seinem Handy herum, als ob er bereits unzählige, höchst wichtige Verabredungen verpassen würde. Eventuell sind sie alle wie er und tun nur so wichtig, obwohl dem gar nicht so ist. Wer sind all diese Leute überhaupt? Was tun die hier? Sicher sind ihre Bedürfnisse doch nicht so groß wie die seinen? Journalisten? Die Welt kommt auch ohne einen weiteren Artikel über einen Film aus, der noch nicht gedreht ist und nach dem ohnehin kein Hahn krähen wird – nun, außer *Deadeyes* natürlich, aber das ist was anderes: *Deadeyes* kann alle Berichterstattung der Welt gebrauchen. Er sieht sich seine Mitschlangesteher genauer und mit mehr Mitgefühl an. Vielleicht, wenn man es recht bedenkt, könnten ein oder zwei von diesen Kerlen eine gute Story gebrauchen …

Die Frau vor ihm wird nicht eingelassen. »Sie Miststück, Sie gottverdammtes Scheißmiststück. Wer ist Ihr Boss? ICH MÖCHTE SOFORT IHREN BOSS SPRECHEN, AUF DER STELLE. HÖREN SIE MICH, SIE MISTSTÜCK?« Das umwerfend aussehende Mädchen hinter dem Tresen hat angesichts dieser Tirade auf Französisch geschaltet, obwohl sich Gavin sicher ist, dass er sie zuvor noch mit jemandem auf Englisch reden gehört hatte. Aber so ist es nun mal – keine wertvolle Akkreditierung für die fluchende, schreiende Frau, nicht einmal ein Tagespass. Die Frau schleicht von dannen, gebrandmarkt als Ausgestoßene unter den Auserwählten – denn als solcher sieht sich Gavin wenige Augenblicke später. Das Büro in London hat gute Arbeit geleistet: Die richtigen Papiere sind angekommen, ihm wird das wertvolle, plastikverschweißte Schildchen an einem gelbschwarzen Halsband gereicht – *et voilà*, schon geht es ihm viel besser. Er gehört also doch zu DENEN, DIE ZÄHLEN.

Als er wieder zum Ausgang kommt, stellt er fest, dass es regnet – das heißt, es schüttet schon eher wie ein Satyajit-Ray-Monsun. Die Leute zerstieben wie Billardbälle in alle Richtungen. Zur einen Seite ist die berühmte, mit scharlachrotem Teppich protzig ausgelegte Treppe – Les Marches de Cannes –, die hinauf zum Haupteingang des *palais* führt. Ein paar Meter vor ihm ist eine der vielen metallenen Hürden, die zusammengesteckt eine riesige Absperrung bilden, die sich die ganze Croisette hinunterschlängelt. Und dort unten in dem peitschenden Regen und den flüchtenden Menschenmassen ist ein bekanntes Gesicht: Da steht, mit einem Schirm in der Hand, die wütende, aufreizende Kleine von gestern Abend, Imogen, und lächelt ihn an. Er läuft, wie er hofft, lässig zu ihr hin und duckt sich unter ihren Schirm.

»Du hast es also geschafft«, sagt Imo. »Da schau an.« Sie zieht neckisch an dem Pass, der jetzt sicher an seinem Hals baumelt.

»Klar, war'n Kinderspiel.« Er grinst selbstgefällig auf sie hinab. Wie klein sie doch ist – so ein kleines Ding –, aber mit Rundungen an all den richtigen Stellen.

»Du siehst ziemlich bescheuert aus in diesen Shorts«, sagt sie prompt und noch immer lächelnd.

»Es hat schließlich nicht geregnet, als ich gekommen bin«, sagt Gav, dessen Hochmut bereits verfliegt.

»Hast du sonst nichts dabei?«

»Mein Gepäck ist verloren gegangen, sie schätzen Tel Aviv. Kann sein, dass es morgen kommt, falls sie es ausfindig machen können.«

»Ich würde an deiner Stelle nicht bis morgen warten. Mit denen hier kommst du nicht weit.« Sie sehen beide hinunter auf seine nackten Schienbeine. Seine Socken, die aus den Nike Airs hervorgucken, sind schon total durchnässt. »Warum kaufst du dir nicht in der Zwischenzeit ein Paar Khakihosen?«

»Weil …« Er will ihr nicht unbedingt sagen, dass Geld ein Problem ist – nicht cool genug für ein Mädchen mit diesen unverschämten schwarzen Augen und Rundungen an all den richtigen Stellen. »Das macht wenig Sinn, da mein Gepäck noch kommt und …«

»Falls es noch kommt. Verlass dich gefälligst nicht darauf. Ich kann dir oben in der Altstadt einen billigen Laden zeigen. Komm schon. Wir bringen dich auf Vordermann.«

Sie gehen wieder die Croisette hinunter, Gav mit dem Schirm in der Hand, um das Schlimmste zu verhindern, vorbei an *Kong Kid* und *Scorched*, die jetzt im Regen gar nicht mehr so toll aussehen.

»Kannst du mit deinem Pass auch Tickets bekommen?«, fragt Imogen. »Für Filmvorführungen, Partys und so Sachen? Es gibt ein paar wirklich megageile Partys.«

»Ja, natürlich, kein Problem. Ich bin offiziell.«

»Ich glaube, du brauchst eine Assistentin.«

»Was?«

»Nun, sieh dich nur an! Wenn du mich nicht hättest, wärst du ganz durchnässt. Läufst in Shorts rum, wozu du weder die Beine noch die sprachlichen Fähigkeiten hast. Warum nimmst du mich nicht mit – Teilzeit, vielleicht Vollzeit? Ich könnte wirklich nützlich sein.«

Das Gewitter geht auch über Vieilleville hernieder, und Josette bringt sich unter der Markise des Café des Fleurs in Sicherheit, um sich ihren vormittäglichen *express* und den *Nice-Matin* zu Gemüte zu führen. Auf der Titelseite ist ein großes Farbfoto von einer Phalanx von Stars, die in Cannes die rote Treppe hinaufmarschieren. Josette sieht es ein oder zwei Minuten lang sorgfältig an und mustert mit kritischem Blick die Abendkleider. Der Schnitt eines Ärmels oder der exakte Winkel eines etwas schräg geschnittenen Chiffonkleides sind für sie von größter Faszination. Schon ganz nett, denkt sie, aber was würde sie, die sie doch mit ihrer Figur für Pailletten und Jett wie gemacht ist, nicht alles tun, wenn sie so viel Geld hätte. Dann blättert sie zum Rest der Cannes-Berichterstattung im Innenteil der Zeitung, begierig, noch mehr Stars zu kritisieren und auseinander zu nehmen – je jugendlicher und je mehr Hollywood, desto besser.

Ah, aber da ist die göttliche Deneuve, natürlich wie immer atemberaubend. Was für eine Frau! Sie könnte der Welt ein paar Dinge darüber erzählen, wie man mit Würde älter wird – obwohl Josette da selbst ein paar Tipps auf Lager hätte. Weiter zum Programm dieser Woche ... Sie hält immer nach etwas Interessantem oder Amüsantem Ausschau, aber sie fährt selten hin. Wie Imo gestern Abend sagte, ohne Tickets und die richtigen Kontakte ist es sinnlos. Dennoch ist es gut, informiert zu sein, um die richtigen Kommentare parat zu haben, falls bei gesellschaftlichen Anlässen das Gespräch darauf kommt. Man weiß ja nie, es könnte nützlich sein, wenn sie das nächste Mal nach Juan-les-Pins fährt. Hier ist das Programm: der offizielle Wettbewerb, darunter *Un Certain Regard* (die Cannes-Version von »Sehr empfehlenswert, aber noch verbesserungsbedürftig«), die »Directors' Fortnight«, die Woche der internationalen Kritiker, die Retrospektive ... Sie stockt, legt die Hand an den Hals und schnappt nach Luft. »Die Retrospektive« – aber das kann doch nicht sein! – sie liest es noch einmal. *Mon Dieu* – Billy-Boy ist hier.

Wem soll sie es zuerst erzählen? Wem kann sie diese schier unglaublichen Neuigkeiten mitteilen? Marie-Auguste ist verreist – ebenso Adrienne. Aber plötzlich begreift sie, dass zum jetzigen Zeitpunkt niemand außer Alice Barnes dafür in Frage kommt. »*Alies!*«, schreit sie schon wieder zu diesem Fenster hinauf. Komm schon, Alice, sei dieses Mal zu Hause. »*Alies!*« Josette steht noch immer unter Schock.

Wie soll Alice aus dieser zitternden Frau und dem zerknitterten *Nice-Matin*, den sie ihr in die Hand gedrückt hat, schlau werden?

»Schau! Schau!«

»Was? Was?«, antwortet Alice.

»Schau 'ier.« In ihrer Erschütterung wechseln sie beide zum vertrauten Du. Endlich findet sie auch die Seite, streicht sie glatt, und Alice sieht ein Foto von einem Mann mit angehender Glatze und einem mopsigen Gesicht.

»Das ist er – Billy-Boy!«

Alice bringt sie dazu, sich hinzusetzen, und überfliegt dann den Artikel, den sie im Großen und Ganzen auch ohne Wörterbuch versteht. »Anlässlich seines achtzigsten Geburtstags findet eine *hommage* für das Gesamtwerk von William Prescott, Regisseur von Erfolgsfilmen wie *Wide Awake*, *The Moll* und *Strawberry Fair*, statt. Der Höhepunkt ist die Überreichung einer Plakette, die speziell zu diesem Anlass bei den Kunsthandwerkern von Vallauris in Auftrag gegeben wurde.«

»Du meinst, Billy-Boy ist William Prescott?«

»Aber natürlisch.«

»Das hast du nie gesagt.« Aber Josette wirft ihr sofort diesen Blick zu, den sie mittlerweile nur allzu gut kennt – diesen durchbohrenden, verächtlichen Blick, der besagt, dass sie lediglich Dinge erzählt, falls und wenn es ihr beliebt. Aber warum, wenn das doch so interessant gewesen wäre? Alice kennt sich wahrlich nicht so gut mit Filmregisseuren aus, wofür Gav natürlich nur Verachtung übrig hat, aber Namen wie Hitchcock, John Huston und William Prescott haben sich sogar in ihrem Gehirn festgesetzt. Wer könnte Hitchcocks *Die Vögel*, Hustons *African Queen* oder die bezaubernden, beschwingten Fünfzigerjahre-Musicals von William Prescott vergessen, nach denen man das Kino verließ und auf der dunklen Straße noch immer die Songs vor sich hinsummte? Das waren noch Zeiten.

»Also Lieutenant Billy Prescott-Smythe ist William Prescott?«, fragt Alice, nur um sicherzugehen, dass sie es richtig verstanden hat.

»*Capitaine* Prescott-Smythe – ja. Nachdem uns diese 'exe von *maman* auseinander gebracht 'at, ging er nach 'ollywood.«

»Von Neu-Delhi.«

»Neu-Delhi war *suvor.*«

»Aber er war doch in der Armee?«

»Die Armee war *danach.*«

»Nach Neu-Delhi?«

»Oder Bangkok.« Josette seufzt verärgert. Warum nur haben diese Frauen einen so unstillbaren Informationsdurst? Verstehen sie denn gar nichts von Diskretion? So *déclassé.* Und warum lässt Alice sie nicht endlich zum Punkt kommen? »Dein Sohn, Alies, dein entsückender kleiner Junge ...«

Es fällt ihr schwer, von dem plumpen Gavin als ihrem kleinen Jungen zu denken, aber Alice versucht es. »Ja – was ist mit ihm?«

»Er wird 'aben Tickets?«

»Welche Tickets?«

»Für die Shows. Er kann Tickets besorgen für uns – für *misch* – was meinst du?«

»Ich habe keine Ahnung. Ich vermute, dass er es versuchen kann. Wir werden ihn fragen müssen.«

»Aber du verschtehst doch, dass das für misch ist sehrrrr wichtig. Isch 'abe meinen Billy-Boy nischt gese'en seit über viersig Jahren.« Josette hält für eine Sekunde inne – ach, zum Teufel damit, soll sie doch ihre Schlussfolgerungen über ihr Alter ziehen. »Vielleicht schon fünfundviersig. Seine *maman* 'at uns auseinander gebracht – war schreckliches, schreckliches Ding. Es hat mein ’erz gebrochen. Isch bin nie wieder gewesen dieselbe. Also ’ilf mir – denn sonst isch weiß nischt, wie isch ihn kann erreichen. Du wirst deinen Sohn fragen, wenn er ’eute Abend nach Vieilleville zurückkommt?«

Natürlich muss Alice Ja sagen.

Nachdem Josette, noch immer aufgeregt plappernd und sich an ihren Strohhalm der Hoffnung klammernd, gegangen ist, brennt Alice darauf, es weiterzuerzählen. Aber Imo ist nicht zu Hause, und Alice hat Verona den ganzen Vormittag nicht gesehen. Typisch. Da hat sie endlich mal richtig saftigen Klatsch, und dann ist von Verona weit und breit keine Spur.

20

Fischzüge

Gav fängt langsam an, Imogen zu schätzen – so ein einfallsreiches Mädchen! Sie hat sich bereits einen Schlachtplan ausgedacht und arbeitet mit allen Tricks. Und wie sie Französisch spricht grenzt schon beinahe an ein Wunder.

Zuerst deckt sie ihn in einem Second-Hand-Laden hinter dem Blumenmarkt mit einer schwarzen Baumwollhose – spottbillig und ziemlich cool, von weitem könnte man sie glatt für Armani halten – und einem dazu passenden schwarzen Sakko ein. Es kann dem hopsgegangenen Smokingjackett, das sich auf dem Weg nach Tel Aviv befindet, nicht das Wasser reichen, aber sie überzeugt ihn, dass man mit einem schwarzen Sakko (vorausgesetzt, es ist cool genug) und einer Fliege für die meisten gesellschaftlichen Anlässe während des Cannes-Can bestens gewappnet ist. Also fühlt er sich dem Ganzen schon viel eher gewachsen, als sie ihn in einen Schreibwarenladen in der Rue d'Antibes schleppt und seinen wertvollen Pass kopiert. Noch ehe er recht weiß, was sie im Schilde führt, klebt sie ein Foto von sich auf die Kopie und schiebt sie dann in ein durchsichtiges Plastiketui.

Dann mustert sie sein offizielles Halsband. Sie deutet an, dass es auch für zwei reichen würde, wenn sie es zerschneiden würden. Aber er ist nicht dämlich. Jeder anständige Sicherheitsmensch würde misstrauisch werden, wenn zwei Leute an Stelle von den langen, echten Dingern mit Halsbändern daherkommen, die ihnen fast die Luft abschnüren.

Aber sie gibt sich nicht leicht geschlagen, dieses Mädchen – und entschließt sich für die nächstbeste Option: Sie steckt den Pseudopass verkehrt herum an ihre Brust, nur vier, fünf Zentimeter unterhalb ihres tiefen Ausschnitts, direkt unter die linke Brustwarze, die sich in dem schwarzen Stretchjersey so verführerisch abzeichnet. Wer würde da kontrollieren? Wer würde ihr den Weg versperren, einem so entschlossenen kleinen Ding, das mit wichtigtuerischer Miene mit der rechten Hand das Handy umklammert hält, allzeit bereit für den entscheidenden Anruf, und ein Klemmbrett unter die Achsel geklemmt hat. (Brett, Notizblock und Klarsichtordner hat sie extra hier und jetzt im Schreibwarenladen gekauft, um sich das richtige Erscheinungsbild zuzulegen – oh ja, sie hat alles geplant.) Gav fragt sich einen Moment, ob er mit ihr eventuell seinen professionellen Status aufs Spiel setzt – aber hey, scheißegal, es ist doch nur ein bisschen Spaß. Sie sind ja nicht darauf aus, den Laden zu überfallen – sie wollen nur hineingelassen werden.

Oh, aber Einlass ist hier Gold – nein, Einlass ist verdammtes platinbeschichtetes Plutonium: Ohne bist du nichts. Nada. Null.

Sie fangen mit dem Markt im Untergeschoss des Palais des Festivals an – aber das ist eher deprimierend. Dort drängeln sich hunderttausend Filmfritzen beiderlei Geschlechts und versuchen verzweifelt, ihre Ware zu verhökern. Mehr Poster, Broschüren, Aufkleber und Trailer für mehr Zelluloidmist, als der Galaxie gut tut. Gavs eigener, zweieinhalbminütiger, fünfzigtausend Pfund teurer Trailer ist auf dem Laptop in seinem Rucksack und wartet nur darauf, möglichen Interessenten den Mund wässrig zu machen, so dass sie darum betteln, in das Projekt investieren zu dürfen. Und das werden sie, sobald sie den Trailer gesehen und dessen Qualität, Stil und Originalität erkannt haben – ganz zu schweigen von gewissen nützlichen Ähnlichkeiten, die er zu so hochkarätigen Hits wie *Trainspotting* und *The Full Monty – Ganz oder gar nicht* aufweist. *Deadeyes* ist der absolute obergeile megahippe *New True Brit*-Film des Neuen Millenniums – kapiert? Klar, Mann. Also kann Gav gar nicht schnell genug aus dem offiziellen Markt im Untergeschoss rauskommen. Was er braucht, sind hungrige, erfahrene Unternehmer, keine verhungernden, verkaterten Verkäufer. Was er braucht, ist eine andere Strategie.

Sie gehen die Croisette hinunter und quetschen sich durch die Menschenmassen: viele Profis – kleine, stämmige Männer mittleren Alters mit Aktenkoffern, die pausenlos in ihre Handys sprechen und deren kurzärmelige Hemden am Rücken total durchgeschwitzt sind; taffe Frauen in engen knappen Kostümen; knackige Schönheiten mit fast nichts am Leib; und gaffende Fans, die nur der Atmosphäre wegen hier sind, echte Nobodys, die nicht den Hauch einer Chance besitzen, in irgendeine Filmvorführung oder ein Meeting reinzukommen – und alle jammern. Das hier soll ein »Festival« sein?, lamentieren sie. Was für ein Festival? Eine bessere Fachmesse, die von der Cannessonne vergoldet wird, das ist alles.

Imo und Gav fangen jetzt an, in die weißen Zeltpavillons zu huschen – hier die Algerier, dort die Israelis, dort drüben die Dänen. Ein kurzer Wink mit den Pässen und schon gelangen sie spielend durch die Kontrollen. Innerhalb kürzester Zeit haben sie eine Unmenge von Katalogen, Broschüren und Visitenkarten – aber noch immer keine Termine. Dann erspähen sie den britischen Pavillon, wo Imo gern eine Weile rumhängen möchte, um ein paar Stars zu begaffen – auch wenn sie das nie zugeben würde. Gav ist aber plötzlich befangen. Bis jetzt war es alles wie ein verrücktes Spiel auf fremdem Terrain, wo seine Identität nicht auf dem Spiel stand. Aber jetzt befinden sie sich sozusagen auf heimatlichem Boden, und er ist zum ersten Mal nervös, als Imo dem sehr eleganten, sehr breiten Rausschmeißer am Eingang ihren gefälschten Pass zeigt. Aber ihr Ausschnitt erfüllt den Zweck – der Wachmann scheint den Schwindel nicht zu merken und winkt sie durch.

Je länger der Tag andauert, desto weniger kratzbürstig und umso koketter wird Imo. Sie schmeißt sich wie wild an die Briten ran, kippt das Freibier nur so hinter die Kehle und redet mit allem und jedem. Aber Gav sieht überall, wohin er blickt, nur Konkurrenz. Viele von denen haben ihre Projekte bereits in der Tasche, und das Letzte, was er brauchen kann, ist, einem der großzügigen Gönner vom BFI über den Weg zu laufen, der unbequeme Fragen stellt, auf die er noch keine Antworten hat. Er sieht Imo an, aber sie dreht sich weg und ignoriert ihn. Schließlich muss er sie am Ellbogen fassen und sie mehr oder weniger nach draußen zerren.

Als sie wieder auf der Croisette stehen –, die Regenwolken haben sich inzwischen verzogen, und jetzt brennt wieder die Sonne herunter –, kocht Imo vor Wut.

»Warum zum Teufel hast du das getan? Es lief gerade total gut bei mir.«

»Aber bei mir nicht«, sagt Gav und erklärt ihr die Sache mit den Typen vom BFI und dass er Kontakte und keine Konkurrenz braucht.

»Aber das hab ich doch getan, du dummes Arschloch«, spuckt Imo.

»Was getan?«, sagt Gavin.

»Die Lage gepeilt. So sagt man doch, oder? Ich habe verdammt noch mal für dich die Lage gepeilt, um herauszufinden, wo die wichtigen Kerle stecken, in welchem Hotel sie übernachten. Was hast du denn gedacht, was ich tue?«

»Flirten«, sagt Gav.

»Leck mich«, sagt Imo. Himmel, ist sie sexy, wenn sie wütend ist!

»Und?«, sagt Gav.

»Pah, jetzt hab ich keinen Bock, es dir zu sagen.«

»Komm schon, Imo, gib uns 'ne Chance.«

»Nun, WarWorks zum Beispiel sind im Majestic mit dem Auftrag, neue Talente zu finden, vor allem Erstlingsfilme. Der deine ist doch ein Erstlingsfilm?«

»Was die Regiearbeit angeht, ja«, sagt Gav, der es liebt, das Wort Regie mit seiner Wenigkeit und niemandem sonst in Verbindung zu bringen.

»Nun, dann wäre das eine gute Adresse, falls wir einen Termin kriegen.«

»Wir?«

»Du kannst es doch nicht allein machen, Gav. Du kannst dir ja noch nicht einmal allein irgendwelche verdammten Hosen kaufen. Und noch was – um fünf Uhr ist oben am *palais* ein Pitch-Fest, offen für alle.« Sie schleudert ihm einen rosafarbenen Wurfzettel ins Gesicht. »Da – jeder, der einigermaßen wichtig ist, wird dort sein. Du hast zwei Minuten, dich für deinen Film ins Zeug zu legen.«

»Vor allen Leuten?«

»Ja, natürlich vor allen Leuten.«

»Oh nein, Imo, das hört sich für mich wie eine Amateurangelegenheit an, der reinste Todesstoß.«

»Was ist daran so amateurhaft? Ich hab doch gerade gesagt, dass das halbe Filmbusiness dort sein wird. Es ist ein Markt der Ideen – kann auf keinen Fall schaden. Vielleicht ist es sogar *der* Markt überhaupt.«

»Aber ...« Gav spürt, wie sich sein Magen zusammenzieht.

»Du hast doch eine Präsentation, oder?«

»Nun ...«

»Wie hast du denn dann bisher das Geld rangeschafft?«

»Mit einem Treatment, Imo, mit einem Drehbuch, das Substanz und Inhalt hat. Ich will meine Chancen nicht vermasseln.«

»Du bist nur ein Feigling.«

»Bin ich nicht.«

»Dann tu's. Leg los. Los, tu's jetzt hier für mich.«

»Nein, das kann ich nicht.«

»Schlappschwanz!«

»Bin ich nicht.«

»Dann beweis es!«

Also legt er los. An Ort und Stelle, mitten auf der Croisette. Er lässt all die Kataloge und Poster und Broschüren auf das Pflaster fallen und legt sich ins Zeug. »Da sind also diese beiden Typen, richtig ...?«

Ungefähr zur gleichen Zeit legt sich auch Hope Boscombe ins Zeug – in einem kleinen Boot auf stürmischer See in der Bucht von Vieilleville. Sie versucht, ihre Kamera auf das Dach des Maison Puce scharf zu stellen. Trotz ihrer bisherigen sorgfältigen Vermessungen und Taxierungen fehlen ihr nach wie vor handfeste Beweise für ihre Vermutungen. Sie hat bereits versucht, von den Hügeln von Bonneville aus Aufnahmen zu machen, aber ohne großen Erfolg. Sie hatte einige Fotos gemacht, sie entwickeln lassen und war dann mit einer Lupe darübergegangen, um ihr eigenes Dach in dem Dächerlabyrinth der Stadt ausfindig zu machen – aber obwohl sie sich ziemlich sicher ist, dass sie die richtige Stelle mit einem Kreuzchen markiert hat, ist es aus dem Winkel unmöglich, den versteckten Garten hinter der Zementmauer zu sehen.

Also versucht sie es jetzt von der anderen Seite, nachdem sie ein Boot gemietet hat und aufs Meer hinausgefahren ist. Der Kapitän, ein Fischer, der mit Tagesausflügen sein Einkommen aufbessert, sieht sie sehr neugierig an, als sie ihn bittet, direkt vor dem Strand den Anker auszuwerfen. Sie will nur bis hierher fahren, sagt sie. »*Terminé, terminé, fini!*«, ruft sie, und obwohl er sich wundert, wo sie bloß dieses Kauderwelsch her hat, versteht er natürlich, was sie will. Und da sie ihm genauso viel zahlt, als wenn er sie bis nach Monaco fahren würde, soll's ihm nur recht sein.

Es amüsiert ihn, diese Frau mit dem Fernglas und dem Notizblock zu beobachten, die mit ihrer Stativkamera im Rhythmus der Wellen schaukelt und ein Foto nach dem anderen schießt – als ob man sich nicht genauso gut für ein paar Francs eine Postkarte von Vieilleville kaufen und sich die ganze Mühe sparen könnte.

Um fünf Uhr erhalten Imo und Gav Einlass in das große weiße Zelt in der Nähe des Palais des Festivals. Die Vorderseite ist aus durchsichtigem Plastik, so dass, verdammte Scheiße, die ganze verdammte Welt zuschauen kann. All die gaffenden Fans drücken sich daran ihre Nasen platt.

Gavs Mund fühlt sich wie ausgetrocknet an, denn Imo hat Recht gehabt. Dieses Zelt ist voll mit Leuten, all den richtigen, wichtigen Leuten, die sich am frühen Abend noch ein bisschen unterhalten lassen wollen, bevor sie zu den offiziellen Filmvorführungen gehen. Und plötzlich ist er – Gav – an der Reihe. Er hat zwei Minuten, um *Deadeyes* anzupreisen, zwei Minuten, um irgendeinen dieser Wichser da draußen bei den Eiern zu packen.

»Da sind also diese beiden Typen, richtig …?«

Danach eilt er an die Bar und bestellt sich das größte Bier, das er bewältigen kann.

»Hi, Ihr Stil hat mir gefallen. Bilt Claymore«, sagt eine volltönende, runde amerikanische Stimme, und eine große Hand wird ihm entgegengestreckt.

Imo bleibt der Mund halb offen stehen. »Bilt Claymore – ist das Ihr richtiger Name?« Aber Gav, dankbar für jede Anerkennung, schüttelt bereits die Hand, während die Stimme fortfährt, »Aus L.A. – Bad Boys Productions«, woraufhin sich Gavs bloße Dankbarkeit in pure Freude verwandelt. Bad Boys? Waren das nicht die, die letztes Jahr mit *Haverstock* so toll im Geschäft waren – die Liaison von amerikanischem Geld und britischem Humor? Mein Gott, das hier könnte die sprichwörtliche gebratene Taube sein, die einem direkt ins Maul fliegt.

»Hallo?«, sagt Gav mit breitem Lächeln und einem Privatschulen-Akzent, denn die Amerikaner mögen ihre Engländer englisch. Imos Mund klappt noch weiter auf.

Und noch ehe man sich's versieht, hat Gav seinen Laptop angeschmissen, und das Bier wird zu Wein, und es stellt sich allgemein kumpelhafte gute Laune ein.

»Das ist wirklich großartig«, sagt Bilt. Lieber Bilt, was für ein Name, ich *liebe* diesen Namen, denkt Gav. »Ich meine, mir gefällt die ganze Grundstimmung, die ihr Jungs da am Laufen habt«, und Imo ist ganz begeistert, einer der Jungs zu sein – und schon reden sie über Meetings und Abendessen. Aber Bilt sagt, dass er in Nizza übernachtet – ein Missverständnis mit seiner Sekretärin, obwohl es wirklich nett ist, ab und zu aus Cannes rauszukommen, denn dieser Nonstop-Zirkus hier kann einem wirklich auf die Nerven gehen. Sie wüssten sicher, wovon er redet. Gav und Imo nicken zustimmend und geben zu verstehen, dass sie in Vieilleville wohnen. »Ich habe dort zufällig eine Wohnung«, sagt Imo, deren Stimme auch mutiert ist, allerdings von Dagenham zum Strand von Malibu. Und Bilt sagt: »Das ist großartig, lasst uns aus Cannes verschwinden und über das Ding hier reden«, und Gav sagt: »Großartig – im Negresco?«, in der Annahme, dass ein so wichtiger Kerl in keinem geringeren Hotel wohnen könnte, und Bilt sagt, »Himmel, nein. Wir treffen uns nach dem Abendessen bei euch, sagen wir um zehn?« Tja, zu spät – sie sind ihrer eigenen Überheblichkeit auf den Leim gegangen.

Sie werden wieder ein bisschen nüchtern, während sie in

der Hauptverkehrszeit im heißen Zug nach Vieilleville sitzen – ein ziemlicher Kontrast zu den langen Limousinen mit den getönten Scheiben auf der Croisette. Für kurze Zeit ist Gav noch betrunken und aufgeregt genug, um immer wieder seine triumphale öffentliche Darbietung Revue passieren zu lassen. War er nicht großartig gewesen? Darauf könnt ihr euren Arsch verwetten. Was für ein Siegertyp, was für ein Kerl! Und in einem Teil seines Gehirns schreibt er bereits seine Oscar-Dankesrede. Würde er Imo danken oder nicht, nachdem er die übliche Liste, Eltern und Gott durch war? Nun, wahrscheinlich nicht, denn sie wird schon wieder ganz krätzig und zwingt ihn, an die nackte Realität zu denken. Zum Beispiel daran, was er um zehn Uhr mit Bilt Claymore machen wird? Bilt, der mit Sicherheit eine coole, luxuriöse Rivierawohnung erwartet, nicht ein schäbiges Loch im Maison Puce, wo der Putz von der Decke fällt. Gav hatte natürlich gedacht, dass er Imos Wohnung hernehmen könnte, vor allem, da sie es ja war, die ihnen die Suppe eingebrockt hatte, indem sie plötzlich einen auf Westküste machte und zu prahlen anfing. Imo sagt: »Das wirst du verdammt noch mal nicht«, weil sie an die oben erwähnte Decke denkt und den Gestank des Abflussrohrs, der sich gerade wieder für die Dauer des Sommers zurückgemeldet hat. Dann sagt sie: »Du nimmst natürlich die von deiner Mama«, woraufhin Gav zwei große Probleme in den Sinn kommen. Nummer eins: Seine Mutter ist zufällig allzu leibhaftig dort und folglich verdammt noch mal im Weg. Und Nummer zwei: Auch wenn ihre Zimmerdecke momentan *in situ* zu sein scheint, so sind das auch die Sonnenblumen – diese spießigen Sonnenblumen, die jede Oberfläche überwuchern. Nicht gerade das passende Ambiente für einen Filmemacher: nicht das richtige Image für einen coolen, hippen, voll im Trend liegenden Oscarfilmregisseur des Jahres. Nein, mein Herr.

Aber unter den gegebenen Umständen – was bleibt ihm anderes übrig?

Was sie nicht erwarten ist, was sie erwartet – ein Begrüßungskomitee in Form von Alice und einer sehr nervösen Josette, die auf Gav losspringt, kaum dass er zur Tür hereinkommt und noch ehe er auf die Toilette gehen kann.

»Gavin – mein lieber Junge – du kannst mir ’elfen? Isch brauche Ticket für die *hommage* für meinen Billy-Boy.«

Und Imo, die auch mit nach oben gekommen ist, steht im Türrahmen und sagt: »Ja, das sollte zu schaffen sein, nicht wahr, Gav? Das kannst du doch für Josette tun, oder?«

»Was tun?«

»Ihr für die morgige Retrospektive Tickets besorgen – im *palais*, richtig? Ja, kein Problem.« Und wie sie dort so steht und etwas auf ihrem Klemmbrett notiert, sieht sie sehr geschäftig aus – das durchtriebene kleine Ding. Außer dass sie auch verrückt ist, denn er hat nicht den blassesten, nicht den allerblassesten Schimmer, wie er es anstellen soll, Tickets zu bekommen. Was er ihr gerade sagen will, aber sie unterbricht ihn und erklärt Alice, dass sie dieses Geschäftstreffen mit dem Produzenten von Bad Boys haben und dass ihre Wohnung aus verschiedenen Gründen den Ansprüchen nicht genügt. Josette lacht allein bei dem Gedanken, und Alice tut das, wovon Imo wusste, dass sie es tun würde, vor allem da das Angebot mit den Tickets in der Luft hängt: Sie bietet ihnen – wie aufs Stichwort und ohne zu zögern – ihre Wohnung an. *Bingo*.

21

Nächtliche Aktivitäten

Was Imo bei all ihrer List nicht zu wissen scheint, ist, dass es nicht nötig ist, Alice mit dem Versprechen auf nicht existente Tickets um den Finger zu wickeln. Das Muttersein funktioniert nicht über die Schiene – jedenfalls nicht im Großen und Ganzen. Wenn es um Gavins Wohl geht, will sie automatisch helfen. Trotz all der vorangegangenen Bedenken, was seinen Besuch angeht, würde sie jetzt, da er hier ist, alles in ihren Kräften Liegende tun, um ihm zu helfen, auch wenn es für sie, wie im jetzigen Fall, erneute Ausgaben bedeutet – denn wohin sollte sie sich sonst für den Rest des Abends verkrümeln als in ein Restaurant oder in eine Bar? Imo hat ihr als Ersatz nicht ihre Wohnung angeboten, und da Alice nur allzu gut weiß, was das für ein Loch ist, bittet sie sie auch nicht darum. Wenn Verona zu Hause wäre, wäre es die einfachste Sache der Welt, sich selbst einzuladen, aber noch immer ist von ihr weit und breit keine Spur. Seltsam – normalerweise verschont Verona Alice mit keinem Detail, wenn sie vorhat, den ganzen Tag wegzubleiben. Also heißt es, sich mit Josette den Abend zu vertreiben und dem Jungvolk das Feld zu überlassen.

Sobald die alten Schachteln weg sind, schickt Gav Imo los, um was zu Trinken zu kaufen. Imo besteht darauf, dass es Champagner sein muss und verschluckt sich beinahe, als er vorschlägt, dass auch Saumur Brut ausreicht. Also zieht sie los – in so einem Fall sind die flexiblen Ladenöffnungszeiten an der Côte d'Azur sehr hilfreich – und kommt mit drei teuren Flaschen und einem Berg raffinierter Knabbereien zurück. Sie richten alles her, Gav stellt seinen Laptop auf den Tisch – und schon sind sie bereit.

Sie erwarten, dass Bilt Claymore in einer Limousine oder wenigstens in einem Mercedes mit Chauffeur vorfährt. Da Gav angeblich der große Macker ist, erklärt sich Imo bereit, auf den Platz hinauszugehen, um nach dem Wagen Ausschau zu halten, den Fahrer, falls nötig, zum nächsten freien Parkplatz zu lotsen und ganz allgemein zu verhindern, dass es in der Rue d'Espoir zu einer nächtlichen Verkehrsruhestörung kommt. Man will ja nicht die falschen Signale aussenden, noch ehe es überhaupt losgegangen ist.

Gav wartet in der Zwischenzeit oben und sieht nervös auf den Bildschirmschoner seines Laptops. Natürlich eigens für das Projekt entwickelt. DEADEYES steht da, und in jedem der groß geschriebenen »Ds« zwinkern blaue Augen – wirklich raffiniert. Bilt wird es lieben, genau wie heute Nachmittag – oder etwa nicht?

Er verspätet sich. Das hätte man sich ja denken können. Typisch! Imo stapft immer wieder um den Place d'Espoir herum, schon ganz genervt vom Nachsehen, ob sie den mythischen Wagen vielleicht im dem Gewirr der engen Gassen übersehen hat. Sie bräuchte Augen im Hinterkopf. Um halb elf ist er immer noch nicht da. Gav steckt seinen Kopf aus dem Fenster und macht eine Trinkgeste. Der dumme kleine Wichser.

»Warte!«, schreit sie hinauf.

Gav zieht mit den kleinen Fingern die Mundwinkel nach unten und mimt einen traurigen Clown.

»Warte verdammt noch mal einfach!«, kreischt sie erneut. Um Viertel vor elf will sie gerade aufgeben, als Bilt Claymore die Rue Maréchal Foch heraufkommt, eindeutig auf Schusters Rappen – kein Fahrzeug in Sicht – und eindeutig etwas wackelig auf den Beinen.

»Hi, meine Schöne.« Er beugt sich hinab, um Imo einen schlabbrigen, biergetränkten Kuss zu geben.

»Hallo, Bilt, schön, dass Sie gekommen sind«, sagt Imo, bereits voller Zweifel.

»Mein Gott, das ist vielleicht schwer zu finden. Ich habe einige Typen am Bahnhof gefragt, aber keiner von denen konnte Englisch.«

Bahnhof? Er ist mit dem Zug gekommen? Imos Zweifel wachsen sekündlich, aber wie soll sie das Gav rüberbringen?

Als sie vor ihm die Treppe hinaufgeht, verirren sich seine Hände immer wieder unter ihren Rock, der gerade mal ihre Hinterbacken verdeckt. Sie wollte den richtigen Eindruck hinterlassen, aber jetzt stellt sich heraus, dass das so ziemlich der falsche Eindruck ist. Was zum Teufel denkt sich dieser Scheißkerl eigentlich dabei? Nun, sie weiß verdammt noch mal zu gut, was er sich dabei denkt ... das ist ja das Problem. Und jetzt kommt Gav aus der Wohnung, schüttelt herzlich Bilts Hand und entschuldigt sich für die Nacht, das Licht, die Dunkelheit, das Haus, die Wohnung – halt's Maul, Gav, und lies mir von den Lippen. Aber Gav öffnet bereits eine Flasche des teuren Champagners, wobei er etwas auf den Boden verschüttet, und Bilt strahlt: »Großartig, danke, da sag ich nicht Nein«, sieht sich bewundernd in der Wohnung um und sagt: »Das ist wirklich nett hier. Für wie lange habt ihr sie denn gemietet?« Und Gav – der dumme Wichser – kriecht beinahe auf den Knien vor lauter Ehrfurcht und bietet Knabbereien und Zigaretten an und setzen Sie sich doch bitte, es ist sehr gemütlich, machen Sie es sich doch bequem, und ich habe mir gedacht, wir sehen uns den Trailer noch einmal an und dann können wir vielleicht darüber reden, ja? Und ich habe auch eine Kopie des Drehbuchs für Sie – Sie können sie mit ins Hotel nehmen –

wunderbar, Sie mit an Bord zu haben – falls Sie Interesse haben – Prozente und Brutto – alles startklar – die Mannschaft steht in den Startlöchern – alle sind ganz aufgeregt – was für ein Projekt! – was für eine Gelegenheit! – noch irgendwelche Fragen?

Und die ganze Zeit schüttelt Imo hinter Bilts Rücken den Kopf und schneidet Grimassen, damit Gav etwas checkt, aber es fällt ihm nicht einmal auf, denn sie sieht immer wütend aus – das ist nun mal ihr Normalzustand – und, Himmel, wie er da drauf steht! Aber irgendwann während der zweiten teuren Flasche fängt Bilt an, mit verschwommenen Augen und den Lidern auf Halbmast nicht über den Film, sondern über die Miete zu reden. »Wie viel zahlt ihr für die Wohnung hier? Ich habe versucht, am Strand in Cannes zu übernachten, aber die gottverdammte Polente hat mich verjagt, deshalb bin ich nach Nizza, weil es heißt, dass die Polizei in Nizza« – aber hier lispelt und verhaspelt er sich angesichts seines abendlichen Alkoholkonsums und wiederholt – »die Polizei in Nizza ... der ist es scheißegal – dort darf man sogar ein Feuer machen und etwas kochen, was Geld spart, und ich habe meinen Schlafsack dort gelassen, hinter einem Felsen, aber meint ihr, dass ich vielleicht bei euch übernachten kann?« Endlich fällt bei Gav der Groschen, und er fragt mit weinerlichem Mund: »Was ist mit Bad Boys Productions?«

»Was soll damit sein?«, sagt Bilt Claymore mit Unschuldsmiene.

»Bad Boys Productions. Ich dachte, Sie wären von Bad Boys – *Haverstock*?«

Und Bilt lacht wie ein Abflussrohr – außer dass Abflussrohre nicht lachen, also warum? – und sagt: »Versteht mich nicht falsch, was ich sagte, war Badboyze – ein Wort. Ihr habt das nicht gecheckt?« Aber mittlerweile weiß er natürlich, dass Gav es nicht gecheckt hat.

Und Gav murmelt. »Nein. Welche Art von Firma ist das?«

Worauf Bilt sagt: »Eine Art Einmannunternehmen. Ich bin momentan noch im Softcore-Geschäft, aber ich denke, dass es bis zu den großen, harten Sachen nur eine Frage der Zeit ist.« Er wirft einen geilen Blick auf Imo, und sie haut ihm in die Fresse. Einfach so, ohne Vorwarnung. Er stürzt zu Boden wie ein gefällter Weihnachtsbaum und ist genauso schwierig die Treppe hinunterzukriegen, was aber notwendig ist, denn wie sollten sie Alice die Anwesenheit eines fetten, schwitzenden, betrunkenen Pornofilmers auf dem Fußboden ihrer kleinen Wohnung erklären?

Aber wo zum Teufel sollen sie hin mit ihm? Als sie das Erdgeschoss erreichen, sind sie sich angesichts seines Stöhnens und Prustens wenigstens sicher, dass er am Leben ist. Gavs fruchtbare Fantasie hat sich unterdessen bereits ein kompliziertes – vielleicht sogar filmreifes – Szenario zusammengesponnen, inklusive einer Leiche und der unerfreulichen Notwendigkeit, die Gendarmerie in Vieilleville zu kontaktieren und alles zu erklären … und die nächsten zwanzig Jahre wie *Der Graf von Monte Cristo* in einem französischen Gefängnis dahinzuschmoren. O Gott, o Gott, wie bin ich da nur hineingeraten? Aber Imo ist gänzlich praktisch veranlagt. Sie kennt die Wucht ihrer Schläge – effektiv, aber nicht tödlich. Sie ist dafür, Bill einfach auf einer Bank auf dem Place d'Espoir zu deponieren, wo er seinen Rausch ausschlafen kann und wo er um sechs Uhr früh von den Straßenreinigern aufgeweckt werden wird, die ihm ganz sicher seine Hose nass machen werden. Dieser dreckige, kleine Wichser, ihnen ihre Zeit zu stehlen und sie um über dreihundert Francs an Champagner ärmer zu machen. Scheißkerl.

Aber Gav ist nervös: Was, wenn Bilt eine Gehirnerschütterung hat oder so was? »Also was willst du tun?«, fragt

Imo mit wütend funkelnden Augen. Gav deutet auf ihre Wohnung, da sie jetzt direkt vor ihrer Tür sind. Könnten sie ihn nicht einfach bei ihr auf den Boden legen? Imo zischt: »Vielen Dank – aber was erwartest du von mir?« Gav bietet an: »Keine Sorge, ich bleib bei dir – für den Fall, dass er aufwacht.« Imo geifert, dass der Hund schon auf sie aufpasst, und Gav sagt: »Ich gehe lieber auf Nummer sicher«, und so ergibt sich also Folgendes: Bilt auf dem Boden, ein knurrender Fred zu seinen Füßen, und Imo und Gav nebeneinander auf dem engen Diwan – was angesichts der körperlichen Nähe, der Wirkung des Champagners und diesem und jenem zu etwas führt, was Gav als einen ziemlich erfreulichen Abschluss eines ansonsten recht enttäuschenden Tages ansieht.

Ausnahmsweise stellt Josette heute keine hohen Ansprüche, und so essen sie und Alice das billigste Abendessen, das man in Vieilleville bekommen kann – Pizza Napoletana in der Bar am Kai. Aber auch die isst sie nicht, sondern spielt mit den Mozzarellafäden auf ihrem Teller. Wenn sie so weitermacht, wird es nicht leicht sein, den Abend rumzukriegen.

»Hast du keinen Hunger?« Nicht gerade originell, aber Alice muss die Zeit irgendwie überbrücken.

»*Trop d'angoisse – tu comprends?*«

»So schlimm?«

»Schlimm – sehr schlimm. Denkst du wirklisch, dass dein kleiner Gavin Tickets bekommen wird?«

»Er scheint davon überzeugt zu sein – das heißt, Imo ist es.«

»Was tut *sie* mit ihm?«

»Ich habe nicht den blassesten Schimmer.«

»Du 'ast was?«

»Ich weiß es nicht, Josette. Ich weiß nicht, was sie mit ihm tut.«

»Denn er braucht so etwas nischt, dein kleiner Gavin. Er ist so entsückend.«

»Hör mal, an deiner Stelle würde ich mir keine großen Hoffnungen machen.«

»'offnungen machen?«

»Was ich sagen will ist, dass wir einfach abwarten müssen.«

»Nein, Alies, ich kann nischt warten. Isch 'abe schon so lange gewartet.«

»Wann hast du ihn zuletzt gesehen – Billy-Boy?«

»Wann? Ach, Alies, isch war noch ein Mädchen, weißt du, und mein Vater war der Chef in der Botschaft.«

Und Alice, die sich an ihren früheren Fehler erinnert, unterbricht: »Du meinst, er war der Leiter?«

»Nein – der Koch.«

Alice verkneift sich die Frage, die ihr auf der Zunge liegt – Hongkong? Neu-Delhi? Phnom Penh? –, denn was spielt dieses Detail schon für eine Rolle? Und vielleicht hat sie ihre Lektion gut gelernt, denn plötzlich sprudelt es aus Josette heraus: wie ihr Vater nach dem Tod seiner Frau mit seiner kleinen Tochter aus dem besetzten Vichy-Frankreich fliehen musste, er die Arbeit nehmen musste, die er bekommen konnte, wie die Briten trotz der Nationalitätenkomplikationen total verrückt nach *cuisine française* waren (aber de Gaulle war ja auch so ein famoser Kerl in Blighty), und wie Billy-Boys Mutter die ganze Gesandtschaft spüren ließ, dass sie die Frau des obersten Obermackers war. Durch und durch ein Miststück und eine Hexe, deren Zorn fürchterlich war, und am allerfürchterlichsten, als sich ihr geliebter Sohn in die Tochter des Kochs verliebte. Alice kann es sich bildhaft vorstellen – die entzückende junge Josette, erdrückt von diesem ganzen britischen hochherrschaftlichen Kolonialgebaren, noch dazu schwanger von diesem erbärmlichen Mistkerl und von der Bienenköniginmutter zur Abtreibung abgeschoben. Josettes Vater war total hilf- und nutzlos – er brauchte den Job und ließ es einfach geschehen. Aber Josette sehnte sich nach Billys Baby und der Prescott-Smythe-Idylle in Hampshire, so wie er sie ihr in glücklicheren Tagen geschildert hatte. Stattdessen aber verfrachtete man ihn nach Hollywood, damit er dort Karriere machte. Sie hatte versucht, per Briefe und Weihnachtskarten den Kontakt mit ihm aufrechtzuerhalten – was nicht so leicht gewesen war –, aber er hatte bald geheiratet, wo-raufhin ihre Verbindung mit der Zeit abgebrochen war. Josette hatte, so gut sie konnte, allein zurechtkommen müssen.

Und es hört sich nicht gerade an, als ob das recht einfach gewesen sei. Sie verdient seit Jahren ihren Lebensunterhalt als eine Art Riviera-Haushüterin, was dank der Botschaftsetikette gesellschaftlich akzeptabel ist. Sie ist Mädchen für alles, springt bei Bridge-Runden ein oder fungiert als Gesellschafterin betuchter älterer Damen mit geldgierigen Erben, die sich nach deren Tod alles unter den Nagel reißen. Momentan hütet sie das Haus von Marie-Auguste, versorgt deren Corgis und leitet die Post weiter – keine besonders schwierige Aufgabe, aber sie hat kein eigenes Zuhause, fast kein Geld und überhaupt keine Sicherheit, während sie unweigerlich der Tatsache ins Auge blicken muss, dass sie nicht mehr die Jüngste ist.

Dieses Mal zahlt Alice die Rechnung, ohne mit der Wimper zu zucken.

Mittlerweile ist es weit nach Mitternacht. Wie lange wird dieses Filmmeeting dauern? Sie hätten irgendein Signal vereinbaren sollen zum Zeichen, dass die Luft rein ist, zum Beispiel ein Geschirrtuch aus dem Fenster. Alice befürchtet, im denkbar ungünstigsten Moment in eine heikle Verhandlung hineinzuplatzen. Es ist besser, erst einmal von draußen die Lage zu peilen.

Josette macht sich zu Marie-Augustes Corgis auf den

Weg, und Alice geht zurück zur Place d'Espoir. In ihrer Wohnung brennt Licht – aber das tut es auch in Imos, also kann sie es vielleicht riskieren. Sie will gerade an Imos Tür klopfen, als sie ein Geräusch hört – Schnarchen, ein vertrautes Schnarchen, diese kurze Pause zwischen den Schnarchtönen, die er von Philip geerbt hat – Gavin? Sie eilt hinauf zu ihrer Wohnung. Die Tür steht offen, die Überreste von der Party liegen überall verstreut, und auf dem noch eingeschalteten Laptop zwinkern und blinzeln diese schrecklichen Augen. Sie klopft an die Tür zum Badezimmer – keine Antwort. Kein Gav. Sie geht wieder hinaus in den Hausflur und lauscht. Ja, da ist wieder dieses unverwechselbare Schnarchen. *Daher* weht also der Wind! Sie wünscht sich, dass sie der Gedanke nicht noch nervöser machen würde, als sie es ohnehin schon ist.

Die Maison Puce um drei Uhr nachts.

Im Erdgeschoss drei schlafende Menschen und ein reizbarer Hund.

Im ersten Stock Alice, die wegen des schaurigen Flimmerns des Laptops nur vor sich hin döst, sich aber nicht traut, ihn auszuschalten, aus Angst, versehentlich etwas zu löschen.

Im zweiten Stock Stille.

Und ganz oben inspiziert Hope ungeduldig mit der Lupe die Fotos, die sie heute gemacht hat, und findet ihre Vermutungen zum x-ten Mal bestätigt. Tick, tick, tick – ihre Nerven liegen blank, ihr Herz schlägt unruhig, ihr Gehirn wird immer mehr von dieser neuen Obsession in Beschlag genommen. Der Blick aufs Meer – der perfekteste Blick der Welt – ist da direkt hinter ihrem eigenen Dach: das türkisblaue Wasser, die Palmen, die Felsen, der Leuchtturm und die Boote, alles verlockend nah und doch nicht da. Nicht für sie – aber für wen dann? Es ist eine Unverschämtheit. Es ist unsicher. Es ist unhygienisch. Es ist …? Was würde sie in so einer Situation zu Hause tun? Wenn das ein Thema für *Sharp Focus* wäre, hätte sie das Problem im Handumdrehen gelöst. Warum ist es hier anders?

Sie hat natürlich als Erstes Jerry angerufen, aber es ist so schwierig, die Situation zu erklären. Er schlägt Rechtsanwälte vor. Nun ja, vielleicht wird es darauf hinauslaufen. Aber der einzige Anwalt, der ihr hier unmittelbar zur Verfügung stehen würde, ist der *notaire*, der die ursprüngliche Transaktion eingefädelt hat, und sie traut jetzt der ganzen Sache nicht mehr. Da ist zum einen natürlich die Sprache – so verdammt verzwickt, wenn man Nuancen ausdrücken will –, also wird sie wohl einen englischsprachigen Anwalt finden und irgendwie die Unterlagen von dem *notaire* loseisen müssen. Denn das ist die andere Sache. Im Gegensatz zu allen anderen Immobilientransaktionen, die sie in der Vergangenheit getätigt hat, gibt es bisher weit und breit keine Spur einer Übertragungsurkunde oder irgendeines Dokuments, das den Kauf der Wohnung quittiert.

Der Schlüssel zu der ganzen Sache ist Monsieur Gerontin. Wenn sie sich ihm gegenüber nur verständlich machen könnte, ließe sich sicher schnell eine Lösung herbeiführen. Wer auch immer diese nervenaufreibende Musik spielt, tut es auf ihrem Dach. Und sobald sie das zurückerobert hat, wird sie nicht nur die für sie so wichtige Ruhe, sondern auch eine zweite *terrasse* haben, dieses Mal von ihrem Schlafzimmer aus mit Blick in die andere Richtung, mit Blick aufs Meer. *Vue de la mer* – genauso wie es verdammt noch mal sein sollte.

22

Höhen- und Tiefflüge

Am nächsten Morgen, zu viel zu früher Stunde, nimmt Imo einen Anruf entgegen – wütend, weil es, zum Teufel noch mal, erst acht Uhr ist und sie, Himmel, was für eine Nacht, in ihrem Bett neben dem verdammten Gavin eingequetscht liegt, der so geil wie nur irgendwas war (ups, sie hätte das wirklich nicht zulassen sollen – so ein blöder Schnitzer aber auch), und dann entpuppt er sich auch noch als Scheißmegaschnarcher, der das ganze Zimmer zum Vibrieren bringt. Und unten auf dem Boden liegt ein reizbarer, ausdauernder Fred, der die ganze Nacht hindurch jedes Mal knurrte, wenn dieses verdammte Arschloch Bilt rülpste oder sich umdrehte. Sie können mich alle mal. Schweine. Acht Uhr früh, klingeling, klingeling, und Imo explodiert beinahe.

»Ja?«, faucht sie.

»Imo – Süße.« Es ist Hope Boscombe.

»Ja?«, sagt Imo, die angesichts dieser Mehrfachärgernisse extra kurz angebunden ist, und das Gefühl genießt, dass ihr Hopes Anruf scheißegal ist.

»Ich bin's, Herzchen, Hope« – denn es ist schon einige Jahre her, dass jemand die große Hope Boscombe am Telefon so begrüßt hat. Das ist schon ein starkes Stück – und jagt einer Frau glatt Schauer über einen Bereich, in dem sie nicht erwartet hatte, so bald wieder Schauer zu verspüren.

»Ja?«, sagt Imo erzürnt zum dritten Mal.

»Äh ... nun ....« (Wie untypisch für mich, schießt es Hope durch den Kopf. Seit Jahren habe ich keinen Satz mehr mit einem zögerlichen »Äh« angefangen.) »Nun, ich habe mich nur gefragt, ob Sie heute Vormittag etwas Zeit für mich hätten. Es ist etwas passiert – etwas ziemlich Unglaubliches –, und ich muss mich auf eine weitere Auseinandersetzung mit Monsieur Gerontin vorbereiten.«

»Geht nicht«, sagt Imo. »Bin beschäftigt.«

»Nur für ein paar Stunden?« Hope setzt nun ihre schmeichelnde *Sharp Focus*-Stimme auf. »Sie sind eine so fantastische Dolmetscherin.«

Imo gibt nicht nach. »Stecke bis über beide Ohren in Arbeit. PR für Roar-Roar Films in Cannes.«

»Sie haben was mit dem Festival zu tun? Aber das haben Sie mir ja noch gar nicht erzählt.«

Als ob ich das müsste, Hope, denkt Imo, und warum sollte ich keine anderen Eisen im Feuer haben? »Rund um die Uhr«, sagt sie, »wahrscheinlich auch heute Abend. Ich bin überrascht, dass Sie nicht dort sind.«

»Nun, dieses Jahr kann ich gut darauf verzichten.« Genau, denn wozu käme sie extra zur Ruhe und Regeneration hierher, wenn sie sich gleich wieder ins Getümmel stürzen würde? Aber es ist wohl besser, es zu erklären. »Ehrlich gesagt, ist es eine wohltuende Erholung, mal nicht hinzufahren – und für mich ist es sowieso nicht so wichtig. Ich hab ja eher mit Fernsehen zu tun als mit Film. Außerdem habe ich dieses Jahr andere Sachen im Kopf – wirklich wichtige. Jetzt hören Sie zu, meine Süße, hören Sie gut zu, weil ich Sie wirklich überreden will. Das könnte auch Ihnen etwas bringen, und für mich wäre es natürlich wunderbar, Sie an meiner Seite zu haben.«

»Was denken Sie eigentlich, was ich bin – eine verdammte Lesbenhotline?«, sagt Imo und hängt auf.

Oben in ihrem herrlichen Penthouse starrt Hope auf die Hörermuschel, als ob sie es gewesen wäre, die ihr eine Abfuhr erteilt hat. Sie hatte sich immer aufgeregt, wenn Schauspieler in schlechten Seifenopern diese Geste gemacht haben, aber jetzt sieht sie, dass sie die ganze Zeit Recht gehabt haben.

Gav ist vom Klingeln des Telefons halb aufgewacht. »Wer war das?«, fragt er, noch zu schläfrig, um auf der Hut zu sein. »Kümmer dich um deinen eigenen Scheiß«, sagt Imo wie aufs Stichwort. Braves Mädchen.

Kurz darauf sieht Gav zu, wie Imo Bilt Claymore aus ihrer Wohnung befördert. Natürlich bietet er ihr seine Hilfe an, aber sie wirft ihm nur einen dieser vernichtenden Blicke zu (und, whoa, bringt der seinen Liebesstab in Wallung) und macht sich wie ein kleiner wirbelnder Derwisch an die Arbeit. Bilt, dem die Brille schief am Ohr hängt, reibt sich den Kopf, den Bauch und den Rücken und humpelt strumpfsockig, die Schuhe in der Hand, auf die Place d'Espoir hinunter, noch ehe sich Gav aus dem Bett wälzen kann, um sich eine effektive Rausschmissmethode auszudenken. Doch dafür besteht kein Bedarf – wirklich toll, dieses Mädchen, in jeder Hinsicht.

Dann kommt sie zurück und will, dass sie so früh wie möglich nach Cannes aufbrechen. Aber er hat letzte Nacht vor lauter Todesangst, dass sie Bilt vielleicht umgebracht hatten, sowohl seinen Laptop als auch das Drehbuch – ganz zu schweigen von seiner Zahnbürste – in Mamas Wohnung gelassen. Also muss er jetzt nach oben gehen und sie holen – was etwas peinlich ist.

Der Laptop, den er letzte Nacht an das Stromnetz angeschlossen hatte, um Batterie zu sparen, ist noch immer eingeschaltet. Mama sagt, dass sie ihn aus Angst, etwas zu löschen, nicht angefasst hat. Die *Deadeyes* zwinkern immer noch – aber angesichts der Tatsache, dass die Dinge momentan nicht so gut laufen, gehen sie ihm langsam auf den

Wecker. Erleichtert schaltet er daher den Computer aus, dann packt er das Drehbuch, entschuldigt sich vage für ihren überstürzten Abgang letzte Nacht, murmelt was in der Art, dass »etwas Dringendes dazwischenkam«, und versucht mit gesenktem Kopf aus der Tür zu schlüpfen – aber Mama versperrt ihm den Weg.

»Entschuldige mich«, sagt er.

»Die Tickets?«, sagt sie.

»Ach ja, richtig, die Tickets ....«

»Du hast es versprochen, Gav, und Josette ist verzweifelt. Du hast keine Ahnung, wie wichtig das für sie ist.«

»Ja.«

»Du kannst doch welche besorgen, oder? Oder wenigstens eins.«

»Nun ...«

»Oh, Gav, du hast doch nicht geschwindelt, oder?«

»Nun – nein, ich bin mir sicher, dass es in Ordnung gehen wird. Ich werde in das Publicitybüro gehen. Es kann nicht so schwierig sein. Geht in Ordnung. Ich habe volle Akkreditierung, siehst du, hier.« Er hält ihr seinen Festivalpass unter die Nase.

»Ich kann dir gar nicht sagen, wie sehr sie sich darauf verlässt.«

»Ja, in Ordnung.« Er will nichts Falsches sagen – und wie kann er ihr sagen, dass er bis jetzt nicht einmal ein Fitzelchen von einem Ticket für sich selbst hat, geschweige denn in der Lage ist, sie wie Smarties auszuteilen? Da hat er eine Idee. »Wir treffen uns vor dem *palais* – um halb eins«, sagt er, und sie scheint damit zufrieden zu sein. Wen interessiert es schon, dass der *palais* viele Eingänge hat und dass er nicht gesagt hat, an welchem sie sich treffen sollen?

Alice hat ein ungutes Gefühl, als sie sich für den Ausflug ins glanzvolle Cannes herrichtet. Gavin hat zwar so ziemlich das Richtige gesagt, aber mit demselben ausweichenden Blick, den er schon als Kind aufsetzte, wenn er sein Schulzeugnis nicht herausrücken wollte. Sie erinnert sich gut daran. Aber da ihr keine andere Lösung für Josettes Problem einfällt, werden sie sich wohl oder übel an Gav halten müssen.

So viele Neuigkeiten für Verona. Alice wüsste gar nicht, wo sie anfangen sollte. Es ist schon paradox: diese ganze Geschichte mit Billy-Boy und mögliche Filmdeals und Tickets für Vorführungen – so viel auf einmal, wo doch eine Sache schon Stoff für Tage geliefert hätte. Aber von Verona ist nichts zu sehen oder zu hören – komisch. Plötzlich läuft es Alice kalt über den Rücken: Was wenn Verona gestürzt war oder einen Schlaganfall gehabt hatte oder so etwas?

Inzwischen hat sie wieder ihren durchsichtigen weißen Leinenhosenanzug – ihr schickstes Outfit – angezogen, um sich mit Josette am Bahnhof zu treffen. Aber sie macht sich Sorgen und weiß, dass sie besser hinauflaufen und nachsehen sollte. Sie klopft laut an Veronas Tür und ruft dann ihren Namen. Keine Antwort. Dann kniet sie sich in ihrem sauberen weißen Leinenanzug hin und blinzelt durch das Schlüsselloch. Kein Schlüssel *in situ*, was bedeutet, dass Verona die Tür von außen abgeschlossen haben muss. Ergo ist sie nicht zu Hause. Alice ist erleichtert … aber es ist dennoch eigenartig.

Gav ist deprimiert. Es ist alles so unfair.

Als sie am Palais des Festivals ankommen, herrscht dort dieselbe manische Energie wie gestern. Man könnte meinen, dass alle Ecstasy geschluckt haben, denn in der sengenden Hitze spielen alle verrückt. Nachrichtenteams und Dokumentarfilmer filmen jeden, der ihnen vor die Linse kommt und der auch nur annähernd jemand sein könnte. Allein aus dem Grund wird Imo morgen auf einigen Schneideraumfußböden landen. Mit Ausweis versehene Leute stehen Schlange, um in die verschiedenen Vorführräume des *palais* eingelassen zu werden. Die Tageskalender mit den Titeln und Zeiten der jeweiligen Veranstaltungen sind ohne weiteres erhältlich, allerdings ohne einen Hinweis darauf, wie sich Uneingeweihte Zutritt verschaffen können. Vergeblich wandert Gav umher und wedelt mit seinem Pass, aber ohne die magischen Tickets oder Einladungen bringt einen der allein auch nicht weiter.

Im britischen Pavillon legt sich Imo wieder ins Zeug und plappert munter drauflos – mal ein bisschen Englisch, mal ein Hauch Venice Beach, Kalifornien, und wann immer sich ihr die Gelegenheit dazu bietet, viel Französisch. Sie hat kein Mitleid mit Gavs Trübsalblaserei. »Krieg endlich deinen Arsch hoch und tu was«, ist ihr Refrain. Aber was und wo?

Dann ist da noch die andere Kleinigkeit. Unweigerlich rückt der Uhrzeiger gegen halb eins und die Verabredung mit Mama und Josette, die extra aus Vieilleville kommen und sicher ganz aufgeregt sind angesichts der Tickets, die er ihnen versprochen hat. Er sieht immer wieder zu Imo – seiner Retterin – hinüber, in deren Fähigkeiten er nach den Ereignissen der letzten vierundzwanzig Stunden unrealistisch hohe Erwartungen setzt. Als sie schließlich zu ihm zurückkommt, kann er nicht glauben, dass sie es mit leeren Händen tut. Er war sich sicher gewesen, dass nach all dem Geplauder wenigstens ein paar Vorführungen und eine gute Strandparty für sie herausspringen würden. Aber nein – sie bleibt nicht einmal stehen, sondern flüstert nur: »Bleib bei mir«, und eilt hinaus auf die Croisette.

Imo glaubt, dass sie einem heißem Tipp auf der Spur ist. Es ist an Gav, sie einzuholen und eins und eins zusammenzuzählen. Die Leute, die direkt neben ihr standen, waren vom britischen Fernsehen. Sie ist sich nicht sicher, von welchem Sender, aber der Kameramann hatte einen beeindruckenden Apparat auf der Schulter, und die Tonfrau, deren Ausrüstung in einem Kofferkuli steckte, hatte einige Minuten in ihr Handy gesprochen – »In Ordnung, wo seid ihr? ... Wir sind hier unten bei den Briten ... Wirklich? ... Okay« – und sich dann zum Kameramann umgedreht. »Dave ist oben auf der Terrasse des Carlton – hat die Bad-Boys-Typen bereit zum Interview. Wir machen uns besser auf den Weg.«

Als sie auf die Croisette hinauslaufen, haben sie nicht die leiseste Ahnung, dass sie verfolgt werden.

»Ich hab ihm gesagt, dass er winken soll«, sagt die Frau. »Wink weiter!«, schreit sie in das Telefon, während sie sich mit der Hand das andere Ohr zuhält, um besser hören zu können. Und schon läuft sie mit dem Kameramann drauflos, Imo und Gav hinterher.

»Wenn er schon auf der Terrasse ist, werden wir ihn von hier unten nicht sehen«, sagt der Kameramann, während er versucht, im Laufen auf das Carlton scharfzustellen.

»Er ist noch unten auf der Straße. Er wird uns einschleusen. WIR KOMMEN – WEITERWINKEN!«, schreit sie wieder in das Handy und schiebt sich, ihren Kofferkuli wie einen Rammbock benutzend, durch die Menge.

»Bad Boys« ... »Interview« ... »Einschleusen« sind die drei relevanten Brocken, die Imo aufgeschnappt hat, und sie will sich um nichts in der Welt abschütteln lassen.

Als sie vor dem Haupteingang des Carlton ankommen, bellt die Frau noch immer »Weiterwinken!« in das Handy, obwohl Imo die besagte Person bereits sehen kann. Das Gesicht kommt ihr bekannt vor, Dave Bruce von Youf TV oder so ähnlich? Nicht, dass sie sich gut mit den britischen Fernsehstars auskennen würde, obwohl der Fernseher während ihrer Pflichtbesuche zu Hause in Purley oft ihre einzige Zuflucht vor dem ganzen Horror ist. Also schaltet sie schon mal hin und wieder ein – vor allem an den nicht enden wollenden Nachmittagen. Und sie ist sich ziemlich sicher, dass dieser Typ da eine Art lustigen Kino- und Fernsehüberblick für die Unterfünfzehnjährigen macht. Dave steht auf den Stufen, die zur Terrasse hinaufführen, und winkt wie wild, aber die Frau sieht ihn nicht. Sie hat den Kopf gesenkt und ruft noch immer: »Weiterwinken«, und der Typ schwenkt noch immer seine verdammte Kamera, als ob die etwas wissen würde. Imo wünscht sich sehnlichst, ihre dummen Köpfe zu packen und sie gegeneinander zu knallen, denn wenn sie nur endlich ihre Panik abstellen würden, würden sie sehen, dass das Gesuchte direkt vor ihrer Nase ist.

Andererseits erweist es sich als ein Segen, denn Gav hat sie mittlerweile eingeholt, und da sie keine Zeit für lange Erklärungen hat, murmelt sie aus dem Mundwinkel: »Was immer ich tue, bleib bei mir.« Plötzlich haben es die beiden anderen auch geschnallt und laufen auf die Stufen zu, wo unübersehbar zwei große Rausschmeißer in schicken, schwarzen Anzügen und noch schickeren, schwarzen Sonnenbrillen, die ihnen das Aussehen von Schmeißfliegen verleihen, postiert sind. Dave Bruce, der vorneweg geht, muss nicht einmal seinen Pass zücken, und Imo und Gav schlüpfen dicht hinter den beiden anderen durch (in der Tat so dicht, dass Imo der Tonfrau fast in die Ferse latscht). Hier sind sie also auf der berühmten Terrasse des Carlton und steuern schnurstracks auf die Typen von Bad Boys – dieses Mal die richtigen – zu, die mit einer Unmenge von Perrier-Flaschen vor sich an einem Tisch in der Ecke sitzen und nur darauf warten, im Namen der Geheiligten PR ihre Weisheiten unter das britische Jungvolk zu streuen.

Uff!

Alice und Josette irren vor dem Palais des Festivals umher. Aus Angst, sie im Gedränge übersehen zu haben, halten sie jetzt schon seit über einer Stunde nach Gav und Imo Ausschau – bisher ohne Erfolg. Dem Veranstaltungskalender, den sich Alice am Festivalkiosk geschnappt hat, entnehmen sie, dass die *Hommage à William Prescott* um halb drei beginnt, und es ist jetzt schon halb zwei. Alice überlässt Josette das Fragen und wird Zeugin einiger wütender Diskussionen und viel Achselzuckens, als die Portiers Josette zurückweisen und sich die Frauen im Informationsbüro hinter ihren Tresen verschanzen. Es ist nun einmal nicht zu ändern – ohne Tickets kein Einlass. Und ohne Pass wird man nicht eingelassen, um zu sehen, ob es noch Tickets gibt. Sackgasse.

Gavins Ruf ist bereits arg auf dem absteigenden Ast. Alice ist teils fuchsteufelswild, teils fügt sie sich ergeben in die ihr sehr peinliche Lage. Aber Josette ist wie getrieben. Jetzt fragt sie Passanten, ob sie vielleicht ein übriges Ticket haben – vor allem diejenigen, die sich schon für das Ereignis anstellen. Das ist Alice noch peinlicher: Dieses Verhalten ist so unangelsächsisch. Auch die Portiers mögen diese Belästigung der Besucher nicht. Wieder droht es zu einer Auseinandersetzung zu kommen, und Josette wird bestimmt und beinahe im Polizeigriff zur Absperrung geleitet, wobei sie sekündlich an Eleganz und Würde einbüßt.

Gegen halb drei ist sie vor lauter Enttäuschung ganz ausgelaugt und gramgebeugt. Es ist das erste Mal, dass Alice sie nicht aufrecht und selbstbewusst sieht – und auf gewisse Art ist es ziemlich schockierend, Josette plötzlich auf Grund der Anspannung und der Strapazen ihr Alter anzusehen. Auf der Straße reiht sich bereits die makellose Gendarmerie mit ihren mit Litzen besetzten *képis* auf, und die Menge drückt nach vorne, soweit es die Absperrungen gestatten. Und da rollt eine große schwarze Limousine an, die Tür geht auf, und aus dem *palais* schreiten einige Leute zur Begrüßung die Stufen herunter. Josette steigt auf den Sockel einer Absperrung und lehnt sich auf Alices Schulter, um besser sehen zu können. Plötzlich schreit sie: »Billy-Boy – Billy! Isch bin's! Isch bin's!« Alice kann von ihrer Warte aus gar nichts sehen, nur eine Phalanx von Leibwächtern, die ihren wertvollen Schützling bewachen.

Als sie verschwunden sind, steigt Josette wieder vom Sockel, und Alice reibt sich ihre schmerzende Schulter.

»'Ast du ihn gese'en? Meinen Billy-Boy – 'ast du ihn gese'en?«

Alice entschließt sich, der Einfachheit halber Ja zu sagen.

»Er ist so – weißt du, ich weiß nischt, wie soll isch es sagen, aber weißt du, er ist einfach wundervoll – was für ein Mann! Du 'ättest ihn in der Botschaft kennen sollen.«

Alice verkneift sich die Frage »In Neu-Delhi?«, denn Josette sieht absolut verzweifelt aus.

»Isch muss su ihm. Wie denkst du, dass isch das anschtellen kann?«

»Es muss doch möglich sein, ihm eine Nachricht zu hinterlassen.«

»Wie? Wo?«

»Ich bin mir nicht sicher – in seinem Hotel?«

»Wir wissen nischt, in welchem er ist.«

»Es muss doch eine Art Kontaktbüro hier im *palais* geben.«

»Wie kommen wir 'inein?«

»Das kann und wird Gav verdammt noch mal für uns tun«, sagt Alice entschieden. »Oder er kann sich eine andere Übernachtungsgelegenheit suchen.« Da fällt ihr ein, dass er das bereits getan hat, und sie presst die Lippen fest zusammen und wünscht sich, dass sie sie alle los wäre.

Auf der Terrasse des Carlton ist das Interview zwischen Dave Bruce von Youf TV mit den wirklich ziemlich charmanten Produzenten von Bad Boys Productions in vollem

Gang. Imo und Gav lassen sich an einem Tisch in der Nähe nieder und geben sich einen geschäftigen und wichtigen Anschein. Imo tätigt Scheintelefonate auf ihrem Handy, während Gav den Laptop herausholt und die Augen wieder zum Rollen bringt und so tut, als ob er sich auf einem Block Notizen machen würde. Sie reden nicht miteinander, da sie angestrengt auf das Interview lauschen. Überall auf der Terrasse sind Meetings im Gange – man hört amerikanische, britische, australische Stimmen. Am Nebentisch plappert eine Frau mit aufgebauschtem schwarzem Haar auf Italienisch in ihr Handy, übersetzt dann die Unterhaltung für ihre deutschen und spanischen Begleiter, bevor sie beim Ober eine komplizierte Bestellung auf Französisch in Auftrag gibt. Worum auch immer sie bat, es hörte sich teuer an, und jetzt tritt der lächelnde Ober in Livree auch schon auf sie zu. Gav stöhnt und versucht, sich etwas Billiges einfallen zu lassen, das er bestellen kann. Er entscheidet sich für Pastis – was Einheimisches, günstiger geht's doch sicher nicht? Er kommt auf einem silbernen Tablett mit einer kleinen Schale Oliven, einer Karaffe Eiswasser und einer diskreten Rechnung über einhundertundzehn Francs.

Imo sieht seinen geschmerzten Blick. »Mecker nicht, Schwachkopf«, sagt sie. Wie ein Chamäleon hat sie automatisch die Youf-TV-Sprache angenommen. »Was hast du am gefragtesten Ort der Stadt erwartet? In Anbetracht der Gesellschaft ist es verdammt preiswert. Also hör auf zu jammern und tu was.«

Leicht gesagt, aber was? Gav sieht sich verzweifelt um. Wie kann er einen Fuß in die Tür kriegen? Das Youf-TV-Interview ist nicht das einzige, das gerade stattfindet. Zur Rechten wird eine Frau interviewt, zur Linken werden Scheinwerfer aufgestellt, und direkt vor ihnen muss gerade ein Deal zum Abschluss gekommen sein. Lautstarke Gratulationen und Händeschütteln reihum, dann erscheint ein

Ober mit hohen Sektflöten, die wie umgedrehte Trompeten aussehen, und stellt sie mit größter Sorgfalt auf den Tisch. Eine Schale Erdbeeren mit einem silbernen Zuckerdöschen und einer Pfeffermühle folgen. Die weißen Damastservietten werden entfaltet, eine Atmosphäre zeremonieller Ehrerbietung macht sich breit, und Gav beschleicht der Neid, als eine Magnumflasche Champagner in einem silbernen Eimer auf einem Ständer an den Tisch gebracht wird. So macht man das. Wenn du in dieser Stadt wichtig bist, dann ist es das, was du bekommst: Achtung und Aufmerksamkeit und eine Schale großer frischer Erdbeeren zum Nektar.

Er tut nicht länger so, als ob er wichtig sei, sondern glotzt unverhohlen auf das Ritual am Nebentisch. Der Ober ist jung, glamourös und makellos. Er hält die Flasche leicht abgewandt, zwirbelt den Draht mit professioneller Präzision vom Korken – und da passiert es. Ohne dass er zusätzlichen Druck ausübt, schießt der Korken mit einem enormen Knall aus der Flasche, und eine Champagnerfontäne ergießt sich quer über den Tisch direkt in Gavs Schoß und auf seinen Laptop. Alle sind auf der Stelle so entgeistert, dass man denken könnte, es sei eine Bombe explodiert. Der Ober krümmt sich vor Scham und hält die noch immer Champagner spuckende Flasche hinter seinen Rücken, während er zu erklären versucht, dass er nichts, gar nichts getan hätte – und die Männer am Tisch springen auf und machen viel Aufhebens wegen ihrer nassen Hosen, obwohl keiner von ihnen so durchnässt ist wie Gav. Gav sieht aus, als ob er einen größeren urologischen Unfall gehabt hätte. Sein Schritt ist kein schöner Anblick, und Gavs Laptop scheint einen Anfall gehabt zu haben, denn die Augen haben aufgehört sich zu drehen.

Obwohl Imo von dem Erguss nicht so viel abbekommen hat, scheinen ihr in Anbetracht der Tatsache, dass sie versucht, weiterhin auf das Interview zu lauschen, und sich gleichzeitig fragt, wie man die Sache hier in den Griff kriegen kann, ausnahmsweise die Worte zu fehlen. Gav steht halb auf, um sich die Flüssigkeit von der Hose zu wischen, und sinkt dann wieder beschämt in den Stuhl – nein, oh nein. Während er auf seinen nassen Schritt und dann auf den abgestürzten Laptop schaut und immer wieder laut »Oh nein, Scheiße, nein« sagt, rät Imo, die ihre Stimme wiedergefunden hat, noch immer im Youf-TV-Modus: »Cool bleiben – chill out, man. Reg dich ab – in einer Minute wird's wieder trocken sein.« Gav deutet auf den Laptop und denkt: ›Aber der nicht. Das wird mich ein Vermögen kosten.‹ Mehr Ober eilen herbei und entschuldigen sich und wischen und bringen als Entschädigung mehr Champagner, und es herrscht reihum helle Aufregung. Bis auf Gav sind alle ganz begeistert, denn wenn man seine Tage damit verbringt, Ersatzdramen zu kreieren, dann gibt es doch nichts Besseres als ein kleines echtes Drama, um etwas Würze und Abwechslung ins Leben zu bringen. Nun gut – es ist nicht das Gleiche, wie auf dem Balkan in einen Bombenhagel zu geraten, aber diese Geschichte hier macht sich auch gut beim nächsten Essen im Spago oder Groucho, also sind bereits alle in Vergeben- und -Vergessen-Stimmung und trösten den Ober – nicht sein Fehler, eine defekte Flasche, so etwas passiert schon mal – und, aber klar, wir sind doch alle Freunde und irgendwann werden wir an diesen Tag zurückdenken und sagen, »Weißt du noch? Damals, als …?«

Dann steht der Kerl am Nebentisch, der mit dem Rücken zu Imo und Gav sitzt, aber auch ziemlich viel von dem Champagner abbekommen hat, auf, dreht sich, ebenfalls leicht befangen angesichts des undichten Windel-Looks, den er zur Schau trägt, um und wendet sich an Gav. Dieser hofft, dass es nach dem Motto: »Ich hoffe, es ist alles in Ordnung. Können wir etwas für Sie tun?«, sein wird, so dass Gav sich für seinen Laptop und Schadenersatz stark machen und heikle Wörter wie »verklagen« und »Versicherung« loswerden kann – als Imo plötzlich quietscht: »Hi, Theo«, und der Kerl sagt: »Hi, kleine Maus! Ich glaub es nicht!«, und sich hinunterbeugt, um das Wangendoppelküsschenritual zu vollziehen.

War es denn zu fassen? Dieser große Kerl, ebenso breit wie hoch und dick obendrein, mit dichtem, kastanienbraunem Haar und einem Akzent wie Königin-Viktoria-Pflaumenmarmelade, entpuppt sich als der Sohn von Verona, dieser alten Schreckschraube im Maison Puce. Es ist Theo Grange – ihr geliebter Junge. Als Erstes denkt Gav, dass dies verdammt noch mal fantastisch ist, denn das ist die Art von Geschichte, von der man normalerweise liest, ein glücklicher Zufall oder – wie drücken es die Astrologieschwafler aus? – der Magnetismus der Sterne, denn Theo wohnt in der Tat hier im Carlton, und es ist sein Klient Aziz, dessen Geschäftsabschluss sie gerade feiern wollten. Und Theo ist hier, weil er Aziz' Investitionen betreut und, ist es denn zu glauben?, dieser Aziz liebt es, mit Geld um sich zu werfen. Er ist völlig verrückt nach Film, ich meine, einfach absolut verrückt danach. (Ist das nicht toll? Gavs Gehirnzellen kochen.) Und, hey, was ist das? Die Frage richtet sich an Gavs Laptop, der in der drückenden Hitze wieder getrocknet ist, so dass die Augen wieder zu zwinkern angefangen haben – was, uff, doch eine Erleichterung ist, denn es mag ja ganz schön und gut sein, Wörter wie »verklagen« und »Versicherung« in den Mund zu nehmen, aber wenn man mal ehrlich ist, ist es oftmals gar nicht so einfach, das auch in die Tat umzusetzen. Da ruft Theo schon Aziz zu: »Hey, komm her und schau dir das an«, und plötzlich ist Gav mitten auf der Terrasse des Carlton umringt von einem Publikum, denn jetzt ist jeder neugierig, von den Youf-TV-Leuten bis hinunter zu den Kellnern, und Gav legt sich plötzlich für *Deadeyes* ins Zeug, als ob es um Leben und Tod ginge. Er will hoch hinaus und denkt: ›Komm schon, Baby, dieses Mal hab ich's geschafft, ich greife nach den Sternen‹. Aber da ist er plötzlich am Ende angelangt, und alle lachen und lächeln, der Champagner fließt – und das war's.

Niemand sagt etwas. Plötzlich reden sie über Vorführungen und Einladungen und fragen mit einem mitfühlenden Blick auf seinen Schritt: »Wie geht's Ihrer Hose?«, und Gav will schreien, Scheiß auf die verdammte Hose! Was ist mit meinem Film? Was noch schlimmer ist, dieser Theo hat seinen fetten Arm um Imos Schulter gelegt und nennt sie andauernd »Kleine Maus«, der Furzer, dieser gottverdammte Wichser, und Imo lächelt ihn an, ganz anschmiegsam und kokett, während sie von Youf TV zu Patsy Kensit wechselt, was wirklich das Letzte ist, denn für ihn hat sie das nicht getan, und wie es nun mal so ist, hat er sich wegen Patsy Kensit schon mal mit Mordabsichten getragen. Das Leben ist ungerecht.

Für Alice und Josette ist es ein heißer, gereizter Nachmittag. Alice hat überall Blasen an den Füßen wegen ihrer neuen Goldpumps, und Josette hat sie zu jedem einzelnen Schreibwarenladen in der Stadt gezerrt auf der Suche nach dem perfekten Briefpapier, auf dem sie die deliziöse Intensität ihrer Gefühle für Billy-Boy zum Ausdruck bringen will. Das Papier, wofür sie sich letztendlich entschieden hat – violett mit auberginefarbenem Rand –, ist in Alices Augen eine fragwürdige Mischung aus Woolworth und In Memoriam und dafür denkbar ungeeignet. Nichtsdestotrotz marschieren sie wieder zur Croisette zurück, wo sich Josette direkt vor dem *palais* auf einer Bank niederlässt, um sich der Komposition des Briefes zu widmen.

Sie besteht darauf, dass Alice es in etwas, was sie »Botschaftsenglisch« nennt, übersetzt, auch wenn Alice der Meinung ist, dass es viel besser wäre, wenn sie einfach so schreiben würde, wie sie spricht, da es sich in natura absolut charmant anhört. Josette braucht neun Anläufe, bis sie es zu ihrer Zufriedenheit hinkriegt, und in dem Paket sind nur zehn Bögen Papier. Alice, die derweil die ganze Zeit nach Gav Ausschau hält, ist nicht scharf darauf, zum Schreibwarenladen zurückzuhumpeln, und gibt einen großen Seufzer der Erleichterung von sich, als es vollbracht ist.

Mittlerweile ist Josettes Meinung von ihrem *adorable* kleinen Jungen auf *merde* gesunken, und Alice ist es müde, sich für ihn zu entschuldigen. Aber da er nach wie vor ihr einziger Kontakt zum Festival ist, muss er nun einmal herhalten. Er könnte sich natürlich überall in der Stadt herumtreiben, aber der *palais* ist das Zentrum der meisten Veranstaltungen, und er wird sicher früher oder später hier aufkreuzen. Sie hat logischerweise nach zwei Leuten Ausschau gehalten, Gav und Imo als Paar, denn so waren sie heute Morgen von dannen gezogen. Aber jetzt erspäht sie Gav, wie er allein und mit deprimiertem Gesichtsausdruck die Stufen zum Festivalbüro hinaufschleicht. Sie zwängt ihre geschwollenen Füße in die Pumps und humpelt, Josette auf der Bank zurücklassend, auf ihn zu.

»Hi, Mama, du bist noch hier.« Wenigstens hat er den Anstand, beschämt dreinzublicken.

»Wir sind seit halb eins hier – wie es ausgemacht war«, sagt Alice scharf. »Wie konntest du nur?«

»Schau, es tut mir wirklich Leid, Mama. Ich meine, es war aussichtslos. Ich hab's versucht, ehrlich, aber es war total zwecklos. Ich weiß nicht, warum ich hierher gekommen bin, Mama. Ich weiß nicht, wie ich es anfangen soll.«

»Hier geht's gar nicht um die Tickets für Josette, nicht wahr? Hier geht's um dich?«

Dieses Mal hat er den Anstand, sein Schamesrosa zu einer tiefen Röte werden zu lassen. »Ja, du hast Recht. Es tut mir Leid. Es war ein Scheißtag.«

»Für uns alle. Sieh sie dir nur an.« Alice deutet auf die geknickte, resignierte Gestalt von Josette.

»Ihr seid also nicht reingekommen?«

»Sehen wir so aus?«

»Es, äh, es tut mir wirklich sehr, sehr Leid. Ich habe einfach – ich meine, ich dachte, ich wüsste, wie ich es anstellen müsste, auch wegen ihres Tickets. Okay, vielleicht habe ich es nicht fest genug versucht, aber ich hab's nicht mal für mich geschafft, okay? Ich dachte, es wäre ein Kinderspiel, und das war es nicht.«

»Nun, hier ist etwas, was du tun kannst, Mr Kinderspiel mit voller Akkreditierung.« Alice zupft an dem offiziellen Pass, den er noch immer um den Hals hängen hat. »Bring diesen Brief in das Publicitybüro oder wohin auch immer – egal wohin oder zu wem – verstanden, Gav? Nimm ihn und stell sicher, dass er an William Prescotts Leute weitergeleitet wird. Hast du verstanden?«

»In Ordnung, Mama, wird erledigt.«

Die beiden Frauen warten unterdessen auf der Bank. Er braucht nicht lange. Nach nur zehn Minuten kommt er wieder mit hochgestreckten Daumen aus dem Haupteingang des *palais*. Nach allem, was heute schon geschehen ist, ist Alice sofort misstrauisch – konnte es so einfach gewesen sein? –, aber Josette ist so verzweifelt, dass sie bereit ist, alles zu glauben. Wenn ihr Gav, Hand aufs Herz, sagt, dass der Brief heute Abend zu William Prescotts Büro weitergeleitet wird, nun, dann wird sie ihm jedes Wort glauben. Vielleicht wird sie ihn sogar wieder in ihr Herz schließen.

»Wo ist Imo?«, fragt Alice jetzt.

»Weg – hat jemanden getroffen.«

»Oh. Eine Freundin?«

»Nein.«

Alice wartet darauf, dass er mehr erzählt, aber da er das nicht freiwillig tut, bohrt sie auch nicht weiter nach. Ihr ist bewusst, dass ihr plötzlich leichter ums Herz ist – denn, seien wir mal ehrlich, Imo ist nicht gerade die ideale Schwiegertochter in spe.

»Also wir fahren jetzt heim«, sagt sie. »Uns reicht's für heute.«

»Mir auch«, sagt Gav, und zu ihrer großen Überraschung schließt er sich ihnen an.

In Vieilleville humpeln sie an den Kai, um etwas frische Luft zu schnappen und etwas zu Abend zu essen. Da alle drei permanent pleite zu sein scheinen, beschränkt sich Letzteres auf einen Imbiss bestehend aus Brot und *tapenade* und Bier. Als sie gerade aufbrechen, sieht Alice Verona im Schatten der Wehrmauer entlanggehen. Da sie sie nur von hinten sieht, kann sie sich auch täuschen. Falls sie es ist, ist sie in Begleitung eines Mannes, der mindestens einen halben Kopf kleiner ist, lange, helle Haare hat und außer den kleinsten Shorts, die jemals genäht worden sind, nichts anhat. Er hat seinen Arm um Veronas Schultern gelegt. Bis Alice die anderen darauf aufmerksam gemacht hat, sind sie schon um die Ecke verschwunden. Ein Trugbild?

In der Wohnung vollziehen Alice und Gav wieder das absurde Luftmatratzen- und Duschritual, bevor sie sich erschöpft und schweigend hinlegen. Alice reckt im Dunkeln ihre schmerzenden Glieder und denkt nach – über den Tag, über Josette, über Verona. Es ist friedlich und ruhig. Ruhig? Gav schnarcht nicht?

Gav liegt hellwach auf der Luftmatratze. Er denkt nicht an den Tag – der war eine zu herbe Enttäuschung. Vergessen und nach vorne blicken, das ist die Devise ... und das tut er jetzt auch, denn möglicherweise ist ihm auf dem Heimweg ein genialer Einfall gekommen. Als sie die Rue d'Espoir erreicht hatten, war das ganze Haus finster gewesen – sogar Imos Wohnung, woraufhin er leicht zusammenzuckte, da er gar nicht daran denken will, dass sie jetzt mit diesem fetten Furzer im Carlton ist. Alles dunkel, bis auf ein Licht ganz oben. Von unten konnte man nichts sehen, nur das Licht. Hope Boscombes Licht. Hope Boscombe … und da kam ihm die Idee, denn möglicherweise war die Lösung die ganze Zeit hier gewesen, direkt hier vor seiner Tür.

23

Where Have You Been All the Day? (Billy-Boy – Billy-Boy?)

Am nächsten Morgen ist Gav nicht wachzukriegen. Alice versucht, ihn zu wecken, aber er stöhnt nur und rollt sich zur Seite. Du liebe Güte, er wird in der Tat wie sein Vater. Sie ist gezwungen, um ihn herumzufuhrwerken. Es gelingt ihr gerade mal, die Bettcouch zusammenzuklappen und die Luftmatratze mit ihrer schlafenden Fracht circa dreißig Zentimeter in Richtung Zimmermitte zu schieben, so dass sie die Badezimmertür einen Spaltbreit öffnen kann.

Als sie angezogen ist, geht sie hinauf zu Verona. Sie ist sich zunehmend der Ironie bewusst, dass jetzt sie Verona aufsucht und nicht umgekehrt. Aber sie erhält nach wie vor keine Antwort, und es steckt nach wie vor kein Schlüssel in der Tür. Das wird immer seltsamer. Alice trägt ihren Müll zu den städtischen Abfalltonnen auf dem Platz hinunter. Als sie zurückkommt, läuft sie Verona in die Arme, als diese gerade mit einer Hand voll Post aus der Haustür tritt.

»Guten Morgen!«, sagt Verona und winkt mit den Briefumschlägen, als ob nichts wäre.

»Hallo! Gott, bin ich froh, Sie zu sehen!«, sagt Alice und registriert zu ihrer eigenen Überraschung, dass sie es tatsächlich so meint.

»Und ich bin froh, Sie zu sehen, Alice. Geht es Ihnen gut?«

»Ja, oh ja, mir geht's gut, aber wie geht's Ihnen?«

»Oh, mir geht's auch gut, mir geht's bestens.« Sie sieht in

der Tat ziemlich rosig aus, aber vielleicht ist es auch nur das orangefarbene Plaidzeltkleid, das ihr diesen Schimmer verleiht.

»Ich habe bergeweise Neuigkeiten«, lockt Alice und erwartet, dass Veronas Antenne wie sonst in so einem Fall üblich zu vibrieren beginnt. Aber nein.

»Ich auch«, ist alles, was Verona sagt, so dass Alice gezwungen ist, selbst als Inquisitorin in Erscheinung zu treten.

»Kann es sein, dass ich Sie gestern Abend am Kai gesehen habe?«

»Schon möglich.«

»Mit einem Mann – waren Sie das?«

»Kann sein ...« Wieder ist das alles. Es ist zum Verrücktwerden.

»Kommen Sie, Verona, erzählen Sie schon«, bettelt Alice.

Verona presst ihre Lippen eine Sekunde lang fest zusammen, aber verliert dann das innere Gefecht. »Er heißt Yogi.«

»Das glaub ich nicht«, sagt Alice.

»Warum nicht? Ich wusste, dass Sie sich lustig machen würden. Warum sollte er nicht Yogi heißen? Alle möglichen Leute heißen Yogi.«

»Zum Beispiel?«

»Nun, dieser Bär in dem Cartoon – und dieser amerikanische Baseballspieler. Ich glaube nicht, dass sich die Leute über ihn lustig machen.«

»Nein, also gut, also gut.«

»Ja, also, wie dem auch sei, wir haben uns auf dem Markt kennen gelernt. Er war am *saucisson*-Stand, und ich merkte, dass er nicht wusste, dass er gerade dieses Eselszeug kaufte, also habe ich mich eingeschaltet.«

»Welches Eselszeug?«

»Diese korsische Wurst – aus altem Esel, *de l'âne*.«

»Ich dachte, das wäre ein Markenname.«

»Sagen Sie jetzt bloß nicht, dass Sie's probiert haben?«

»Doch, ich glaube schon – ziemlich, nun, pikant.«

»Iiih – wie konnten Sie nur!«

»Ich glaube nicht, dass ich die Eselverbindung hergestellt habe.«

»Nun, sehen Sie, genau das meine ich. Davor habe ich Yogi gerettet, denn er war gerade dabei, siebenhundertfünfzig Gramm von dem Zeug zu kaufen, und das ist schrecklich viel Wurst zum Wegwerfen, wenn man mal gemerkt hat, dass es ein Fehlkauf war. Wie dem auch sei, er war sehr dankbar und charmant – und als ich später an der Flipper's Bar vorbeiging, kam er raus, um hallo zu sagen, und dann ergab es sich einfach so.«

»Wo ist er her?«

»Er ist Engländer – aus Leigh-on-Sea. Und er hat ein Boot.«

»Nein! Hier?«

»Unten am Kai. Es ist himmlisch. Sie machen sich ja keine Vorstellung, wie viel Spaß und welchen Unterschied es macht. Es ist eine richtige Gemeinde. Man wird auf all die anderen Boote eingeladen und kommt sich wirklich als Teil eines Ganzen vor. Es ist eine völlig neue Perspektive, sobald man da mal drin ist und nicht nur von außen zuschaut. Nun, Sie wissen ja, wie oft unsereiner herumspaziert ist und sie angestarrt hat, vor allem abends, und sich vorgestellt hat, was dort vor sich geht. Die Zeiten sind vorbei, das sag ich Ihnen. Jetzt weiß ich es.«

»Wahnsinn, Sie Glückliche!«

»Ich weiß. Ich kann Ihnen gar nicht sagen, wie glücklich ich bin. Aber Sie sollten das auch sein. Ich bin mir sicher, dass ich Sie alle einladen kann, wenn er nicht mehr so viel zu tun hat.«

»Er arbeitet hier in Südfrankreich?«

»Er hat immer schrecklich viel zu tun – da was und dort was – und heute bringt er eine ganze Reihe Leute zum Filmfestival in Cannes.«

»Fahren Sie auch?«

Verona funkelt Alice leicht verärgert an. »Aber natürlich. Er würde nie ohne mich fahren – wir sind unzertrennlich.«

»Wahnsinn!«

»Was meinen Sie mit ›Wahnsinn‹?«

»Es scheint nur alles ein bisschen schnell zu gehen. Entschuldigen Sie, das ist es, was ich damit sagen wollte – ich meine, unzertrennlich ...«

»Ich finde, dass man in unserem Alter keine Zeit mehr verlieren sollte.«

»Vielleicht haben Sie Recht.«

»Wie dem auch sei, ich muss los – wir legen in einer Stunde ab.«

»›Ablegen‹ – Wahnsinn.«

»Alice, ich wünschte, Sie würden aufhören, andauernd ›Wahnsinn‹ zu sagen. Was ist bloß los mit Ihnen?«

»Entschuldigung. Nein, wirklich, also das ist großartig.«

»Jetzt bin ich aber wirklich in Eile. Ich muss ein kleines *pique-nique* vorbereiten.«

»Ach.«

»Für die Reise. Nichts macht mehr Appetit als das offene Meer. Ein kleiner Schmaus für die Mannschaft.«

»Die Mannschaft«, aber Alice gelingt es gerade noch, sich das nächste ›Wahnsinn‹ zu verkneifen.

Alice versteht plötzlich, wie es sein muss, in Veronas Haut zu stecken, denn sie kann es kaum erwarten, den anderen die Neuigkeiten mitzuteilen. Aber wem? Imo ist nicht da, und als sie in ihre Wohnung zurückkommt, schläft Gav immer noch. Sie sieht auf ihn hinab, trotz allem ziemlich liebevoll – da ist dieser Schopf oben auf seinem Kopf, den er schon als Baby hatte. Sie kann nicht anders, sie muss ihn einfach lieben, auch wenn er gerade wieder einen Schnarchton von sich gibt. Da läutet das Telefon, und sie muss über ihn hinwegsteigen, um es zu erreichen.

»*A-lies*!« Unverkennbar Josette am anderen Ende der Leitung.

»Hallo.«

»Alies, isch 'abe ge'ört von ihm – meinem Billy-Boy.«

»Nein! Ich glaub es nicht!«

»Warum glaubst du es nischt?«, sagt Josette. »Warum?«

»Entschuldige – das ist nur eine Redewendung. Das ist toll. Erzähl mir alles.«

»Isch ging 'eute früh ins Café Bleu und sie 'aben eine Nachricht von seinem Assistenten, dass isch ihn soll anrufen – und das 'abe isch getan – und geschbrochen mit ihm.«

»Du hast tatsächlich mit Billy-Boy selbst gesprochen. Wie unglaublich! Wie hörte er sich an?«

»Nein, Alies, isch 'abe mit dem Assistenten geschbrochen, aber er sagte mir, dass Billy-Boy Kontakt machen will – und du rätst nie, wo er sich auf'ält. Auf einer Jackt!«

»Einer ›Jackt‹?«

»*Mais oui*, einer Jackt draußen in die Bucht.«

»Oh, eine Jacht.«

»Ja, eine JACKT, 'ab isch doch gesagt. Siehst du, wir 'ätten ihn nie gefunden, egal wo wir ihn gestern gesucht 'ätten, also war meine Nachricht eine gute Idee, ja?«

»Brillant.«

»Und der Assistent sagt, dass Billy misch eingeladen 'at, mit ihm su Mittag su essen.«

»Nein!« Das sind ja wirklich Neuigkeiten. »Wann?«

»'eute – in Cannes. Kommst du mit?«

»Ich? Wahnsinn – warum?«

»Er 'at mich gebeten, einen Gast mitsubringen.«

»Sicher meint er doch in dem Fall einen Mann?«

»Warum soll isch einen Mann bringen? Alies, seine Frau ist tot. Isch 'abe es 'eute früh in *Nice-Matin* in dem Artikel über die *hommage* gelesen. Sie ist letztes Jahr geschtorben, Alies. Er ist wieder freier Mann, er ist wahrscheinlisch sehr, sehr trauriger Mann, isch glaube, er braucht mich, nein? Und isch brauche meine kleine Alies, denn du bist Engländerin und mein Billy-Boy ist auch Engländer – *eh, voilà*, kommst du? Dieses Mittagessen ist auf die Jackt. Wirst du meine kleine Freundin sein, Alies, und mir 'elfen?«

Es bleibt keine Zeit, um den durchsichtigen weißen Leinenanzug zu waschen, aber es ist nun mal das einzige Stück in ihrer Garderobe, das sich für eine Jacht in Cannes eignet. Sie wischt ihn ein bisschen mit einem feuchten Geschirrtuch ab und bügelt ihn dann auf einer Decke auf dem Tisch, noch immer gezwungen, um den schlafenden Gav herumzumanövrieren.

Sie will ihm gerade einen Zettel schreiben, als er aufwacht, sich auf einen Ellbogen stützt und gähnt. »Hallo, Mama.«

»Hallo, Gav. Ich fahre wieder nach Cannes.«

»Dann bist du eine Masochistin.«

»Dieses Mal habe ich eine Einladung – auf William Prescotts Jacht.«

»Du machst Witze.« Gav lässt sich wieder auf die Luftmatratze fallen und schließt die Augen.

»Willst du nicht wissen, wie?«

»Hat der Brief geholfen?«

»Ja, sieht ganz danach aus.«

»Nun, dann hab ich ja wenigstens etwas richtig gemacht, nicht wahr?«

»Ja, Liebes, das hast du. Fährst du heute auch wieder nach Cannes?«

»Nein, Mama«, gähnt er. »Ich werde hier bleiben. Ich

brauche etwas Zeit, um nachzudenken – mich zu sammeln und eine Strategie zu planen.«

»Gut«, sagt Alice und ist erstaunt, dass ihr einziger Sohn etwas so Zielgerichtetes wie eine ›Strategie‹ auf Lager hat. »Ich leg dir die Ersatzschlüssel hin.«

Sobald sie weg ist, schüttelt sich Gav wach und hüpft, den Kopf voller Ideen, unter die Dusche. Und ob er eine Strategie hat! Er hat die halbe Nacht damit verbracht, sie auszutüfteln. Jetzt gilt es nur noch, die Fakten zu checken und dann den taktischen Vorstoß zu planen.

Sobald er angezogen ist, kramt er den ganzen Papierkram heraus, den er im britischen Pavillon mitgenommen hat. Zwischen den Hochglanzfaltblättern und -broschüren findet er genau das, wonach er sucht – ein kleines Büchlein, *Der Britische Filmkatalog*, wenn auch vom letzten Jahr. Er blättert ihn schnell durch. Unter »Features« nichts, aber hier hinten unter »Kurz- und Dokumentarfilme« findet er, was er sucht. *Focal Point – Brennpunkt*, eine Fernsehdokumentation ... Mäuschen spielen ... Verbraucheralbträume ... produziert von einer Firma namens »Hope Springs Ltd.« mit einer Adresse in Chiswick. Produzentin Jan Tomelty, Executive Producer ... Hope Boscombe. Ja – *ja* – JA. Hope B. mischt mit im Geschäft.

Josette sieht einfach umwerfend aus, als sie im Zug nach Cannes sitzen. Sie trägt etwas weiches Aprikosen- und Kreppfarbenes, und ihre blonden Haare sind so perfekt toupiert, dass nicht ein Strähnchen locker ist. Sie hatte Alices dritten Auftritt in Folge in ihrem weißen Leinenhosenanzug mit einem leicht pikierten Blick bedacht, noch dazu, da Alice gezwungen gewesen war, auf Grund der Blasen ihre goldenen Pumps gegen ziemlich robuste Turnschuhe einzutauschen. Aber Alice kommt sich ohnehin nur wie die hässliche Schwester vor, die mittrappelt, also wird es schon nicht so viel ausmachen.

Josette ist in Wirklichkeit ein wahres Nervenbündel. Nachdem sie noch kurzfristig einen Friseurtermin bei Chez Patrice bekommen hatte, zwingt sie sich seitdem, nach außen absolut ruhig zu wirken. Das Letzte, was sie will, ist außer Atem und verschwitzt auf Billy-Boys Jacht anzukommen. Coole Eleganz – das ist es, was sie verströmen will, diesen unbekümmerten Look und Touch, den sie sich in all den langen Jahren mit so geringen Mitteln zu bewahren versucht hat.

Manchmal denkt sie, dass sie wirklich ein Wunder ist. Man kann ja verstehen, dass es den Reichen gelingt, die Fassade aufrechtzuerhalten – mit dem nötigen Kleingeld scheint praktisch alles im Rahmen des Möglichen. Aber sie, die nicht einmal eine feste Wohnung ihr Eigen nennen kann und schon über sechzig ist (an die genaue Zahl mag sie gar nicht denken, geschweige denn, sie in der Öffentlichkeit preisgeben), sie ist ein kleines Wunder. Und endlich ist nun ihre Gelegenheit gekommen, dieses Wunder dem anzubieten, für den es gedacht ist. Kein Wunder, dass sie nervös ist.

In Vieilleville durchstöbert Gav Alices Wohnung. Wo ist ihr Adressbüchlein? Wo ist das Telefonbuch? Wo ist Hopes Nummer? Als er nichts findet, muss er umdenken. Was wäre der beste Weg, um sie zu kontaktieren? Mama sagt, dass sie die Frau kaum kennt, und als echter Profi in der rauen Welt der Medien will man ja um Gottes willen sowieso nicht den Kontakt durch die Mama hergestellt haben. Man will das ganz alleine schaffen.

Ihr ein paar Zeilen schreiben? Aber diese verrückten Türen hier haben nicht einmal Briefschlitze, also könnte er sein Briefchen nicht sofort loswerden, sondern müsste eine Briefmarke draufkleben und es zur Post bringen und bis morgen warten. Und für all das hat er keine Zeit – er will unbedingt jetzt handeln, das Eisen schmieden, solange es noch heiß ist. Er steckt seinen Kopf aus dem Fenster und sieht zum anderen Ecktürmchen und zu Hopes Eingangstür hinüber. Hm – vielleicht sollte er einfach forsch sein und läuten? Aber Mama sagt, dass sie eher zurückgezogen lebt. Wahrscheinlich würde sie das nicht mögen, vielleicht würde es ihr sogar Angst machen; ich will sie ja nicht von vornherein verschrecken. Das Beste wäre, wenn sie sich irgendwie rein zufällig über den Weg laufen würden. Ja, genau, er sieht es schon vor sich, könnte es auf der Stelle filmen. Da ist also dieser junge Mann – Korrektur – gut aussehende junge Mann, er sitzt in der Sonne, malerisches Ambiente – Palmen und Kopfsteinpflaster – aber er sitzt nicht nur einfach so faul in der Sonne herum, er tut was … nun, was tut er? Genau, er macht sich total konzentriert Notizen auf einem Notizblock, neben ihm sein Laptop, aufgeklappt und eingeschaltet, die zwinkernden, blinzelnden Totenaugen auf dem Bildschirm, und die große Hope Boscombe kommt aus der Tür geschlendert. Sie werfen sich einen flüchtigen Blick zu, sie lächeln sich an (er hat so ein geiles Lächeln), und sie ist gefangen von seinen Augen, verzaubert, stellt eine Frage, einige Fragen … und ehe du dich versiehst, hat er eine halbe Million in der Tasche. Nun, es ist einen Versuch wert, nicht wahr?

In Cannes folgen Josette und Alice der Wegbeschreibung von Billy-Boys Assistent und gehen hinunter zum Kai. Weit abseits von dem ganzen Festivaltrubel ragt er in der Altstadt ins Meer hinaus, ein Betonfinger, der mit den üblichen Vergnügungs- und Fischerbooten bestückt ist. Der Tender der *Golden Isle* soll sie um halb zwei abholen, aber Josette hat darauf bestanden, eine Stunde früher dort zu sein – »für alle Fälle«. Welche Fälle?

Alice setzt sich auf einen Poller und sieht dem Treiben der Boote zu. Die Sonne brennt erbarmungslos vom Himmel, und hier am Ende des Kais gibt es keinen Schatten. Josette fühlt, wie ihr Puls vor lauter Nervosität schneller geht und sie unter den Brüsten zu schwitzen beginnt. Nur das nicht – ruhig bleiben, ganz ruhig bleiben.

Als Alice aufsteht, erblickt Josette einen großen, schwarzen Ölfleck auf ihrem Hintern. Mit der Ruhe ist es vorbei.

»*Alies!*« Sie macht lautstarkes Aufhebens um den Ölfleck. Einige Fischer sehen auf, um herauszufinden, was die ganze Aufregung soll.

Josette tupft mit ihrem Taschentuch an dem Fleck herum. Warum musste sie auch – an einem Tag wie heute – so etwas Dummes tragen? Weißes Leinen! Warum nur? Der Fleck wird durch die Tupferei nur schlimmer. Dann fällt ihr eine Lösung ein. »Du musst disch wie eure königliche Familie ver'alten, ja? Wie euer Prins Philippe – mit den 'änden 'inter dem Rücken, so? Und wenn wir erst sitzen am Tisch, sieht man es nischt mehr.«

»Ich glaube nicht, dass ich den ganzen Nachmittag mit den Händen auf dem Rücken herumlaufen kann, Josette.«

»Aber du musst! Auf diese Art und Weise sieht man es nischt. Wir wollen nischt, dass Billy-Boy denkt, dass du bist nicht *chic*.«

»Es ist mir schnurzegal, was Billy-Boy von mir denkt.«

»Aber mir nischt.«

»Sicher kann ich es ihm erklären. Wir können darüber lachen, ich mache eine lustige Geschichte daraus.«

»Isch will keine amüsanten *histoires*, Alies. Ich will, dass du als Freundin bei mir bist. In meinem Rücken, mit die 'ände auf dem Rücken, verschtehst du?«

Imo und Theo haben im Carlton spät gefrühstückt. Das Frühstück wurde auf einem dieser mit weißem Damast verhüllten Wägelchen hereingeschoben, das der Page in einen Tisch verwandelte. Zugegeben, Theo hatte sie währenddessen unter der Bettdecke versteckt. Er sagte, er wolle das Hotel nicht unbedingt mit der Nase darauf stoßen, wobei mit »darauf« gemeint war, dass sie die Nacht als nicht gerade offizieller Gast hier verbracht hatte. Aber sobald er ihr erlaubt hatte, wieder aufzutauchen, konnte sie in diesem wunderbaren dicken Frotteebademantel herumspazieren und von dem frisch gepressten Orangensaft und den warmen Brioches kosten, während sie hinunter auf die Croisette sah, auf der der Cannes-Trubel schon wieder in vollem Gang war. Das ist definitiv einer der Vorteile des Lebens mit Theo Grange – man bekommt alle Extras.

Die hatte sie auch letzte Nacht – bei einer tollen Party in einer Villa oben in den Hügeln, die wie für einen Werbespot für Fry's Turkish Delight hergerichtet war. Sie hatte sogar ein Kostüm bekommen – grellrosa Chiffonharemshosen, einen paillettenbesetzten Jaschmak und einen Rubin in ihrem Bauchnabel. Verdammt nett. Der Champagner kam ihr zu den Ohren heraus, und sie tanzte bis zum Umfallen mit Theo, seinem Klienten Aziz und weiß Gott mit wem noch alles – massenweise Medientypen.

Und jetzt schlüpft sie wieder in ihr hautenges schwarzes Jersey-Crop-Top und setzt sich die Baseballkappe mit dem »Screen International«-Schriftzug auf, denn sie ziehen wieder los. Theo sagt, er wolle »ein bisschen bummeln gehen, kleine Maus«. Ja, auf seine Art ist er wirklich ein Schatz.

Für Ivy Prosper ist es bisher ein aufregender Tag.

Zuerst schon mal dieser besondere Flug. Erster Klasse – geräucherter Lachs und Kaviar und Schampus ohne Ende –, so was bekommt man nicht jeden Tag. Wohlgemerkt, es bedeutete, dass sie mitten in der Nacht hatte aufstehen müssen, um rechtzeitig in Heathrow zu sein. Dort hatte sie die Leute von *Woman's Way* in einer VIP-Lounge getroffen – nobler geht's wohl kaum? Dann ist sie mit den anderen Preisträgern zuerst nach Nizza und dann gleich weiter mit dem Hubschrauber nach Monaco geflogen. Das war eine Premiere. Wirklich ganz nett, solange man nicht nach unten sah. Tat man das, wurde einem allerdings ganz flau im Magen. Ihr Ding wäre es nicht – und das sagt sie jetzt nicht, um die Wahrheit zu sagen, auch wenn sie es hiermit getan hat –, aber sollte in Zukunft irgendwann das Gespräch darauf kommen, wird sie sagen können: »Ja, wirklich ganz nett. Wenn ich nach Monte fliege, nehm ich normalerweise den Hubschrauber.« Das wird sich auf der nächsten Eigentümerversammlung in Bournemouth sicher gut machen.

Und die *Woman's Way*-Mannschaft hatte sich reizend um sie gekümmert, da gab es nichts auszusetzen. Es war wirklich ziemlich aufregend, sie kennen zu lernen, beinahe das Beste an dem Gewinn des Preisausschreibens. Seit sie zwanzig war, hat sie sich die Zeitschrift jeden Monat gekauft – durch dick und dünn hat sie sie begleitet, mit allerlei nützlichen Tipps bezüglich Männern und Menopause, Renovieren und Rezepte, Geburt und G-Punkt. Man muss allerdings zugeben, dass sich die Zeiten geändert hatten. Was auch immer man über die sechziger Jahre und den Sommer der Liebe sagt, man sprach damals trotzdem nicht über seine Orgasmen, zumindest nicht öffentlich, zumindest nicht in der Old Kent Road. Also war es ziemlich aufregend, sie alle kennen zu lernen, obwohl sie viel jünger waren, als sie erwartet hatte – fast noch Mädchen. Wahrscheinlich Anfang dreißig so wie ihre Imogen, aber heutzutage schienen sich ja alle ihre Mädchenhaftigkeit viel länger zu bewahren. Da brauchte man sich nur einmal ihre Imogen anzusehen – dreiunddreißig und tat noch immer so, als ob sie siebzehn wäre. Aber im Gegensatz zu Imogen hatten diese Magazinmädchen immerhin etwas – eine Karriere, ein Ziel, eine Zukunft.

Es war wirklich zum Verzweifeln mit Imogen. Sie schien es einfach nicht auf die Reihe zu kriegen. Ließ sich immerzu treiben. Dieses Mädchen war ihr ein Rätsel. Immer schon gewesen. Es wäre schön gewesen, wenn Imogen sich wie eins dieser Magazinmädchen entwickelt hätte – schön angezogen, höflich –, und es ist ja nicht so, dass sie es nicht könnte, wenn sie es nur gewollt hätte. Sie konnte nicht behaupten, dass sie nicht die Möglichkeiten dazu gehabt hätte. Ivy weiß nicht, was sie bei ihr falsch gemacht hat. Sie würde es nicht anders machen, wenn sie noch einmal von vorne anfangen müsste. Schließlich hatte sie sich alle Mühe der Welt gegeben, um Imo jede Möglichkeit zu bieten, und man hätte meinen können, dass diese Klosterschule sie zur Räson gebracht hätte. Aber nein.

Jetzt ist sie im Taxi auf dem Weg nach Vie-elle-ville – so hat sie es dem Fahrer gesagt, genauso, wie es geschrieben wird. Natürlich sagt Imo es immer anders – irgendwie wie Wie-ey-wiel –, so wie es auch der Taxifahrer ausgesprochen hatte. Er hatte gelacht – netter Junge. Und diese Straße ist wirklich toll, hoch über dem Meer an den Klippen entlang – nun, man konnte sie nicht wirklich Klippen nennen, eher schon Berge – jedenfalls sehr steil. War nicht Prinzessin Gracia von einer dieser Dinger abgekommen? Das wundert sie nicht, jetzt, da sie sie mit eigenen Augen sieht. Das war das Thema des Preisausschreibens gewesen, die Fürstenfamilie von Monaco, und sie hätte jede der Fragen im Schlaf beantworten können, weil sie sich immer dafür interessiert hatte, seit sie Grace Kelly in *Die oberen Zehntausend* gesehen hatte. So ein schöner Film, so eine schöne Frau. Das war jemand, die ihr Leben im Griff gehabt hatte. Andererseits – hatte sie nicht auch Schwierigkeiten mit ihren Töchtern gehabt?

Der Tender der *Golden Isle* hat Verspätung – es ist bereits Viertel vor zwei, und Josette fragt sich, wie lange sie diese Stellung noch aushalten kann. Auf den Verdacht hin, dass Billy-Boy sie vielleicht persönlich abholen kommt, stellt sie sich mit geübter Präzision in Positur und sieht Richtung Südwesten aufs Meer hinaus, so dass jedes hereintuckernde Schiff die volle Wirkung ihrer Herrlichkeit abbekommt. Nur, dass ihr davon die Hüfte wehtut und sie sich langsam wünscht, er möge sich beeilen.

Alice wandert den Kai auf und ab, da sie nicht wagt, sich wieder bequem auf einen Poller zu setzen, um nicht auch noch die andere Hinterbacke mit einem Ölfleck zu verzieren. Um sich die Zeit zu vertreiben, hält sie nach Verona und Yogi Ausschau, aber da sie weder weiß, wie deren Schiff aussieht noch wie es heißt, hat sie wenig Hoffnung. Tja, wenn unter diesen vereinzelten Flaggen der britischen Handelsmarine ein orangefarbenes Tartanzeltkleid auf Halbmast flattern würde, dann wäre das zumindest ein Anhaltspunkt.

Sie wandert bei den kleineren Jachten umher. Wie seltsam, dass Verona nun Teil dieser Welt ist. Sie weiß von ihrer Inspektion der Schaufenster verschiedener Jachtmaklerbüros in Vieilleville, dass Worte wie »klein« in diesem Milieu relativ sind. Sogar »kleine« Cruiser aus zweiter Hand scheinen in etwa eine Viertelmillion Pfund zu kosten, und die mittelgroßen können leicht die Ein- oder Zweimillionenmarke anpeilen. Die wirklich großen Jachten haben kein Preisschild, aber sie hat Summen von zwanzig oder vierzig Millionen gehört. Lächerliches Spielzeuggeld ohne Bezug zum wirklichen Leben.

Da hält endlich ein längliches weißes Schnellboot mit nicht zu übersehenden fetten goldenen Lettern am Bug – *Golden Isle* – auf sie zu. Josette hat ein eigenartiges, fast schon unheimliches Grinsen aufgesetzt, das sie augenblicklich abstellt, als sie sieht, dass kein Billy-Boy an Bord ist, nur ein schneidiger junger Mann in einer weißen Uniform mit Epauletten auf dem Hemd. Sobald sie allerdings diesen Adonis genauer gemustert hat, setzt sie ihr Grinsen wieder auf, nimmt seine Hand, um über das Schandeck zu steigen, und schwebt an Bord – so in etwa wie früher die tüllgewandeten Frauen in *Come Dancing*.

Alice ist froh, sich im Heck hinsetzen und ihren ölbefleckten Hintern verstecken zu können, während Josette sich im Cockpit niederlässt. Dann dreht das Boot langsam um und rauscht mit Vollgas aus dem Hafen hinaus aufs offene Meer. Alice kommt sich wunderbar vornehm vor. Weit draußen in der Bucht liegen einige wirklich große Jachten vor Anker – welche davon ist wohl die von Billy-Boy?

Während Josette lebhaft auf Französisch mit dem attraktiven jungen Mann plaudert, kann sich Alice auf die Fahrt und ihr glanzvolles Ziel konzentrieren. Es sieht ganz danach aus, als ob sie auf ein Riesenteil zuhalten würden – mehr Schiff als Jacht, atemberaubend, glänzend weiß und mit massenweise technischen Aufbauten, Radarschüsseln und zwei Hubschraubern an Deck. Josette ist allmählich immer stiller geworden, aber Alice nimmt nicht weiter davon Notiz, da sie sich jetzt einem, auf Meereshöhe gelegenen Anlegeplatz am Heck des Schiffes nähern. Riesige dreidimensionale, mit Blattgold überzogene Lettern proklamieren *Golden Isle*, für den Fall, dass darüber noch Zweifel bestanden.

Josette hat sich umgedreht, und Alice sieht, dass ihr Gesicht eine eigentümliche Farbe angenommen hat – die Schattierung unreifer Reineclauden. Nun, es war wohl in der Tat ein ziemlich holpriger Trip gewesen, sobald das Schnellboot einmal den geschützten Hafen verlassen hatte und über die Wellen geprescht war, aber Alice, die nicht zur Seekrankheit neigt, hatte es genossen.

Man hilft ihnen beim Aussteigen. Alice legt den Kopf in den Nacken, um sich das Schiff genauer anzusehen. Vor ihnen windet sich eine fantastische Treppe, wie aus einem Busby-Berkeley-Film, mit schnörkeligem Chromgeländer und dazu passenden Lollipoplampen an Stelle von Treppenpfosten, zum Hauptdeck hinauf. Dort hinauf werden sie jetzt von lächelnden, uniformierten Lakaien gebeten.

Josette hat ihre Reineclaudefarbe verloren, aber sie sieht noch immer sehr bleich aus. Die Jacht liegt natürlich viel ruhiger im Wasser als das Schnellboot, dennoch kann Alice unterschwellig die Wellen fühlen, und sie schwankt leicht, als sie hinter Josette die Treppe hinaufgeht, eine Hand auf ihren Hintern gepresst, um den peinlichen Ölfleck zu verdecken. Ohne dieses Handikap wäre sie fast in Versuchung, einen Tapdance zu wagen – wie diese verrückte Nummer in William Prescotts *Rhythm of Broadway*. Aber so siegt die Schicklichkeit.

Auf dem Deck ist die Party schon in vollem Gang. Es sind viele Paradiesvögel da, ein paar kleine, gedrungene Männer von der Art, wie sie sie gestern schon überall in Cannes mit ihren Aktenkoffern und Handys gesehen hatten, und einige arabische Gentlemen in beeindruckenden Gewändern und Kopfbedeckungen. Direkt in der Mitte steht ein rundlicher, glatzköpfiger Mann, eine Mischung aus Buddha und Winston Churchill, in einem weißen Dschellaba mit goldenen Posamenten. Josette schnappt nach Luft und ruft: »Billy!«, und der Buddha dreht sich um und sagt mit sehr starkem amerikanischem Akzent (so viel zu den glorreichen Engländern!): »Du meine Güte, es ist Toots! Hallo, Toots! Lange nicht gesehen«, und er klopft ihr auf den Rücken wie einem alten Waffenbruder und erzählt jedem, dass er und Toots sich schon eine Ewigkeit kennen. Dann nennt er sie »Altes Mädchen« und ruft jemanden zu sich heran – woraufhin dieser Jemand kommt: eine atemberaubende Kreatur, die nicht viel älter als neunzehn sein kann, meterlanges, glänzendes schwarzes Haar hat und ungefähr 1,80 Meter groß ist (momentan auf Grund ihrer hohen Absätze noch größer). Sie trippelt herbei und fängt an, Billy-Boy mit dem Daumen über die Glatze zu streicheln.

»Ich möchte dir meine Verlobte vorstellen. Das ist Marsha. Ist sie nicht eine Wucht?«, sagt Billy-Boy, und Josette, die seinen Arm umklammert hatte, lässt ihn plötzlich los, so als ob sie der Wucht die Hand schütteln will, und kotzt ihm prompt über seinen weißen Dschellaba.

Sofort herrscht helle Aufregung. Josette keucht und entschuldigt sich, während sie immer grüner im Gesicht wird. Billy-Boy steht mit ausgebreiteten Armen da und schreit: »Wischt mir dieses Zeugs ab!« Lakaien eilen von überall herbei – einige, um sich um Josette zu kümmern, andere, um das Erbrochene wegzuwischen, wieder andere, um einen neuen Dschellaba zu holen. Marsha, die Wucht, versucht, Josette dazu zu bewegen, mit ihr zu kommen und sich hinzulegen, aber Josette schlägt nach ihrer Hand und schreit: »Lass misch los, du Mistschtück!«, und torkelt, das Gesicht so grün wie gekochter Kohl, von dannen.

In der Zwischenzeit kommt einer der Lakaien mit einem Tablett voller Getränke auf Alice zu. Zur Auswahl stehen Orangensaft, Tizer oder Vimto, denn wie sich herausstellt, gehört die *Golden Isle* gar nicht Billy-Boy. Der ist auch nur Gast. Der wirkliche Eigentümer ist einer der eleganten Araber, und da dieser streng die Gesetze des Islam befolgt, ist an Bord kein Alkohol erlaubt. Aber es gibt auch kein Coca-Cola, denn er ist, wie er Alice äußerst charmant erzählt, in England zur Schule gegangen und hat seitdem ein nostalgisches Verlangen nach den Getränken aus dem Tante-Emma-Laden seiner Kindheit.

Trotz alledem amüsiert sich Alice ziemlich gut und unterhält sich gerade mit dem arabischen Magnaten über die

Vorzüge von Dartmoor, als Josette zurückkommt. Ihre Haare sind jetzt zerzaust, ihr Make-up ist großteils abgewaschen, und die Haut ist ungesund wächsern. Sie zischt Alice an, dass sie gehen müssen. Marsha, die Wucht, wirft ein (sehr freundlich, angesichts der Tatsache, dass Josette so unfreundlich zu ihr war), dass es doch sicher besser wäre, noch ein bisschen zu warten, bis sie sich wieder ein klein wenig besser fühle. Dann kommt Billy-Boy in einem neuen Dschellaba zurück und tätschelt Josette vorsichtig den Rücken, so als ob er Angst hätte, dass sie eine Bombe sei, die jeden Moment hochgehen könne. Und das scheint das Fass zum Überlaufen zu bringen, denn Josette sagt: »Nein, wir müssen sofort gehen«, und so humpeln sie wieder, sich gegenseitig stützend, die Treppe hinunter, während sich alle über die Reling beugen und ihnen dabei zusehen.

Die Fahrt zurück zum Kai ist schrecklich. Josette hängt über der Seite, erbricht alle zwei oder drei Minuten und sagt, dass sie wünscht, dass sie tot wäre – und dass Billy-Boy auch tot wäre. Aber dieses Wuchtmiststück Marsha ist jenseits von gut und böse; der Tod und das Fegefeuer wären viel zu nett für sie.

In Vieilleville hat sich Gav auf der gegenüberliegenden Straßenseite vom Maison Puce postiert in der Hoffnung, dass sein Arrangement glaubhaft wirkt. Er hat Mamas zwei kleine Hocker mit heruntergenommen, einen für ihn, den anderen für den Laptop, und sie auf das enge Trottoir gestellt. In ihren Schränken hat er einen Zeichenblock gefunden, so dass er so tun kann, als ob er zeichnen würde – obwohl er noch keine Erklärung parat hat, warum er mit einem aufgeklappten, eingeschalteten Laptop neben sich zeichnen sollte. Aber er kann sich nicht auf die Straße setzen und vorgeben zu schreiben – für einen Schriftsteller ist die Bank auf der Place d'Espoir der einzig passende Aufenthaltsort, aber falls und wenn Hope Boscombe aus der Tür tritt, kann sie statt nach rechts genauso gut nach links gehen, was heißt, dass sie überhaupt nicht bis zum Platz herunterkommen und er sie verpassen würde. Auf der Straße direkt vor dem Haus hat er zumindest eine Chance, auch wenn er da das Risiko eingeht, überfahren zu werden.

Als nach zwei Stunden noch immer nichts von ihr zu sehen ist, wird er der Sache bereits überdrüssig. Er kann nicht die Bohne zeichnen, aber er muss etwas vorzeigen können, um glaubwürdig zu wirken. Er versucht sich an einer miserablen Ansicht der Straße in Richtung des Platzes. Alle dreißig Sekunden blickt er auf, um zu sehen, ob sich irgendetwas tut – nach all der Mühe wäre es zum Verrücktwerden, wenn er sie verpassen würde – aber die Tür bleibt erbarmungslos geschlossen.

Außerdem wird es heißer. Die Sonne wandert und brennt ihm jetzt voll auf den Schädel. Was würde er nicht geben für ein Bier! Aber wenn er jetzt nach drinnen geht, wird er alles mitnehmen und dann wieder von vorn anfangen müssen, und in der Zwischenzeit würde sie mit Sicherheit auftauchen und er sie verpassen. Durchhalten, Junge.

Da sieht er eine kleine, adrette Frau in einem marineblauen Kostüm mit einer glänzenden weißen Handtasche und glänzenden weißen Schuhen auf der anderen Straßenseite vom Platz herauflaufen. Sie blickt auf jede Haustür und danach auf ein Blatt Papier in ihrer Hand. Dann bleibt sie vor einer der Türen des Maison Puce stehen. Sie tritt einen Schritt zurück und nimmt das Haus gründlich in Augenschein, dann drückt sie auf eine der Klingeln. Könnte das eine Freundin von Mama sein? Die Ablenkung kommt ihm höchst ungelegen, aber er weiß auch, dass die Klingeln nicht funktionieren. Sie versucht es noch einmal, drückt auf den Knopf ... geht wieder ein paar Schritte zurück, schaut. Vielleicht sollte er besser etwas sagen. Aber wie – auf Französisch? Was heißt »funktioniert nicht« auf Französisch? Das sollte er wissen. Und Türklingel? Hm. Aber er kann sich an »Glocke« erinnern und ruft: »*Le cloche – non.*« Die Frau zuckt zusammen – sie hatte ihn offensichtlich zuvor nicht wahrgenommen. »*Le cloche* – funktioniert nicht«, ruft Gav jetzt.

»Oh, Sie sind Engländer. Da bin ich aber erleichtert.« Sie schnauft zu ihm herüber – das passt ihm jetzt aber ganz und gar nicht.

»Ja«, murmelt er und versucht, nicht zu freundlich zu wirken.

»Kennen Sie hier jemanden? Ich meine, jemanden, der in diesem Haus, Nummer acht, wohnt?«

»Ja – das heißt, ein paar. Meine Mutter wohnt dort.«

»Meine Tochter auch – Imogen.«

»Sie sind Imos Mutter?«

»Ach, Sie kennen sie also. Was für eine nette Überraschung! Ivy Prosper, freut mich, Sie kennen zu lernen. Ich kann Ihnen gar nicht sagen, wie erleichtert ich bin, eine englische Stimme zu hören. Ich habe mich in Monaco von meiner Gruppe abgesetzt und mir dabei eventuell zu viel vorgenommen. Ich habe einen schrecklich langen Tag hinter mir. Macht es Ihnen etwas aus, wenn ich mich setze?«, und noch ehe er es verhindern kann, stellt sie seinen kostbaren Laptop auf das Pflaster und setzt sich auf den anderen Hocker. Nein! – Das ist definitiv nicht Teil seines Gesamtplans.

Ivy Prosper kramt in ihrer großen weißen Handtasche, zieht einen kleinen, batteriebetriebenen Handventilator daraus hervor, schaltet ihn ein und wedelt damit vor ihrem Gesicht herum. »Ich meine, heute früh hatte ich noch so große Erwartungen – da war ich noch in Heathrow, aber es fühlt sich an, als ob das schon eine Woche her ist. Bis hierher war es weiter, als ich dachte – und als ich zuerst dort oben von den Hügeln heruntersah, war ich richtig begeistert. Diese Neubausiedlung dort oben ist recht schön, dachte ich, schöne Häuser, ziemlich exklusiv und chic, also schöpfte ich Hoffnung, aber dann fuhr das Taxi immer weiter hier herunter, und ich muss sagen, es bestätigt meine schlimmsten Albträume und, ich kann Ihnen sagen, davon habe ich, was Imo betrifft, wahrlich schon mehr als genug gehabt. Möchten Sie ein Pfefferminzbonbon?« Wieder kramt sie in ihrer Tasche.

So sehr sich Gavin auch wünscht, dass sie sich verdrücken möge, in diesem Augenblick würde er für ein Pfefferminzbonbon alles tun – das heißt, eigentlich für ein Kronenberg-Bier, aber ein Pfefferminzbonbon tut's auch. Dankbar nimmt er eins, während er weiterhin versucht, seinen Blick auf Hope Boscombes Tür anstatt auf das erhitzte, verschwitzte Gesicht von Imos Mutter zu richten.

»Es hat mir schon einen kleinen Schreck eingejagt, als ich unseren Namen – ›Prosper‹ – dort bei der Türklingel las. Sozusagen im Ausland. Was wohl mein alter Vater dazu gesagt hätte? Der gute alte Ivan Prosper – das war mein Vater – war Obst- und Gemüsehändler. Er kreierte den Slogan ›Ich prosperiere‹ und hängte ihn überall in seinem Laden auf. Er war nicht zu übersehen und machte darüber hinaus gute Laune, vor allem während der Rationierungen im Krieg – brachte jeden zum Lachen. Natürlich hätte er das Geschäft gern in ›Prosper & Sohn‹ ausgebaut, aber dann musste er halt mit ›& Tochter‹ vorlieb nehmen. Sie kennen also meine Imogen?« Sie hält abrupt und leicht außer Atem inne, während sie mit dem Ventilator vor ihrem Gesicht herumwedelt.

»Ja, ein bisschen.«

»Wissen Sie dann vielleicht zufällig, wo sie ist? Ich bin nur auf gut Glück aus Monaco hierher gekommen.«

»Nein, ich weiß es nicht. Ich habe sie das letzte Mal gestern in Cannes gesehen.«

»Oh? Das gibt mir Hoffnung. Sie ist also nicht in Italien?«

»Italien?«

»Als ich anrief und sagte, dass ich kommen würde, meinte sie, sie würde in Italien sein.«

»Nun, darüber weiß ich nichts.«

»Aber Cannes ist ja nur ein paar Kilometer von hier, oder?«

»Nicht ganz so nah.«

»Aber im Vergleich zu Italien …«

»Italien ist auch nicht so weit, in die andere Richtung.«

»Ich glaube, sie sagte Mailand.«

»Ach so. Ja, da ist Cannes viel näher.«

»Aber ich habe das Gefühl, dass sie mich nicht sehen will. Das heißt, es ist mehr als ein Gefühl, ich *weiß*, dass sie mich nicht sehen will. Sie ist raffiniert, immer schon gewesen, und jetzt, da ich sehe, wo sie wohnt, überrascht mich das gar nicht. Ich meine, sehen Sie es sich nur an.«

»Was?«

»Das Haus. Als Erstes muss man mal den ganzen Verputz abschlagen – weiß der Himmel, wie es darunter aussieht –, und dann braucht es einen neuen Anstrich mit einem modernen Composit. Ich bin im Immobiliengeschäft, ich kenne mich da aus. Ich meine, es mag vielleicht malerisch aussehen – aber darin wohnen?«

Gav, der jetzt seinen Laptop auf dem Schoß hat und sich Mühe gibt, weiter über Hopes Tür zu wachen, fühlt sich plötzlich genötigt, die Maison Puce zu verteidigen – schließlich wohnt da seine Mama.

»So schlimm ist es auch wieder nicht«, wehrt er ab.

Ivy Prosper legt eine schwitzige Hand auf seine. »Nein, Liebes, natürlich nicht. Entschuldigen Sie vielmals, ich habe nicht nachgedacht. Ihre Mutter wohnt hier, haben Sie gesagt.«

»Nicht nur sie – auch Hope Boscombe.«

»Was?«

»Hope Boscombe.«

»*Die* Hope Boscombe – vom Fernsehen?«

»Genau die.«

»Nun, da schau an! Diese Imogen! Man würde meinen, sie hätte mir das erzählt. Sie weiß, dass ich mir die Sendung immer ansehe – diese Hope, andauernd auf die bösen Vermieter. Ich habe ihr schon immer mal schreiben wollen, um ein Hühnchen mit ihr zu rupfen. Sie könnten mich nicht zufällig reinlassen?«

»Ich habe keinen Schlüssel zu Imos Wohnung.«

»Natürlich nicht, Liebes. Aber ich könnte mich ein bisschen umsehen, während ich warte, und, um die Wahrheit zu sagen, ich muss dringend auf die Toilette. Könnte ich vielleicht die Ihrer Mutter benutzen? Ich weiß, es ist ein bisschen unhöflich, aber da Sie auch Engländer sind, sitzen wir ja alle im selben Boot.«

Gav erklärt sich nicht aus Gründen nationaler Solidarität damit einverstanden, sondern vielmehr a) um sie loszuwerden und b) um sich ein Bier zu holen, denn es mag ja sein, dass sie am Platzen ist, aber er hat einen trockenen Mund. Er lässt die Hocker, den Block und den Laptop unten im Hausflur zurück und geht mit ihr nach oben. Während sie auf dem Klo ist, lehnt er sich, um ihre Geräusche nicht hören zu müssen, zum Fenster hinaus und nimmt ein paar kräftige Schlucke aus der Flasche. Unter ihm fällt eine Tür ins Schloss, und als er nach unten blickt, sieht er den Scheitel eines Kopfes, der Hope Boscombe gehören muss; sie geht in Richtung des Platzes. Hätte er es sich doch denken können!

Auf der Croisette sind Imo und Theo dabei, »ein bisschen bummeln zu gehen«, wie er es nennt. Sie schlendern umher, gesellen sich mal hie, mal da dazu, und genießen Glanz und

Glorie des Cannes-Can. Theo braucht den Glamour der unablässig vorbeirollenden Rolls Royces und Ferraris, die ihre Insassen vor dem Carlton ausspucken, nicht. Davon hat er mehr als genug gehabt. Ihm gefällt es, sich unter »den Plebs« zu mischen. Wenn Theo nicht Theo wäre, würde Imo ihm für diesen Ausdruck eine reinhauen.

Vor ihnen drängt sich eine dichte Menschentraube vor der Absperrung einer scheinwerferbehangenen und mit vielen Kameras bestückten Bühne. Dort muss irgendetwas los sein. Es ist, als ob die Leute wie von einem riesigen elektromagnetischen Feld angezogen würden, und die Menschenmenge wächst sichtlich, während sie darauf zusteuern. Man hört das Gekreische von Fans, aber von hier hinten kann man nichts erkennen. Alle recken sich, um etwas realen Zauber zu erhaschen. Die Jungs klettern auf Bäume, und Mädchen in winzigen engen Miniröcken werden von muskelbepackten Typen mit schwarzen Westen auf die Schultern gehoben, um besser sehen zu können. Alles, was Theo und Imo über die vielen Köpfe hinweg ausmachen können, sind Transparente mit der Aufschrift »Crazy Fred and the Fuckathon«. Imo schüttelt sich vor Lachen.

»Willst du auch nach oben, Maus?«, fragt Theo. Er streckt seine Arme aus, und sie klettert auf seine Schultern.

Mehr Gekreische und Schreie – irgendwas ist da vorn los. Die Kameras laufen. Action! Wo ist Fred? Jetzt rufen alle lautstark nach dem Schauspieler, der Fred spielt. Niemand hat je von ihm gehört, aber das scheint keine Rolle zu spielen. Alle platzen vor Ungeduld. Nachdem man stundenlang auf einen wirklichen Star gewartet hat, gibt man sich jetzt auch mit einem Newcomer zufrieden.

»Wo ist Fred?«, skandiert die Menge.

»Fred ist nicht hier!« Die Menge buht. »Aber seine Eier sind es!« Die Menge kreischt. Von der Bühne werden aufgeblasene Strandbälle in die Menge geworfen. Aufgeregte

Schreie – die Leute recken und strecken sich nach den Bällen. Auf jedem Ball ist in orangefarbenen Buchstaben auf schwarzem Grund das Logo des Films und die Aufschrift »Freds Eier« aufgedruckt. Sie sind scheußlich, aber jeder will einen. Imo will auch einen. Natürlich wegen Fred. Imo will plötzlich einen dieser verdammten Bälle so sehr, wie sie schon seit Jahren nichts mehr gewollt hatte. Aber es kommt keiner in ihre Richtung. »Schnapp dir einen, Theo«, schreit sie und hopst auf seinen Schultern herum. Aber er schafft es nicht. Sie sind nach rechts abgedriftet, und er kommt vor lauter Leuten nicht durch.

Die Glücklichen drücken die Bälle an ihre Brust und grinsen sich an. Theo verspürt den Drang, jemandem einen Ball zu entreißen. Es ist wie das Buhlen um die Angebetete im Mittelalter, und er enttäuscht die seine. Warum soll die da einen haben – diese fette alte Frau dort drüben? Was zum Teufel macht sie mit einem »Fred and the Fuckathon«-Strandball? Krocket spielen? Und da dreht sich die Frau um und kreischt: »*Theo!*«

»Mutter?«

»Verona?«, sagt Imo von oberhalb Theos Kopf, wo sie sich noch immer aufhält.

»*Liebling!*«, skandiert Verona und schlingert, den Strandball noch immer gegen ihre Brust gedrückt, auf sie zu.

Theo springt unwillkürlich zurück. »Hey – pass auf!«, schreit Imo und klammert sich, um nicht runterzufallen, an seinen Haaren fest, wobei sie ihm mit dem Knie ins Gesicht schlägt. Er stolpert, versucht, das Gleichgewicht zu halten und fällt dann nach vorne, wodurch Imo horizontal in die Menge geschleudert wird.

»Scheiiiiße!«, schreit Imo, noch während sie durch die Luft fliegt und wie ein menschlicher Geschosskörper einige von Freds Eiern zum Platzen bringt, bevor sie auf dem Boden landet.

24

Die Königin von Saba

Nachdem Ivy Prosper Alices Klo benutzt hat, sieht sie sich neugierig in der Wohnung um.

»Es macht Ihnen doch nichts aus, oder?«, sagt sie, während sie in der Kochnische herumschnüffelt. »Aber wenn Imogen heute Nacht nicht zurückkommt, dann ist das der beste Eindruck, den ich mir auch von ihrer Wohnung machen kann. Ein bisschen klein, nicht wahr? Für eine Ferienwohnung reicht es wohl, aber, wissen Sie, für meine Imo ist es die Hauptwohnung.«

»Für meine Mama auch.«

»Oh, entschuldigen Sie. Ich meine, sie ist sehr gut geschnitten und so, wirklich schön. Ich bin positiv überrascht, wirklich. Ist Imogens Wohnung genauso?«

»Nicht direkt.«

»Größer?«

»Nun, anders ...« Gav denkt daran, wie er sich vorletzte Nacht durch das versiffte Chaos und über den Hund zu Imos Bett durchkämpfen musste. »Ein bisschen anders.«

»Ich war immer neugierig. Sie hat mir nie auch nur ein Foto von ihrer Wohnung gezeigt, und da ich sozusagen ein finanzielles Interesse daran habe ... Sehen Sie, es ist normalerweise nicht meine Art, etwas unbesehen zu machen, aber in dem Fall musste ich ihr einfach vertrauen.«

»Wem?«

»Imogen natürlich. Nun, manchmal macht man das in der Familie, nicht wahr? Genau genommen ist die Hypothek in ihrem Namen – es war so ein Theater, alles auf Französisch, also wollte ich nicht direkt involviert werden – aber ich bezahle die Rechnungen, also stecke ich, was das betrifft, bis über beide Ohren mit drin. Sind das Einbauschränke?« Sie zieht an einem der Sonnenblumenschränke.

»Hören Sie, Mrs Prosper, ich muss wieder raus. Ich muss weiterarbeiten.«

»Natürlich, Liebes. Ich habe Sie beim Malen gestört, nicht wahr? Sie sind Künstler von Beruf?«

»So ähnlich.« Gav drängelt sie aus der Wohnung hinaus und die Treppe hinunter, während sie weiterhin pausenlos Kommentare über den Zustand des Treppenhauses und des Hausflurs abliefert.

Er schätzt, dass er es jetzt riskieren kann, sich auf der Bank auf dem Platz niederzulassen. Wenn Hope Boscombe in die Richtung fortgegangen ist, dann wird sie wohl auch wieder von dorther zurückkehren, obwohl er sich bei seinem Glück besser nicht darauf verlassen sollte.

Er lässt Ivy Prosper vor Imos Tür zurück, wo sie schon wieder beim Herumschnüffeln ist. Gott sei Dank haben er und Imo gestern, bevor sie nach Cannes gefahren sind, Fred in Marie-Christines Bar abgegeben, sonst würde sie noch ganz andere Sachen erschnüffeln. Wenn Imo sich um den Hund hätte kümmern müssen, dann hätte sie ihn vielleicht im Carlton nicht einfach so abserviert, um mit Theo Grange loszuziehen. Nein, so wie die Dinge bisher gelaufen sind, verlässt er sich besser wirklich nicht auf sein Glück.

Er schaltet erneut seinen Laptop ein und stellt ihn so neben sich auf die Bank, dass ihn Hope Boscombe unmöglich übersehen kann, falls sie denselben Weg zurücknimmt. Dann macht er sich wieder mit dem Block zu schaffen, um sich einen geschäftigen Anschein zu geben.

»Macht es Ihnen etwas aus, wenn ich mich zu Ihnen setze?« Ivy Prosper steht vor ihm. »Sie wissen nicht zufällig, ob sie heute Nacht zurückkommt – Imogen?«

»Nein, keine Ahnung.«

»Aber ich warte am besten noch ein bisschen, da ich nun schon einmal hier bin.«

»Ich kann Ihnen nicht helfen. Tut mir Leid. Ich muss arbeiten«, murmelt Gav.

»Lassen Sie sich von mir nicht stören, Liebes.« Sie setzt sich ans andere Ende der Bank. »Ich habe die Tür nur angelehnt. Ist das in Ordnung?«

»Was?«, sagt Gav. Sie ist wie ein besonders hartnäckiger Kaugummi, den man nicht von der Schuhsohle kriegt.

»Die Haustür, Liebes. Es ist doch sicher, sie offen zu lassen? Ich meine, wir passen ja auf, nicht wahr? Aber ich wollte nicht ganz zumachen, denn falls Sie weggehen, könnte ich nicht mehr rein.«

»Ist schon in Ordnung.« Gav versucht, sich in seine Zeichnung zu vertiefen, aber prompt beugt sie sich herüber, um einen Blick darauf zu werfen.

»Hm«, urteilt sie. »Sie sagten, Sie machen das beruflich?«

»Abstrakter Expressionismus«, grummelt Gav, der am liebsten dafür sorgen würde, dass sie sich in Luft auflöst.

»Was Sie nicht sagen«, sagt Ivy. »Man lernt doch nie aus.«

Auch nachdem Alice und Josette wieder festen Boden unter den Füßen haben, scheint der Albtraum weiterzugehen. Josette muss andauernd erbrechen, und wenn sie nicht gerade kotzt, wird sie von herzzerreißendem Schluchzen geschüttelt. Da sie in der Spätnachmittagshitze auf dem Kai festsitzen, ist Alice ein bisschen ratlos, was sie tun soll. Josette ist momentan unmöglich in der Lage, bis zum Bahnhof zu gehen, selbst wenn sie in ihrem Zustand Zug fahren könnte. Alice bringt sie dazu, sich auf den Betonboden des Kais zu setzen und die Beine über dem Wasser baumeln zu lassen – wen kümmern jetzt ölverschmierte Pobacken? Dann setzt sie sich neben sie und wartet. Nach einer Weile, als sowohl das Erbrechen als auch das Schluchzen nachlassen und ihr nur noch hin und wieder ein gigantisches Schniefen entweicht, gewinnt Josette wieder etwas die Kontrolle über sich. Ihre feuchten, wächsernen Hände liegen schlaff in ihrem Schoß. Vorsichtig nimmt Alice eine Hand sanft in die ihre. Manchmal gibt es einfach keinen Ersatz für die Berührung eines anderen Menschen. So bleiben sie ziemlich lange sitzen, während sich Josette allmählich beruhigt und der Sonnenuntergang den Himmel rot färbt.

»Es ist sehr traurig, Alies, su verlieren einen Traum.«

»Ja.«

»Und du – du 'ast auch verloren einen Traum mit deinem Mann, deinem Philip.«

»Wenn du so willst, ja, obwohl es sich nicht wie ein Traum anfühlte – nur wie das ganz normale Leben. Erst, wenn man etwas verliert, denkt man vielleicht, dass es ein Traum war – außer dass es natürlich weder traumhaft noch perfekt war.«

»Es ist schrecklich, was er tut.«

»Wer – Philip? Nun, so einfach ist es auch wieder nicht. Er ist ja kein schlechter Mensch, nur ein Mensch wie jeder andere – wenn auch vielleicht nicht sehr hoch entwickelt.«

»'och entwickelt?«

»Nun, ein bisschen unsensibel – das heißt, mehr als ein bisschen – aber bei mir muss wohl auch etwas gefehlt haben. Was immer ich hatte oder tat, es war offenbar nicht genug. Er wollte mehr und hat es vermutlich gefunden. Aber es ist nie einfach. Ich möchte nicht, dass er denkt, dass er einfach so damit durchkommt, aber dann wird mir bewusst, dass er das gar nicht tut. Vielleicht denkt er sogar, dass ich mir auf seine Kosten ein schönes Leben mache. Siehst du, was ich meine? Es ist nicht unbedingt hilfreich, dem anderen zu viel Schuld zuzuschieben. Es gehören normalerweise zwei dazu, nicht wahr?«

»Diesen Ausdruck kenne isch nischt – ›es gehören swei dasu‹.«

»Ist auch egal. Fühlst du dich gut genug, um zu gehen? Denn für dich gibt es jetzt nur eine Medizin, das weißt du doch? Eine schöne kräftige Tasse Tee.« Alice lächelt, und irgendwie gelingt es Josette, von irgendwo tief in ihr drinnen die Kraft für ein Lachen aufzubringen.

An diesem Nachmittag macht Hope keinen gemütlichen Spaziergang – ihr Kopf und ihr Puls lassen das nicht zu. Der Spaziergang ist vielmehr wie eine Arznei, die sie sich selbst verordnet hat. Sie musste einfach raus, denn in ihrer Wohnung wird sie noch ganz verrückt. Sie hat den Großteil des Tages damit verbracht, auf ihrem Bett zu liegen und angestrengt nach Geräuschen auf dem Dach zu lauschen – Schritte? Waren das Schritte? Dann war wieder eine Weile alles ruhig – aber ihr Gehirn war ständig in Habachtstellung in Erwartung des nächsten Geräuschs und des nächsten und des nächsten, jedes wie ein kleiner Haken, der an ihren Nerven kratzte. Also läuft sie nun klick, klick, klick, auf ihren hohen Pfennigabsätzen auf der Promenade auf und ab, während sie sich den Hals verrenkt, um eventuell von hier unten etwas erkennen zu können – und in ihren Ohren schlägt ihr nervöser Puls tick, tick, tick.

Als sie zur Place d'Espoir zurückkommt, blickt sie automatisch hinauf zur Maison Puce, wie immer auf der Suche nach des Rätsels Lösung. Aber von hier unten kann sie kaum die Balustrade ihrer Terrasse sehen, geschweige denn irgendetwas darüber.

»Hope! Hope Boscombe! Mit Ihnen habe ich ein Hühnchen zu rupfen!«

Hope bleibt wie angewurzelt stehen und senkt dann ihren Blick auf Augenhöhe. Eine kompakte, adrett gekleidete kleine Frau steht von der Bank auf, streckt ihr die Hand entgegen und lacht. Oh mein Gott, noch eine dieser Fanschwarmfrauen. Sie ist in eine Falle geraten. Ein Fan oder aber eine Frau, die einen Groll hegt – durchaus möglich. Oder ist sie Paparazzi in die Arme gelaufen? Bereitet man gerade ihre Demontage in einer Boulevardzeitung vor? Hat es sich schon herumgesprochen, dass sie zu einer Einsiedlerin wird?

Dann erspäht Hope hinter der Frau diesen jungen, völlig entgeistert dreinblickenden Kerl, der mit heruntergeklappter Kinnlade etwas sagen will, und neben ihm diese seltsamen Dinger, DEADEYES, die sie anblinzeln. Herrgott, es ist wirklich eine Falle. Panik überkommt sie – aber das Schlimmste, was man in so einem Moment machen kann, ist davonzulaufen. Ruhig bleiben, Kontakt vermeiden, weitergehen … langsam weitergehen.

»Miss Boscombe«, sagt der Mann und steht auf, »hören Sie, es tut mir wirklich Leid. Ich wollte nicht …«

Aber die Frau geht noch immer mit ausgestreckter Hand auf sie zu, und Hopes Instinkt sagt ihr, dass sie vielleicht doch besser davonlaufen sollte – aber da sagt die Frau: »Ivy Prosper. Sie kennen vielleicht meine Tochter Imogen. Es freut mich außerordentlich, Sie kennen zu lernen.« Bei der Erwähnung des Namens »Imogen« verflüchtigt sich ihre Panik, und sie bleibt stehen.

»Sie sind Imos Mutter?«, fragt sie aus sicherem Abstand, während sie in dem rundlichen, geröteten Gesicht nach Ähnlichkeiten sucht – und, ja, da ist etwas, wenn man genau hinsieht, etwas, was bei ihr gewisse Saiten zum Klingen bringt und sie an Imo erinnert, das und die süße Knopfnase.

»Ja – Ivy Prosper. Sie kennen also meine Imogen? Ist das nicht wieder mal typisch? Andauernd frage ich sie, wie es hier ist, und sie hat nie auch nur ein Wort erwähnt.«

»Worüber?«

»Über *Sie*. Sie vergisst nie, mir all die schrecklichen Dinge zu erzählen, alles, was mich Geld kostet, aber etwas wirklich Nettes erwähnt sie mit keinem Wort. Dabei weiß sie, dass ich mir Ihre Sendung ansehe, denn ich sage dauernd, dass Sie es nicht gut mit uns Vermietern meinen und wir nicht alle Raffzähne sind. Ich selbst vermiete viel an Studenten, und ich kann Ihnen sagen, dass das wahrlich kein Honigschlecken ist, aber ich erweise damit einen nützlichen Dienst. Nicht zu fassen, dass sie es mir nicht erzählt hat. Darf ich fragen, ob Sie schon lange hier wohnen?«

»Nicht sehr lange.«

»Nun, das macht dann mehr Sinn. Ich meine nicht, was Imogen angeht, sondern den Zustand des Hauses, weil ich Fotos von Ihrem Haus in London gesehen habe – in Hammersmith, nicht wahr? – *Hello!* Kann das sein? – und Sie haben ganz offensichtlich hohe Maßstäbe.«

»Was meinen Sie mit dem Zustand des Hauses?«

»Das Gebäude. Ich habe bereits zu diesem jungen Mann hier gesagt, dass als Erstes der Verputz runter muss. Sehen Sie sich nur diese Auswerfungen an. Andernfalls weiß man nie, was darunter vor sich geht. Das ist ein Gerüstjob, wie er im Buche steht, und es wird auch nicht billig sein. Noch eine Rechnung, die sich Imogen von mir bezahlen lassen wird, zusätzlich zur Hypothek. Manchmal frage ich mich, ob das nie aufhört.«

»Sind Sie Bauunternehmerin oder so etwas?«

»Nein, wie ich schon sagte, ich vermiete Wohnungen, aber ich kenne mich mit Häusern aus, und das hier hätte ich nicht mit der Beißzange angefasst, wenn ich es mit eigenen Augen gesehen hätte. Aber ich habe mich überreden lassen.

Es ist nicht leicht, eine allein erziehende Mutter zu sein, also kann mich Imogen in der Regel um den kleinen Finger wickeln.«

»Was haben Sie da über den Putz gesagt? Sie meinen den Gips? Es braucht dringend einen neuen Anstrich, ich weiß …«

»Es braucht mehr als das – ich hab's diesem jungen Mann bereits erklärt. Das muss alles runter und mit einem modernen Composit neu gemacht werden. Die gibt es heutzutage schon eingefärbt – da spart man sich ein Vermögen. Ich nehme nie farbige Tünche – da kann man das Geld genauso gut gleich zum Fenster hinauswerfen.«

Die ganze Zeit ist der betreffende junge Mann hinter Ivy Prosper herumgehüpft und hat wie ein Schuljunge die Hand in die Luft gereckt. »Miss Boscombe«, schnauft er jetzt. »Ich hatte gehofft, kurz mit Ihnen reden zu können.«

»Was?«, schnauzt Hope. Ist dieser seltsame Typ etwa ein Journalist?

»Ich bin Gavin Barnes. Meine Mutter wohnt auch im Maison Puce, erster Stock.«

»Wer?«

»Der Sohn von Alice Barnes.«

»Der, der in der City arbeitet?«

»Nein, ich bin im Filmgeschäft. Ich hatte gehofft, ein Projekt mit Ihnen besprechen zu können.«

»Sie hatten was?«

»Natürlich nur, wenn es Ihnen passt.«

»Nein, das tut es nicht! Himmel, wie können Sie es wagen? Sie haben mir hier aufgelauert, um ein verdammtes Filmprojekt mit mir zu besprechen?«

»Es war nur eine Idee.«

»Nur eine Idee – mir vor meinem eigenen Haus aufzulauern? Sind Sie denn von allen guten Geistern verlassen? Und würden Sie sich jetzt bitte zum Teufel scheren? Das hier ist eine private Unterhaltung, verstanden?« Sie wendet sich wieder Ivy Prosper zu und fährt fort: »Wissen Sie vielleicht auch zufällig etwas über Dächer?«

In dem Moment hält ein Taxi auf der anderen Seite der Place d'Espoir und spuckt eine Gruppe lärmender Menschen aus.

Eine Frau schreit laut: »Passt doch auf! Passt doch auf mein Bein auf!«

Hope, Ivy und Gavin drehen sich um. Verona, die ein Paar Krücken in der Hand hält, steigt vorne aus, und ein kräftiger Mann in einem Blazer und Flanellhosen beugt sich hinab, um jemandem auf dem Rücksitz zu helfen, was nicht so einfach zu sein scheint. Er nimmt die betreffende Person, richtet sich dann langsam auf, und als er sich umdreht, sieht man, dass er Imo in seinen Armen hält. Wie üblich ganz in schwarzes Jersey gekleidet – bis auf ihr Bein, das vom Oberschenkel bis zum Knöchel in einem weißen Verband steckt –, die Baseballkappe keck auf dem Kopf, ruht sie triumphierend in Theos Armen. Es ist die Ankunft der Königin von Saba mit vollem Gefolge. Die Gruppe steuert etwas schaukelig über den Platz auf die Maison Puce zu.

»Mein Mädchen!«, schreit Ivy Prosper. »Es ist mein Mädchen!«

Innerhalb von zwei Schritten scheint Imo zu schrumpfen wie ein Ballon, aus dem aus einem kleinen Loch langsam die Luft entweicht. Als Ivy bei ihr angelangt ist, ist jede Spur der Königin von Saba wie weggeblasen.

Derweil ist Josette in Cannes noch immer etwas wackelig auf den Beinen, obwohl ihr Alice mittlerweile in einer Teestube in der Rue d'Antibes zwei Kännchen Twinings zwangsverabreicht hat. In dem vollbesetzten Zug zurück nach Vieilleville sieht sie immer kränker aus – hohlwangig und schrecklich grau im Gesicht. Als sie in Bonneville ankommen, schlägt Alice ein Taxi vor, aber Josette sagt, dass sie frische Luft braucht, und so gehen sie langsam zu Fuß in die Altstadt hinunter.

Anstandslos lässt sich Josette von Alice »nach Hause« bringen. Zurzeit ist sie bei Marie-Auguste einquartiert – der schillerndsten der Augustines –, und es entpuppt sich in der Tat als ein sehr schmuckes Haus direkt am Meer am Westende der Promenade. Alle Fensterläden sind geschlossen, was dem Haus trotz seiner Herrlichkeit einen sehr strengen und verlassenen Anschein verleiht. Josette zittert so stark, dass sie kaum das Schlüsselloch findet, und was Alice vom Inneren des Hauses sieht, wirkt dunkel und wenig einladend.

»Ich könnte heute Nacht hier bleiben – für alle Fälle«, bietet sie an, ohne auch nur im Geringsten zu erwarten, dass Josette ihr Angebot annehmen würde.

»Würdest du? Würdest du wirklich, Alies? Das ist sehr nett von dir.«

Josettes Zimmer ist ein kleines Loch im Souterrain direkt neben der Küche. Es enthält viele teuer aussehende Koffer und Taschen und eine große Garderobe, aber ansonsten praktisch keine persönlichen Sachen. Alice hilft ihr, sich hinzulegen, und schleppt sich dann nach oben, um es sich in dem ziemlich pompösen Salon bequem zu machen. Es muss in dem Haus mindestens vier oder fünf leere Schlafzimmer geben, aber da Josette ihr keins davon angeboten hat, muss sie wohl mit einem Nickerchen auf dem harten, kleinen Second-Empire-Sofa vorlieb nehmen.

Während Verona, Theo, Imo, Ivy und die Krücken sich alle gleichzeitig in die Maison Puce zu zwängen versuchen, sieht Gav verzweifelt zu, wie sich Hope Boscombe flugs durch ihre eigene Tür davonstiehlt. Warum nur hat er immer so ein Pech? Wird sich das denn nie ändern? Andere Leute haben doch auch ab und zu Glück, nur ihm scheint das Pech förmlich an den Fersen zu kleben. Wenn das nicht schlechtes Timing war! Diese Scheißaugen zwinkern ihn noch immer an. Er klappt den Laptop zu. Es fehlt nicht viel, und er hätte ihn in die Abfalltonne geworfen. Stattdessen packt er ihn übel gelaunt und stapft hinter den anderen her.

Im Hausflur gibt es einen Stau. Theo hat versucht, Imo über die Schwelle zu tragen, aber die Tür ist zu eng, und auf Grund der Anwesenheit ihrer Mutter hat sich bei Imo ohnehin auf einen Schlag jeglicher Wunsch, einen hilflosen Eindruck zu machen, verflüchtigt. Sie windet sich zu Boden und kramt, während sie auf einem Bein steht, in ihren Taschen nach den Schlüsseln.

»Gib sie mir«, sagt sie zu Verona, die noch immer ihre Krücken hält.

»Bit-te«, sagt Ivy.

»Halt den Mund, Mama«, sagt Imo und fummelt an ihrem Schloss herum.

Ivy lacht schrill. Sie dreht sich mit einem Achselzucken zu den anderen um. »Sie blamiert mich ständig wieder.«

»Da redet die Richtige«, murmelt Imo, während sie sich schwer auf die Krücken stützt und in die Wohnung hievt.

»Alles in Ordnung, Maus?«, sagt Theo, und in dem Moment sieht Gav eine große, rote Schwellung an seinem rechten Auge.

»Ja, alles in Ordnung. Bis später dann – vielleicht.« Ivy hat sich bereits hinter ihr in die Wohnung gedrängelt, und Imo schlägt mit einer Krücke entschieden die Tür hinter ihnen zu.

»Du liebe Zeit, was für ein Theater!«, sagt Verona vom Fuß der Treppe. »Kommst du mit nach oben, Theo?«

»Aber selbstverständlich, Mutter.«

»So selbstverständlich ist das nicht.« Sie dreht ihm den Rücken zu und geht die Treppe hinauf.

Gav scheint niemand bemerkt zu haben. Ist das nicht wieder mal absolut typisch?

»Du siehst ziemlich mitgenommen aus«, sagt Ivy und sieht zu, wie sich Imo durch ihr Chaos zu ihrem Bett durchkämpft.

»Ich hatte einen kleinen Unfall.«

»Ist was gebrochen?«

»Bänderriss und eine große Schnittwunde – fünfundzwanzig Stiche.«

»Wie schrecklich! Wie ist das passiert?«

»Jemand hat mich fallen lassen. Also, warum bist du hier? Ich hab dir gesagt, dass du nicht kommen sollst. Ich hab dir doch gesagt, dass ich nicht hier sein werde.«

»Du hast mir so einige Lügen aufgetischt.«

»Was?«

»Ach, Imo, ich weiß gar nicht, wo ich anfangen soll. Dieses dreckige kleine Loch – was ist das für ein klopfendes Geräusch?«

»Die Abflussrohre, glaube ich. Es geht immer so um diese Jahreszeit los.«

»Du hast Abflussrohre?«

»Natürlich habe ich Abflussrohre.«

»Abflussrohre mit einer Macke?«

»Nun … vielleicht mit der ein oder anderen Macke.«

»Und außerdem riecht es hier nach Hundekacke.«

»Ja – so einen habe ich auch. Ich wünschte, du wärst nicht gekommen, Mama.«

»Das glaub ich dir sofort.«

»Es ging mir gut. Es ging mir gut.«

»Ja, das sehe ich«, sagt Ivy trocken. Sie macht die Plastikschiebetür zum Badezimmer auf. »Oh Imogen, wie hältst du es hier bloß aus?« Sie betrachtet das vorsintflutliche Sockelpissoir. »Nennst du das eine Toilette?«

»Nein«, sagt Imo. »Tu ich nicht. Ich nenne es *lavabo* oder manchmal auch ›vay-say‹.«

»Werd nicht frech, Imogen. Ich kenne dich. Darf ich dich daran erinnern, junge Lady, wer für das alles hier bezahlt.«

»Oh, ich wusste, dass das früher oder später kommen würde. Wie lange hat es eigentlich gedauert?« Imo sieht mit einer übertriebenen Geste auf ihre Uhr. »Richtig, ja, wie üblich – ungefähr viereinhalb Minuten. Du lässt wirklich keine Gelegenheit aus, Mama, oder? Kannst es nicht erwarten, die Schrauben anzuziehen.«

»Red nicht in diesem Ton mit mir, Mädchen. Wir haben unsere Höhen und Tiefen und unsere Auseinandersetzungen gehabt …«

»Was du nicht sagst.«

»Werd nicht unverschämt, Imogen.«

»Warum nicht? Das ist mein Zuhause. Meine Wohnung. Habe ich dich eingeladen?«

»Ich habe eine lange Reise hinter mir, und ich bin froh, dass ich gekommen bin. Ich hatte keine Ahnung, wofür ich hier zahle, und du hast dafür gesorgt, dass dem so ist, aber das Spiel ist aus, Mädchen, ein für alle Mal. Keine Schecks mehr ohne etwas Kooperation von deiner Seite.«

»Was heißt das?«

»Du weißt, was das heißt.«

»Was, wenn ich deine Schecks nicht mehr brauche? Was, wenn ich noch andere Eisen im Feuer habe?«

»Das möchte ich sehen. Lass es gut sein für heute, Imogen. Ich habe einen langen Tag hinter mir, und meine Füße bringen mich um.«

Oben in Veronas Wohnung schiebt Theo die drapierten Samtvorhänge des Etagenbetts auseinander und lässt sich auf das Sofa fallen.

»Wie geht's deinem Auge?«, fragt Verona.

»Schlecht.«

»So sieht es auch aus. Ich befürchte, ich habe kein rohes Steak im Kühlschrank, nur Camembert und Champagner.«

»Champagner wäre nicht schlecht.«

»In Ordnung.« Während Verona die Flasche öffnet und einschenkt, beobachtet Theo sie. Das ist alles sehr seltsam – ist das seine Mama, die gemütliche, anschmiegsame, klammernde Mama? Warum kümmert sie sich nicht mehr um ihn? Normalerweise wäre sie doch ganz aus dem Häuschen. Warum dieses unterkühlte Angebot eines Glases Champagner? Warum keine Fürsorge mit feuchten Handtüchern und Eispäckchen? Warum ist der Kühlschrank nicht bis obenhin mit Leckereien gefüllt? Was ist da los?

Gav ist in Alices Wohnung allein. Er macht sich über ihren Kühlschrank her und nimmt von hier was und von da was; er ist zu müde, um irgendwohin zum Essen zu gehen, aber da er Alice jeden Augenblick zurück erwartet, legt er sich nicht hin. Um elf Uhr ist sie immer noch nicht wieder da. Das muss aber eine ziemliche Party auf der Jacht von William Prescott sein. Mama! Wer hätte das gedacht? Da macht sie sich in ihrem durchsichtigen weißen Leinenanzug auf zu den Reichen und Schönen. Das kann einem doch wirklich zu denken geben. Nicht, dass er ihr den Spaß nicht gönnen würde. Sie hat es verdient – ja, wirklich. Nach allem, was Dad ihr – ihnen allen – angetan hat. Er hat ihnen nie Gelegenheit gegeben, darüber zu sprechen, damit sie sich einen Reim darauf machen konnten. Wir sitzen alle in unseren eigenen kleinen mentalen Kämmerchen und versuchen, uns unsere Szenarien zurechtzulegen. Wenn das wirkliche Leben wie ein Film wäre, wäre alles viel einfacher. Dann wäre jetzt gerade mal der Vorspann vorbei, und die eigentliche Handlung läge noch vor einem.

Im Dachgeschoss der Maison Puce liegt Hope Boscombe erhitzt und verschwitzt auf dem Bett. Kein Symptom früher Wechseljahre, eher eine Reaktion auf die Qual. Mittlerweile muss sich jede einzelne Note in ihre Gehirnrinde eingebrannt haben. Wie viele Interpretationen von »Unter den Brücken von Paris« kann ein Mensch ertragen?

25

Der Morgen danach

Gav findet die zweite Nacht in Folge nicht viel Schlaf. Zuerst wollte er wieder die Luftmatratze aufblasen, aber da Mama noch immer nicht aus Cannes zurück ist, beschließt er, sich die Pusterei zu sparen, und haut sich stattdessen auf die Couch. Aber er kann nicht einschlafen. Die Enttäuschungen der letzten Tage setzen ihm arg zu – vertane Chancen, elendes Pech, jämmerliches Timing. Und gutes Timing ist das A und O in diesem Metier – das hat er immer gewusst, nur dass er noch nicht heraushat, wie es funktioniert. Er hat es vermieden, daheim im Büro anzurufen, wo alle nervös auf Erfolgsmeldungen warten. Er fürchtet sich davor, seinen bisherigen totalen Reinfall zuzugeben. Was jetzt? Wieder nach Cannes? Noch mal das Ganze – allein? Sich wieder einen Weg durch das Labyrinth bahnen? Oder die Niederlage eingestehen und nach Hause fliegen?

Bei Tagesanbruch steht sein Entschluss fest. Müde und steif packt er seinen Rucksack, hinterlässt Alice einen Zettel und macht sich nach Nizza zum Flughafen auf den Weg, um einen Stand-by-Flug zu ergattern.

Hope hat auch eine schlechte Nacht gehabt, aber bis zum Morgen hat sie beschlossen, sich zusammenzunehmen und die Initiative zu ergreifen. Als Erstes greift sie zum Telefon und schaltet ihre Stimme in den einschmeichelnden Überredungsmodus.

Imogen und Ivy haben eine fürchterliche Nacht gehabt. Ivy hat sich kategorisch geweigert, nach Monaco zurückzufahren, wollte davon nichts wissen. Sie rief im Hotel an und erklärte den *Woman's-Way*-Leuten, dass etwas dazwischengekommen sei und dass sie allein nach Hause reisen würde. An Stelle einer luxuriösen Suite im Grand quetscht sie sich neben Imogen auf den Diwan – schrecklich. Sie hatte darauf bestanden, frisches – das heißt, frischeres – Bettzeug aufzuziehen, da sie um nichts in der Welt dazu zu bewegen war, unter die alten Laken zu schlüpfen. Wie konnte man nur so hausen? Und Imogen mit diesem Verband am Bein. Sie wird sich noch eine Blutvergiftung holen, wenn sie nicht aufpasst. Was die Toilette angeht ... nun, dafür fehlen ihr die Worte.

Imo hat Schmerzen, und sie ist wütend und besorgt. Es gab einen Moment, in dem es trotz der Schmerzen eigentlich danach aussah, als ob es ganz spaßig sein könnte. Sie war im Mittelpunkt gestanden, und alle hatten viel Aufhebens um sie gemacht – vor allem Theo, der sich für den Unfall verantwortlich fühlte. Für eine kurze Zeit war sie die Königin gewesen – aber als ihre Mama so plötzlich auf der Bildfläche erschien, wurde sie mit einem Schlag auf den Boden der Wirklichkeit zurückgeholt. Sogar schlimmer als ihre sonstige Wirklichkeit, denn im Krankenhaus hatte man ihr eine Menge unangenehmer Fragen gestellt. Jede einzelne ihrer zögerlichen Antworten kann rasch ihren zweifelhaften Aufenthaltsstatus bloßlegen – das Fehlen einer *carte de séjour*, ihr Versäumnis, sich bei der *sécurité sociale* anzumelden, die ihr, wenn das nicht ein Notfall gewesen wäre, normalerweise das Recht auf ärztliche Behandlung verweigert hätte. All das holt sie jetzt ein. Die Wirkung der Schmerztabletten lässt nach, und Imos Bein tobt vor Schmerz. Da sie sich nicht umdrehen kann, liegt sie steif auf dem Rücken und starrt hinauf zur Decke, an die die Straßenlaterne durch die Fensterläden Lichtstreifen projiziert. Ivy, die ebenfalls wach vor sich hin brütet, arrangiert sich, so gut es geht, auf dem schmalen Streifen, der ihr verbleibt. Schließlich bricht sie das verkrampfte Schweigen.

»Ich frage mich, was ich bei dir falsch gemacht habe.«

»Nein, Mama, nicht jetzt.«

»Ich habe mein Bestes getan.«

»Hör auf.«

»Und ich war allein. Es ist nicht meine Schuld, dass du deinen Vater nie kennen gelernt hast. Ich hätte nie verraten können, dass es Pinker war, der mich geschwängert hat. Es hätte deinen Großvater umgebracht. Pinker hatte schon eine Frau und fünf Kinder, und damals waren andere Zeiten. Du würdest nicht glauben, welche Schande es gewesen wäre, und dann all seine Freunde vom Markt in Covent Garden, und es war sowieso ein Unfall, noch dazu mein erstes Mal – hinter dem Stand mit den exotischen Früchten. Nicht gerade sehr romantisch, oder?«

»Danke, Mama. Es geht doch nichts darüber, sich andauernd wieder anhören zu müssen, dass meine Existenz auf diesem Planeten ein katastrophaler Scheißunfall war.«

»Imogen, deine Ausdrücke!«

»Ach, halt's Maul, Mama.«

»Immerhin habe ich dich behalten.«

»Vielen herzlichen Dank.«

»Wer weiß, wo du jetzt wärst, wenn ich dich zur Adoption freigegeben hätte.«

»Wahrscheinlich irgendwo, wo's schön ist.«

»Dir hat es nie an etwas gefehlt, Imogen – das weißt du. Ich wollte immer nur das Beste für dich. Ich habe dich auf diese nette Klosterschule geschickt, und was hast du gemacht? Mir ins Gesicht gelacht. Du bist einfach abgehauen, so dass ich monatelang dachte, du seist tot, dann bist du mit dem Gesetz in Konflikt geraten ...«

»Wär vielleicht besser, wenn ich tot gewesen wäre.«

»Sag so was nicht, du dummes Mädchen. Eines Tages wirst auch du eine Mutter sein, und dann wirst du es schon sehen. Man kann nur sein Bestes tun.«

Nein, es ist wahrlich keine glückselige Schlummernacht für beide I. Prospers. Also ist keine von ihnen begeistert, als um sieben Uhr früh das Telefon läutet. Ivy hebt ab. »Mrs Prosper? Hi, hier ist Hope Boscombe. Es tut mir Leid, Sie so früh anzurufen, aber ich war mir nicht sicher, ob Sie über Nacht geblieben sind und falls ja, dann fahren Sie vielleicht zeitig zum Flughafen oder so. Hören Sie, ich habe nachgedacht – könnten Sie vielleicht zu mir heraufkommen? Ich könnte wirklich Ihren Rat gebrauchen.«

Auch Theo hat eine lausige Nacht hinter sich.

Er und Mutter hatten sich mit dem Champagner sternhagel voll laufen lassen, und da sein Gesicht immer stärker anschwoll und sich schrecklich gelblila verfärbte und sich seine Mutter so seltsam benahm, entschloss er sich, nicht ins Hotel zurückzufahren. Sie bot ihm das obere Bett an, das er sich mit Zeitungsstapeln und voll gestopften Plastiktüten teilen musste. Ihr schien das nicht im Geringsten peinlich gewesen zu sein – was auch seltsam war –, und sie hatte kaum einen Finger gerührt, um ihm dabei zu helfen, das Zeug wegzuräumen.

Sie waren ohnehin sehr lange wach geblieben und hatten geredet. In der Tat sehr lange. Sie mussten ganz schön viel emotionalen Ballast aus dem Weg räumen, wobei der Alkohol durchaus hilfreich war. Natürlich dauerte es nicht lange, bis das Gespräch auf diese komische Angelegenheit mit seinem Vater kam. Auch wenn es in Wirklichkeit gar nicht komisch war, obwohl man freilich herzhaft gelacht hätte, wenn der Papa von jemand anderem mit dem Mann von British Telecom durchgebrannt wäre. Aber wenn es einen selbst betraf, dann war es verdammt noch mal ziemlich verletzend. So etwas tat man einfach nicht, das konnte man kaum mit Aplomb abschütteln. Und bei einem Mann in Vaters Alter und bei seinem Ansehen war es besonders obszön – was für eine Schande! Es hätte auch *seine* Karriere ruinieren können – hat es auch beinahe, als die Hemery-Blythes die Katze aus dem Sack ließen. Schließlich ist ein bisschen Herumgeficke eine Sache, aber offen zur Schau gestellte Tuntigkeit – ganz zu schweigen von Sodomie – ist eine andere Geschichte. Wenn er ehrlich ist, hat er immer seiner Mutter große Mitschuld daran gegeben. Sie hätte das schon vor Jahren unterbinden sollen. Sie war verdammt noch mal zu schwach, zu nachsichtig. Und jetzt diese neue Geschichte – dieser Typ von ihr … Hören diese Demütigungen denn niemals auf?

Auch Verona schläft schlecht. Sie vermisst Yogi. Sie hatte sich auf der Croisette von ihm verabschieden müssen, nachdem absehbar war, dass Imo und Theo ins Krankenhaus mussten. Es war so ein Tohuwabohu gewesen – die *sapeurs-pompiers* mussten Imo aus der Metallabsperrung schneiden, Theo jammerte, dass eine Gesichtshälfte ganz taub geworden war, und diese außergewöhnlichen Leute von dem »Fred and the Fuckathon«-Film versuchten, die anderen wegzuscheuchen – so dass sie Yogi in dem Gedränge beinahe aus den Augen verloren hätte. Dann hatte sie ihn gefunden und es geschafft, ihn Theo vorzustellen. Sie hatten gerade die ersten zaghaften Begrüßungen hinter sich gebracht, als sie sich schon wieder trennen mussten, er, um seine Fahrgäste einzusammeln und aufs Boot zurückzugehen, sie, um im Krankenwagen mitzufahren. Sie fragt sich, ob er schon zurück ist. Sie hatten geplant gehabt, morgen nach St. Tropez zu fahren – sie kann es kaum erwarten. Ob sie wohl ein kleines *pique-nique* brauchen werden?

Es war seltsam, Theo hier zu haben. Es war total pervers. Da hat sie sich die ganze Zeit nach ihm gesehnt, und jetzt, da er hier ist, ist er nur ein grunzender, grummelnder Störenfried, der Platz wegnimmt. Allein die Vorstellung, dass er die ganze Zeit im Carlton gewesen war und ihr nicht einmal Bescheid gesagt hatte! Das tut weh – wie konnte er nur? Wenn sie nicht Yogi hätte, wüsste sie nicht, wie sie damit fertig werden würde. Und herauszufinden, dass er zu allem Überfluss auch noch mit Imo dort gewesen war! Sie hatte ihn gefragt, ob es etwas Ernstes zwischen ihnen sei, aber er hatte nur gelacht: »Aber Mama«, und sie hatte gefragt: »Weiß Imo das?« Er hatte wieder gelacht und gesagt, dass sie das natürlich wüsste: »Die steht mit beiden Beinen fest auf der Erde«, und sie hatte gesagt: »Außer, wenn man sie aus luftiger Höhe fallen lässt«, was ihn zum Schweigen gebracht hatte.

Am nächsten Morgen kann sie ihn nicht schnell genug in ein Taxi verfrachten.

Ivy ist schwer beeindruckt von Hope Boscombes Wohnung. Sie muss es zugeben – das ist eine echte Überraschung. Hinter dieser heruntergekommenen alten Fassade versteckt sich ein wahrer Traum. Für ihren Geschmack ein bisschen leer und kahl, aber das scheint ja heutzutage »in« zu sein. Es ist alles weiß und kühl, wunderschön ausgestattet mit viel Eisen und Marmor – und *groß*. Im Vergleich zu den anderen riesig.

»Wie kommt es, dass die Wohnung so groß ist?«, fragt sie, nachdem sie sich ausgiebig umgeschaut hat. »Ich meine, ich weiß, sie geht über zwei Stockwerke, aber trotzdem …«

»Genau das habe ich mich auch gefragt. Teilweise liegt es daran, dass ich noch den Raum über den beiden Treppenhaustürmchen habe. Deshalb habe ich auch diese schönen runden Wände. Aber außerdem reicht meine Wohnung auch noch weiter zurück als die der anderen. Das weiß ich nur, weil ich alles vermessen habe – und so wie ich es sehe, ist das Haus hier oben irgendwie mit dem Haus dahinter ineinander verschachtelt. Diese Dinger hier sind Hunderte von Jahren alt und wohl ohne jeden Plan gebaut worden. Ich komme aber nicht wirklich dahinter – das ist eins der Probleme, die ich habe. Kommen Sie, sehen Sie es sich von hier draußen an.«

Als Ivy Hope auf den Balkon hinausfolgt, registriert sie einen Tisch mit gerahmten Fotos. Hope mit Cilla Black. Hope mit Sir Cliff Richard. Hope mit – nein! – Prinzessin Diana. Ivy läuft ein leichter Schauer über den Nacken. »Hope mit Ivy Prosper« schießt ihr durch den Kopf. Oh, das ist schön. Draußen auf der Terrasse sieht sie sich das Dach besonders genau an und schnalzt, wie sie hofft, sehr professionell mit der Zunge.

»Da muss sich unbedingt jemand drum kümmern.«

»Verstehen Sie, wie das Miteigentümersystem hier funktioniert? Hat Imo es Ihnen erklärt?«

»Imo sagt mir gar nichts.«

»Aber sagten Sie nicht, dass Sie die Hypothek zahlen?«

»Ja, ich dachte, ich müsste ihr unter die Arme greifen. Ihr Vermieter wurde pampig und drohte mit Rausschmiss, und sie schien die Stadt zu mögen – ich kann Ihnen gar nicht sagen, was ich schon alles versucht habe, damit sie mal an einem Ort bleibt –, also habe ich mitgemacht. Ich halte sie wohlgemerkt an der kurzen Leine, meine Schecks reichen immer nur für ein paar Monate, denn wer weiß, wozu sie sonst fähig wäre. Was die schon alles angestellt hat, die hat mir schon so manche Kopfschmerzen bereitet.«

»Inwiefern?«

»In praktisch allem. Die war schon schlecht drauf, bevor sie auf die Welt kam. In der Schule gab es Probleme mit Drogen – es wurde die Polizei eingeschaltet –, dann büchste sie mit sechzehn von zu Hause aus und trieb sich mit allen möglichen Typen herum. Dann fand sie einen Job auf einem der Schiffe am St.-Katherine's-Dock, für irgendeinen Tycoon – als Dienstmädchen. Sie hat sich jahrelang auf allen möglichen Schiffen in der ganzen Welt herumgetrieben – und so kam sie hierher, so hat sie Französisch gelernt, hat's einfach so aufgeschnappt. Aber damals, als sie diesen ersten Job hatte, hat sie zehn Monate lang nichts von sich hören lassen. Ich dachte, sie wäre tot.«

»Nun, die Sprache beherrscht sie zweifellos. Sie ist ein Naturtalent. Sie sollten sie mal mit Monsieur Gerontin reden hören.«

»Mit wem?«

»Er ist der Typ, der unser *syndic* leitet. Wir sind alle Grund- und Hauseigentümer, nur dass es hier ›Miteigentum‹ heißt und dass dieses Syndikat von uns angestellt ist, um das Gebäude für uns zu verwalten. Aber in unserem Fall wird das *syndic* von demselben Typen geleitet, der uns die Wohnungen verkauft hat, und es ist schier unmöglich, ihn zu einer klaren Aussage zu bewegen. Alle Reparaturen und Renovierungen müssen von uns allen abgesegnet werden, aber es scheinen nie irgendwelche Treffen stattzufinden, und außer mir scheint das auch niemand zu wollen. Es geschieht auf prozentualer Basis – und obwohl ich sechsundvierzig Prozent habe, könnte ich, selbst wenn es mir gelingen würde, ein Treffen einzuberufen, die anderen nicht überstimmen.«

»Wie viel Prozent hat Imogen?«

»Zehn, glaube ich. Es ist gestaffelt, je nach Quadratmeterzahl, und Imos Wohnung ist die kleinste.«

»Zehn plus sechsundvierzig ergibt die Mehrheit, laut meiner Rechnung.«

»Vorausgesetzt, dass ich Imo mit an Bord kriege.«

»Überlassen Sie das mir.«

Alice hat recht gut geschlafen, obwohl sie sich auf Marie-Augustes hartem, kleinem Sofa zusammenrollen musste, das wirklich nicht gerade fürs Liegen gemacht war. Aber es war ja für einen guten Zweck gewesen. Es wäre nicht richtig gewesen, Josette letzte Nacht allein zu lassen. Sie hatte so krank und alt ausgesehen, sie war von all der Kotzerei furchtbar wächsern und bleich im Gesicht gewesen und hatte ganz eingefallene Augen gehabt. Nachdem sie ihren ganzen Kummer und ihre Enttäuschung losgeworden war, hatte sie Alice sogar vor Dankbarkeit zaghaft umarmt.

Jetzt am frühen Morgen ist Alice so steif, dass sie sich kaum umdrehen kann, und so liegt sie auf dem glatten Seidenbrokat und starrt hinauf zu den Mustern, die das Licht und das Meer auf Marie-Augustes vertäfelte Wände werfen. Sie ermahnt sich, an Josette zu denken. Die Arme – sie wird jetzt behutsam mit ihr umgehen müssen. Nach so einer grausamen Enttäuschung werden sie jetzt alle sehr, sehr nett zu ihr sein müssen.

Und noch während sie das denkt und den kurzen Augenblick der Erholung genießt, kommt Josette ins Zimmer. Es ist, als ob überhaupt nichts geschehen wäre. Über Nacht sind alle Anzeichen der Enttäuschung und der Niederlage spurlos verschwunden, und so steht sie jetzt wieder in ihrer makellosen goldenen Silberreihergestalt vor ihr. Sie hat sich gewaschen und frisiert, so dass ihr Haar wieder seinen metallisch glänzenden Helmlook hat, und sie ist perfekt geschminkt. Ihr Kleid, ein kühl wirkendes aquamarinblaues Leinenkleid, ist frisch gebügelt. Alice, die automatisch einen besorgten und mitfühlenden Gesichtsausdruck aufgesetzt hat, verfällt auf der Stelle in ihr altes Selbstbild als eine schmuddelige, zerknautschte Kreatur mit ungeputzten Zähnen und verlegten Haaren, die noch immer den dreckigen weißen Hosenanzug von gestern trägt.

»Alies, meine kleine Alies, *bonjour*. Es ist so ein schöner Morgen. Wir trinken einen *café* – wir ge'en 'inunter zum Kai, ja? Wir werden 'aben Schpaß.«

Da Alice der Sinn eher nach frischen Klamotten und ihrer Zahnbürste steht, sagt sie, dass sie lieber in die Maison Puce gehen will. In der Tat würde sie jetzt gern ein bisschen allein sein, denn nach all der Offenheit und Ehrlichkeit von letzter Nacht fällt es ihr schwer, so abrupt zum vorherigen Status quo zurückzukehren. Vielleicht kann sie sich jetzt, da Josette ihr Mitgefühl und ihre Hilfe nicht mehr braucht, wieder um ihr eigenes Leben kümmern. Aber Josette besteht darauf, sie zu begleiten. Sie gehen die Promenade entlang, in östliche Richtung. Das Meer glitzert heute besonders schön, und die Luft ist so klar, dass man die Berge in der Ferne ausnahmsweise klar und deutlich sehen kann.

»Ein wunderschöner Morgen, Alies«, sagt Josette.

»Da hast du Recht. Ich bin so froh, dass du es genießen kannst.«

»Aber natürlisch.«

»Ich meine, nach dem gestrigen Tag.«

»Nun, so ist das Leben, Alies. Wir 'aben nischt so viel Seit, um es su vergeuden an einen verloren gegangenen Traum.«

»Da hast du wohl Recht. Aber es tut mir wirklich sehr Leid, Josette, dass es nicht besser für dich ausgegangen ist.« Alice greift nach Josettes Hand, um sie mitfühlend zu drücken. Sie fühlt sich kalt und gummiartig wie ein toter Tintenfisch an, und Josette scheint vor ihrer Berührung zurückzuschrecken.

»Es ist nischts, Alies«, sagt sie etwas gespreizt und sieht an ihr vorbei hinaus aufs Meer.

»Nichts?«, wiederholt Alice ungläubig.

»Nun, was meinen Billy-Boy angeht …« Josette lacht kurz und hart auf.

»Ja?«

»Na ja, du ’ast ihn gese’en? Er ’at Bauch wie ein großes Schwein – ja – und du weißt, dass isch ’abe ge’alten meine *ligne*? Warum sollte isch misch verschwenden an so einen Mann? Isch ’abe etwas Besseres verdient.«

»Natürlich hast du das.«

Als sie auf der Place d’Espoir einbiegen, sehen sie, wie Verona aus der Maison Puce kommt und wie immer fest die Tür hinter sich zuzieht, um sicherzugehen, dass sie auch tatsächlich abgeschlossen ist. Sie trägt ihre voll gestopfte orangefarbene Kühltasche.

»Hallo. Wenn Sie früher gekommen wären, hätten Sie meinen Sohn Theo kennen gelernt«, ruft sie.

»Sie haben nicht gesagt, dass er kommt«, sagt Alice.

»Ich wusste es selbst nicht. Es ist eine lange Geschichte.«

»Wie war Ihr Ausflug nach Cannes?«

»Nun, ganz nett, aber das ist Teil der Geschichte.«

»Ich habe in Cannes nach Ihrem Boot Ausschau gehalten, aber ich wusste natürlich nicht, wie es aussieht. Wir waren eine Ewigkeit am Kai.«

»Wirklich? Wenn ich das gewusst hätte, hätte ich auch nach Ihnen Ausschau gehalten. Auf welchem Boot waren Sie denn?«

»Der *Golden Isle*, aber sie lag weit draußen vor Anker.« Josette wird unter ihrem Make-up eine Stufe bleicher. »Wie dem auch sei«, sagt Alice geschwind, um vom Thema abzulenken, »Sie haben Recht, es ist eine andere Welt.«

»Ja, nicht wahr? Ich bin total süchtig – die *Freiheit*. Warum kommen Sie nicht so gegen zwölf auf ein paar Drinks vorbei? Tag der offenen Tür. Und dann erzähle ich Ihnen alles.«

»Kein kleines *pique-nique*?«

»Ziehen Sie mich nicht auf, Alice, das ist nicht sehr nett von Ihnen. Der dritte Kai auf der rechten Seite.«

»Wie heißt das Boot?«

»*Karma* – aber wir werden wohl wie üblich an Land sein. Sie können uns nicht übersehen.«

Es ist Ivys Idee, mit dem Taxi zu Monsieur Gerontins Büro zu fahren. Imogen kann mit ihrem verletzten Bein unmöglich laufen, auch wenn es relativ nah ist. Wenn es nach Imo ginge, kann sie überhaupt nicht laufen – das Letzte, was sie nach den gestrigen Scherereien im Krankenhaus braucht, ist eine weitere Verkomplizierung ihrer Lage. Aber es scheint kein Weg daran vorbeizuführen: Ivy droht damit, ihr ihre finanzielle Unterstützung zu entziehen, und Imo will nicht zu erkennen geben, wie tief sie in der Scheiße steckt, noch dazu jetzt, wo sie anstatt auf den sprichwörtlichen eigenen Beinen auf zwei Krücken steht.

Sie hatte versucht, Theo zu erreichen, während Ivy bei Hope war. Aber im Carlton hatte man ihr gesagt, dass Monsieur letzte Nacht nicht zurückgekommen sei. Konnte es sein, dass er bei Verona übernachtet hatte? Ist er immer noch im Haus? Es treibt sie zur Weißglut, dass sie Veronas Telefonnummer nicht im Kopf hat, und in ihrem Chaos kann sie das Telefonbuch nicht finden. Sie hatte sich auf den Krücken hinaus in den Hausflur geschleppt und hilflos die Treppe hinaufgeschaut. Keine Chance. Sie hatte einige Male Theos Namen gerufen, aber ihre Stimme war im Treppenhaus verhallt. Das Haus schien sehr leer zu sein.

Als das Taxi kommt, stellt sie sich furchtbar an und schreit Zeter und Mordio – auf keinen Fall geht sie ruhig mit. Aber es hilft alles nichts; sie wird auf den Rücksitz gepackt, ihr Bein in den Schoß ihrer Mutter, während Hope auf dem Vordersitz Platz nimmt. Nicht nur Imo, auch Ivy regt sich furchtbar auf. Was hat sie immer über dieses Mädchen gesagt – ein Rätsel? Immer schon gewesen. Warum sträubt sie sich nur so, diesen Gerontin bezüglich des Zustands des Hauses zur Rede zu stellen? Man sollte meinen, dass das auch in ihrem eigenen Interesse wäre.

Da sie keinen Termin haben, kann es leicht sein, dass Monsieur Gerontin nicht in seinem Büro ist. Darauf baut Imo, aber heute müssen ihre Schutzengel einen freien Tag haben, denn Monsieur sitzt an seinem Schreibtisch und verzehrt eine sehr große, kremige *tropézienne* zum Frühstück. Sein beträchtlicher Taillenumfang ist hauptsächlich auf seine lebenslange Vorliebe für diese einheimische Spezialität zurückzuführen. Köstlich, aber angesichts der Vanillesoße, die zu beiden Seiten aus dem dicken, zuckrigen Teig herausquillt und einen gelben Schnurrbart im Gesicht hinterlässt, nicht gerade etwas, womit man in flagranti ertappt werden will. Das isst man normalerweise am besten allein und ungestört – was Monsieur Gerontin um halb zehn Uhr vormittag, ohne Termine, eigentlich auch vorhatte.

Also ist er überrascht, als die Tür auffliegt und die kleine Engländerin hereinhumpelt, auf Krücken und eine Frau in Blau anschreiend, gefolgt von der reichen, berühmten Amerikanerin. Bei ihrem Anblick machen sich sofort Verdauungsprobleme bemerkbar – nicht wegen der *tropézienne*, sondern weil er sich sicher ist, dass ihre Invasion nichts Gutes bedeuten kann.

Sie legen auch sofort los, und diese Prosper übersetzt. Was sie wollen, was sie nicht wollen. Was er tun muss, was er nicht tun darf. Was sie zu tun beabsichtigen: Rechtsanwälte, Prozess, schlechte Presse, falls das *syndic* nicht bald mit den Renovierungen anfängt. Schrecklich beunruhigende Sachen. Seine Bauchschmerzen werden stärker. Es ist unmöglich, erklärt er, zuallererst müsse ein Treffen aller Eigentümer stattfinden, um das zu beschließen. Und so ein Treffen hat es seit Jahren nicht gegeben – und falls eins stattfände, würde man zu keiner Einigung kommen. Sie sollten sich da auf ihn verlassen, er kenne sich da aus.

Aber was ist mit einer Mehrheitsentscheidung? Nun ja, sagt Monsieur, theoretisch sei das schon möglich, aber in der Praxis höchst unbefriedigend. Es sei schrecklich schwierig, Geld von den anderen Eigentümern locker zu machen, wenn sie nicht zur Kooperation bereit sind.

Bestürzung! Welches Geld? Wie viel? Sollten nicht die meisten der Renovierungen bereits gedeckt sein? Das war schließlich die Voraussetzung, unter der Madame Boscombe ihre Wohnung gekauft hatte.

Ah, nun, wenn Madame nur diese Renovierungen meint – das Wändestreichen? Aber ja, diese sind natürlich abgedeckt und werden bald erledigt, irgendwann, irgendwann einmal – bald. An dieser Stelle unterbricht die ältere Frau: »Das braucht mehr als einen neuen Anstrich. Sag es ihm, Imogen. Zuerst muss der ganze Putz komplett runter.« Das Mädchen übersetzt, Monsieur verdaut es kurz und zuckt dann die Achseln. Vielleicht in einer perfekten Welt, meine Damen, aber in so einer leben sie nicht, und haben sie überhaupt eine Ahnung von den möglichen Komplikationen und Kosten – alles zusammen, die Wände und die Abflussrohre und das Dach? Wenn sie das wirklich anpacken wollten, würden astronomische Ausgaben auf sie zukommen – und auch wenn er nicht viel über die Finanzen der Mesdames Barnes und Grange weiß, ist er sich sicher, dass es sich Monsieur Puce niemals leisten könnte, eine solche Summe aufzubringen.

Imo, deren Kopf zwischen den beiden Parteien hin- und herfliegt, um mit der zunehmend hitziger werdenden Diskussion mithalten zu können, wird plötzlich schwindelig, und sie setzt sich abrupt auf die Kante von Monsieur Gerontins Schreibtisch. »Monsieur Puce?«, wiederholt sie. Für einen Augenblick sind alle still – dann:

»Monsieur *Wer*?«, fragt Hope.

»Puce«, murmelt Imo.

»Es gibt einen Monsieur Puce? Wo?«

»Er hat den Dachgarten«, übersetzt Imo.

»Ich *wusste* es. Sagen Sie ihm, dass ich das den Behörden melden werde«, sagt Hope.

»*Mais*, Madame«, sagt Monsieur Gerontin und vergisst aus Verzweiflung, bei seiner eigenen Sprache zu bleiben. »Sie nischt verschtehen – Monsieur Puce ist sehr, sehr alt, er ist der Letzte der *famille* Puce, verschtehen Sie? Einmal 'at ihnen ge'ört alle *maisons* 'ier, vor vielen, vielen Jahren.« Er wendet sich wieder Imo zu und redet auf Französisch weiter.

»Er sagt, dass dieser Monsieur *Jean* Puce der letzte direkte Nachfahre der Familie Puce ist. Sie haben im Laufe der Jahre nacheinander alle ihre Häuser verkauft. Jetzt wohnt er in der Dachgeschosswohnung direkt hinter unserem Haus, und er hat immer einen Garten auf dem Dach gehabt.«

»Ich weiß«, kräht Hope triumphierend. »Ich habe ihn gesehen. Sagen Sie ihm, dass das völlig unzulässig ist.«

»Die Familie Puce hat ihr Haus nur unter der Bedingung verkauft, dass Monsieur Jean seinen Garten behalten konnte«, übersetzt Imo.

»Ich dulde keinen gottverdammten Garten auf *meinem* Dach«, schreit Hope.

»Madame«, sagt Monsieur Gerontin, ohne die Übersetzung abzuwarten, »Sie kaufen – *non*, Sie 'aben gekauft *un appartement de grand standing*. Sie haben nischt gekauft ein Dach.«

»Aber es kann nicht sicher sein. Ist das jemals überprüft

worden? Das Gewicht muss ungeheuerlich sein, und ich wohne direkt darunter.«

»Bitte, was 'eißt ›unge'euerlich‹«, fragt Monsieur.

»Das lasse ich mir nicht bieten – sagen Sie ihm das. Monsieur, haben Sie verstanden? Und was ist das überhaupt mit der Familie Puce? Imo, was ist dann mit der Geschichte, die Sie mir erzählt haben – über den Puff und die Flöhe?«

»Ich muss wohl etwas verwechselt haben«, sagt Imo und wird ausnahmsweise feuerrot.

»Sagen Sie ihm, dass ich unverzüglich die *mairie* informieren werde, was die Sicherheit dieses so genannten Gartens angeht. Los, nun sagen Sie es ihm schon, Imo.«

Aber Imo hat dazu keine Gelegenheit, denn Monsieur Gerontin beugt sich zu ihr vor und flüstert ihr ziemlich heftig etwas ins Ohr. Imo rutscht mit bestürztem Gesichtsausdruck von der Schreibtischkante.

»Was hat er gesagt? Ich meine, was hat er wirklich gesagt?«

»Das ist egal. Es ging nicht um Sie.« Imo beißt sich auf die Unterlippe.

»Was ist mit ihren Abflussrohren?«, fällt es Ivy plötzlich ein, und für den Fall, dass Monsieur es nicht kapiert hat, wiederholt sie, wenn auch nach wie vor auf Englisch, extra laut: »Abflussrohre!«

»Halt den Mund, Mama, bitte«, murmelt Imo.

»Frag ihn. Nun mach schon.«

»Es hat keinen Sinn, Mama. Glaub mir. Lass es bleiben.«

Veronas Instruktionen entpuppen sich als recht ungenau, und Alice und Josette haben Schwierigkeiten, den dritten Kai rechts zu finden. Rechts wovon? Sie wandern durch ein Labyrinth von Pollern, geparkten Autos und Laufplanken. Den Hauptteil der Marina haben sie bereits hinter sich gelassen, und vor ihnen liegt der Anlegestreifen, der ins tiefere Wasser hinausreicht und an dem einige der größeren Boote vor Anker liegen. Mit jedem Schritt wachsen ihre Hoffnungen. Sie konnte doch wohl nicht hier draußen gemeint haben, oder?

Sie gehen bis ans Ende des längsten, protzigsten Kais und wieder zurück, während sie an Bug oder Heck der eindrucksvollen weißen Cruisingboote und schlanken Segelschiffjachten deren Namen ablesen. Hier ist die *Genevieve* aus Hamilton, die *Dawn Chorus* aus Georgetown, die *Swift* aus Nassau, die *Joker's Trick* aus London. Matrosen schrubben und putzen. Man bekommt nur wenige der Besitzer zu Gesicht, aber auf praktisch jedem der Cruiser steht auf dem Esstisch im Heck, allzeit bereit für ein Festmahl, ein riesiges Blumenarrangement. Aber keine *Karma*, keine Flagge der britischen Handelsmarine und kein orangefarbenes Kleid.

Jetzt sind sie beinahe wieder an der Hafeneinfahrt angelangt. Also, wo ist es? Sie bleiben stehen und lassen ihren Blick über die Marina schweifen. Direkt vor ihnen ist der Anlegeplatz für Fischerboote und diejenigen Boote, die man für Tauch- oder Tagesausflüge mieten kann. Die haben sie auf ihrer Suche erst einmal links liegen lassen. Die meisten der Fischer sind jetzt in den Bars im Ort und gönnen sich in der Hitze bei einem oder zwei Pastis ihre wohlverdiente Mittagspause. Einige flicken ihre Ausrüstung. Seile, Netze, Schwimmer, Kanister, Köder, Hunde, hie und da ein Deckstuhl. Ganz hinten in diesem Gewirr ist eine Gruppe Leute um einen Tisch versammelt. Sie sind zu weit weg, als dass sie sie genau identifizieren könnten – man hört nur Gelächter. Aber etwas an dem Lachen ist englisch, nicht französisch – ein hohes Gegackere, kein gutturales Gebrabbel. Und plötzlich der vertraute Ruf, derselbe, bei dem ihnen in den vergangenen Monaten so oft das Herz stehen blieb. »Ju-hu! Hierher! Ju-hu – hier sind wir!«

Und da steht Verona und winkt wie verrückt.

Inmitten verstreut herumliegender Anglerutensilien sitzt die Gruppe auf weißen Plastikstühlen um einen weißen Plastiktisch, der voll ist mit Flaschen und Kartoffelchipstüten. Der erste Eindruck ist der von bunten Hawaiihemden und nackten, stämmigen Beinen, die in sehr kurzen Shorts stecken.

»Yogi, ich möchte dir meine Freundinnen vorstellen, Alice, Josette – und das ist Yogi!«

»Freut mich, Sie kennen zu lernen«, sagt Yogi und steht auf.

Über seine 1,60 Meter große, muskulöse Gestalt spannt sich sonnengebräunte Haut, und es lässt sich unmöglich sagen, wie alt er ist. Bei Tageslicht entpuppen sich seine Haare, die oben dünn und struppig sind, aber hinten pagenkopfartig bis auf die Schultern hängen, nicht als grau, sondern als glänzend platinblond. Die Haut um seine Augen ist tief zerfurcht, und sein Nacken hat die Textur von Crêpe de Chine, aber der Rest seines Körpers ist glatt und glänzend wie poliertes Holz. Er trägt Gummisandalen, eine winzige violette Badehose, eine schwere Goldkette um den Hals, einen goldenen Ohrring – und sonst nichts. Alles andere ist nussbraun und nackt und überlässt nichts der Fantasie. Klein, aber perfekt geformt. Verona, deren gestreifter Zweiteiler ihren Brüsten und ihrem Glück kaum Herr wird, überragt ihn mindestens um einen halben Kopf. Sie deutet auf die anderen.

»Und das sind Bruce und Mandy Allnut, Terry und Tanya Potterton und Jake. Alle aus Leigh-on-Sea – bis auf Jake. Jake kommt von weiter her, ein echter Eindringling – Southend!« Verona brüllt vor Lachen.

»Cheers!«, sagt Jake, während er sitzen bleibt und zum Gruß einen sehr Englisch wirkenden Krug Stout hebt.

»Cheers!«, wiederholen die anderen.

»Was wollt ihr trinken?«, sagt Verona, die geschäftig herumwurschtelt. »Wir haben alles, was ihr euch vorstellen könnt, zollfrei. Wie wär's mit einem kleinen Wodka oder einer Bloody Mary? Wir haben viel Eis an Bord.«

»An Bord« – die Zauberworte. Bis jetzt hatten sie noch nicht näher darauf geachtet, wo »an Bord« sein könnte. Also, welches ist die gute, alte *Karma*? Hier, direkt hinter ihnen ist ein Boot, ein kleines himmelblaues Motorboot – vielleicht drei, dreieinhalb Meter lang – auf dem momentan einige ausgeworfene Angeln aufgebaut sind. Auf dem Vorderdeck (das heißt doch so, oder? Weder Alice noch Josette haben den blassesten Schimmer) ist eine Tafel aufgestellt. »*À louer*« steht dort mit Kreide und darunter auf Englisch, »Zu vermieten – Tagesausflüge – Fischen – Tauchen – Rufen Sie an«. Das Geheimnis von Yogi ist gelüftet.

Verona ist an Bord gehüpft und geht an der Tafel vorbei in die Kabine. Die hat eindeutig Miniaturproportionen, denn ihr Kopf ist vollständig sichtbar, während sie unten mit den Händen rumkramt. Sie kehrt mit einem Tablett Eis zurück. Als sie wieder auf *terra firma* springt, entschlüpft ihr eine Brust, und sie sieht leicht überrascht an sich herunter. »Oh«, gurrt sie, stellt das Eis ab, schiebt die anstößige Brust wieder dorthin zurück, wo sie hingehört, und sagt dann: »Ist das nicht lustig?«, während sie Salzstangen herumreicht.

Irgendwie schafft es Alice, den ganzen Nachmittag ernst zu bleiben, obwohl nicht viel dazu fehlt, dass sie herausplatzt vor Lachen. Zuerst weicht sie noch Josettes Blick aus, um nicht zu kichern anzufangen. Aber Josette scheint sich mit der Zeit tatsächlich immer angestrengter auf die Gruppe aus Leigh-on-Sea zu konzentrieren, als ob sie eine faszinierte Anthropologin sei und es sich bei jener um einen erst kürzlich entdeckten Stamm handele.

Dafür lachen sie als Gruppe andauernd – wobei dieses

Lachen das glatte Gegenteil von ungehörigem Gekichere ist. Und wie sie lachen! Yogi ist ein großzügiger Gastgeber, der Alkohol fließt in Strömen, und das Gegackere nimmt zu. Hahaha – da war ich einfach platt. Hahaha – ich hab mir fast in die Hosen gemacht. Ach Gottchen, herrje, was alles an Bord der kleinen *Karma* passiert ist auf dem Ausflug nach Cannes. Mandy seekrank – oder stimmt's etwa nicht, Mand? Bruce hätte beinahe seine Unterhose verloren. Tanya hat sich den Hintern verbrannt – geschieht dir recht, du Schlingel, was musst du dich auch nackt in die Sonne legen. Wo denkt sie, dass sie ist – daheim auf Canvey Island? Und die ganze Zeit hindurch reicht Verona lächelnd die Kartoffelchips herum.

»Du bist meine kleine Blüte«, sagt Yogi plötzlich, als sich die Gruppe auflöst. Er zwickt sie in das gestreifte Oberteil, woraufhin Verona errötet, was ihr aber gut steht.

»Weißt du was«, sagt Josette, als sie sich in der Nachmittagshitze sehr vorsichtig auf den Heimweg machen, denn Yogi hatte die Gläser äußerst großzügig eingeschenkt, »isch glaube, wir können es besser erwischen, ja?«

»Was meinst du damit?«

»Mit Männern. Besser als dieser Yogi, weißt du?«

»Bei uns in England sagt man: ›Erst einmal muss man die Gelegenheit haben‹. Gibt es diesen Ausdruck bei euch auch?«

Josette zwinkert. »Vertrau mir, Alies, einige Dinge weiß ich einfach.«

Ivy ist platt, als Imogen einwilligt, mit ihr nach England zurückzukehren. Sie hatte sich alle möglichen hieb- und stichfesten Gründe ausgedacht, warum Imogen unmöglich länger hier bleiben konnte, ihr Bein, die schreckliche Toilette usw. usw. Die Liste ist endlos, und falls nötig, könnte sie wie üblich die finanziellen Druckmittel aus dem Ärmel schütteln. Aber das braucht sie nicht. Imogen gibt sofort klein bei und erhebt keinerlei Einwände. Dieses Mädchen ist und bleibt ihr ein Rätsel. Ivy wird nie aus ihr schlau werden. Und seit dem Treffen mit Monsieur Dingsdabums sieht sie etwas angeschlagen aus, wirklich bleich und nervös.

Da das Taxi zum Flughafen eine Klimaanlage hat, besteht der Fahrer darauf, die Fenster geschlossen zu halten. Ivy ist das nur recht – sie will nicht, dass ihre Haare in Unordnung geraten. Imo passt das allerdings gar nicht. Sie fühlt sich ohnehin schon eingesperrt, und das dicke Glas verstärkt nur das Gefühl, abgeschnitten zu sein von den Geräuschen und Gerüchen der Umgebung, die zu ihrer Heimat geworden ist.

Aber Imo ist wie gelähmt und scheint keine Kraft mehr aufzubringen, um sich zu wehren. Furchtbar. Jetzt haben sie sie also in die Enge getrieben. Das wollten diese Schweine doch von vornherein. Sie hat sich gewehrt wie eine Raubkatze, aber sie haben sie dennoch gekriegt. Ihre »Freiheit« war eine Täuschung, und im Grunde ihres Herzens hat sie das immer gewusst. Wenn sie wirkliche Freiheit gewollt hätte, dann hätte sie die finanziellen Bande zu ihrer Familie kappen müssen, und dazu hatte sie sich letztendlich niemals durchringen können. Es wäre etwas anderes gewesen, wenn sie jemals einen richtigen Job bekommen hätte – sie hatte es ja versucht. In der Zwischenzeit hatte ihre Mutter sie stetig mit Geld versorgt, um ihre permanenten Abstürze aufzufangen, aber, wie bei einer heimlichen Sucht, stets nur mit genau so viel, dass es gerade mal reichte. Nicht nur für die Miete und die Hypothek, sondern auch für Kautionen und Geldstrafen, wenn sie wieder mal wegen Drogenbesitzes oder leichten Diebstahls erwischt worden war. Sie war wohlgemerkt seit Jahren clean – aber wahrscheinlich nicht clean genug.

Und Monsieur Gerontin weiß es. Sein eisiger kleiner Satz

inmitten dieser hitzigen Diskussion hat ihr Schicksal besiegelt. Irgendwoher weiß er nicht nur, dass sie keine Papiere hat, sondern auch, dass sie mit ihrer Vergangenheit wenig Aussicht hat, welche zu bekommen. Auf Grund ihrer jugendlichen Bagatelldelikte ist das praktisch unmöglich. Dieser illegale, papierlose Status ist ein schweres Vergehen, mit dem sie nun schon seit Jahren lebt. Er weiß es, und sie hat es gewusst. Zeit, sich geschlagen zu geben.

Und daran sind nur diese verdammten Frauen schuld. Sie hatte von Anfang an geahnt, dass sie nur Unglück brachten. Konnten einfach nichts in Ruhe lassen. Pausenlos darauf aus, den Dingen auf den Grund zu gehen, alles aufzudecken und aufzuklären. Warum nur? Es war alles in bester Ordnung gewesen – solange man die Dinge in Ruhe ließ. So wie den armen alten Monsieur Puce auf seinem Dach. So wie die ganzen letzten Jahre über.

26

Le Marrakech Express

Alice hatte eigentlich gedacht, dass sie sich nach der Ruhe ihrer eigenen vier Wände sehnte, aber jetzt, da sie wieder in ihrer Wohnung ist, fühlt es sich recht seltsam an. Sie hatte sich in den letzten Tagen seit Gavins Ankunft von dem ganzen Trubel mitreißen lassen und über der Beschäftigung mit den Belangen anderer Leute kurzzeitig ihr eigenes langweiliges Leben vergessen. Aber jetzt, da alle weg zu sein scheinen und sich die ganze Aufregung gelegt hat, fühlt sie sich lustlos und einsam.

Gavins Nachricht war kurz. »Fliege nach Hause – muss anderen Anhaltspunkten in London nachgehen. Tausend Dank für die Luftmatratze – werde sie hoffentlich wieder mal brauchen. Das muss ja eine ziemliche Party gewesen sein, zu der ihr da gegangen seid?!! Wir telefonieren. Alles Liebe – Gav«, und dann eine Reihe von xxxx am unteren Rand. Süß. Er hatte sogar den Anstand gehabt, die Luft aus der Matratze zu lassen und sie wegzuräumen – der Gute. »Andere Anhaltspunkte in London« ... hört sich viel versprechend an. Da klingelt das Telefon. Eine charmante Stimme, ein Dominic Flight von Bad Boys Productions würde gerne mit Gavin Barnes sprechen, um heute später in Cannes ein Treffen mit ihm zu arrangieren. Sie erklärt, dass Gavin nach London zurückgeflogen ist. Der Mann lacht und sagt: »Um sich eine neue Hose zu holen?«, und erzählt ihr dann die Geschichte von dem Champagnermalheur auf der Terrasse des Carlton.

Alice gibt ihm Gavins Nummer in London und belässt es dabei. Aber war nicht der Mann, der vorletzte Nacht da war, auch von Bad Boys gewesen? Und das schien doch in eine Art Katastrophe ausgeartet zu sein …

All das war gestern gewesen, bevor sie mit Josette loszog, um Verona und ihren Yogi zu treffen. Heute ist alles ganz anders, denn am Vormittag kam ein ganzer Schwung schrecklicher Post – wieder alles auf einmal: eine horrende Kreditkartenabrechnung, ihr Kontoauszug, der ein festes Minus ausweist, dazu ein Schreiben von der Bank, das sie auf diese unautorisierte Kontoüberziehung aufmerksam macht, und ein brauner Umschlag vom britischen Finanzamt, das wissen will, was mit ihrem Selbstveranlagungsformular geschehen ist, das sie bis zum 31. Januar hätte einreichen sollen, und ihr wegen ihres Versäumnisses mit Hängen, Foltern und Vierteilen plus einer Geldstrafe droht. Nun, gut, sie übertreibt – aber sofort ist ihr, als ob die Welt um sie herum einstürzt und sie unter sich begräbt. Und dann ist da auch noch eine Nachricht von Hope Boscombe – ob sie heute Nachmittag vorbeikommen würde, um etwas zu ihrem gegenseitigen Nutzen zu besprechen? In alten Krimis bedeutete »gegenseitiger Nutzen« in der Regel eine unerwartete Erbschaft, was meistens Mord und Totschlag nach sich zog. Alice schwirrt der Kopf.

Auch Verona hat eine Nachricht bekommen – selber Text, selbe Uhrzeit. Sie und Alice beschließen, gemeinsam hinzugehen, und sind ganz gespannt darauf, endlich die viel gerühmte Wohnung kennen zu lernen. Sie sind gebührend beeindruckt von deren Größe und Glamour, während Hope sie hinaus auf die Terrasse geleitet und sie bittet, an einem großen Teaktisch Platz zu nehmen. Auf dem Tisch sind Notizblöcke, Kugelschreiber und Wasserflaschen angeordnet, so als ob dies ein sehr förmliches Meeting, definitiv kein geselliges Miteinander sei, und in der Tat hebt sie sofort ohne Umschweife zu ihrem Anliegen an.

»Ich hatte gestern ein Gespräch mit Monsieur Gerontin, und ich muss Ihnen sagen, dass es nicht im Geringsten befriedigend war.«

»Ja, er ist von Anfang an ein bisschen – wie soll man sagen? – verschlagen gewesen«, sagt Verona.

»Ich würde es eher betrügerisch nennen.«

»Oh nein, Liebes, das nicht – er ist nun einmal so. Ich meine, wir mussten schon immer ein bisschen Druck machen – nun, ziemlich viel Druck machen, aber es gibt hier nun mal eine ganz bestimmte Methode, Sachen zu erledigen, und im Großen und Ganzen ist es das Beste, den Dingen einfach ihren Lauf zu lassen.«

»Was?«

»Nach dem alten Grundsatz, dass, wo nichts kaputt ist, man auch nichts zu reparieren braucht.«

»Aber es ist kaputt. Sehr vieles ist kaputt.«

»Nun, ja – aber es ist alles kosmetisch. Er wird sich irgendwann darum kümmern. Es bringt gar nichts, ihn nervös zu machen. Natürlich wäre es nett, wenn unsere Türklingeln funktionieren würden …«

»Ich rede hier nicht von Türklingeln. Ich rede hier vom Eingemachten. Wissen Sie zum Beispiel, dass der gesamte Außenputz entfernt und erneuert werden muss? Darauf hat mich jemand aufmerksam gemacht, der sich da auskennt, und ich habe gestern einen Bauunternehmer aus Nizza herbestellt, einen Engländer, der viel für andere Engländer hier in der Gegend arbeitet. Er hat sich bisher nur kurz umgesehen, aber das hat gereicht, um mir das Problem zu bestätigen. Und das ist nur der Anfang. Wir haben wahrscheinlich massive Probleme mit dem ganzen Abflusssystem, dem Dach – und mit Gott weiß was noch allem. Hier ist seine grobe Schätzung allein für die Stuckarbeiten.«

Hope reicht ein Blatt Papier mit dem Aufdruck »Côte Construction« herum. Alice blickt auf die absurd hohe Summe, bevor sie es an Verona weiterreicht. Die Zahlen verschwimmen ihr vor den Augen – sogar wenn sie sie durch zehn teilt, um den ungefähren Betrag in Pfund zu bekommen, wird ihr ganz schlecht davon.

»Im Prinzip«, fährt Hope unbeirrt fort, »schlägt er vor, einen Hochbauingenieur anzuheuern, um das ganze Gebäude zu inspizieren, und ich muss ihm Recht geben, denn ich habe noch eine weitere beunruhigende Entdeckung gemacht. Wir haben einen Störenfried, der einen Teil des Hauses für seine Privatzwecke nutzt. Es gibt einen Monsieur Jean Puce, der im obersten Stockwerk des Nachbarhauses wohnt – direkt dort durch die Wand.« Hope deutet mit dem Finger auf eine Wand ihres Wohnzimmers. »Er wohnt dahinter und benutzt mein – Korrektur, unser Dach.«

»Es gibt einen Monsieur Puce?«, fragen Alice und Verona wie aus einem Mund.

»Oh ja. Offensichtlich hat der Familie einmal der ganze Block hier gehört, und er versucht, weiterhin seine Finger mit im Spiel zu haben. Er hat einen ganzen verdammten Garten auf dem Dach.«

»Sind Sie sicher?«, fragt Alice.

»Natürlich bin ich sicher – sicherer als sicher. Jetzt mache ich Ihnen also folgenden Vorschlag. Ich wäre bereit, eine beträchtliche Summe zu den erforderlichen Reparaturarbeiten beizusteuern – zusätzlich zu meinem prozentualen Anteil, wie er durch die Miteigentümerschaft festgelegt ist. Das heißt, dass Sie nur, sagen wir, zehn oder zwölf Prozent der Gesamtkosten tragen müssten, was, wie Sie zugeben müssen, ziemlich großzügig ist. Als Gegenleistung hätte ich gern Ihre volle Unterstützung, um diesen Mann zur Räumung des Daches zu zwingen. Vielleicht geht es ohne Rechtsanwälte. Ich denke aber, dass wir, wenn wir alle an einem Strang ziehen, die *mairie* einschalten könnten, und die haben ziemlich viel Macht. Es muss gegen irgendeine Regelung verstoßen. Sobald wir diesen Kerl lossind, können wir das Dach wieder in unser Haus integrieren. Es ist meine Theorie, dass sich das Gewicht dessen, was da oben vor sich geht, auf das ganze Gebäude negativ auswirkt. Es kann eventuell sogar der Grund sein, warum das Abflusssystem nicht richtig funktioniert. Und ich kann Ihnen auch mitteilen, dass ich bereits die volle Unterstützung von Imo und ihrer Mutter habe.«

»Was würde mit dem Garten passieren?«, fragt Alice und versucht, ihn sich hinter Hopes Wand auszumalen. Wie romantisch.

»Er würde verschwinden – so stelle ich mir das jedenfalls vor –, und der Platz wird letztendlich Teil meiner Wohnung.«

»Ihrer Wohnung?«

»Ja, so habe ich mir das gedacht. Nun, er könnte ja wohl kaum Teil einer anderen sein, oder? Aber Sie könnten beruhigt sein, dass das Hauptproblem gelöst ist. Mein Angebot ist äußerst fair.«

Alice rechnet aus, wie viel zwölf Prozent der voraussichtlichen Summe sein würden. Es bleibt eine furchteinflößend hohe Zahl, die sie sich kaum im Traum, geschweige denn in der Realität vorstellen kann.

»Und?«, sagt Hope.

»Also ...«, sagt Verona. »Ich weiß nicht, was Alice denkt, aber ich für meinen Teil – und ich glaube, ich habe das bereits gesagt ...«

»Ja?«, sagt Hope.

»... halte es für das Beste, schlafende Hunde nicht zu wecken. Finden Sie nicht auch?«

Josette hat einen wunderbaren Plan ausgearbeitet, aber Alice scheint nicht sonderlich erfreut zu sein. Es ist ein richtiges Rendezvous mit den Skandinaviern – die, die sie in Juan-les-Pins kennen gelernt hatte. Sie werden nicht einmal ein Taxi nehmen müssen. Jürgen hat gesagt, dass er sie abholen wird – er will sie in das neue marokkanische Restaurant in der Nähe von Grasse zum Essen einladen. Das sei doch unglaublich, aber Alice weiß es nicht entsprechend zu würdigen. Für Josettes angeschlagenes Ego wirkt es jedoch wahre Wunder. Sie hat die Männer nur dieses eine Mal im Boom-Boom getroffen – und der Antiquitätenhändler hatte gesagt, das ist lustig, das sollten wir wieder tun, und ihr seine Karte gegeben. Das Licht im Boom-Boom ist wegen der gedämpften, roten Lampen natürlich sehr schmeichelhaft, aber allein daran konnte es nicht gelegen haben. Sie muss auch unterhaltsam gewesen sein – so wie sie sich von klein auf gesehen hat –, aufregend und unterhaltsam. Da kannst du grün werden vor Neid, William Prescott-Smythe, du weißt gar nicht, was dir entgeht. Jahrgangswein ist der beste.

Aber als sie Alice anruft, um ihr diese guten Neuigkeiten mitzuteilen, fällt deren Reaktion nicht so aus, wie sie erhofft hatte. Alice brabbelt von dieser Boscombe, Hope (noch immer so schwer auszusprechen) und enormen Ausgaben, die sich keiner von ihnen leisten kann. Dass das Haus einstürzen könnte. Aber das ist doch Unsinn. Vieilleville wurde ursprünglich von den Griechen besiedelt, die Fundamente vieler dieser Häuser sind römischen Ursprungs, also was soll dieser ganze Schwachsinn? Diese Frau sagt, dass der Putz erneuert werden muss, weil ansonsten die Feuchtigkeit eindringen und die Mauern zerstören würde. Aber das sind Steinmauern – ist ihnen das denn nicht klar? Und was soll diese ganze Sache mit der Feuchtigkeit? Kann hie und da ein bisschen Regen jahrhundertealtem Gestein und Mörtel etwas anhaben? Aber Alice scheint sich nicht beruhigen lassen zu wollen und weigert sich, das Arrangement für Samstagabend zu diskutieren (wo das doch so wichtig wäre, um den Abend gleich richtig zu beginnen). Sie sagt, dass Josette die Ernsthaftigkeit der Situation nicht erfasst habe, dass Hope Boscombe wild entschlossen zu sein scheint, das alles erledigen zu lassen, auf die teuerste Art und Weise, die man sich nur vorstellen kann – redet von Architekten und Ingenieuren und Rechtsanwälten. Sogar Verona macht sich Sorgen. Und dann ist da noch diese seltsame Sache mit dem Mann auf dem Dach, und Josette fragt: »Ja, was ist mit ihm?«, worauf Alice antwortet: »Du weißt, von wem ich spreche?«, und Josette sagt: »Du meinst Monsieur Jean?«, und Alice sagt: »Du hast es die ganze Zeit gewusst?«, und Josette sagt: »Alle wissen es«, und Alice sagt: »Warum hast du es mir nicht gesagt?«, und Josette sagt: »Du hast nie gefragt.«

Hope fragt sich, ob sie sich deutlich genug ausgedrückt hat. Die Frauen scheinen nicht angemessen besorgt zu sein. Sie hatten kaum reagiert, als sie ihnen die Situation geschildert hat, und es ist nichts beschlossen worden. Sie ist das nicht gewöhnt. Seit Jahren sind alle sofort gesprungen, wenn sie etwas vorgeschlagen hat. Aber nach deren verschlafener Reaktion zu schließen, ist sie sich nicht sicher, ob ihr die Frauen überhaupt glauben. Sie sollten mal am Abend raufkommen. Sollen die mal hier draußen sitzen und der x-ten Version von »Unter den Brücken von Paris« lauschen, dann wüssten sie, wie es ihr ergeht. Lächerlich, so im Stich gelassen zu werden mit nur einer festen Verbündeten in Form von Ivy Prosper.

Besser als nichts, denkt sie, als sie deren Nummer wählt.

»Hi, Ivy, ich dachte nur, ich halte Sie auf dem Laufenden, was sich hier tut.« Sie erzählt Ivy von dem Mann von »Côte Construction« und dem Treffen mit Alice und Verona. Ivy lässt sie ohne Unterbrechung ausreden. Hope erwartet einige Kommentare nach dem Motto »Wer hätte das gedacht?« oder wenigstens: »Da sieh an«, aber Ivy schweigt.

»Ivy, sind Sie noch dran?«

»Ja – oh ja, Hope, ich bin noch da.« Ivy sieht vor ihrem geistigen Auge ein künftiges gerahmtes Foto: »Hope mit Ivy Prosper« – ein schöner Gedanke. Aber sie ist auch immer eine sehr praktisch denkende Frau gewesen, und dieses ganze Gerede von Hochbauingenieuren hört sich in der Tat sehr teuer an. Und warum sollten sie Himmel und Hölle in Bewegung setzen, nur weil Hope Boscombe einen Blick aufs Meer haben möchte? Denn es hört sich langsam danach an, als ob es ihr nur darum geht.

»Ich habe nachgedacht, Hope, und ich bin der Meinung, dass wir vorerst nicht die Pferde scheu machen sollten.«

»Was?«

»Wissen Sie, wenn man erst einmal anfängt, Wörter wie ›Räumung‹ in den Mund zu nehmen, dann kann es sehr schnell sehr unangenehm werden. Vergessen Sie nicht, dass ich Vermieterin bin. Ich weiß, wovon ich spreche. Ich meine, französische Gesetze sind vielleicht anders, aber wir könnten uns da in eine ganz verzwickte Situation hineinvergaloppieren.«

Pferde? Vergaloppieren? »Was wollen Sie damit sagen, Ivy?«

»Lassen wir es besser, so wie es ist, Hope, einverstanden?«

Josette bezeichnet in Gedanken die Skandinavier bereits zärtlich als »Jungs«. Sie sind Jungs, und sie ist ein Mädchen – und Junge, Junge!, heute Abend hat sie wirklich vor, ein Mädchen zu sein – so mädchenhaft wie noch nie zuvor.

Zuerst hatte sie gedacht, dass die Jungs sie bei Marie-Augustine abholen könnten – ein perfekter, stilvoller Auftakt des Abends. Die beiden Mädchen würden sich im richtigen

Rahmen präsentieren. Sie würde köstliche kleine Häppchen und Champagner kredenzen, und Alice würde ihr die Unkosten erstatten. Vielleicht würde Josette auch ein bisschen beisteuern, andererseits: Wenn sie für den Ort sorgte, war es wirklich an Alice, den Rest zu übernehmen. Schließlich hatte Josette alles eingefädelt. Alice sollte dankbar sein. Dann jedoch entschloss Marie-Auguste aus heiterem Himmel, schon am Freitagabend mit einer Gruppe von Freunden aus Zürich zurückzukehren, so dass Josette wieder ins Bedienstetenzimmer neben der Küche verfrachtet wurde und der ganze Plan ins Wasser fiel.

Jetzt muss Alices Wohnung herhalten. Du lieber Gott. Kein so perfekter Ort. Er sendet die falschen Signale aus – aber was wäre die Alternative? Eine Bar wäre noch schlimmer, so als ob sie zwei streunende Katzen wären. Nein. Alices Wohnung wird wohl genügen müssen.

Taktvoll schlägt Josette ein paar Verbesserungen vor. Alice scheint nie wirklich die Herausforderungen des Lebens in einem Zimmer gemeistert zu haben. Warum hat sie zum Beispiel keine Trennwand, um den Küchenausguss zu verdecken? Ein bisschen Saubermachen würde auch nicht schaden, und wie wär's damit, einige dieser Sonnenblumen verschwinden zu lassen? Überall diese Sonnenblumen – die ganze Wohnung sieht aus wie ein Stand auf dem Flohmarkt in Nizza. Lass uns wenigstens die künstlichen Sonnenblumen in einen Schrank räumen – die gedruckten auf den Vorhängen und Kissen sind schon schlimm genug, ganz zu schweigen von den gemalten, die jede Oberfläche zu bedecken scheinen. *Mon Dieu*, was war da bloß in sie gefahren?

Bei all dem Aufheben, das Josette angesichts dieses blöden Rendezvous' macht, fängt Alice an, nervös zu werden. Und dann dieses Naserümpfen über ihre Wohnung – wie beleidigend! Fast hätte sie nachgegeben und wäre am Samstagvormittag losgezogen, um eine Trennwand zu kaufen, aber der Gedanke, noch mehr Geld auszugeben für etwas, was sie eigentlich nicht braucht, ist einfach zu deprimierend. Schlimm genug, dass sie für Alkohol und Fressalien sorgen muss, wenn es sich in Josettes enthusiastischer Schilderung doch so angehört hatte, als ob der Abend auf Kosten der Jungs gehen würde. Was sie in diesem Moment in der Tat am allerliebsten tun würde, ist, sich wie ein Igel einzurollen und auf absehbare Zeit in dieser Haltung zu verharren.

»Wie lange ist es 'er, Alies, seit du ge'abt 'ast einen Mann?«

»Du meinst, im biblischen Sinne?«

»Was ist das – ›biblisch‹?«

»Schon gut, Josette. Eine lange Zeit, eine lange Zeit.«

»Isch auch. Isch 'abe Schpaß, weißt du, aber immer mit Frauen. Männer wollen uns nischt – für sie sind wir alt und ausgetrocknet. Männer wollen ihre Frauen jung und knackig.«

»Paradiesvögel.«

»Was?«

»Nichts. Du hast natürlich Recht – im Großen und Ganzen. Es hat wohl mit der natürlichen Auslese zu tun. Männer können ihren Samen bis ins Greisenalter verstreuen, also brauchen sie, evolutionsgeschichtlich gesprochen, fruchtbaren Boden – wie Hillary Aldyce.«

»Was ist das – ›bis ins Greisenalter‹?«

»Bis ins hohe Alter. Ist ja auch egal.«

»Also 'eute Abend wird lustig werden, ist etwas Besonderes, und im Vergleich su diesem Yogi sind diese Skandinavier sehr … nun, du weißt schon … schwer in Ordnung, so sagt man doch, ja?«

Also muss wieder mal der durchsichtige weiße Leinenanzug, frisch gewaschen und gebügelt, herhalten, sowie ein

Paar besonders funkelnder goldener Ohrringe, die ihr wirklich sehr gut stehen, jetzt, da sie ihre Haare in einem kessen Knoten über dem Kopf zusammengesteckt hat. Sieht ziemlich wild aus. Aufgepasst, goldene Hippie-Taucher, jetzt komme ich!

Nachdem sie sich aus der Distanz betrachtet hat, geht sie ganz nahe an den Spiegel ran, um ihr Maskara aufzutragen. Hier ist sie also und sieht sich in die Augen. Es heißt, die Augen seien die Fenster zur Seele. Wo ist meine Seele? Wo bin »ich«? Bin ich nur diese äußere Hülle, die wie ein Knallbonbon herausgeputzt ist und die schon deutliche Verschleißerscheinungen aufweist? Bin das »ich«? Solche Fragen habe ich mir nie zuvor gestellt. Sie kamen mir einfach nicht in den Sinn. Ich wusste immer, wer ich war. Ich war Alice Barnes. Ich war Philip Barnes' Frau. Ich war Gavin und Lally Barnes' Mutter. Ich wachte in der Früh auf und wusste genau, was der Tag bringen würde. Ich ging abends ins Bett, in der Gewissheit gut zu schlafen und ab und zu Sex zu haben. Nichts musste in Frage gestellt werden. Schmerz existierte immer – aber irgendwo da draußen, meistens bei jemand anderem. Folglich ihre regelmäßig wiederkehrenden Schuldgefühle – die Wohlfahrtsarbeit, die Tombolas und Tänze und Auktionen und Sammelbüchsen.

Sie drückt beide Augen fest zu und öffnet sie wieder. Sie blinzelt und zwinkert wie die Augen von Gavs Bildschirmschoner, den er ihr so stolz gezeigt hatte. Diese Totenaugen. Warum tue ich das, warum lasse ich mich auf dieses Rendezvous ein? Wozu brauche ich ein Rendezvous? Kein skandinavischer »Junge« wird mich wieder in mich selbst verwandeln. Irgendwo in ihr hat sich ein tiefer Abgrund aufgetan, ein Chaos von Ängsten und Einsamkeit, und es ist nichts, was Hope Boscombe mit Hilfe von Architekten oder Hochbauingenieuren wieder in Ordnung bringen kann.

Sie heißen Jürgen und Hugo – und bis Alice sie die Treppe heraufrumpeln hört, hat sie sich total von Josettes Nervosität anstecken lassen. Josette war schon früher angetanzt und hatte aus dem Fenster nach ihnen Ausschau gehalten, denn die Türklingeln funktionieren nach wie vor nicht. Als sie sie sieht, ruft sie auf Englisch: »Guten Abend – ihr seid aber pünktlich«, und läuft hinunter, um sie reinzulassen.

Auf den ersten Blick sind sie zweifellos besseres Rendezvousmaterial als Yogi, aber sie »Jungs« zu nennen ist doch ein bisschen zu viel des Guten. Sie sind wahrscheinlich beide Ende fünfzig, Anfang sechzig, gut erhalten, mit gebräunter, geschmeidiger Haut und hellblauen Augen. Doch damit hat sich die Ähnlichkeit auch schon. Jürgen ist groß und schlank, Hugo klein und stämmig. Mit einigen schnellen besitzergreifenden Gesten macht Josette deutlich, dass Jürgen ihr gehört. Sie nimmt seinen Ellbogen o-so-sanft, dirigiert ihn zum Sofa und setzt sich dann lächelnd wie eine *ingénue* auf die Lehne. Hugo bleibt stehen, und Alice ist mit den Gläsern und dem Einschenken beschäftigt.

»Das ist sehr nett«, sagt er. Er hat einen amerikanischen Akzent. »Sehr nett. Das war eine tolle Idee von Josette. Wissen Sie, wir hatten diesen tollen Abend mit ihr. Wir waren in Juan, zwei Kerle, allein und weit weg von Zuhause, und über die Franzosen hört man ja so einiges, aber alle waren so nett zu uns. Josette hat die Drinks für uns übersetzt.«

»Wirklich? Sie hat die Drinks übersetzt?«

»Waren Sie schon mal in Juan-les-Pins?«, fragt er.

»Nein. Ich sollte damals mitkommen, aber es kam etwas dazwischen.« Genauer gesagt, die Enthaarungscreme. Was für eine sinnlose Aktion! Wen kümmert es schon, ob sie Schamhaare wie Stahlwolle hat.

»Nun, wenn Sie einmal hinfahren, dann werden Sie's sehen. Sie haben diese riesigen Cocktailkarten – Hunderte von Zutaten und Mischungen!«

»Und ich ’abe ge’olfen, weil du meintest, ›Boom-Boom-Special‹ sei eine Bombe«, sagt Josette, »und ich ’abe erzählt, dass es ist Tequila und Campari und Americano und Blue Curaçao mit Eiweiß und Sucker am Rand.«

»Und wir sagten: ›Nun, wir haben Recht, es ist eine Bombe!‹«

»Ja, das ’abt ihr – und was ’aben wir gelacht.« Josette dreht sich zu Jürgen um, um erneut darüber zu lachen, aber da merkt sie plötzlich, dass auf Grund ihrer leicht erhöhten Position ihr Hals wahrscheinlich auf falscher Höhe ist. *Disastre.* Sie steht auf, um die Platte mit den köstlichen kleinen *fours salés* von der Boulangerie de l’Évêque herumzureichen und setzt sich dann neben Jürgen auf das Sofa, wo sie ihn von unten herauf ansehen und ungestraft mit den Augenlidern klimpern kann.

»Um die Wahrheit zu sagen«, flüstert Hugo Alice ins Ohr, »die Karte war auch auf Englisch, aber wir haben ihr den Spaß gelassen.«

»Ach ja.«

»Schöne Schränke übrigens – netter Antik-Look. Wer hat die Sonnenblumen gemalt?«

Das Restaurant heißt Le Marrakech Express und muss ein Irrtum sein. Wessen Idee konnte das bloß gewesen sein? Man fährt mindestens eine Stunde in das Hinterland auf Straßen, die sich an beängstigenden Abgründen entlangschlängeln. Alice bereut es bitterlich, ihrem Chauffeur Hugo ein zweites Glas Schampus angeboten zu haben, aber jetzt ist es zu spät.

Als sie, leicht schwindelig und desorientiert, ankommen, werden sie in einen Keller geführt, an dessen Wänden Teppiche und mit Spiegelapplikationen bestickte Volants hängen. An Stelle von Stühlen gibt es weiche Ledersitzpolster – wie wunderbar authentisch, rufen sie aus. Wie lustig! Ja, sehr lustig. Sie lassen sich so vorsichtig, wie es das zwickende Kreuz und die wackeligen Knie erlauben, nieder. Ist das nicht toll? Das ist das Leben!

Auf der Karte stehen Hareera und Ulk'tban, Bastela und Frackh, L'Hootz F'Tadjeena und L'Hootz Bcharmeela Mneedan Ltaff, Sjdeda Bi Zatoon Bi Lima und Bibi M'Ahmarh – aber wen interessiert das schon? Ist doch egal. Es macht doch nichts, dass sie keine Ahnung haben, was sie essen. Es ist warm und dunkel, und das Essen wird in riesigen Schalen serviert. Da ihnen die Namen nichts sagen, erscheint es ihnen in seiner einförmigen Konsistenz wie scharfe Babynahrung – und der Wein trägt natürlich auch seinen Teil bei. Es dauert nicht lange – gar nicht lange –, bis sie angeheitert sind. Zudem ist das Licht schmeichelhaft und die Musik geschmeidig.

Viel später, nach den süßen Nachspeisen (keine englischen Desserts, sondern entschieden »süße« Nachspeisen aus Früchten und Anis und Honig und Nüssen) – nun, viel später fängt die Livemusik an. Eine Flöte und eine Trommel, ein paar Rhythmen, eine Melodie und eine Bewegung – und Josette steht auf. Irgendwie schafft sie es, sich trotz des niedrigen Sitzes, der ihr eigentlich ein Ächzen und Stöhnen entlocken sollte, graziös und anmutig zu erheben, und sie fängt an zu tanzen. Der Tabortrommler in der Kapuzenrobe hat sich in der Mitte des Raums postiert, und Josette gesellt sich zu ihm. Im Rhythmus der Musik beugt sie sich nach hinten, so dass ihr Oberteil nach oben rutscht und ein paar Zentimeter Bauch sowie ihren Bauchnabel enthüllt, und fängt an, sich wellenartig auf und ab zu bewegen. Jürgen und Hugo beugen sich vor, um zuzuschauen. Der ganze Raum beugt sich vor, um zuzuschauen. Als Josette den Trommler umkreist, fangen alle langsam zu klatschen an. Vielleicht sollte es obszön sein, aber das ist es nicht. Für eine Frau über sechzig, oder wie alt auch immer sie ist, sollte es peinlich sein – Alice ist für einen kurzen Moment gewillt, sich zu schämen, aber sie tut es nicht. Wenn es mit mehr Befangenheit und weniger Selbstbewusstsein geschähe, könnte es komisch sein, aber so ist es perfekt – eine Frau, die kraft ihrer ganzen Weiblichkeit ihre Ansprüche anmeldet.

Das Publikum weiß es zu schätzen und spendet kräftigen Applaus, und Josette, die jeden Augenblick genießt, macht eine aufreizende Verbeugung. Während die Musik weiterspielt, tanzt sie auf ihren Tisch zu und bedeutet Jürgen mit einer verführerischen Geste, zu ihr auf die Tanzfläche zu kommen. Alice hält den Atem an – wird es jetzt doch noch peinlich? Aber nein, denn jetzt füllt sich die Tanzfläche, und Jürgen scheint gern mitzumachen. Jetzt tanzen alle – nicht so gekonnt und verführerisch wie Josette, aber in einem ausgelassenen, sexy Gedränge. Abgesehen von ein paar unspontanen, verklemmten Feiglingen, die es immer gibt – unter ihnen Alice und Hugo.

Einerseits wäre Alice gern zum Tanzen aufgefordert worden, aber da sie weiß, wie ungeschickt sie sich anstellen würde, ist sie beinahe erleichtert, dass er es nicht tut. Vielleicht hat es mit ihrer unterschiedlichen Körpergröße zu tun, so dass sie beide instinktiv wissen, dass das, was sie gerade gesehen haben, in ihrem Fall eher einer Farce gleichkommen würde. Oder er ist einfach nicht an ihr interessiert. Sie hat den ganzen Abend nur höfliches, sachliches Interesse von seiner Seite gespürt, und jetzt sitzen sie verlegen nebeneinander, während um sie herum immer leidenschaftlicher getanzt wird. Da die Musik zu laut ist, um sich zu unterhalten, bittet sie ihn, um irgendetwas zu sagen, um eine Zigarette.

Sie hat seit 1968 nicht mehr geraucht, und sie hatte es bereits damals nicht sonderlich gemocht. Zu jener Zeit gehörte es, einschließlich geheimnisvoller Spezialausrüstung wie zum Beispiel Zippo-Feuerzeugen und silbernen Etuis, zum Paarungsritual – alles nur, damit »er«, wer auch immer »er« gerade sein mochte, zwei Zigaretten gleichzeitig in seinem Mund anzünden und dir eine davon reichen würde, vorzugsweise nach dem Geschlechtsverkehr, so dass man sich durch den Rauch hindurch anblinzeln konnte.

Es ist wie mit dem Fahrradfahren; der Anfang des Rituals fällt ihr mit untrüglichem Instinkt wieder ein. Hugo beugt sich mit seinem Feuerzeug über den Tisch, und während sie sich ihre Zigarette ansteckt, sieht ihm Alice einen Augenblick lang ins Gesicht. Ist da irgendetwas für sie zu holen? Der letzte Mann, der ihr eine Zigarette angezündet hatte, war Philip gewesen – noch vor der Hochzeit, denn sie hatten gemeinsam mit dem Rauchen aufgehört, teils aus finanziellen Gründen, teils, weil es in Medizinerkreisen damals bereits inakzeptabel wurde. Durch den Rauch blitzt kurz Philips Gesicht von damals auf, bevor sie dann wieder im Halbdunkel Hugo vor sich sieht. Kein schöner Vergleich.

Hugo hat sich abgewandt und blickt auf die Tanzfläche. Josette und Jürgen sind im Zentrum des Geschehens und umkreisen im Rhythmus der Musik den Trommler. Er könnte nicht deutlicher zum Ausdruck bringen, dass er absolut kein Interesse an ihr hat. Die Zigarette schmeckt scheußlich, aber Alice pafft dennoch weiter, dankbar, irgendetwas zu tun zu haben. Nur mal angenommen, dieser Mann würde ihr den Hof machen – natürlich nur rein theoretisch, versteht sich –, würde sie sich überhaupt zu ihm hingezogen fühlen? Sie sieht ihn von der Seite an – die breiten, vollen Lippen, die sinnlich sein sollten, die Falten an seinem Hals, das graue Brusthaar, das aus seinem Hemd hervorschaut – und fühlt nur Abscheu. Was ist bloß in sie gefahren? Wie kann sie es wagen, so wählerisch zu sein? War es das gewesen? Wird sie von jetzt an ein einsames und zölibatäres Dasein fristen? »Erst einmal muss man die Gelegenheit haben«, hatte sie gewitzelt, aber hier ist eventuell eine Gelegenheit, und keiner von beiden scheint auch nur im Geringsten scharf darauf zu sein, sie beim Schopf zu packen.

Da dreht er sich zu ihr hin, beugt sich vor und schreit: »Ich verkaufe Küchen. Wussten Sie das?«

Falls sie noch am Überlegen war, hat sich für sie das Thema damit endgültig erledigt, und erleichtert schreit sie zurück: »Josette sagte Antiquitäten, aber sie schmückt gern ein bisschen aus.«

»Küchen sind wahrscheinlich lukrativer.«

»Jedes Heim braucht eine.«

»Meine sind besondere.«

»Ja?«

»Handgemacht und handbemalt – reiche Kundschaft, will nur das Beste.«

»Verstehe.«

»Also erzählen Sie mir alles über Ihre Sonnenblumen …«

Tick, tick, tick – Hope ist nach wie vor sehr angespannt.

Es ist ein wunderschöner lauer Abend, aber es gelingt ihr nicht, sich zu entspannen. Sie sitzt auf der Terrasse, und all ihre Sinne sind in Habachtstellung. Tick, tick, tick – ihre Haut juckt, und ihr Herz klopft laut in ihrer Brust.

Sie hatte am Nachmittag Jerry angerufen, um sich zu beschweren und Forderungen zu stellen. Er soll ihr so schnell wie möglich einen englischsprachigen Anwalt besorgen. Sie hat die Schnauze voll von dieser ganzen Sache. Es war, als ob man einen Ringkampf in Melasse bestreiten würde: Je stärker sie attackieren will, desto stärker hat sie das Gefühl, festzukleben. Auch Jerry hatte sie genervt, weil er ihr mit dieser beruhigenden Ist-ja-schon-gut-Mädchen-wie-geht's-meinem-Baby-Stimme kam, die er aufsetzt, wenn er denkt, dass sie besänftigt werden muss. Blödmann! Lass den Scheiß und besorg mir lieber einen Anwalt.

Wie an den früheren Abenden hat sie sich ein Stillleben aus Wein und Oliven zusammengestellt, aber der Bandol schmeckt bitter, die Oliven ranzig. Sie sitzt und starrt durch die Wohnung auf die gegenüberliegende Wohnzimmerwand. Eine nur ungefähr dreißig Zentimeter dicke Barriere – und dahinter dieser großartige Ausblick. Wie verlockend und welch unglaubliche Verschwendung! Und dann – sie wusste es! – setzt sie wieder ein, die Akkordeonmusik von oben. Sie verkrampft sich und lauscht auf die vertrauten, verhassten Anfangsakkorde, bis sie merkt, dass das Repertoire geändert wurde. Was ist es diesmal? Sie kann sich gerade so weit entspannen, dass sie die Melodie erkennen kann. »La Mer« – das Original ist von Charles Trenet, nicht wahr? Aber sie erinnert sich an Bobby Darrins amerikanische Version »Jenseits des Meeres«. Jenseits des Meeres … Das gibt's doch nicht, er macht sich über sie lustig.

Das Tanzen ist noch immer im Gange, als Alice sich entschuldigt und auf die Toilette geht. In der Zeit, in der die anderen vom Bauchtanz über marokkanische Variationen des Hippie-Hippie-Shake zum Conga übergegangen sind, hat sich Hugo, der potenzielle Liebhaber, in Hugo, den potenziellen Arbeitgeber, verwandelt. Seine Firma hat ihren Sitz in Nizza und stellt Einbauküchen nach Maß für reiche Skandinavier her, die sich hier in den Hügeln schicke Villen kaufen, um sich dorthin auf ihr Altenteil zurückzuziehen. Er ist erst vor kurzem aus der Zentrale in Stockholm hierher geschickt worden, da man Südfrankreich für einen expandierenden Markt hält. Bald werden sie auch Schlafzimmer herstellen – er lacht – Schlafzimmer nach Maß seien auch lukrativ. Aber die Konkurrenz schläft nicht, und so ist er immer auf der Suche nach etwas Besonderem. Bemalte Schranktüren im Antik-Look waren so etwas wie seine Spezialität – natürlich ein sehr skandinavischer Look –, aber er hat noch nach einem besonderen Kick gesucht. Ihm gefallen ihre Sonnenblumen – den Dänen würden sie auch gefallen. Kann sie noch andere Sachen? Eine Edelweißküche würde auch gut ankommen – aber es könnte alles Mögliche sein. Den Reichen kommt es vor allem auf Individualität an. Und so erzählt Alice schreiend, um sich in dem Trommeln, Pfeifen und kreischenden Gelächter verständlich zu machen, von ihrer Zeit in Bristol, wo sie mit Gips und Farbe, Blattgold und Kleister hantiert hatte.

Nachdem sie gepinkelt und sich die Hände gewaschen hat, sieht sie sich ihr Gesicht im Spiegel an. Sie ist ziemlich betrunken – sie sollte ihr Make-up auffrischen, die Wangen sind zu rot, der Eye Liner ist verschmiert –, aber etwas hat sich geändert, seit sie sich vor ein paar Stunden in der Maison Puce angesehen hat. Eine mögliche Rettung ist in Sicht – und die Aussicht darauf zaubert ihr unwillkürlich ein Lächeln auf die Lippen.

Sie pudert sich gerade, als die Tür aufgeht und Josette hereinstöckelt. Alice sieht sie im Spiegel, und in ihrer angeheiterten, glücklichen Stimmung sagt sie zu Josettes Spiegelbild, während sie fortfährt, sich die Nase zu pudern: »Du warst großartig. Wo hast du gelernt, so bauchzutanzen?«

»Hm?« Josette lehnt sich leicht keuchend gegen die Tür und presst die Hände gegen ihre Brust.

»Geht's dir gut?« Alice dreht sich um.

»Alies, sie sind schwul.«

»Was?«

»'Ugo und Jürgen – sie sind so.« Josette überkreuzt Zeige- und Mittelfinger, um unzertrennliche Intimität anzudeuten.

»Ach so«, sagt Alice. »Natürlich.«

»Was meinst du mit ›natürlisch‹ – du 'ast es gewusst?«

»Nicht direkt.« Aber dann macht alles mehr Sinn.

»Du ’ättest es mir sollen sagen, wenn du es ’ast gewusst. Isch schäme mich so – wir tanzen, und er kann tanzen, dieser Jürgen, du ’ast gesehen, und isch sage ihm, dass wir ein Simmer nehmen können, weil wir so betrunken nicht nach Vieilleville surückfahren können, und isch swinkere ihn an, weißt du, und dann gebe isch ihm einen kleinen, kleinen Kuss, *et voilà*, weißt du, wie er misch nennt?«

»Wie?«

»Seine kleine ’omotussi – und er lacht. Weißt du, was eine ’omotussi ist?«

»*H*omotussi – du musst das H wie in *H*ope aussprechen. Ja, ich glaube, ich weiß, was das ist.«

Tick, tick, tick – Hope geht auf und ab. Tick, tick, tick – und oben wird »La Mer« mindestens zum zwanzigsten, dreißigsten Mal gespielt. Die verschiedenen Synkopierungen schwirren über das Dach auf sie zu wie musikalische Wurfgeschosse, die, dessen ist sie sich sicher, direkt gegen sie gerichtet sind.

»Ruuu-he!«, schreit sie in den Nachthimmel. »Hör endlich auf, du kleiner Wichser!« Es ist einen Augenblick lang still, bevor die Anfangsakkorde der einunddreißigsten Version einsetzen. Sie kriegt ihn. Er meint wohl, er kann sie auf den Arm nehmen. Sie wird’s ihm schon zeigen. Sie schleppt die Stehleiter hinauf in ihr Schlafzimmer, zieht die Schuhe aus und klettert aufs Dach. Dann kriecht sie, wie beim letzten Mal, das Dach hinauf, während sie die Leiter hinter sich herzieht. Oben stemmt sie die Leiter in die Ziegeltäler, lehnt sie gegen die Zementwand und klettert dann hinauf.

Die Musik, die hier oben lauter zu sein schien, hat plötzlich aufgehört. Sie kriecht jetzt, und als sie oben ist, späht sie erneut durch den Schlitz in dem grünen Stoff. Dann nimmt sie eine Schere aus ihrer Tasche und schnippelt so leise wie möglich an der Naht, bis ein beträchtliches Loch entstanden ist. Sie steckt ihren Kopf hindurch. Direkt vor ihr ist die herrliche Aussicht – das Meer und der Himmel in tiefschwarzem Mitternachtsblau, das Glitzern der Lichter auf der Promenade und der Lichtstrahl des Leuchtturms in der Ferne. Es ist so still, dass sie die Wellen ans Ufer spülen hört.

Links, rechts und direkt vor ihr stehen Holzregale voller Terrakottatöpfe. Grüne Farnwedel wehen im Wind und schicken einen vertrauten, beißenden Geruch in ihre Richtung. Sie schnüffelt und kramt in ihrem Gedächtnis – was ist das? Es ist so vertraut und doch – was ist das bloß? Sie schnüffelt erneut. War das denn die Möglichkeit? Ja, natürlich … es ist Pot. Sie hatte immer das dumpfe Gefühl gehabt, dass hier oben etwas Seltsames vor sich ging. Ich hab ihn. Ich hab ihn.

Und dann fängt es auf der anderen Seite der Pflanzen wieder an, wieder von vorne – »La Mer« –, und sie beugt sich vor, um sich eine der Pflanzen zu angeln – weiter und weiter vor – mit ausgestreckten Fingerspitzen, und jetzt hat sie ein Blatt, jetzt einen Stiel, sie zieht daran, zu weit, jetzt rutscht die Pflanze vom Regal, der Topf fällt zu Boden, aber sie hält noch immer den Stiel in der Hand, ihr wichtigstes Beweisstück. Als es kracht, verstummt die Musik. Jemand stößt einen gutturalen Schrei aus. Sie tastet mit den Füßen nach der Leiter, während sie versucht, sich an der Mauer festzuhalten und die Pflanze nicht loszulassen. Jetzt hat sie die Leiter gefunden – die Füße stehen wieder sicher auf den Sprossen, und sie gleitet gerade sanft die Mauer hinunter, als plötzlich durch die Pflanzen vor ihr ein Kopf gesteckt wird, braun und verrunzelt wie eine Walnuss, mit großen, ängstlichen Augen, und in dem Moment merkt sie, dass sie eine Tomatenpflanze in der Hand hält, und als sie sich gerade ducken will, verliert die Leiter ihren Halt. Plötzlich rutscht sie die Mauer hinunter, es regnet Tomaten, und das sorgfältige Arrangement der Ziegel gerät durcheinander und rutscht und kracht in den Himmel über der Rue d'Espoir.

Verona hört es als Erste – das Krachen und Splittern. Sie und Yogi sind nach ihrem Ausflug nach St. Tropez in ihre Wohnung gekommen, um zu duschen und noch etwas zu Abend zu essen, und sie ist gerade dabei, ihrem geliebten Yogi ein Stück Quiche zu servieren, als sie aufsieht und an ihrem Fenster Terrakottaziegel vorbeihageln sieht. Sie im Bademantel, er nur mit einem Handtuch um die Hüften, sausen sie die Treppe hinunter.

Zu allem Überfluss müssen Alice und Josette auch noch ein Taxi nehmen.

Jürgen und Hugo haben beschlossen zu bleiben. Le Marrakech Express hat sehr günstige Zimmer mit Bad, aber nach dem Missverständnis wäre es Josette zu peinlich. Es ist jetzt im betrunkenen Zustand schon schlimm genug, aber morgen, wenn sie wieder nüchtern sind, wird es erst richtig schrecklich sein. Es wird das Beste sein, ihnen nicht bei Kaffee und Croissants gegenüberzusitzen. Es wäre besonders demütigend, dabei gesehen zu werden, ein Zimmer mit Alice Barnes zu teilen, wenn sie es Jürgen so deutlich gezeigt hatte, dass sie erwartet hatte, die Nacht mit ihm zu verbringen. Es ist zu viel der Schande.

Also kommt nur ein Taxi in Frage – was sie eine Stange Geld kostet. Ausnahmsweise macht es Alice nichts aus. Teils wegen des Alkohols, aber vor allem wegen des Optimismus, der sich bei ihr mit dem Jobangebot eingestellt hat. Und wenigstens hatte sie nicht versucht, ihren neuen Chef zu verführen, bevor sie seine sexuelle Orientierung eruiert hatte. Manchmal hatte man einfach Grund, dankbar zu sein.

Sie dösen auf der Rückfahrt nach Vieilleville, und als sie

die Place d'Espoir erreichen, bleiben sie noch einen Augenblick sitzen, während Alice mit ihrer Kreditkarte zahlt – den doppelten Tarif, weil das Taxi aus Cannes um diese Uhrzeit keine Rückfahrt mehr bekommen wird. Josette murmelt etwas davon, dass sie Alice das Geld später zurückgeben wird. Dann steigen sie aus, das Taxi fährt davon, und sie stehen, leicht trunken von Wein und Schlaf, in der warmen, ruhigen Nachtluft.

Bis sie den ersten Aufprall hören – und dann den zweiten, und als sie sich zur Maison Puce umdrehen, sehen sie, wie Terrakottaziegel vom Himmel hageln und Verona und Yogi blutverschmiert vor dem Haus stehen, während ringsherum in der Altstadt die Lichter angehen und die Fensterläden aufgerissen werden.

27

Finale

Das Zu-verkaufen-Schild wird im August angebracht, obwohl die Fassade des Hauses noch immer von einem Gerüst verdeckt ist.

À Vendre
Agence Gerontin

Hope würde einen Anfall bekommen, wenn sie wüsste, dass Monsieur Gerontin etwas mit ihrem Eigentum zu tun hat, aber da sie sich noch immer in der Abgeschiedenheit der Abbey Clinic in Wiltshire befindet, weiß sie nichts davon. Jerry hatte genug damit zu tun, sie aus den Fängen der französischen Polizei zu befreien, ohne dass er sich noch zusätzlich die Mühe gemacht hätte, sich in Vieilleville nach einem anderen Immobilienmakler umzusehen. Gerontin kennt das Haus – Gerontin tut's auch.

Dann gab's da auch noch das Theater mit der Presse. Die Schlagzeilen waren nicht sonderlich originell – »Hope's Horrorfilm«, »Chaos an der Côte d'Azur« – das übliche Nullachtfünfzehn-Gewäsch. Eins der Boulevardblätter ging allerdings in die Vollen und malte rote Kleckse über ein Foto von der Maison Puce unter einem verschwommenen, wüsten Schnappschuss von Hope am Flughafen von Nizza – »Hope sieht rot!« Laut *Sunday Scourge* waren die Franzosen »erstaunt, die berühmte Kämpferin für Verbraucherangelegenheiten in diesem etwas arg lädierten Zustand zu sehen – nachdem sie ihr halbes Dach plus eine Unmenge Tomaten auf die Köpfe unschuldiger Passanten regnen ließ.« Eine Frau war bewusstlos geschlagen worden, Blut und Tomatensaft mischten sich im Staub. »*C'est formidable!*«

Die Gendarmerie in Vieilleville scheint im Großen und Ganzen willens zu sein, die ganze Angelegenheit fallen zu lassen. Eine Überprüfung des Daches kommt zu dem Ergebnis, dass es eine Art Einsturz gegeben hat. Die Männer von der *mairie* kommen zur Inspektion, was Monsieur Gerontin einige Tage lang eine Menge Bauchschmerzen verursacht, aber nachdem anfänglich viel von Fahrlässigkeit die Rede ist, scheint es schließlich doch als Unfall verbucht zu werden. Wenn der alte Monsieur Jean nicht an einem Herzanfall gestorben wäre, hätte er vielleicht etwas Licht in die Angelegenheit bringen können, aber so ist jeder geneigt, es auf sich beruhen zu lassen. Die Versicherung wird für den Großteil des Schadens aufkommen, und Monsieur Gerontin hat sich überraschenderweise bereit erklärt, den Rest lockerzumachen. Folglich wurde blitzschnell ein Gerüst errichtet, und nach jahrelangen Ausflüchten rücken nun wahrhaftig waschechte Handwerker an.

Jerry plant, Hope, so bald sie wieder reisefähig ist, nach Arizona in die Wüste zu schicken. Dort gibt es eine wirklich bemerkenswerte Klapsmühle, wo man sich und seine Gefühle besser kennen lernt – eine gute Idee, das Mädchen zu ihren amerikanischen Wurzeln zurückzuschicken. Und Arizona ist weit weg vom Telly Centre – je weiter, desto besser, zumindest auf absehbare Zeit, aber wenn Hope da wieder rauskommt, dann kann man ja vielleicht eine Serie aus ihren Erfahrungen machen? Nur nichts verkommen lassen.

Vieles davon war übertrieben. In Wirklichkeit wurde niemand bewusstlos geschlagen. Es war Josette, die einen Ziegel abbekam, aber sie hätte auch nicht direkt in die Schusslinie zu rennen brauchen. Es hatte wahrscheinlich mit ihrer Müdigkeit nach der langen Taxifahrt zu tun – und dem Wein und all den Enttäuschungen der letzten Wochen. Einen Moment lang sah es wie eine Vision der Apokalypse aus – Verona und Yogi stocksteif auf der Straße, beide in weißes Frottee gehüllt, den Blick nach oben gerichtet, blutverschmiert. Niemand konnte in dem Augenblick wissen, dass es sich vor allem um Tomatensaft handelte, auch wenn sich Yogi wirklich ziemlich arg am großen Zeh verletzt hatte, als er versucht hatte, einige der zertrümmerten Ziegel von der Haustür wegzuräumen, also tatsächlich ein bisschen Blut geflossen war. Und dann war Josette mit ausgebreiteten Armen, den Blick nach oben gerichtet, so als ob sie die Götter anrufen wollte, nach vorne gestolpert, woraufhin sie von einem von Monsieur Jeans Blumentöpfen niedergestreckt wurde, der ein schönes Exemplar seiner eigenen Züchtung, der phänomenalen, früh blühenden *Gloire Rouge* enthielt, die er ein Leben lang oben auf dem Dach perfektioniert hatte.

Josette erholte sich erstaunlich rasch, genoss die Aufmerksamkeit in vollen Zügen und betrachtete die paar Tage, die sie im Krankenhaus verbrachte, als eine Erholungskur. *Nice-Matin* brachte die Geschichte auf der Titelseite mit einem charmanten Archivfoto von Josette – aus der Zeit, da sie das Damenbridge-Einladungsturnier von Vieilleville gewonnen hatte. So charmant, dass sie in der Tat einige ziemlich viel versprechende Briefe von ortsansässigen Gentlemen erhielt, die sie genauer unter die Lupe nehmen wird, wenn sie erst einmal wieder völlig genesen ist. Als sie nach Hause durfte, quartierte sie Marie-Auguste in das zweitbeste Gästeschlafzimmer ein, obwohl sie noch Besuch von ihren Freunden aus Zürich hatte – und Josette kostete jede Sekunde aus. Die Schweizer spielen ziemlich gut Backgammon, aber nicht so gut, dass Josette nicht ein kleines finanzielles Polster bilden kann, was sie auch brauchen wird, denn ihre Garderobe ist ziemlich zusammengeschrumpft, und sie muss sich dringendst neue Herbstklamotten kaufen. Natürlich hat sie zu ihrem großen Bedauern noch immer nichts, was sie ihr Zuhause nennen kann – aber wer weiß, ob sich nicht vielleicht aus diesen neuen Kontakten etwas ergibt? Wenn man sich nicht gehen lässt und auf seine *ligne* achtet, nun, wer weiß, was einen noch erwartet? Einer von Marie-Augustes Freunden ist Witwer, und Zürich kann wunderschön sein im Frühling …

In der Maison Puce macht sich Verona endlich daran, die Zeitschriftenstapel aufzuräumen. Der gute alte *Torygraph* – ab in den Mülleimer. Yogi liest sowieso lieber die *Sun*. Sie muss hier irgendwie Platz schaffen. Sie ist gerade aus England zurückgekehrt, wo sie wieder mal nach ihren alten Herrschaften geschaut hatte – noch immer wohlauf, die Guten. Sie hat ihnen nichts davon erzählt, dass sie die Wohnung in Hove zum Verkauf angeboten hat – es würde sie nur beunruhigen. Sie hassen Veränderungen, und in diesem Fall gilt die Devise, was das Auge nicht sieht, dem weint das Herz keine Träne nach. Das jedenfalls ist ihre Einstellung. Sie werden den Unterschied schon nicht merken. Die Tatsache, dass sie in Zukunft auf einem Boot in der Marina von Brighton wohnen wird, wenn sie sie besuchen kommt, tut ja schließlich nichts zur Sache. Und sie wird oft zu Besuch kommen – das heißt, wenn sie und Yogi nicht gerade um die Welt segeln, aber das können sie erst planen, wenn die Wohnung verkauft ist und sie sich mit dem Geld ein neues, großes Boot gekauft haben. Alles fürchterlich aufregend. Sie haben sich in den Maklerbüros in Antibes und Cannes umgesehen, aber Yogi spekuliert auf die Bootsausstellung im Januar, also haben sie noch genügend Zeit zum Pläneschmieden. Schön. Das ist oft die beste Zeit.

In der Zwischenzeit haben sie beschlossen, sich über den Winter die Hälfte der Zeit auf der *Karma* und die andere Hälfte in der Maison Puce aufzuhalten – richtig kuschelig und gemütlich. Theo rümpft darüber immer noch die Nase – als ob ihn das etwas anginge. Früher hatte es ihn auch nicht gestört, sie allein zu lassen, wenn es ihm in den Kram passte, aber jetzt ruft er andauernd an und stellt Fragen und macht abfällige Kommentare über Yogi. So eine Frechheit. Sie weiß ja, dass Yogi ein etwas schlichter Mensch ist. Sie ist ja nicht dumm. Aber er ist sehr nett und liebevoll. Liebevoller als alle anderen, die sie in ihrem Leben gekannt hat. Mama und Daddy waren kalte Fische, und wenn sie jetzt so im Nachhinein darüber nachdenkt, konnte Edmund auch ziemlich gehässig sein. Hat sie immer vor allen Freunden »mein Schweinchen« gerufen und von ihr erwartet, dass sie sich andauernd um ihn kümmert, während er sie im Bett wie eine Aussätzige behandelt hat. Im Nachhinein wundert sie sich, wie sie es all die Jahre mit ihm ausgehalten hat. Obwohl sie gar nicht lange nach Erklärungen suchen muss. Oberflächlich hatte er zumindest so getan, als ob er sie wollte, und das hatte – bis zu dem Zeitpunkt – niemand anders getan. Sie dachte, dass sie bei ihm ihren Platz hätte, dass sie wusste, wo sie hingehörte, aber es war alles nur Fassade gewesen. Jetzt mit Yogi erkennt sie den Unterschied. Und wie können es die Leute wagen, anzudeuten, dass er nur an ihrem Geld interessiert sei? Wie können sie nur? Er ist ihr Yogi, und sie ist seine Blüte – und allein bei dem Gedanken daran öffnen sich ihre Blütenblätter.

Imos Bein ist gut verheilt, aber dafür passieren andere Sachen mit ihrem Körper. Es war das Kotzen, was sie warnte – und dass sie ihre Tage nicht bekam. Sie bekommt ihre Tage immer pünktlich, und sie kotzt nie, also war es nicht weiter schwierig, die unweigerliche Schlussfolgerung zu ziehen. Sie hatte die Zwangserholung in Purley gehasst, aber es dauerte nicht allzu lange, bis sie wieder alleine herumhumpeln konnte. Sie kaufte einen Test in der Drogerie und machte ihn auf dem Klo bei McDonald's – natürlich positiv. Ein paar Kinder schlugen gegen die Tür, während sie wartete, und sagten, dass sie in die Hosen machen würden, wenn sie sich nicht beeilte. Sie sagte ihnen, dass sie sich zum Teufel scheren sollten, und blieb auf dem heruntergeklappten Klodeckel sitzen, bis sich der schmale Strich blau färbte. Sie wusste, das er das tun würde. Und so war es dann auch.

Sie blieb noch eine ganze Weile sitzen – sollten die kleinen Scheißer doch in die Hosen machen. Sie saß einfach nur da und schlang die Arme um sich. Wurde ja auch Zeit. Jemand, der nur mir gehört. Kleine Person, wer immer du auch bist, wir werden Freunde sein, du und ich. Ich werde es anders machen. Ich werde dich nicht in die Scheiße manövrieren, ich werde dir Schutz und Wärme geben – und deine Freiheit.

Ein paar Tage später dämmert ihr allerdings, was da an praktischen Dingen auf sie zukommt. Als Vollzeitwohnort kommt Vieilleville jetzt nicht mehr in Frage – zumindest nicht, bis ihr Aufenthaltsstatus geklärt ist. Ohne diese kleine Scheiß-*carte de séjour* hat sie keinen Anspruch auf Mutterschaftsgeld und -urlaub – und nur Gott und die *mairie* von Bonneville wissen, ob sie die jemals bekommen wird. Natürlich kann sie nach wie vor hinfahren, so oft sie will – und das ist gut. Vorausgesetzt, dass sie und Prosper Junior sich das leisten können.

Sie versucht zuerst, Theo zu kontaktieren, aber der ist in New York. Dann ruft sie bei Gav an – eine Notlösung. Gav scheint sich wirklich zu freuen, von ihr zu hören. Alles läuft prima – nun, im Großen und Ganzen. Als er nach London zurückgekommen war, hatte er erfahren, dass die wirkliche

Bad Boys Production ziemlich an *Deadeyes* interessiert war – nun, interessiert genug, um eine Überarbeitung des Drehbuches in Auftrag zu geben. Das heißt, dass das Lotteriegeld erst einmal in der Warteschleife ist – nicht sicher, aber wenigstens auch nicht ganz den Bach hinunter. Und folglich sieht alles wirklich nicht so schlecht aus, oder? Eigentlich im Gegenteil, und klar, er würde sich gerne mit ihr auf ein Bier treffen.

Schön und gut, aber ihr hättet sein Gesicht sehen sollen, als sie es ihm im Pub sagte. Sie trafen sich im Chelsea Potter, wo die Musik so laut war, dass sie im Bauch wummerte, und sie musste schreien, um ihre Rakete zu zünden. Der arme Gav. Grün? Sein Gesicht hatte die Farbe von Käseschimmel, noch ehe man Gorgonzola sagen konnte. Und ihr war nicht ganz wohl dabei, denn sie hätte ihn eigentlich aus der ganzen Sache heraushalten können, wenn sie es gewollt hätte, aber sie dachte, dass sie sich im Interesse des kleinen Prosper Junior alle Optionen offen halten sollte – wenigstens fürs Erste.

Das galt auch für Theo – sobald sie ihn ausfindig gemacht hatte. Er führte sie zum Abendessen ins Mezzo aus, und sie erzählte ihm ihre traurige Geschichte. Arme kleine Maus, sagte er, meine kleine unanständige Maus, wir werden sehen, was wir tun können, nicht wahr? Und obwohl sie ihm an Ort und Stelle unter dem Tisch für das »unanständig« in die Eier hätte treten können, setzte sie ein gekünsteltes Lächeln und eine dankbare Miene auf.

Natürlich ist sie sich ziemlich sicher, dass Prosper Junior mit Mandelaugen und einer weichen Olivenhaut auf die Welt kommen wird. Zumindest hofft sie das. Lin Ho war ein schöner Mann und ein verdammt guter Koch. Aber das Problem ist, dass sie nicht weiß, wo er jetzt ist – vielleicht irgendwo im Golf an Bord der *Lady Karla*, wo er den Gebrauch der englischen Adverbien übt? Nun, wer weiß. Fürs

Erste ist es am sichersten, sich an Theo zu halten – und Gav als Ersatz in petto zu haben.

»Alice? Ich bin's – Philip.«

»Oh.« (Guter Gott!) »Hallo. Woher rufst du an?«

»Was? Von hier natürlich. Von zu Hause.«

»Oh. Ich dachte, du wärst vielleicht in Südfrankreich.«

»Nein, ich bin zu Hause.«

»Ich auch.«

»Ah. Ja, ist wohl so. Alles in Ordnung?«

»Oh ja, alles in Ordnung.«

»Nun, freut mich.«

»Gut. Freut mich, dass es dich freut.«

»Das tut es wirklich.«

»Kann ich etwas für dich tun?«

»Was?«

»Rufst du aus einem bestimmten Grund an? Sind noch mehr Kerzenleuchter verschollen?«

»Nein, nein. Nun, irgendwie ... ja ...«

»Bist du noch dran? Philip?«

»Ja – ich denke gerade nach. Es ist ... nun ...«

»Ja?«

»Es ist Hillary.«

»Was ist mit ihr?«

»Ich weiß nicht recht, wie ich es sagen soll. Sie scheint schrecklich deprimiert zu sein.«

»Aha.«

»Nun, es ist natürlich alles sehr anstrengend, die Zwillinge – und all die anderen Sachen ...«

»Was meinst du mit ›all die anderen Sachen‹?«

»Nun, du weißt schon – das Haus, meine Praxis, die gesellschaftlichen Verpflichtungen – es ist wohl ziemlich viel auf einmal.«

»Ja?«

»Und sie scheint es einfach nicht auf die Reihe zu kriegen. Ich habe ihr gesagt, dass sie sich zusammenreißen soll ...«

»Das war sicher hilfreich.«

»... aber sie scheint weder den Willen noch die Kraft dazu zu haben.«

»Wochenbett-Depression?«

»Nun, das ist offensichtlich das Erste, woran man denkt.«

»*Offensichtlich*.«

»Aber ich habe mich gefragt – ich meine, du hast es auch geschafft. Ich meine, ich habe mich gefragt, ob du mit ihr sprechen könntest, damit sie die Dinge nicht so schwer nimmt, damit sie sich wieder zusammenreißt.«

»Sich zusammenreißt?«

»Ja, du weißt schon, ein paar Tipps von jemandem, der das auch durchgemacht hat, so in der Art.«

»Du willst, dass ich deiner neuen Frau Ratschläge wegen ihrer postnatalen Depression gebe?«

»Ich habe dich nicht wegen einer Diagnose angerufen, Alice. Lass uns hier nicht fachsimpeln.«

»Natürlich nicht. Du bist der Gynäkologe, Philip.«

»Ich wollte nur, dass du hilfst – ihr hilfst, es in die richtige Perspektive zu rücken.«

»Nein, Philip.«

»Was?«

»Nein, ich denke, das tust du besser selbst. *Va te faire voir chez les Grecs*!«

»Was – was hast du gesagt? Etwas über die Griechen?«

»Es ist ein neuer Ausdruck – ich meine, neu für mich. Ich habe ihn gerade gelernt. Er ist manchmal ganz nützlich. Er bedeutet ›Scher dich zum Teufel‹ – *va te faire voir chez les Grecs*, *mon cher* Philip, und *adieu*!«

Es ist ein glühend heißer Tag gewesen.

Nach Philips Anruf steht Alice nicht der Sinn nach Schlaf, also steht sie im Morgengrauen auf und geht mit Fred an den Strand, um zu schwimmen. Der Strand ist wie ausgestorben, und das Wasser fühlt sich wie weicher, warmer Satin an. Sie trinkt einen Kaffee am *tabac* am Markt. Die Händler bauen noch ihre Stände auf. Genau wie letztes Jahr steigt ihr der Duft von Basilikum und reifen Melonen wie eine Droge in den Kopf. Davon wird sie wohl niemals genug bekommen. Sie kauft sich eine plumpe Seebarbe fürs Abendessen, dazu einige Pfifferlinge, *mesclun* und einen riesigen weißen Pfirsich als Nachtisch. Sie muss heute und voraussichtlich die ganze Woche nicht in die Arbeit fahren, da ihr Hugo gestern Abend einen kleinen Stoß Schranktüren vorbeigebracht hat, den sie für das Badezimmer der Sorensens mit Rosen bemalen soll. Sie wollen lauter verschiedene, also lässt sie sich von Redouté inspirieren – heute sind »Fantin-Latour« und »Duchesse d'Orléans« an der Reihe. Sie malt den ganzen Tag in ihrer weinrebenumrankten, kühlen Wohnung, manchmal in Stille, manchmal zu Bach, manchmal zu Riviera Radio, während Fred hechelnd auf den angenehm kalten Fliesen liegt. Imo hat aus England angerufen und sie gebeten, sich um ihn zu kümmern, und ihr war kein stichhaltiger Grund eingefallen, Imo die Bitte abzuschlagen.

Um sechs Uhr taucht Josette auf und ruft nach Alice, um sie zu einem feuchtfröhlichen Abend in Juan zu überreden. Da die Türsprechanlage jetzt funktioniert, besteht eigentlich kein Bedarf mehr nach dieser öffentlichen Form der Kommunikation, aber seit ihr Bild in der Zeitung gewesen war, betrachtet sie sich als so eine Art lokaler Berühmtheit und, tatsächlich, nach dem zweiten »*Alies!*« werden überall in der Straße die Köpfe aus den Fenstern gestreckt. Alice lässt sie ein, obwohl sie Josette die Enttäuschung darüber anmerkt, dass ihre Vorstellung so kurz war.

Josette wirft einen Blick auf die farbbekleckerte Alice und sieht, dass sie keine Chance hat, sie heute zu einem Ausflug nach Juan zu überreden – zumindest nicht ohne eine radikale Generalüberholung –, und die Wahrheit ist, dass Alice nicht mitkommen will. Was hat sie von einem Abend im Boom-Boom? Zum einen kann sie sich die Cocktails nicht leisten. Von dem Stücklohn, den Hugo zahlt, wird sie nicht reich, aber auf der anderen Seite hat sich dadurch für sie enorm viel geändert: Jetzt hat sie wenigstens die Möglichkeit, hier zu bleiben und es zu versuchen – aber nicht, wenn sie ihr Geld für Boom-Boom-Specials ausgibt. Und außerdem sind sowieso viele ihrer Abende verplant, also schadet es gar nicht, ausnahmsweise mal daheim zu bleiben und zu arbeiten. Hugo nimmt sie am Wochenende mit nach Genua zu einem Kunden, der in seiner Villa mit Meeresblick alle Schränke bemalt haben will, und die Woche darauf fahren sie nach Val d'Isère, um in einigen Chalets zu arbeiten – Fred kann auch mitkommen. Es wird Arbeit, aber auch Abendessen und Gelächter geben, und vielleicht wird sie auch noch den Auftrag für die Edelweißküche bekommen.

Also steht Josette noch immer in der Tür, wahrscheinlich um keinen Farbklecks auf ihrem cremefarbenen Chiffonkleid zu riskieren, denn die Wohnung sieht wie eine Müllkippe aus, und sagt: »Aber, Alies, wir werden 'aben Schpaß«, und Alice sagt, dass sie keinen ›Spaß‹ braucht, nicht heute, nicht im Moment, und Josette fängt an zu lachen und sagt: »Alies, ach ihr Engländerinnen, was braucht ihr denn dann? Warum bloß kommt ihr 'ier'er?«

Alice lehnt sich von ihrer Staffelei zurück. An Josettes Frage ist etwas dran. Am vergangenen Sonntag war es genau ein Jahr gewesen, dass sie Vieilleville entdeckt hat und sich von dieser zarten Idee, ihrem »Traum vom Paradies« verführen hat lassen. Aber was hat sie hier gefunden? Sicher nicht das Paradies – zumindest nicht das, was man sich darunter vorstellt. Aber sie hat definitiv *etwas* gefunden, denn der Sumpf der Einsamkeit und Angst scheint vertrocknet zu sein, und das Gefühl, das sie genau jetzt in diesem Augenblick hat, ist das, was sie die ganze Zeit gesucht hat.

Josette tippt lachend mit dem Fuß auf den Boden und wartet noch immer auf eine Antwort. Und Alice sagt, »Ich bin wegen einem Tag wie heute gekommen. Es war ein guter Tag.«

Ja, das ist es, was sie sagt, und für den Anfang genügt es.

Plus ça change ... George du Maurier, *Punch* 1870

OUR COUNTRYMEN ABROAD.

Sketch of a Bench on the Boulevards, occupied by Four English People who only Know each Other by Sight.

Unsere Landsleute im Ausland.
Zeichnung einer Bank auf dem Boulevard,
auf der vier Engländer sitzen, die sich nur vom
Sehen kennen.